U0126829

冷戰文藝風景管窺：
中國內地與香港，1949-1967

杜英　著

臺灣學生書局印行

冷戰文藝風景管窺：中國內地與香港，1949-1967

目　次

導論：冷戰視野與 20 世紀中期文學研究的現狀與方法

1945 年第二次世界大戰結束，隨後世界冷戰格局的開啟，促使美國政府通過「文化外交」，積極參與並影響亞洲地區的戰後文化重建。而這一時期，就中國政治與文化而言，亦是關鍵時刻。此時，中國香港，由日本殖民地重新變為英國殖民地；臺灣，結束日本 50 年的殖民統治轉由國民黨政權接管；而大陸，稍後於 1949 年建立了社會主義政權。處於不同位置的中國知識分子出於信仰信念與利益考量，部分移居臺灣、香港等地，部分由海外返回大陸投身於建國熱潮。國共內戰、共和國的建立以及世界冷戰格局的開啟，使得不同區域在 20 世紀 40-50 年代都經歷了頻繁的文人空間流轉與文藝場域的重構。

在文學與史學研究者的推動下，戰後初期兩個歷史時段（民國時代／共和國時代，臺灣殖民時代／戒嚴時代），三個地理空間（大陸、臺灣、香港）交接處的複雜面相，已漸次顯現，但尚待開發的空間仍然相當寬闊。一方面，在中國 20 世紀文學史研究中，既有的研究框架往往遮蔽了冷戰格局之於各自文學場域構型以及三者結構關係形成之作用的討論。而冷戰文化所產生的持久文化影響亦缺乏系統的探討。另一方面，就國際冷戰研究而言，儘管文化冷戰的重要性自 1990 年代以來逐漸獲得國際學者的關注，但冷戰研究仍多側重於政治、軍事、經濟、外交等層面。就英文學術文獻而言，近年來文化冷戰研究仍多以歐美的「文化外交」為中心。「文化外交」，又稱公共外交，指國家及其人民之間以促進相互理解為目的的思想、信息、藝術等方面的文化交流。冷戰時期，美國對香港、臺灣開啟的文宣活動，目前已引起學界關注。就三地而言，從冷戰文化視野出發，對不同區域文藝形態與機制進行考辨鉤沉、比較梳理，目前尚缺乏系統研究。

一、20 世紀中期文學研究之現狀與方法

在中國大陸，學者大體傾向於將冷戰開啟這一時段的文學稱為 20 世紀 40-50 年代之交的「轉折時代」。所謂「轉折」是指以延安文學作為主要構成的左翼文學／文化在大陸取得支配性地位的過程。比如，洪子誠、[1]錢理群、[2]賀桂梅、[3]程光煒、[4]郭建玲[5]等。這一「左翼」線索的理論框架決定了上述研究多選取幾

---

1 洪子誠：《中國當代文學史》（北京：北京大學出版社，1999 年），頁 3。

2 錢理群：《1948：天地玄黃》（濟南：山東教育出版社，1998 年）。

3 賀桂梅：〈問題意識和歷史視野〉，《南方文壇》2004 年第 4 期，頁 11-13。另參見賀桂梅：《轉折的時代：40-50 年代作家研究》（濟南：山東教育出版社，2003 年）。

4 程光煒：《文化的轉軌：「魯郭茅巴老曹」在中國：1949-1976》（北京：光明日報出版社，2004 年）。

5 郭建玲：《1945-1949 年中國現代文學格局轉型研究》，上海華東師範大學博士學位論文，2007 年。

位 1949 年後被經典化的大陸新文學作家進行籠統描述，由此勾勒出宏大的歷史圖像。此外，也有學者沿襲傳統的作家、流派研究路數，避免以政治－文化等理論框架來解釋文學「轉折」的認知模式，就作家個體於 1940 年代的文學觀念與美學風格的複雜面貌尋找其 1950 年代轉變的內在依據，如段美喬[6]等。亦有學者就文學生產方式及文學制度的變革尋找 1949 年以來整體文藝轉變的外在依據，如王本朝、[7]張均[8]等。在上述研究框架下，臺灣與香港的文藝版圖往往難以納入其中。

有學者將香港戰後到共和國建國時期（1945 年 8 月 15 日至 1949 年年底）命名為「國共內戰時期」文學，並著眼於「內戰在文學上的配合和反應」的研究。而國共內戰時期的香港文壇，作為「中原文壇的延伸」，被置於 20 世紀中國文學發展的脈絡中，與內地的文學合併考察和處理，比如鄭樹森、黃繼持、盧瑋鑾。[9] 1949 年以後，另一批不同文學主張的大陸人士南下香港，取代了北返的左翼文人。鄭樹森認為，1949 年前「在」香港的文學在性質（文體性質和社會性質）上更靠近「社會主義」的「當代文學」，而 1950 年代以後香港作為「『唯一』的公共空

---

6 段美喬：〈論 40 年代的李瑛〉，《中國現代文學研究叢刊》2008 年第 4 期，頁 25-36。

7 王本朝：《中國當代文學制度研究》（北京：新星出版社，2007 年）。

8 張均：《中國當代文學制度研究（1949-1976）》（北京：北京大學出版社，2011 年）。

9 鄭樹森、黃繼持、盧瑋鑾編：《國共內戰時期香港文學資料選：一九四五－一九四九年》（香港：天地圖書公司，1999 年），頁 3-4。

間」，其較為多元的文學格局則更貼近內地的「現代文學」。[10] 香港學者大多強調 1950 年代香港的相對「開放」與「國際化」。也有論者指出，1950 年代的香港成為東西方冷戰與國共內戰的「中介點」；同時美國投放大量資源支持文藝及出版事業，成為右翼文化的「轉口港」。鄭樹森認為，1950 年代的香港文學創作看似自由，但實則在「自生自滅」中薪火相傳。[11]

上述學者多關注發生在本地的文人活動，缺乏三地文化互動的廣闊視野，難以將對方實質性地、對話性地納入彼此的研究體系中。在部分大陸文學史中，港臺文學往往依據時間線索附錄於大陸文學篇章之後，或被置於書末，呈現出一種看似全面實則簡單的「拼盤」式或「板塊組合」式的研究範式。香港文壇即使被納入研究視野，也多僅僅充當「言論空間」或「中轉站」的角色。而針對大陸部分臺港文學史的寫作現象，港臺學者也因各自的身分認同與文化政治訴求等因素，發出批評之聲。比如，此類香港文學史多傾向以政治話語主導的歷史情結構築文學史敘述；在文學評判上，偏向於以現實主義為基準等。有大陸學者亦就中國新詩史中如何處理大陸和臺灣詩歌現象本身做出反思。比如，洪子誠認為，是否將兩地新詩囊括於一本書並不十分緊要，而有意義的是「讓有關聯而又互異的因素產生比較和碰撞，能否對新詩的研究有實質性推進，是否會激發詩歌實踐的能量。」他強調將兩地詩歌設定為對照對象的同時，深入研究實為揭發同中之

---

10 鄭樹森：〈香港在海峽兩岸間的文化角色〉，《素葉文學》1998 年 11 月第 64 期，頁 14。

11 鄭樹森：《縱目傳聲：鄭樹森自選集》（香港：天地圖書公司，2004 年），頁 269-278。

異。[12] 1950 年代冷戰格局下，在不同文藝場域與文學實踐所形成的結構性關係中，這種關聯性與碰撞性表現得尤為明晰。

同樣，港臺學者本土文學史的撰述亦未能豁免簡單化、政治化地處理文學經驗與問題的弊端。比如，應鳳凰認為，關於 1950 年代的香港文學史與臺灣文學史，不論是本地還是大陸撰史者，其敘述方式都大抵相同，即「以政治或社會背景」概觀該時期的文學，認定其時文壇與文學成果的政治性大於文學性。[13] 其中，關於 1950 年代臺灣文學的書寫，無論是國民黨的文學史、臺灣本土派之文學史，還是大陸之文學史，均認為其時「反共文學」藝術性低，甚至無藝術價值可言；文學形式僵化或公式化，同質性太高且淪為政治附庸。應鳳凰指出，臺灣與大陸文學史均側重於作品生產而忽略消費接受的研究視角。若從作品接受史的角度論述，可避免以意識形態對付意識形態的既有的文學史書寫方式。她認為，1950 年代的臺灣文學史在文學類型與題材上較為多元，其時大陸遷臺文學以及 1950 年代後期出現的西化論述與留學生文學，都充分反映了臺灣文學作品中「放逐與流亡」這一永恆的主題。[14]不同於「後殖民主義」視角的臺灣研究範式，應鳳凰的研究打開「臺灣意識」與國族敘述框架，面向

12　洪子誠：〈新詩史中的「兩岸」〉，《文藝爭鳴》2015 年第 1 期，頁 117。

13　應鳳凰：〈香港文學生產場域與 1950 年代文學史敘述〉，陳平原、陳國球、王德威編：《香港：都市想像與文化記憶》（北京：北京大學出版社，2015 年），頁 344。

14　應鳳凰：《五〇年代臺灣文學論集：戰後第一個十年的臺灣文學生態》（高雄：春暉出版社，2007 年），頁 56、58、140。

1950 年代臺灣文學的複雜經驗，如女性意識，移民特性，人性關懷等。[15]

綜上所述，既有文學研究者多聚焦於各自所屬的地理空間，並囿於地緣政治或意識形態，未能在世界文化冷戰格局下對 1945 年至 1960 年代三地的文藝「交接處」作深入考察，也缺乏對不同文化陣營的文藝競爭與衝突作整體性分析。在此現狀下，引入冷戰文化的研究框架，將有助於克服文學史研究的種種偏向——或局限於該時期單一地域而忽略區域間文學關係，或借用「後殖民主義」、「想像的共同體」等理論而糾纏於當下國族論述與本土身分認同等文化政治議題。由此，冷戰時期本地文學與周邊文學、文化構型與政治介入、文藝政策與文學實踐、區域文藝場域與中國文學傳統等多重互動的歷史面目或可逐層呈現出來。

15　關於 1945 年至 1950 年代臺灣文學史的研究，有部分學者對於這一歷史過程的研究有著較為明確的政治指向與理論預設。也有部分學者將其時臺灣的文化場域置於國共內戰及冷戰中考察，對當時的文化環境、文學生態、文學思潮等進行了粗線條的勾勒。可參閱以下文獻：〔日〕藤井省三，張季琳譯：《臺灣文學這一百年》（臺北：麥田出版社，2004 年）。黃英哲：《「去日本化」「再中國化」：戰後臺灣文化重建 1945-1947》（臺北：麥田出版社，2007 年）。徐秀慧：《戰後初期（1945-1949）臺灣的文化場域與文學思潮》（臺北：稻鄉出版社，2007 年）。應鳳凰：《五〇年代臺灣文學論集：戰後第一個十年的臺灣文學生態》，2007 年。

二、國際冷戰文化研究之現狀與方法

就國際冷戰史而言，美國冷戰時期在世界範圍內的「文化外交」，研究成果斐然。但這些成果主要集中在美國對蘇聯、歐洲國家以及日本的公共外交。[16]在已有的文獻中，香港與臺灣往往只被作為美國冷戰時期在亞太地區文化戰略與公共外交的一個組成分子而被簡單提及，如針對大陸的「自由亞洲廣播」（1951-1953）以及「美國之音」（VOA）等。[17] Nancy Bernkopf Tucker 的專著主要處理美國與臺灣和香港 1945 年至 1992 年期間的經濟、政治與軍事關係，其中有一章就美國對臺文化與教育交流做了簡單介紹，但較少討論美國在香港的文化活動。[18]另外，華裔美國歷史學家如陳兼、張曙光、翟強、夏亞峰等，多集中探索冷戰時期經濟、政治、軍事、外交等層面的中美關係。

在冷戰與「文化外交」方面，美國學界已關注到美國媒體、文學與美國對亞洲的外交政策之間的關係。但這種關注往往側重檢討美國國內問題，比如，亞裔群體、種族問題、移民與融合等

---

[16] Walter L. Hixson, *Parting the Curtain: Propaganda, Culture, and the Cold War, 1945-1961*, New York: Palgrave Macmillan, 1997. Greg Barnhisel and Catherine Turner, eds., *Pressing the Fight: Print, Propaganda, and the Cold War*, Amherst and Boston: University of Massachusetts Press, 2010.

[17] Nicholas J. Cull, *The Cold War and the United States Information Agency: American Propaganda and Public Diplomacy, 1945-1989*, New York: Cambridge University Press, 2008, pp. 59, 123.

[18] Nancy Bernkopf Tucker, *Taiwan, Hong Kong, and the United States, 1945-1992: Uncertain Friendships*, New York: Twayne Publisher, 1994, pp. 79-93.

問題。Christina Klein 認為，1945 年到 1961 年，美國文學與媒體中出現的關於「亞洲的想像」、「美國與亞洲一體化」等概念，與美國對亞洲的擴張政策有關。而美國作為「全球勢力」（a global power）的國家身分建構中，「美國與亞洲一體化」的概念，也為美國亞裔融入美國主流社會提供了機緣。但也有研究者質疑華裔美國人是否在冷戰時期的「美國與亞洲一體化」宣傳中獲得社會資本和文化資本。Ellen D. Wu 認為美國國務院在 1950 年代的「文化外交」活動中利用華裔美國作家等返回香港等亞洲之地做宣傳。而宣傳中對他們作為美國少數族裔與海外華人雙重身分的強調，反而使得他們重新被塑造為非白人的、不可消除的外來身分。[19]近年來亞洲內部的文化冷戰已開始獲得學界關注。*The Cold War in Asia: The Battle for Hearts and Minds*（2010）討論了中國對印度尼西亞的「文化外交」，毛澤東思想在墨西哥與瑞典的全球化傳播，以及 1950 年代中國與緬甸的宣傳戰等課題。[20]其中，Hong Liu 討論了中國在 1945-1965 年間如何向印度尼西亞宣傳自己的成就，並通過文學等媒介來推進其外交政策，影響當地作家。對於部分印度尼西亞作家來說，新中國文學為其反省國族文學與文化政治之關係提供了一個典範。[21]

---

19 Ellen D. Wu, "'America's Chinese': Anti-Communism, Citizenship, and Cultural Diplomacy During the Cold War," *Pacific Historical Review* 77. 3 (2008): 391-422.

20 Yangwen Zheng, Hong Liu, and Michael Szonyi, eds., *The Cold War in Asia: The Battle for Hearts and Minds*, Leiden: Brill, 2010.

21 Hong Liu, "The Historicity of China's Soft Power: The PRC and the Cultural Politics of Indonesia, 1945-1965," in *The Cold War in Asia: The Battle for Hearts and Mind*, 2010, pp. 147-184.

在冷戰與中國文學／文化研究方面，美國學者主要關注大陸、臺灣和香港對於各自政治運動與國際冷戰在文學／文化層面做出的配合與反應，分析文學之於當地政治文化進程之意義。首先，此類研究課題包括該時期文學與中國現代性追求、國族身分的建構之關係。比如，王德威試圖以「傷痕類型學」的方法描述20 世紀中期中國區域分隔之於文學的影響。他認為，1949 年前作家運用「傷痕」構成一種隱喻，書寫國家在追求現代性過程中的創傷遭遇。而 1950 年代臺灣與大陸兩大冷戰陣營均以「傷痕」書寫國家分隔，「鋪陳一個深受傷害的表意系統」。王德威關注兩大作家陣營嫁接虛構敘述與國家歷史的修辭方式，將兩類文學所負載的政治傷痕上溯至晚清及五四文學的「革命詩學」，並「下放」至新時期的傷痕文學。[22]

延續這一研究思路，2013 年王曉玨的專著討論了 20 世紀40-50 年代冷戰時期三地文學領域中具有多重意義與多種訴求的中國現代性的構型。她選取了該時期三地 5 位知名作家作個案研究，分析大中華地區跨語言、跨意識形態、跨類型邊界的多元現代性之相互作用。她認為這種跨越 1949 年分期、具有冷戰面孔的中國現代性，應更多視為是從對現代中國想像的競爭的、未定的多種方式中發散出來的，而如此性質的中國現代性在後冷戰時

---

22 王德威：《一九四九：傷痕書寫與國家文學》（香港：三聯書店，2008年），頁 8、9、71、72。相關研究亦可參見 David Der-wei Wang, "Reinventing National History: Communist and Anti-Communist Fiction of the Mid-Twentieth Century," in *Chinese Literature in the Second Half of a Modern Century: A Critical Survey*, edited by Pang-Yuan Chi and David Der-wei Wang, Bloomington: Indiana University Press, 2000, pp. 39-64.

代三地有時亦會再次浮現。[23]

其次，還有學者考察冷戰期間中國文學、電影如何參與了新中國與其他國家的文化交流。Nicolai Volland 討論 1950 年代早期中國文學在東歐的翻譯與蘇聯文學在中國的翻譯。他認為，這種通過文學翻譯等方式進行的社會主義陣營內的文化交流，為中國在第三世界的文化聯絡與其自身國族身分建構提供了基礎。[24] 而他的另一篇文章探討 1950 年代前期蘇聯科幻小說在中國的翻譯與傳播，並指出其功能在於建構了一種植根於文化消費的社會主義領域內的跨國共同體。[25] Volland 的專著 *Socialist Cosmopolitanism: The Chinese Literary Universe, 1945-1965* 將 1950 年代的中國文學作為「在世界、世界的、為世界的文學」，予以討論。[26] Tina Mai Chen 討論了 1950 年代大陸電影在全球的傳播及其與中國全球形象和國族建構工程之關係。[27]最

[23] Xiaojue Wang, *Modernity with a Cold War Face: Reimagining the Nation in Chinese Literature across the 1949 Divide*, Cambridge: Harvard University Asia Center, 2013, p. 19.

[24] Nicolai Volland, "Translating the Socialist State: Cultural Exchange, National Identity, and the Socialist World in the Early PRC," *Twentieth-Century China* 33. 2 (2008): 51-72.

[25] Nicolai Volland, "Soviet Spaceships In Socialist China: Reading Soviet Popular Literature in the 1950s," *Modern China Studies* 22. 1 (2015): 191-213.

[26] Nicolai Volland, *Socialist Cosmopolitanism: The Chinese Literary Universe, 1945-1965*, New York: Columbia University Press, 2017.

[27] Tina Mai Chen, "International Film Circuits and Global Imaginaries in the People's Republic of China, 1949-1957," *Journal of Chinese Cinemas* 3.2 (2009): 149-161.

後，亦有諸多學者開始關注冷戰與香港電影之關係。[28]傅葆石分析了香港邵氏兄弟電影公司在1960年代至1980年代如何通過全球化的電影發行網絡，使得其影片成為戰後分布於世界各地的海外華人關於文化中國的想像家園與最為流行的娛樂方式，將其聯繫為一個文化共同體並奠定了其文化視野與審美趣味。[29]

三、新視野與新課題

1950 年代前後，就世界格局而言，是緊張時刻。而香港因其特殊的地理位置和國際地位，成為東西方文化冷戰與國共兩黨文化鬥爭的前線陣地。出於不同的政治訴求，國共兩黨各自在香港開設並資助文藝報刊、電影機構，展開角力。比如，左派文藝報刊有《大公報》與《文匯報》的副刊、《青年樂園》等；左派電影機構有鳳凰、長城、新聯、南方公司等。1949 年南方影業有限公司（Southern Film Corporation，簡稱「南方公司」）在香港商業登記處注冊。南方公司開創者多為左派南來電影人，在港發行大陸與蘇聯電影。盧偉力指出，1950 年代末到 1960 年代初，南方公司的工作並不單是意識形態輸出，而是作為一個窗口，通過電影這一媒介向海外闡明大陸的社會面貌、文化政策、美學觀念及其對待傳統的態度。盧偉力認為，南方公司的文化實踐展現了大陸電影在香港，一方面充當宣傳新中國愛國主義的意

28 相關成果可參見黃愛玲、李培德編：《冷戰與香港電影》（香港：香港電影資料館，2009 年）。

29 傅葆石，劉輝譯：〈在香港建構「中國」：邵氏電影的大中華視野〉，《當代電影》2006 年第 4 期，頁 64-70。

識形態工具；另一方面又是香港居民在殖民地政治下作為中國人文化身分認同的重要手段。盧偉力指出 1950、1960 年代大陸戲劇片吸引大批香港觀眾之處在於，他們需要在中國電影中肯定自己的文化傳統；紀錄片的賣座也是因其反映新中國成就與生命力；而表現新中國生活的故事片在港並不賣座。盧偉力認為，該時期大陸電影在香港的接受，首先是文化取向，然後才是意識形態。[30]梁秉鈞以 1950 年代香港電影《珠江淚》與《半下流社會》為例，討論左右兩派小說家與電影工作者如何憑藉香港建構其身分認同與理想空間。他強調兩者在表面意識形態差異之下的相同之處，指出冷戰格局下在文藝領域內美學與政治間的複雜關係。[31]

雖然內地學界沒有系統探討 1950 年代左右對抗與中西對峙下香港文學中的冷戰因素，但在具體課題上亦有建樹。比如，袁良駿的〈阮郎小說論〉（2005），趙稀方的〈五十年代美元文化與香港小說〉（2006），黃萬華的〈潛性互動：五十年代後大陸、臺灣、香港、海外華文文學的關係〉（2001）、〈左右翼政治對峙中的戰後香港文學「主體性」建設〉（2007），王晉民的〈香港「綠背文化」思潮評介〉（1998），張燕的《在夾縫中求生存：香港左派電影香港左派電影研究》（2010），計紅芳的〈跨界書寫——香港南來作家的身分建構〉（2009）等，均對 1950 年代、1960 年代港臺文藝的某一側面做出了重要研究。

---

30 盧偉力：〈電影發行作為文化實踐——說南方壄光拓影〉，許敦樂等著：《壄光拓影》（香港：簡亦樂出版社，2005 年），頁 201-202。

31 梁秉鈞：〈電影空間的政治——兩齣 50 年代香港電影中的理想空間〉，《政大中文學報》2008 年第 9 期，頁 55-68。

美國政府在香港、臺灣設立了官方機構美國新聞處（United States Information Service，簡稱「美新處」）及基金會組織如亞洲基金會（The Asia Foundation）等，投放大量財力與人力支持兩地的文化事業，意在左右其戰後文化重建與輿論導向。「美援文化」，又稱「美元文化」，即是代表。在臺灣，它是指冷戰期間「受到美國經濟直接或間接援助而發展或引入臺灣的文化生產、文學作品與文化現象」。美援文化在香港與臺灣兩地均有發展，且不局限於文學領域。王梅香將越戰時期的臺灣酒吧文化、1960 年代青年反叛文化與留學風等，均視為其組成部分。[32]美國政府試圖以對外文化宣傳為手段，推行精神心理之戰以對抗大陸宣傳以及其對海外華人之文化影響力。其中，文學、電影、報刊為其所採用的主要文化媒介；20 世紀中期由大陸遷往臺灣及香港的部分文人亦參與於此。

正如趙綺娜所言，1951 年至 1970 年，美國幾乎壟斷了海外文化輸入臺灣的管道。一方面，近年來臺灣學者批評美援文化對臺輸出為新殖民主義的表現，關注美援文化與臺灣現代主義文學的關係、美援文化與臺灣省籍問題等研究課題。有臺灣學者認為，在臺灣傳播的現代主義思潮是戒嚴時期親美文化下的舶來品，臺灣現代文學是新殖民主義的延伸；但從「後殖民主義」的角度看，現代主義技巧被臺灣作家使用後，不再專屬帝國文化的權力而轉化為臺灣文學資產。[33]

還有臺灣學者提出「美援文藝體制」這一概念來指稱美新處

32　王梅香：〈美元文化〉，http://nrch.culture.tw/twpedia.aspx?id=2233。

33　陳芳明：《後殖民臺灣：文學史論及其周邊》（臺北：麥田出版社，2007 年），頁 17-18。

在美國（西方）世界觀與美學觀上對臺灣文學發展之導向作用，並在 1950 年代、1960 年代掀起以「純粹美學」與「非政治性」為審美原則的現代主義文學潮流；「美援文藝體制」概念是對國民黨政府「國家文藝體制」框架的補充，強調兩者皆以政治權力介入臺灣文學發展，具有文化霸權的體制意味。[34]王梅香指出，從 1950 年代中期到 1960 年代，臺灣現代主義文學在英美現代主義影響下逐漸占據了臺灣文學的主流地位。她將這種文學現象的產生歸咎於美新處在臺港兩地的「文化外交」。她還探討了美援文化下，臺灣現代主義文學與臺北文化中心地位及現代主義文藝品位之建構間的關係。[35]王梅香的研究立足於後殖民主義的立場，試圖反思並解構以外省作家所代表的大陸文化與以美援文化所代表的美國文化對於臺灣戰後文化構型的雙重影響。徐筱薇、[36]包雅文[37]等的研究從 1950 年代臺灣現代派文藝刊物如《文學雜誌》、《現代文學》等入手。吳佳馨則聚焦於 1950 年代臺港兩地的南來文人，圍繞現代主義文學刊物及美援刊物的交流模式分別探討。吳佳馨一方面以林以亮、夏濟安為個案，討論兩者的舊

34　陳建忠：〈「美新處」（USIS）與臺灣文學史重寫：以美援文藝體制下的臺、港雜誌出版為考察中心〉，《國文學報》2012 年第 52 期，頁 211-242。

35　王梅香：《肅殺歲月的美麗／美力？戰後美援文化與五、六〇年代反共文學、現代主義思潮發展之關係》，臺南成功大學碩士學位論文，2005 年，頁 103-130、185-188。

36　徐筱薇：《戰後臺灣現代主義思潮之出發——以《自由中國》、《文學雜誌》為分析場域》，臺南成功大學碩士學位論文，2004 年。

37　包雅文：《戰後臺灣意識流小說的理論與實踐——以《文學雜誌》及《現代文學》為例》，臺南成功大學碩士學位論文，2012 年。

友關係對兩地文壇之交流所產生的作用及效果；另一方面則以頻繁往返於兩地的葉維廉為個案，討論香港之於文藝交流的中介作用。吳佳馨認為，香港現代主義文藝刊物《文藝新潮》與臺灣現代派詩刊《現代詩》的合作與交流，為兩地文人提供共同的文學發表空間，構築臺港文人共通的文藝平臺。[38]

所謂「美援文藝體制」的概念，並非空穴來風。筆者認為，其理論資源或可追溯到兩點。一方面，「美援文藝體制」是對「美元（援）文化」這一歷史概念的抽象化結果。據盧瑋鑾的考證，最早在報刊上提到「美元（援）文化」一詞的是政論家尚方。尚方在刊於1956年1月12日《香港時報》的〈說美元與美援文化〉中指出，「所謂『美元文化』是指美國朋友直接發行的刊物，」印刷精美售價低廉，等於贈送；「所謂『美援文化』，是指一些得到美金援助的出版物。」後來的研究者往往將「美元（援）文化」作為貶義詞與「反共文學」等同，用來指稱 1950 年代、1960 年代的香港文學。但盧瑋鑾認為，應釐清美元文化的實際影響，視美援刊物所刊作品內容，對 1950 年代香港文學形態作出判斷。[39]臺灣學者陳建忠、王梅香等將此概念抽象化為「美援文藝體制」。由此概念延展的話題包括：美援文藝報刊在臺港兩地的跨區域交流及運作，臺灣美新處的文藝運作與國民黨的文藝統治的關係，臺灣美新處與香港美新處在出版項目上的合作等。

另一方面，「美援文藝體制」對應的是 1951 年至 1965 年，

---

38 吳佳馨：《1950 年代臺港現代文學系統關係之研究：以林以亮、夏濟安、葉維廉為例》，新竹清華大學碩士學位論文，2008 年。

39 盧瑋鑾：〈香港文學研究的幾個問題〉，《香港文學》1988 年 10 月第 48 期，頁 11。

美國對臺提供的軍事與經濟援助這一歷史現實。據 Min-Hua Chiang 的研究，儘管美國對臺經濟援助起始於 1948 年，但最持久且最充裕的對臺經援發生於 1951 年朝鮮戰爭爆發以後至 1965 年之間。在此期間，美國提供了大約 25 億美元的軍事援助，14.82 億美元的經濟援助。即使軍事援助的金額高於經濟援助，但大量的軍援是以經濟援助的形式開展的。從 1953 年至 1965 年，臺灣的 GDP 增長年均為 7.8%，人均收入增長為 4.4%，農業生產增長為 6.1%，工業生產增長為 12.9%。儘管美國對臺的經濟援助在 1965 年終止，但美國對臺農產品的供給持續到 1970 年代，美國對臺軍事援助持續到 1973 年。[40]筆者以為，美援文藝體制是美國戰後對臺政策在文化面向上的體現；它是與其時美國對臺軍事、經濟援助共生的歷史存在。但美援文化在香港，則應另當別論。由於香港作為冷戰前鋒的地緣政治與殖民地政府文化制衡的統治策略，「美援文藝體制」之於 1950 年代至 1970 年代香港文化形態的解釋力度與範圍還需考慮不同政治文化力量的角逐與妥協。此外，香港現代主義的審美原則亦難以概括為「非政治性」，無論是文藝新潮社還是香港現代文學美術協會。

冷戰文化的框架較之美援文化體制框架，或可避免過於糾纏於文學報刊、圖書出版背後贊助者美新處等的政治動機；或可更貼近文學與政治及經濟更為紛繁複雜的歷史面目；抑或可將內地與香港及臺灣等相同時代、不同區域的文化形態置於同一理論界面予以觀照、討論。一方面，美國政府機構與非政府組織對當地

---

[40] Min-Hua Chiang, “The U.S. Aid and Taiwan’s Post-War Economic Development, 1951-1965,” *African and Asian Studies* 13. 1-2 (2014): 107-108.

報刊出版業、電影公司提供了經濟支持，為當地文藝青年的培養提供了平臺、渠道。比如，蓬草（原名馮淑燕）小時候就讀於英文書院，但仍然對中文書有興趣。她之所以喜愛閱讀中文，一個重要因素是《中國學生周報》。她很小就看這份雜誌，該刊有一兩版刊登初學寫作者的稿件。蓬草試著投稿竟被錄用，因此繼續寫作；而編輯吳平也給予了初學寫作者很大鼓勵。[41]《中國學生周報》儘管有美援背景（亞洲基金會資助），但在相當長的一段時間內成為一份非常暢銷且長銷的學生刊物，在港臺兩地吸引、培養了大量文學青年。據盧因回憶，《星島日報》胡輝光主編的《學生園地》與《中國學生周報》都是培養香港本地作家的搖籃，促使當時校園文風盛行。其結果之一就是推動了 1960 年代香港文社運動的興盛。[42]

另一方面，港臺文學各自與國際的冷戰格局、本地的政治統治、美國的文宣工作之間構成錯綜複雜的關係。其時各種政治權力關係對於港臺兩地文藝的建構、交流與合作等方面產生的作用，對於美國文藝作品在兩地的翻譯與傳播，以及對於港臺不同類型文藝創作（不限於現代主義）發展的作用等，都是值得細緻梳理、反思的課題。冷戰早期，吳興華詩作的漂流或可為我們管窺其時政治與美學關係之複雜性提供一個樣本。1949 年後吳興華留居大陸，而其同學林以亮赴港，並藏有其部分詩稿。1950

---

41 蓬草、盧瑋鑾：〈「與蓬草對話」對談抄本〉，《香港文學》2010 年 11 月第 311 期，頁 12、13。

42 陳麗芬、盧因：〈歷史與見證：我是這樣走過來的——與推動發揚加華文學的推手談文說藝暨心路歷程〉，《香港文學》2011 年 9 月第 321 期，頁 18。

年代林以亮將吳興華十多年前創作的詩稿以「梁文星」為筆名，分別發表於香港的《人人文學》與臺灣的《文學雜誌》。除了編輯以外，無人知曉梁文星乃吳興華，而吳興華本人亦對此一無所知。據楊宗翰統計，1950 年代《文學雜誌》詩歌部分，以作者刊登作品的數量排序，分別為余光中、夏菁、梁文星。[43]可見其作品發表之多，影響之廣。《人人文學》1952 年 5 月 20 日創刊，由黃思騁主編，人人出版社發行。而人人出版社主要出版美新處資助的作品及部分獨立作品。[44]《文學雜誌》1956 年 9 月創刊，1960 年 8 月停刊，由夏濟安、劉守宜、吳魯芹三人共同創辦。這兩本刊物及其主持者都與美新處有關聯，但刊物政治色彩不強，且在扶植本地文學青年與勾連兩地文藝場域等方面產生深遠影響。當三地作家的作品通過文人遷移與作品傳播等方式在不同時空中對接的那一剎那，彼此或對立，或勾連，或同步，或錯置。在這種關係中，他們逐漸建構起自身的文化主體性，並參與了戰後當地文學景觀與文化想像的構建。

由上可見，在冷戰文化視野下重新審視 20 世紀中期的中國文學，很多或被遮蔽或被忽略的課題開始進入我們的研究範圍。比如，1945 年至 1960 年代發生於大陸、臺灣與香港間的文人空間流轉、作品流布與中國現代文學傳統之流衍，冷戰政治與文藝生產、流通及接受的關係等，都是值得深入考察的課題。相關議題包括臺灣文學空間由日據文學向中國文學的轉變，香港文學空

43　楊宗翰：〈《文學雜誌》與臺灣現代詩史〉，《臺灣文學學報》2001 年第 2 期，頁 166、171。

44　The Publishing Business in Hong Kong, RG 84, Entry UD 2689, Container 3, Folder: Publication Hong Kong.

間由左翼文學主導向右翼文化「轉口港」及東西冷戰的「中介點」的轉變；大陸文學空間由現代文學向社會主義文學的轉變。

我們要追問的是他們如何參與了當地文藝轉型進而推動文藝場域間的互動與競爭，以及如何被形塑又如何形塑世界格局下的文化冷戰。這類文人包括不同流派、不同地域、不同文化身分的文人（新文學作家／舊文人／通俗作家等），如胡適、張愛玲、徐訏、曹聚仁、覃子豪、陳蝶衣、姚克、葉靈鳳、李輝英、紀弦、易文（楊彥岐）、馬朗、力匡、楊際光、葉維廉、趙滋蕃、夏濟安、夏志清、余光中、林以亮、梁實秋、劉以鬯、羅斌、桑簡流、金庸、梁羽生等。深入考察驅使其空間流轉的諸多因素，如信仰信念、文化認同、利益考量、經濟動力等，都是該課題的應有之義。同時，研究者還可追問誰有文化／政治資本實現遷移？這種空間去留又如何被賦予了政治或文化資本，並在其日後文藝活動中發揮作用？

1950 年代、1960 年代兩岸三地冷戰文化面目紛呈，各開一面。本書分為上、下兩編，上編為內地部分，下編為香港部分。限於學識與積累，本書僅聚焦內地與香港，選取個別話題切入，管窺兩地文藝風景；時間上集中於 1949 年新中國成立至 1960 年代中期，但在討論具體論題時，會根據論題自身脈絡有所上溯與下延。

第一章將以「反特片」為線索，管窺冷戰文化在內地的緣起、構型及其問題。本章以茅盾的《腐蝕》為分析個案，追蹤其從小說發表（1941）到電影改編（劇本、電影，1950）再到小說再版（1954）的文本流變，對「反特片」的起源作知識考古學式的鈎沉。本章探討了「反特片」如何因應新中國的政治文化訴求與國際冷戰的意識形態對峙而興起；如何將大陸－臺灣－美國的政治角逐從現實搬上銀幕，上演了一場場「抓特務」的小型戰爭；意識形態訴求與大眾娛樂媒介、政治教化與驚悚懸疑及感官刺激等，如何彼此挪用又相互牽制。一方面，電影《腐蝕》改編中的新增元素恰恰反映了 1949 年後內地政治文化形構的核心要素，比如，反美主義、革命的性政治、救贖情結等。雖然這部電影最終被停映，但上述文化政治形塑了日後「反特片」的修辭套路。另一方面，本章還從《腐蝕》的改編與接受過程中梳理出文化踐行者（作家、電影製片人和評論家等）與管理當局（文化部門及其審查者等）以及受眾間的錯綜關係，揭示 1950 年代初政治話語、法律話語譜系如何滲透大眾文化的生產，部分文化工作者的主動響應如何推動了政治領域與文化領域的整合。

第二章以趙樹理的小說創作為線索，管窺中國小說現代化歷程中由歐化向民族化、通俗化突圍的努力與困境。20 世紀 40-50 年代，趙樹理曾被用來指稱其所置身的文藝時代和文藝方向——「人民文學」。一方面，趙樹理小說的結構和組織體現了綿密性的形式特徵。小說敘述單元的劃分多以人事為標界，以場面為次級單位。故事發生的時間與寫作的時間構成同步關係。這種時間性成為統括 1940 年代至 1960 年代趙樹理小說人物及其生活之上的抽象存在。趙樹理試圖編織一個與現實齊頭並進的文學世界。另一方面，趙樹理對於鄉村社會圖景的把握是呈現其常情、常理、常態的一面，發現政治變動如何融入鄉村社會的日常運轉、村民的信仰重塑之中。他的作品為新的社會生活變遷如何在 1949 年後大陸文學中得到平實的表達提供了想像空間。但趙樹理小說世界的整一性遭遇了內在分裂的挑戰，這種挑戰來自「整體」本身的暴力性和「整體」敘述對於「個體」敘述的淹沒。本章認為，如果說趙樹理以喜劇筆調講述村民圍觀三仙姑、小飛蛾的性別暴力場景，意味著敘述者對於鄉村文化蒙昧一面的默許。那麼，這種默許也是被男性中心社會所固有的性別規範與政治話語中新舊價值的絕對區隔所「合法化」。社會性別價值規範對於女性的操控根深蒂固，文學世界中的性別話語易於為政治話語理論所附著利用。而村民「公審」地主李如珍後的暴力場面，缺乏了性別等級的維度，趙樹理僅能依據階級話語來結構敘述。草草收場的場面描寫，暗示了階級話語理論對於現實暴力的附著力與闡釋力的限度，以及趙樹理在此向度上的思維界閾。

第三章以沈從文 1949 年後的文藝理想和政治理想為線索，鉤沉、梳理其與主流話語之間千回百轉的關係，管窺非左翼作家如何處身於新世代之轉型。首先，本章從沈從文作品魅力構成的兩大因素——風景畫式的筆法和「抽象的抒情」入手，試圖探索其舊有筆法與 1949 年後流行寫法及典範想像之間通約處和不可通約處的癥結所在。本章將這種筆法置於中國現代文學關於「風景」的文藝觀念的發展流變與 1950 年代關於自然美的美學觀念的重建背景下，發掘沈從文所謂的「舊筆法」何以為「舊」，以及置於何種語境中為「舊」。將美學家的理念探索與文學家的文藝實踐相對照，試圖發掘 1950 年代流行的審美特質及其由來。它包括作家再現自然的角度方式與對自然美之所在的理解模式。其次，應將沈從文對於主流文藝話語的認同言論置於他自己的思想脈絡和時代語境中，從正反兩個面向來考量其歷史內涵。本章認為，沈從文對於新世代文藝的接受與其說是現實認同，不如說是理念認同。沈從文的文藝理想是文藝作為知識高於權力；文藝具有獨創性、多元性、超越性。他還將抒情推廣至政治領域，勾勒出以專家體制代替官僚體制，藝術家與專家充當國家領導者的政治理想。

第四章以《二月》的改編與接受為線索，討論 1960 年代前期社會主義文藝的意識形態建構與左翼文化遺產的承繼問題。本章分析從左翼小說《二月》（1929）到電影劇本《二月》（1962），再到電影《早春二月》（1963）的文本流變與改編策略，勾勒出 1964 年電影公映批判與上海觀眾熱捧並存的複雜接受狀況，進而討論了社會主義文藝的資源配置與取捨承繼問題。一方面，小說《二月》中浪漫感傷的情調和蕪雜粗糙的敘述在電影《早春二月》中被革命、通俗、抒情等多種元素所改寫。儘管電影極力抹去小說中蕭澗秋的「孤雁」氣質，增加其投身時代熱潮的情節，但依然難掩其心頭多情的文人氣度和心懷蒼生的道德關懷。這種殘留的浪漫特質、通俗化的愛情劇情，以及唯美精緻的藝術手法，恰恰吸引了當時眾多的青年觀眾。另一方面，及至 1960 年代中期，個體的道德情懷與感傷氣質漸為高度激情化的情感共同體與集體政治行動所排斥。在冷戰文化的歷史語境下，影片中的憐貧惜苦與個性反抗，被批判為資產階級個人主義與人道主義的體現和突出 19 世紀俄國文學影響的結果。但以「破」西方文藝之迷思來「立」新中國文藝之權威，在 1960 年代並未得到整齊劃一的回應。1960 年部分文藝工作者反對全盤否定人道主義和批判 19 世紀資產階級文學；1960 年前後，青年學生中亦出現了推崇 18、19 世紀西洋文學的現象。

第五章以 1960 年上海「批判 18、19 世紀文藝作品」的活動為中心，在社會主義文學框架內討論本土對於外國文藝作品的接受問題。該章從高校文藝教育與廣播報刊出版兩個層面進行梳理。一方面，通過批判資料，鈎沉其時管理部門及其主導話語體系如何甄別外國文藝作品，如何清查外國文藝的教育者、翻譯者、出版者隊伍，如何規約外國文藝作品的闡釋模式。並由此反觀其時官方文藝主導話語體系的概念構成與運作機制。另一方面，外國經典作品譯本及其附加文本或衍生品（前言後記、文藝評論、原著改編、表演藝術、文藝教育等）製造了另一種靈活多樣的文化資源。人們通過消費、模仿甚至再造它們，使其在本土獲得新生，進而影響了社會主義文化結構的塑形。這些外國文藝資源既是被管治、被召喚、被吸納的對象，也是干擾主導話語的認知路徑與本土作品的寫作範式的主體。那些投射在它們身上的種種文化政治，彼此競爭又互相依賴，充滿張力又交錯共生。本章認為，外國文藝作品譯本及其衍生品可以視為社會主義文化範疇內的一種延伸，是構成差異、反抗既有文藝範式僵化與批評模式乏味的一種象徵。這一討論有助於理解跨文化流通的可能及其限度，揭示社會主義文藝生態結構的含混性與文藝場域構型的流動性。

第六章以《文藝新潮》（1956 年 2 月 18 日至 1959 年 5 月）為線索，探索香港現代主義與冷戰的關係。圍繞此刊物，編者與撰稿者形成了一個跨越地域的文人群體：以離滬赴港的青年為主體的南來文人如馬朗、楊際光、劉以鬯、易文、林以亮、穆穆、桑簡流、徐訏、葉靈鳳等，香港本地青年學生及作家如崑南、李維陵、王無邪等，以及遷臺及臺灣本地學生及作家如紀弦、秀陶、林泠、黃荷生、季紅、流沙和往返於港臺之間的葉維廉等。他們將現代主義審美與時代現實關懷相連接，香港現代文學與臺灣及世界現代文學相溝通，追求重建文學理想樂園與自由民主烏托邦。所謂自由民主，皆為文藝新潮社同人表達文藝理想與價值認同時使用的寬泛概念。其創作僅是對理想社會的文學想像而非深入探討；創作主題集中於思考理性時代、道德承擔、殖民地處境、人類前途等問題。文藝新潮社同人對於外國現代文藝的翻譯與接受具有世界主義的情懷，且對戰後世界文壇動態尤為敏感。文藝新潮社同人將對於自身所處時代與空間的關注擴展為對於世界與人類的關懷，彼此互為參照——其他區域的文學形態可以提供給他們世界文化之前景與人類命運之鏡像，亦可提供另類想像，並由此反觀自身之困境與出路。此外，本章還討論了《文藝新潮》及其運作之於冷戰時期香港本地文藝場域形構與文學主體性生成之意義，並檢視其形構過程中新潮社同人與香港左右兩派文化及美元（援）文化、內地美學傳統、臺灣文壇及世界文壇之多重關係。

第七章聚焦文藝新潮社成員馬朗、楊際光、李維陵的友誼與創作，管窺置身於香港的南來中國青年如何在一個戰後瘡痍未復而冷戰又起的大時代，體認香港、關懷中國、想像世界。有了文學信仰與時代關懷，有大戰爭、大動亂後奮起的烏托邦理想後，楊際光、馬朗、李維陵的作品才有了風骨——其現代主義的美學追求才有了民主自由的精神內核；其詩學重力來自國族憂患、時代抱負、人類關懷的現世性。馬朗跨越滬港兩地的時空流轉，詩憶／藝相隨。過去內地經驗與香港現實經驗，相互重疊；緬懷過往的抒情之聲與香港的都市之聲，交集回蕩。楊際光以詩歌為媒介，探尋並結構自我與動蕩現實及黑暗時代的關係。而他所謂「捕取美麗灼心之物，建砌精神隱匿之堡壘」並非隔絕時代的海市蜃樓，而是庇護性靈的自由完滿。他所追求的毫無雜質的平靜、透明美滿的純境，是在愛與同情的慈憐中把握人類前途的遠景。楊際光的純境推廣到政治理想，即是人類共得「最完整的平等」，共有「普遍一貫的愛」，共保「與生俱來的權益」。李維陵小說的人物設置多為藝術家與文人，念茲在茲的是戰後理性時代的重建與道德的承擔。正是心懷純真的希望與簡單的樂觀，楊際光的現實抗爭顯得靜穆莊重，甚至慈悲得地老天荒；李維陵的道德訓誡帶著清新美好，現代主義藝術亦可以將社會改造作為職責擔當。心靈的純真、藝文的志趣、純境的追尋，是文藝新潮社同人彼此間的精神紐帶。

第八章聚焦文藝新潮社成員崑南，通過鉤沉索隱〈夜之夜〉（1957）文本內外委婉曲折的脈絡關係，管窺 1950 年代香港現代主義與美援文化的複雜關係。1950、1960 年代美國文化外交以其宣揚的冷戰觀念與美國價值如自由、民主、個人等，重新界定並包裝西方現代主義傳統，以抗衡蘇聯的意識形態宣傳，遏制共產主義的文化擴張。本章從〈夜之夜〉的文本細讀入手，抽絲剝繭，探索發掘 1950 年代崑南現代派品格塑成的諸多問題，包括文化資源及其轉化、形式創新及其限度、意義生成及其機制等。本章認為，〈夜之夜〉在文本內部與其他文本符號構成相互指涉，如崑南詩歌、艾略特詩歌、以及無名氏小說；在文本外部又有香港文化冷戰的歷史語境、美援文藝報刊出版的文化資源等多種因素介入其文學生產。〈夜之夜〉的文本構造與意義生成，展現了香港美新處傳播的現代主義文學對於崑南創作的影響。但崑南既未沾染美國冷戰現代主義背後的美學政治，也未仿效艾略特的抽象風格與宗教主題。相反，崑南挪用艾略特的詩行，來書寫其時殖民地中國青年的生存苦悶。同樣是反復摹寫上下求索的心路歷程，艾略特提供給現代人逃離空虛的途徑是肉身凡胎與神聖之光相遇的一霎那，而崑南展現的是自我生命意志在人間大飛揚大跌落大憤懣的狂酣恣意。在崑南的筆下，「我」，是一個都市浪蕩子，在轉瞬即逝的感官刺激中流連往復，捧出一個軟弱卻堅貞的理想。「我」自我分裂又自我格鬥，希望同絕望一樣有力，理想同現實一樣真確。這種揮之不去的苦悶情緒，拒絕破解的二元結構，在文本內部由「我」的內心打開、彌散、生長；在文本外部又與崑南的其他文本彼此聯結、脈動、迴響。

第九章以 1950 年代初至 1967 年香港左派電影的複雜處境為線索，討論香港與內地、資本主義體制與社會主義體制跨界的可能與不可能。本章分析冷戰時期形塑香港左派電影的構型，以及影響其生產發行的兩個重要力量：由香港政府以及美國和臺灣在港勢力所構成的多重政治限制；內地對香港左派電影的政策變動所造成的不穩定因素。自 1950 年代伊始，香港左派電影工作者試圖建構一種具有「中間性」特質的電影身分：他們把內地電影生產的社會主義製片模式作為一種遠方的風景，同時避免將自身的電影淪為意識形態的宣傳工具；他們反對香港商業電影和好萊塢的資本主義製片模式，同時又毫不猶豫地將商業元素整合到自己的電影製作中。香港左派影人傾向於將其在香港電影界的邊緣位置理想化為道德精英主義和文化民族主義。就內地而言，香港左派電影是可資使用，爭取海外華人價值認同的重要文化武器。內地通過購買香港左派電影的發行權、合拍戲曲片、授予其全國電影大獎、提供經濟支持和文化領導，使得香港左派電影成為新中國電影共同體的構成分子。然而，香港左派電影輸入上海所經歷的上映狂熱，到電影局的控制上映，再到禁映的命運，燭照出其時香港左派電影跨界的獨特現實：香港左派電影的魅力來自它們在社會主義制度／內地和資本主義制度／香港中均處於邊緣而非主流的位置；香港左派電影的困境在於跨越兩個系統所遭遇的發行上映的困境，以及其與在地主流話語的扺牾。香港左派影業的冷戰命運恰恰表明內地訴求與香港經驗、社會主義體制與資本主義體制之間跨界的限度。

第十章以香港電檢制度為線索，考察香港政府如何在電影冷戰中維持自己的文化統治地位。本章主要考察 1947 年至 1971 年香港政府對於外來電影的政治審查。筆者一方面將這種審查視為香港政府對於中國政治（國共兩黨對峙）與冷戰政治（大陸 vs. 美國與臺灣，內地 vs. 英國與香港）的回應；另一方面視之為與香港在國際冷戰格局中脆弱地位相關的文化統治，以及維護本地社會內部穩定的控制策略。本章辨析一系列電檢條例的形構與香港當局對內地、美新處與臺灣影片的政治考量之間的互動關係，揭示戰後香港電檢制度中政治審查的嬗變軌跡。本章所要探討的問題是：1940 年代後期與 1950 年代初期，香港的脆弱處境與冷戰的危急氛圍如何影響了該地電影政治審查條例的形成；什麼因素促發了香港政治審查規則的調整與修訂；電檢制度如何因應該地內部與外部情境的變化，重新結構電檢組織架構及其人員構成。以香港電檢為視角，我們可以發現文化統治權如何賦予香港政府一定的砝碼，使之或可有效地處理冷戰期間香港與各方政治力量的複雜關係。本章認為，1949 年至 1965 年間香港政府對內地電影的限制，主要源自對於本地問題的考慮而非出於某種與美國在宣傳領域合作的意願。而 1965 年及 1971 年政治審查的持續放寬主要來自於檢查員小組和審核委員會對於政治審查的意見分歧而非左派文宣的壓力。此外，較之其時國際冷戰格局的變動，香港本地的社會轉型才是電檢制度放寬更為重要的因素。

戰後中國部分文人因各種因素流離輾轉，在港臺及海外落地生根；文學世界裏的空間再現，也是各有各的時代意識，各有各的中華文化復興夢。大陸內部流動的文人，一邊書寫故鄉空間改造的切身體驗，一邊再造對香港、臺灣及美國等「他者」空間的想像，進而建構起新中國的國家身分與文化認同。比如，第一章「反特片」的空間再造與第三章沈從文的風景書寫。「時間」表現在內地作品中常常以「時間開始了」之類具有「時代感」的表達方式出現；在香港文藝作品中，亦有奮起的時代抱負和歷史承擔感。只是兩地作品所指時間意識，有所不同。1950 年代、1960 年代香港的現代主義文學運動，從文藝新潮社到香港現代文學美術協會，即使有審美純境追求者，但他們也心懷家國與香港處境，肩負中華文化復興的理想，關切人類前途走向。文藝新潮社同人如馬朗、楊際光、李維陵等灌注時代精神於現代主義文學追求中，引領香港現代主義運動。文藝新潮社同人如王無邪、崑南、葉維廉在《文藝新潮》停刊後同友人創立香港現代文學美術協會，創辦《好望角》半月刊，推動香港現代主義之繼續發展，以及海外中華文化再造運動與殖民地嚴肅文學之建設。1959 年創立現代文學美術協會時，他們就宣言自己身處中華民族流離與文化思想分歧的多難時代，要正視時代，共同創造中國文化思想的新生。其「文化中國」的想像與抱負，由此可見一斑。

1945 年至 1960 年間，大陸、臺灣及香港等地生成了各自的政治、社會與文化形成物；它們通過交叉、並置的「網狀性的空間結構」，體現了相互性與共時性的關係。在文化這一層面，部分文人的遷移如何推動了當地文藝場域的建構，歷史進程中各自文藝場域如何構成互動與競爭關係，都值得一一細緻辨析。此類議題包括文藝生產方式與評價機制的變革、印刷出版與電影製作的審查、新的文學範式及觀念的建構。文學中地理空間如何被賦予政治意味，作家對於空間的編排如何成為冷戰陣營在意識形態方面對峙的文學表徵；文學的詩藝／憶相隨如何在政治版圖之外構成文學上的新版圖；這些遷移文人如何在鄉愁情懷與創傷體驗、文化融合與文化區隔、殖民主義與民族主義、政治體制框架與個體寫作策略之間考量取捨。這些冷戰框架下文學的交集地帶有待更為系統、深入地探究。

香港的文藝場域呈現出多重面向，它既有受到美國援助的文藝事業，也有受到內地支持的左翼文藝與受臺灣支持的右翼文藝，還有「自生自滅」的本地文藝。而所謂左翼與右翼在香港又並非截然對壘。有大量作家與電影工作者游離、穿梭於兩大陣營之間，或為稻粱謀，或為人情謀。其時香港文壇還有注重都市心理與敘述形式且熟諳香港現實者（如易文等）；也有描寫內地人戰後在香港流離失所而掙扎於生死線上者（如趙滋蕃等）；還有充滿感傷情緒、夾雜政治因素的懷鄉書寫（如徐訏等）。這些作家的作品往往又為美新處的圖書出版項目和受亞洲基金會支持的亞洲影業有限公司（Asia Pictures Limited）的電影提供文學資源。此外，徐訏、萬方、易文、馬朗、張愛玲、劉以鬯、李維陵、胡金銓、鄒文懷等人都曾與美新處發生過關聯。

總之，引入冷戰文化的框架，或以文人的空間流轉及其作品的傳播流布為線索，或以同一時期不同區域小至文藝專題、大至文藝生態作對照，我們可以對冷戰時期文藝流變作整體把握之嘗試。它試圖將文學史的書寫從既有的政治－文化等理論的簡單捆綁中拆解下來，探尋一個既不被「拼盤」文學史簡化處理，也不被當下流行的國族意識或激進的民族主義單向度整合的文學史撰寫框架。一方面，可更為歷史化地透視各種政治力量在臺港文藝場域建構過程中的深度參與及其長久影響；另一方面，也將戰後文藝走向與文人流轉置於更為廣闊的國際冷戰格局下進行理解與反思。

最後需要說明的是，冷戰時期的香港文化生態複雜多元，而拙作取名「管窺」，實乃掛一漏萬，坐井觀天；探尋「風景」，冀望看取不同區域文藝形態參差對照之處，而非進行單一區域文化系統專深之討論。後者文學史家，著述多矣。而在關於香港的英文資料翻譯過程中，專業術語、專有名詞的翻譯與電影標題、檔案內容的回譯等，都是令筆者困擾的難題。訛誤之處，期待方家正偽糾謬。本書未能收入香港冷戰文化的重頭戲——美援文化的專章研究，但在第八、九、十章有簡要涉略。謹供有興趣者批評指正。

第一章　幕布上的冷戰：《腐蝕》的改編與意義

2007 年，「反特片」經典《羊城暗哨》（1957）被改編成同名電視連續劇。該劇的宣傳文案稱，「電視版《羊城暗哨》演繹全新間諜大片」，融合了原「反特驚險片」的情節與「時下諜戰題材」的新鮮元素。[1]該劇使用「間諜大片」而非「反特片」進行自我指稱。「反特片」，又稱「反特驚險片」、「反特電影」，是 1949 年後興起的一大電影類型片。從「反特片」到「間諜片」的指稱變遷，折射出交錯衍生的時代文化心理之流變。徐勇認為，「反特片」中敵我分明的二元對立結構是冷戰意識形態的表徵，而諜戰片中「你中有我、我中有你的鏡像式結構」呈現的是後冷戰時代的特徵，是對先前階級認同和國族認同的改寫和超越。[2]史學界一般把 1991 年蘇聯解體劃作為世界冷戰的終結點，但中國走出冷戰政治格局的時間可能更早。1979 年的中美建交或可視為一個重要標界。然而，冷戰文化在中國的退

1　電視版《羊城暗哨》演繹全新間諜大片，http://www.chinadaily.com.cn/hqylss/2007-03/22/content_834173.htm。

2　徐勇：〈語詞的意識形態及其表徵——從命名「反特片」到「諜戰片」的轉變看社會時代的變遷〉，《北京電影學院學報》2011 年第 4 期，頁 5-6。

潮，卻非一蹴而就。

本章將以「反特片」為線索，管窺冷戰文化在中國的緣起、構型及其問題。「反特片」中，常常出現一個誘惑－拒絕的情節模式：國民黨女特務誘惑男性偵查員（共產黨員或「進步分子」）並愛上他，但他堅貞於自己的政治立場，拒絕美色誘惑。這種性別化的角色設定與戲劇化的情節模式，使得偵查員及其政治信仰更具男性化的陽剛色彩與崇高風格，也使得年輕未婚的女特務成為必不可少的故事元素。她們的存在，對既有男性中心的社會秩序和政治結構構成了象徵性的威脅，包括家庭穩定與「國家安全」。在既有關於「反特片」的研究中[3]，研究者對於國民黨女特務的形象闡釋往往落入「蛇蝎美女」或「致命女性」等刻板性別符號的窠臼：性感、危險、神秘；性誘惑與政治誘惑的複雜關係亦被簡化為政治教化與色情消費之間的衝突關係。本章聚焦女特務的形象塑造，嘗試探索「反特片」中性別話語與政治話語是如何糾纏混雜、互為表裏的。

本章以茅盾的《腐蝕》為個案，追蹤其從小說連載（1941）到改編成劇本（1950）、電影（1950），再到小說再版（1954）的文本流變。該小說最初於 1941 年 5 月 17 日至 9 月 27 日在香港的《大眾生活》連載；後以單行本形式於 1940 年代多次重印。小說版《腐蝕》採用日記形式，記錄了國民黨特務趙惠明從 1940 年 9 月 15 日到 1941 年 2 月 10 日間的心路歷程。趙惠明在其男友希強的引誘和強迫下，淪為國民黨特務。她後來被安排了

3　關於「反特片」的系統研究，可參見俞潔：《「十七年」中國反特電影的類型研究（1949-1966）》，杭州浙江大學博士學位論文，2012 年。

一項任務：說服被監禁的前男友小昭提供異見者的名單。趙惠明此刻重新燃起了對小昭的愛，並嘗試將他從監獄中救出來。小昭因拒絕提供名單，很快被處決。趙惠明也因在特務機構的權力鬥爭中失敗，被轉移到重慶鄉下的大學區工作。在那裏，她遇到了女大學生 N——國民黨特務機構招募的新成員。趙惠明計劃幫助 N 逃脫魔窟。

早在 1949 年前，文華影片公司就已在香港購下《腐蝕》的攝製權；茅盾特別指定該片由黃佐臨導演。1949 年，在北京文代會上，周恩來也曾表態，《腐蝕》是適合民營公司拍攝的好戲。[4]這部小說最初由柯靈改編成電影劇本，並於《文匯報》（1950 年 10 月 16 日至 12 月 18 日）連載，後又於 1950 年出版劇本單行本。電影《腐蝕》於 1950 年 8 月中旬由黃佐臨拍攝，同年 12 月 15 日，由文華影片公司在滬放映發行。[5]拍攝《腐蝕》是 1950 年文華電影公司的首要工作；該片也是中國第一部學習蘇聯電影製作經驗所拍攝的電影。[6]該片上映後，票房收入不菲。1951 年這部電影被禁映；1954 年 9 月該部小說重印，並做了細微修改。

本章基於文學及電影作品、文藝報刊與檔案文獻的資料爬梳，以《腐蝕》的文本流變為線索，以趙惠明的人物形象塑造為

4　〈《腐蝕》上銀幕，茅盾指定佐臨導演〉，《大報》1949 年 9 月 1 日，第 4 版。

5　石邦書：〈《腐蝕》的「排後拍」制〉，《大眾電影》1950 年第 13 期，頁 16。

6　齊桐：〈文華建立民主管理　製片徹底改進方針〉，《文匯報》1950 年 11 月 5 日，第 6 版。

角度，對「反特片」的起源做一知識考古學式的發掘。筆者梳理文本流變過程中的三個改寫細節，分析推動改寫背後的文化政治，繼而發掘這些文化政治如何形塑了「反特片」的敘述模式與電影語言技巧，包括情節安排、人物設置、場景調度等。這些都可以在《腐蝕》中找到源頭。另外，本章還將《腐蝕》的文本流變置於國內政治運動和全球冷戰（朝鮮戰爭）的歷史背景，以及政治、法律和文化等話語譜系的交織作用中考察，透析其與 20 世紀中期的文化轉型與冷戰文化行進之關係。

一、「她」之命名：
從「特別任務」者到「美蔣特務」

在 1949 年後的政治文化語境中，「特務」一詞或單獨使用，或與其他詞語組合使用，包括「反特」、「反特片」、「防蔣反特」和「美蔣特務」等。檢閱《人民日報》（1946-）數據庫，1950 年後「特務」一詞在詞組「美蔣特務」中出現的頻率遠遠高於詞組「蔣美特務」、「蔣匪特務」、「蔣記特務」。而「美蔣特務」一詞，在民國時期期刊全文數據庫（1911-1949）中，尚無檢索結果。1946 年至 2019 年的《人民日報》中，「美蔣特務」一詞出現在 1950 年至 2015 年的 516 篇文章中，而「蔣美特務」則僅出現於 1948 年到 1996 年的 6 篇文章。且「蔣美特務」一詞在 1950 年以後幾乎難覓蹤影（僅有一篇 1996 年的文章出現過該詞）。「美」、「蔣」的組合順序及其流通度，或可視為冷戰格局下美國成為中國新政權最大對手的語言反映。隨著 1950 年代朝鮮戰爭的爆發，中國與美國的關係迅速惡化；同時美國對臺灣開啟了數目可觀的軍事與經濟援助。1950 年 1 月 19 日「美蔣特務」一詞首次出現於《人民日報》上，該文章稱「中美合作所」為「美蔣特務機關」。[7]主流政治話語建構初始，「美蔣特務」一詞即與「中美合作所」掛鉤，其廣泛的流通性亦可視為冷戰初期中國大陸與臺灣及美國複雜關係的現實投影。

作為政治話語的「美蔣特務」是如何被文學化、藝術化，並在「十七年」文化語境中獲得廣泛流通性的呢？《腐蝕》中趙惠明的形象改寫或可為此提供重要線索。惠明的身分從最初小說版中執行「特別任務」者演變為劇本版和電影版中隸屬於「美蔣」特務機構的特務，其重要依據就是小昭關押場所的改寫。小說版中，小昭關押在「特別監牢」。劇本版和電影版中，小昭的關押地改為「中美特種技術合作所」，而「中美合作所」又被塑造成國民黨集中營白公館和渣滓洞的所在地。這些集中營以關押和刑訊包括共產黨在內的政治異見者而臭名昭著。然而，歷史上的「中美合作所」（Sino-American Cooperative Organization，SACO；又稱「中美特種技術合作所」）乃「二戰」期間基於 1943 年簽署的中美合作條約而創建的跨國情報機構。[8]該機構由國民政府軍事委員會調查統計局與美國海軍部情報署合作建立，

---

7 〈重慶市各界悲憤集會　追悼楊虎城暨死難烈士　堅決向蔣美匪幫討還血債〉，《人民日報》1950 年 1 月 19 日，第 1 版。

8 Yu Shen, "SACO Re-Examined: Sino-American Intelligence Cooperation during World War II," *Intelligence and National Security* 16.4 (2001): 149-174. Frederic Wakeman, *Spymaster: Dai Li and the Chinese Secret Service*, Berkeley: University of California Press, 2003, pp. 294-307. 吳淑鳳：〈軍統局對美國戰略局的認識與合作開展〉，《國史館館刊》2012 年第 33 期，頁 147-174。

旨在加強軍事情報收集，聯合對抗日本。該組織位於重慶西北郊區的歌樂山與磁器口間，1946 年解散。劇本版和電影版如何對「中美合作所」這一歷史現實進行藝術再現，並賦予空間形式以政治文化意味？以惠明首次訪問小昭的監牢為例。小說中，關於「特別監牢」著墨不多，且用筆較為隨意。文字既未提供具體地理位置信息，亦難引發讀者情感共鳴。一輛汽車將惠明和陳書記帶到小昭的關押地：

> 汽車飛快地穿過市區，〔……〕末了，汽車慢下來了，轉進一所學校似的房子〔……〕可是汽車已經停止。進了一間空洞洞的房間，劈頭看見的，卻是 G，〔……〕大概穿過了一兩個院子，又到一排三五間的平房跟前，門口有人站定了敬禮，〔……〕當時我斷定這是特別監牢了。[9]

劇本中，「特別監牢」被定位在中美特種技術合作所和第一看守所之內；上述文字，柯靈以三頁的篇幅鋪陳刻畫：

> 歌樂山，磁器口道上，丘陵起伏，公路盤旋在陰森森的山谷裏，一輛小轎車疾馳而進。〔……〕汽車一直前進，路上所見的都是荒墳亂坑，漫烟衰草，滿目淒迷。沉重的壓迫在擴大〔……〕惠明抬頭望——一邊山坡上矗立著一座碉堡，頂上有一個美式配備的憲兵，荷槍守望；作為它們的背景的，是重疊的亂雲，景色淒厲。

---

9 茅盾：〈腐蝕〉，《大眾生活》1941 年第 8 期，頁 194-195。

> 碉堡旁邊的一顆猙獰的枯樹，形如怪人，臂上掛著一個汽車輪盤，風吹枯枝格格地響。
>
> 山腳下一帶的鐵絲網，一直沿伸到無盡。
>
> 陳胖示意，惠明跟著他並肩沿著石級往上走。
>
> 一坡長長的石級，盡頭處，三面絕壁，擁抱著一座古舊陰森的院子，圍墻高聳，漆黑的大門嚴嚴地關著。正中矗立一座守望臺。
>
> 她們往上走，走完最後一道石級，惠明再往上看——院門上的橫幅斜著劈窠大字：「中美特種技術合作所。」
>
> 右首門上一塊豎立的牌子，字比較小一點，「第一看守所。」
>
> 門邊又是兩個荷槍的衛兵。大門上一個小小的鐵格窗洞，一雙眼向外窺探著。一扇門開了，她們進去，陳胖在前，惠明在後。[10]

柯靈首先以「荒墳亂坑，漫烟衰草」營造山谷的陰森鬼魅，繼而以惠明的仰視角度，呈現一個「美式配備」武裝、鐵網封鎖的「碉堡」。而「碉堡」的名稱與大小字體的分配，都明確地比附中美盟國的等級關係。「中美特種技術合作所」被描繪為多個集中營的所在地，而非中美合作抗日機構。關於小昭下落，顧愷告訴萍：「在中美合作所是確定的了，就不知道在哪一處，他們的集中營多得很。」[11]此外，審訊犯人的小房子裏，「正面墻上：

10　柯靈：《腐蝕與海誓》（上海：上海出版公司，1951 年），頁 68-70。

11　柯靈：《腐蝕與海誓》，頁 101。

蔣介石的像居中，右邊是整整齊齊，上下兩排美式的手銬。」[12] 寥寥幾筆的房間布置描述，旨在宣傳美國對國民黨政府提供軍備支持，壓迫國內的政治異見者（共產黨）。

電影版《腐蝕》不僅把小昭的「特別監牢」改為「中美特種技術合作所」，還增加了一個相遇的橋段，即將作為政治宣傳符號的「美國」肉身化為美國大兵。切入全景，大門上標有「中美特種技術合作所」幾個大字，下方有中華民國和美國的國旗以及該機構的英文縮寫「SACO」（見圖 1-1）。惠明和同事的車駛入大門，差點與一輛駛出的卡車相撞。切入中景，一名戴太陽鏡的美國士兵將頭伸出卡車車窗，用英語憤怒地向趙惠明等人大喊：「嘿，你怎麼回事？怎麼回事？再見。走開！」（見圖 1-2）惠明等人下車步行，轎車倒車離去。新增橋段意在凸顯國民

視頻來源：優酷網。本章皆同，不另附註。

圖 1-1　《腐蝕》（一）（文華，1950）

12　柯靈：《腐蝕與海誓》，頁 70。

黨政府在中美同盟關係中的劣等位置。惠明等進入院子後，切入了犯人勞改的全景鏡頭，長達 16 秒。雖然惠明是移動的，但攝影機的位置固定，意在突出勞改場景（見圖 1-3）。切入惠明上級的房間，門頭繩套晃動。這一繩套景觀在隨後鏡頭中多次出

圖 1-2　《腐蝕》（二）（文華，1950）

圖 1-3　《腐蝕》（三）（文華，1950）

現。上述場面調度，從空間布局到拍攝角度，都意在強調集中營的累累暴行而非惠明的主體性。此外，小說版中「特別監牢」要求小昭交出的是「異黨分子」名單；而電影版中則改為「共黨分子」名單。至此，關押小昭的「特別監牢」被具象化、政治化為國民黨特務機構和美國軍方共同參與、迫害共產黨的秘密集中營——「中美特種技術合作所」。

關於「中美合作所」的想像與敘述，柯靈與黃佐臨的靈感可能來自 1949 年、1950 年的報刊、展覽等。將「中美合作所」與磁器口集中營相混淆，可追溯到楊益言的《我從集中營出來——磁器口集中營生活回憶》（1949），[13]重慶市各界追悼楊虎城將軍暨被難烈士籌備委員會編的特刊《如此中美特種技術合作所：蔣美特務重慶大屠殺之血錄》（1950），以及「中央革命博物館」籌備處在特刊基礎上編的《美帝蔣匪重慶集中營罪行實錄》（1950）。1950 年 3 月 18 日至 4 月 10 日，「中央革命博物館」籌備處在北京還舉行了一次特展，參觀團體機構達 356 個單位，人數達 15,219。此外，其他城市也紛紛要求借展。[14]《美帝蔣匪重慶集中營罪行實錄》稱，「中美合作所」是「惡跡昭彰，臭名遠揚的特務組織」，「也就是美國特務指揮國民黨特務如何監視、拘禁和屠殺中國人民的訓練所和司令臺。中美合作所內的兩座集中營——渣滓洞和白公館，就是蔣匪囚禁中國人民的最大

13　何蜀：〈劉德彬：被時代推上文學崗位的作家（上）〉，《社會科學論壇》2004 年第 2 期，頁 78。

14　中央革命博物館籌備處：《美帝蔣匪重慶集中營罪行實錄》（北京：大眾書店，1950 年），頁 1、2。

牢獄。」[15]據鄧又平文章，「中美合作所集中營」這一名稱，最早見於 1956 年 8 月 16 日四川省人民委員會公布的文物保護單位的名單裏。[16]鄧又平指出，現存檔案材料表明，「中美合作所」的美方人員既沒有參與過白公館集中營的任何屠殺共產黨和革命者活動，也未與重慶軍統集中營有任何關係。「中美合作所集中營」或「中美合作所領導下的集中營」的說法，將時空上部分相關聯的「中美合作所」與軍統重慶集中營相混淆，缺乏歷史依據。[17]而上述書名從「蔣美特務」到「美帝蔣匪」的調整，或正暗示其時政治語境的微妙走向。

《腐蝕》的改編展示了「中美合作所」由歷史領域進入文化領域的最初路徑。新世代流行的價值觀念與情感態度已經在這一進程中浮現出來：反美主義、革命英雄主義、反「美蔣特務」制度等。1950 年社會主義文藝體制尚未建構起來；而柯靈與黃佐臨主動改編《腐蝕》，以「配合當前迫切的政治任務」。其改編的目標有二：一是教育「抗戰的主流在延安，我們民族的舵手是毛主席和共產黨」；二是「控訴了特務制度的罪惡。〔……〕他們所支使的特務活動還在地下進行，在我們和平建設的道上，儼然形成了一條無形的戰線；法西斯的毒焰正在美國高漲，〔……〕反匪反特反法西斯，對我們還是一個重大的課題」。作

15 〈劉德彬：被時代推上文學崗位的作家（上）〉，《美帝蔣匪重慶集中營罪行實錄》，頁 119。

16 鄧又平：〈簡析「中美合作所集中營」〉，《美國研究》1988 年第 3 期，頁 26。

17 鄧又平：〈簡析「中美合作所集中營」〉，《美國研究》1988 年第 3 期，頁 26、38。

者還強調他們對於趙惠明的處理有「嚴格而恰當的分寸」，符合當時中央對特務「鎮壓與寬大相結合」的政策。[18]

一方面，電影刪除了惠明這一人物形象在小說中的抗日色彩。[19]另一方面，電影改編時增加了原著所無的「中美特種技術合作所」。茅盾曾表示反對，因為「中美合作所」的成立在《腐蝕》故事發生之後。茅盾以為，文藝應該符合客觀現實；而柯靈與黃佐臨堅持認為，時間錯位並不重要——「時間雖有差別，卻不能動搖這血腥的事實，對美帝國主義在中國的滔天罪行，我們有隨時隨地加以揭發的必要。」[20]這一堅持本身就顯示出其時有文化踐行者借助藝術虛構的權力來建構歷史，並以表現政治訴求與配合政治宣傳為首位。

1954 年人民文學出版社重排《腐蝕》時，詢問茅盾對原書有無修改。茅盾表示：「但《腐蝕》既是在當時的歷史條件下寫成的，那麼，如果我再按照今天的要求來修改，恐怕不但是大可不必，而且反會弄成進退失據罷？」[21]研究者往往引用茅盾的自述，贊其不作削足適履之舉。但將 1954 年的重印版與《大眾生活》連載版、1941 年知識出版社版、[22] 1946 年大眾書店版、

---

18 佐臨、柯靈：〈從小說到電影——代序〉，《腐蝕與海誓》，頁 1-3。

19 茅盾：〈腐蝕〉，《大眾生活》1941 年第 3 期，頁 64-65。

20 佐臨、柯靈：〈從小說到電影——代序〉，《腐蝕與海誓》，頁 1、3、4。

21 茅盾：〈後記〉，《腐蝕》（北京：人民文學出版社，1957 年），頁 267。

22 許覺民：《雨天的談話》（長沙：湖南教育出版社，2007 年），頁 240。據許覺民回憶，華夏書店成立於 1946 年初。當時華夏書店用了多種出版社的名義進行活動，以迷惑國民黨當局。《腐蝕》就是用「知識

1949 年華夏書店版《腐蝕》比較，即可發現其中的細小修改。上述 1949 年前的版本中，小昭因在 S 省縣辦「工合」（中國工業合作協會），被當地鄉長向國民黨黨部控告為「共黨分子」。他被捕坐牢六個月，後被該縣一個「美國教士」保釋。這教士也熱心「工合」事業。[23]但是在 1954 的重印本中，「美國教士」被改為「外國教士」。[24]

1950 年代、1960 年代「反特片」流行的「美蔣特務」形象與「美國」政治元素之修辭，濫觴於電影《腐蝕》中惠明的形象塑造與「中美合作所」的空間再造。這種文藝表徵既可視為被國內政治動員中反美與反蔣（國民黨）的政治文化情緒所形塑，也可視為其時中美在冷戰格局下敵友關係的心理投影。該電影開頭增加了小說版與劇本版開頭都沒有的監獄與刑場場景，「中美合作所」在故事開場即以驚悚形象亮相。同是以「中美合作所」為題材的間諜類型片，電影《腐蝕》與同時期的好萊塢電影計劃形成鮮明對比。據 Yu Shen，1950 年代初好萊塢啟動了一項取材於「中美合作所」第四部門（Unite Four of SACO）及其間諜故事的項目。電影劇本題為 *Wind From the East*（1952 年 11 月 8 日）。由於第四部門位於內蒙古境內，電影取景將充滿異域情調和夢幻色彩。美國間諜的故事則既有驚悚冒險，又有浪漫愛情。但該劇本最終未能拍成電影。這可能與 1953 年另一部相似主題的電影（*Destination Gobi*）公映有關。此外，關於「中美合作

出版社」的名義出版的，實際出版時間為 1946 年初。

23　茅盾：〈腐蝕〉，《大眾生活》1941 年第 8 期，頁 195。

24　茅盾：《腐蝕》（北京：人民文學出版社，1954 年第 1 版，1997 年第 2 次印刷），頁 110。

所」的回憶，也可以從其時以此為題材的間諜故事中發現點點滴滴。這些故事刊載於 1960 年代的 *Stage* 和 *For Men Only* 等雜誌上，通常描寫一個美國人置身於熱情好客的中國少數民族地區，其日常工作為收集天氣信息，並用無線電發送給重慶方面。故事大多沿襲英雄美女、驚險浪漫的情節套路。[25]

《腐蝕》從 1941 年的小說到 1950 年的劇本與電影的文本流變過程中，惠明的個性氣質發生了逆轉。電影版淡化了小說版中惠明好強、自信、攻擊性的一面，強化了她的脆弱、痛苦、被操縱的一面。小說中，惠明以自我為中心、個性強悍、獨立。關於她的描述，多與自囈、白日夢、噩夢、多疑、痛苦、折磨相關。小說以第一人稱視角描寫惠明的白日夢或噩夢，表現其遺忘過去不能而渴望新生不得的精神困境。她掙扎於希望和絕望、現實和幻想、獵捕和被捕的極限地帶。小說設定的空間背景是重慶，這個以霧聞名的城市也給故事蒙上了一層陰沉、鬼魅的面紗。「夢」暗示著女主人公「悶」的精神狀態。

日記體的敘述形式，使惠明的形象刻畫偏向其內心世界；而這一形式特點也對應著特務職業的保密特徵。小說開篇即為：「近來感覺到最大的痛苦，是沒有地方可以說話。」[26]惠明的隱秘世界在很大程度上被她的偏執臆想所占據。即使她有偏執狂、神經衰弱的症狀，但這種偏執恰恰是其自我保護的表徵。惠明個性警惕多疑，行事咄咄逼人。她臆想，身邊同事個個笑裏藏刀，

---

[25] Yu Shen, "SACO Re-Examined: Sino-American Intelligence Cooperation during World War II," *Intelligence and National Security* 16.4 (2001): 160, 161, 173.

[26] 茅盾：〈腐蝕〉，《大眾生活》1941 年第 1 期，頁 14。

深諳見風使舵、落井下石的全套法門。而自己不能神經鬆弛、束手無策，要時刻算計、準備反擊：「我得先發制人，一刻也不容緩。我這一局棋幸而還有幾著『伏子』，勝負正未可知，事在人為。略略籌劃了一下，我就決定了步驟。」[27]惠明的精神困擾亦表現為相應的生理病症，如心悸、驚覺、抑悒、失眠等。惠明痛苦好強的偏執情緒與生性多疑的臆想症狀，貫穿了小說的整體敘述，直至小昭去世方有變化。惠明個性中柔和的一面，僅在其面對小昭或回憶孩子時才偶爾浮現。惠明不得不拋棄自己的新生兒，因為無法在充滿仇恨、陰謀和暴力的環境中撫養他。但她對小昭案的第一反應並非考慮他的安全，而是自身在機關權力鬥爭中的處境。[28]茅盾對惠明妄想症的刻畫，儘管意在表現國民黨特務制度對於個體的摧殘迫害，但亦描畫出惠明果敢決斷與冷酷自我的人格特徵。其殺伐決斷個性的形塑與其說源自國民黨特務制度，不如說源於機構內的人事政治與權力鬥爭。

在劇本版和電影版中，惠明性格中的偏執性和攻擊性被隱去，其個體的能動性亦被削弱。故事敘述也由關乎惠明的內心世界轉變為關乎政治陰謀的外部世界。比如，在劇本版和電影版中增加了一段惠明和小昭的爭論，[29]強調兩者的政治立場分歧。劇本中，1937 年惠明放棄小學教員的工作，計劃去南京政府機關做抗戰工作。小昭勸阻惠明，理由是國民黨的抗戰是被動的。小昭還批評惠明，爭強好勝與虛榮心相結合，便有了墮落的危險。這種政治表態在電影版中更為直接。電影中，小昭隨後還指責惠

27　茅盾：〈腐蝕〉，《大眾生活》1941 年第 2 期，頁 36。

28　茅盾：〈腐蝕〉，《大眾生活》1941 年第 3 期，頁 62、63。

29　柯靈：《腐蝕與海誓》，頁 9-10。

明：「這是小資產階級的毛病。」

「我不是一個女人似的女人！」——小說中反復出現的自白，引導我們思考惠明的性取向及表徵問題。惠明的性別宣言可視為個人主義的陽剛氣概的表現，但亦可視為對其性取向模棱兩可的暗示。在劇本和電影中，惠明與他人的親密關係都被抹去，無論男性，還是女性。比如，小說中的監牢會面場景。監獄行刑時，犯人呼號慘厲，刺耳錐心。惠明半夜被驚醒，誤以為是小昭受刑，趕去獄房探望。兩人會面後，頓有劫後餘生之感：（小昭）「一張熱烘烘的臉兒卻偎在我的臉上了，同時一隻手臂又圍住了我的腰部。」[30]兩人相吻相擁，恍如夢境。這段親密描寫在1954 年的重印版本中仍然保留，但在劇本與電影中已面目全非。小說中只聞其聲的「痛楚的呼號聲」在劇本中具象化為酷刑拷打囚犯及其不屈不撓的場景畫面。[31]

小昭主動與惠明親密的情節，在劇本版中反轉為惠明的動情與小昭的拒絕回應。「她激動地貼近他，那雙手圍著他的頭頸。大衣掉到了地下，她也不管。〔……〕她含著淚，拿她的臉貼著小昭摩挲著，小昭警戒地拿開她的手，替她撿起大衣，重新披上。」之後，小昭令其回去，惠明淒然而去。[32]電影中，這段場景被重新編碼表現。切入惠明趴在小昭肩頭的全景鏡頭。推近鏡頭，切入中景。兩人鏡頭中，小昭多正對著鏡頭，或聆聽動靜，或有所沉思；惠明幾乎都以側面角度示人，或伏在小昭肩頭，或畏懼地掩面而泣。這種拍攝角度烘托出小昭的無畏與惠明的脆

---

30 茅盾：〈腐蝕〉，《大眾生活》1941 年第 11 期，頁 266。

31 柯靈：《腐蝕與海誓》，頁 88、89。

32 柯靈：《腐蝕與海誓》，頁 90、92。

弱：小昭眼中只有景框外的受刑獄友，而惠明眼中只有景框內的小昭。當小昭將惠明的手從自己的脖子上挪去時，他轉過頭來正對著鏡頭，猶如英雄亮相。這一高冷的拒絕姿態，就此奠基了日後「反特片」中誘惑－拒絕的經典情節模式。他們必須抵制女性的誘惑方能成為「正面人物」，因為她是對其道德作風和政治認同構成威脅的象徵。同時，這種修辭模式也寓意了國共兩黨的角鬥與性政治：浪漫愛情提供了俘獲對手身心最自然、最有效的路徑。鑒於崇高美學的要求與忠貞典範的人設，「反特片」中的偵察員與「進步分子」在電影中需要富有男性魅力但又不可流露性感跡象。

小說中，惠明與 N 的描寫暗示著同性戀人的關係；這種關係在劇本和電影中被改寫為姐妹關係。而姐妹情的邏輯建構乃基於兩者都被劃為國民黨特務機構受害人的共同身分。小說中，她們彼此用「愛人」或「情人」稱呼對方。[33] N 對惠明說：「不知怎的，昨晚上一見你，我就愛了你。現在是更加愛你了。以後我有工夫就來看你，要是你不討厭的話。」[34]又比如，寫惠明與 N 的獨處：「N 先是惘然，隨即吃吃笑了起來，像一根濕繩子似的，糾纏住我的身子，一面低聲說道：『好，看你不依，看你不依！』」「N 抬起身來，把臉偎在我的前額，又低頭聽我的心臟的跳動。」[35]同性戀主題，對於茅盾來說並不陌生。日本學者是永駿認為，《虹》開闢了一個圍繞「『性』的因習而產生出種種問題」的小說世界。小說裏多次寫到徐、梅兩人「傾向於『同性

33　茅盾：〈腐蝕〉，《大眾生活》1941 年第 12 期，頁 391、483。

34　茅盾：〈腐蝕〉，《大眾生活》1941 年第 16 期，頁 391。

35　茅盾：〈腐蝕〉，《大眾生活》1941 年第 12 期，頁 484。

戀』的行為（眼光的擁抱，用手撫摸面孔、頭髮，抱住頸脖，捧住面孔，撲在懷裏擁抱，同一個床上睡覺等），也可以被認為是一種追求『性』解放的行為」。是永駿認為，徐、梅兩人的「同性戀」主題，才是茅盾寫得精彩之處。[36]茅盾早期的作品常津津樂道於女性身體，特別是胸部的描述。女性成為革命烏托邦和都市欲望的喻體。[37]相形之下，惠明和N的欲望描寫相對含蓄與節制。

茅盾通過欲望描寫來傳達其批判國民黨的政治立場。他表現惠明的欲望時，無論是異性戀還是同性戀，並不作道德判斷。惠明的欲望表現是愛情的自然流露；而其國民黨同事間的欲望表現，則只能是「墮落」的代名詞。比如，舜英在新居舉行聚會，出席者多為來自國民黨和汪偽政府的特務。茅盾對其下流荒唐的娛樂描寫，旨在寓意一種墮落的、不道德的生活方式。而這恰恰是惠明所鄙夷的。[38]在小說敘述功能上，聚會的色情化不僅僅預示著惠明最終背離國民黨陣營，還傳達了抗日時期汪蔣政權互相「勾結」的政治宣傳訊息。

《腐蝕》的改編中，異性欲望元素在誘惑－拒絕的情節形式中得以保存；但同性欲望元素，則完全隱去。改編者沿襲了欲望

---

36 〔日〕是永駿：〈論《虹》——試探茅盾作品的「非寫實」因素〉，《中國現代文學研究叢刊》1996年第3期，頁31、32、36。

37 〔日〕是永駿：〈論《虹》——試探茅盾作品的「非寫實」因素〉，《中國現代文學研究叢刊》1996年第3期，頁36。陳建華：《革命與形式：茅盾早期小說的現代性展開，1927-1930》（上海：復旦大學出版社，2007年），頁246。

38 茅盾：〈腐蝕〉，《大眾生活》1941年第7期，頁164。

的合法性和政治的合法性（國共對峙）互為表裏的性政治。但不同於小說，改編者以兩極化的方式進行欲望配置——要麼情欲化，要麼無性化。如果劇本和電影仍然保留小說中惠明與 N 隱秘的欲望關係，那將干擾政治主題的傳達：在小說中，惠明救 N 是出於一種自我犧牲的愛；而在劇本和電影中，惠明拯救安蘭（對應於小說人物 N）是緣於共產黨員顧愷（對應小說人物 K）的政治指導。在劇本和電影中，拯救安蘭是惠明政治生命得以脫胎換骨的必經考驗。此前，顧愷曾教育惠明：「你是人民的敵人，不過只要你能夠覺悟，趕早改造自新，為革命立功，人民是可以原諒你的。」作為「人民的敵人」，她只有改過自新並為革命做出貢獻，才能得到「人民」的寬恕。[39]至此，欲望表徵只能是配置給國民黨特務的「墮落」專享，是誘惑－拒絕的情節模式中確認共產黨員與「進步分子」政治純潔性的試金石。

上述欲望表徵的改編並非柯靈和黃佐臨的創新，他們只是順應了新世代性政治的革命化審美趨向。早在 1948 年，嘉木批判監牢夜會的親密細節為「性愛」的欲望描寫、「頹廢主義大展覽」、「溫甜的爛調子」。「茅盾先生不理解上一代和這一代的戰鬥而獻身的青年們，而且——即使是無意地——降低和屈辱了他們！」而《腐蝕》裏的男女，是《子夜》與《蝕》裏城市革命男女的翻版：「一律地都帶著苦悶的頹廢及色情的性質。」[40]電影《腐蝕》消除了任何未被政治編碼的欲望表徵。惠明被去除了性魅力與能動性，而她與男性的關係，無論隸屬於國民黨還是共

39　柯靈：《腐蝕與海誓》，頁 148。

40　嘉木：〈評茅盾底《腐蝕》兼論其創作道路〉，《螞蟻小集》1948 年第 5 期，頁 15-16、18。

產黨陣營，都被重新結構。有了國民黨或汪偽政權的特務希強和祁科長，惠明被迫害的故事才有了反面的破壞力量；有了「進步分子」與共產黨員小昭和顧愷，惠明被救贖的故事才有了正面的引導力量。小說中惠明的自我體認——「我不是一個女人似的女人」，在劇本開場前即被重新定義為「一個無意中失了足而又不能自拔的女人」。[41]劇本和電影中，惠明被陰柔化，男性被陽剛化。

這種性別關係在兩人鏡頭的場面調度上清晰地呈現出來：男性往往占據主導地位，惠明則被邊緣化。比如，小說中著墨不多的希強，在電影中被著重渲染。一天晚上，惠明發現了希強鎖在抽屜裏的文件，這份文件暴露了其國民黨特務身分及其利用自己收集情報的秘密。惠明絕望地伏案哭泣；希強偷偷地走進房間（見圖 1-4）。當他從後面慢慢接近她時，黯淡的背景中出現一

圖 1-4 《腐蝕》（四）（文華，1950）

41 柯靈：《腐蝕與海誓》，頁 1。

圖 1-5　《腐蝕》（五）（文華，1950）

圖 1-6　《腐蝕》（六）（文華，1950）

個幽靈般的影子和半隱半現的冷酷表情（見圖 1-5）。切入兩個平行鏡頭：惠明驚恐的表情特寫（見圖 1-6）；希強猙獰的表情特寫（見圖 1-7）。切入兩人鏡頭：惠明占據景框的左下角，身體畏縮後仰，臉部被遮擋；希強則幾乎占據景框的右半部分，以

圖 1-7　《腐蝕》（七）（文華，1950）

圖 1-8　《腐蝕》（八）（文華，1950）

威脅的氣勢向她逼近（見圖 1-8）。這種場面調度烘托出惠明的無辜和脆弱。切入希強的臉部特寫。低調打光與仰拍角度使得希強的面孔呈現出驚悚駭人的視覺效果，對於惠明和觀眾都構成威脅（見圖 1-7、1-9）。

圖 1-9　《腐蝕》（九）（文華，1950）

惠明與其上司的兩人鏡頭同樣傳達出惠明的脆弱性；而她的上司作為國民黨統治機器的象徵亦令人髮指，比如，雷主任在「中美合作所」集中營地下辦公室的鏡頭，電影通過低調打光和移動的陰影，營造出令人窒息的氛圍。辦公室唯一的光源來自其辦公桌後面的一扇窗戶。而窗外，一名武裝士兵正在巡邏。士兵的身體被景框截斷，只留有下半身在籠子似的窗框外來回移動（見圖 1-10）。雷的對面坐著惠明。士兵和鐵窗的影子在她身後的白牆上投下了大片陰影，不僅阻隔了窗外的光線，而且籠罩了惠明（見圖 1-11）。影片利用鐵欄和陰影來暗示惠明的精神壓力。她與雷的空間關係——各處景框對立的一端，也傳達著對峙的緊張感。場面調度中的窒息氛圍亦使得惠明的形象變得孱弱無助。這些鏡頭暗示著特務統治只能通過上級對其下屬的殘酷脅迫來維持系統運作。

圖 1-10　《腐蝕》（十）（文華，1950）

圖 1-11　《腐蝕》（十一）（文華，1950）

劇本和電影所欲傳達的政治主題反復強化了惠明的軟弱性：國民黨特務機構的殘暴性不僅指向特務成員，也指向普通民眾。這個宣傳主題通過疊印的技巧手段在鏡頭中表現出來（見圖 1-12）：祁科長的頭部特寫占據景框的右半部分，好像從景框外探

圖 1-12　《腐蝕》（十二）（文華，1950）

入，虎視眈眈地窺視；景框的左側是惠明的身影，躲在樹叢後面，側耳偷聽；景框左下角是兩人讀書並激憤議論的剪影。三組人物的大小比例不對稱：祁最大，惠明次之，民眾最小。這一構圖寓意一個秘密警察社會的運作機制：監視中有監視；秘密中有秘密；特務既監視他人，又被人監視。此外，劇本中，惠明的形象也被扭曲醜化，變得妖魅詭異：「惠明的臉，妖艷的濃妝，正對小手鏡塗著唇膏，突然斜著眼睛，側過耳朵去偷聽人家的秘密。」[42]

電影中，惠明與顧愷、惠明與小昭的兩人鏡頭中，惠明亦多處於服從位置。比如，惠明向顧愷尋求幫助的橋段。影片整體上採用低調打光，大部分場面由陰影構成。但惠明與顧愷的見面場所設置在明亮開闊的山上。景框的右下角，惠明伏在一棵孤零零的高大樹木旁等待，顧愷從景框的左上方進入，沿著山坡下行，

42　柯靈：《腐蝕與海誓》，頁 34。

走向惠明（見圖 1-13）。推近鏡頭，切入小昭遺信的特寫：字跡清晰可見且配以畫外音（見圖 1-14）。顧愷告知惠明小昭遭受酷刑後被處決；又以閃回的形式演繹這一訊息。文字與聲音、回憶與現場的雙重呈現，意在強化小昭的英雄形象。惠明懺悔自

圖 1-13　《腐蝕》（十三）（文華，1950）

圖 1-14　《腐蝕》（十四）（文華，1950）

己背叛了顧愷，而顧愷則表示寬恕並鼓勵她為革命事業作貢獻（見圖 1-15）。惠明之於顧愷的弱勢地位，表現在鏡頭的構圖上：惠明站在山坡低處，而顧愷立於高處。這種空間關係使得惠明在與顧愷對話時需仰視顧愷。她在聽到小昭處決的消息時，痛

圖 1-15　《腐蝕》（十五）（文華，1950）

圖 1-16　《腐蝕》（十六）（文華，1950）

苦地伏在樹上，烘托出她亟待被拯救的無助感；風中顫抖的葉子及樹幹時時在惠明身上投下陰影，寓意著她生命與思想被「蒙蔽」的狀態。中近景的景別、高調打光、仰拍角度等手法都強化了顧愷作為「拯救者」的角色身分（見圖 1-16）。

總之，以兩人鏡頭為例，《腐蝕》的視覺技巧相當形式化，易於操控。電影打光、拍攝角度、景別構圖等技巧手段，都強調男性的主導性與惠明的從屬性。這些直接、強烈的視覺效果有助於實現電影的宣傳目標。另外，電影的形式特徵也與時代審美的趣味趨向有關。1950 年柯靈與黃佐臨指出，由於小說《腐蝕》創作於 1941 年，茅盾「不能不用恍惚迷離的手法來寫，我們今天要求的卻是明確更明確」。[43]本章並非討論新時代的政治訴求與創作者的主體自由之間的衝突，而是通過揭示文化踐行者（作家、電影製片人和評論家等）與管理當局（文化部門及審查者等）以及受眾間的錯綜關係，揭示 1950 年代初政治話語、法律話語譜系如何滲透大眾文化的生產，以及文化踐行者的主動參與及其推波助瀾之作用。

二、「她」之生死：從「美蔣特務」到「反革命分子」

除了反美主義和性的政治以外，電影《腐蝕》在處理救贖方面也與小說不同。比如，惠明和 N 試圖逃脫國民黨特務機關的控制。小說結尾，僅交代惠明安排 N 逃離而自己並不同行的計

43　佐臨、柯靈：〈從小說到電影——代序〉，《腐蝕與海誓》，頁 3。

劃，未交代實現與否；劇本中，逃離計劃得到部分實現（N 成功逃出，惠明在車站被憲兵逮捕）；影片中，兩人都成功逃離。小說始於惠明回憶被其遺棄的嬰兒，終於惠明安排誤入歧途的 N 逃離深淵。小說敘述的是惠明的自我悔過和自我救贖，未來前景未明。電影則提供了一種政治許諾：那些悔過的國民黨特務值得擁有一個全新的開始。鑒於小說創作的時代背景，國民黨特務的自新故事如此講述，可能受制於其時政治語境的規範和出版審查的考慮。1949 年新政權建立之初，那些脫離國民黨陣營的故事需要一個圓滿的結局。如果說，惠明和 N 的轉向是國民黨挫敗的性別化寓言，那麼光明的結尾則見證著地下黨的智慧——他們引領那些「無意中失了足而又不能自拔的女人」走向光明。

《腐蝕》無疑是一部票房成功的政治片。1950 年 12 月，《腐蝕》在上海上映之初打破了 1949 年後文華影片公司最賣座的電影《我這一輩子》的營業紀錄，觀眾已達 22 萬人左右。[44] 1951 年 2 月，《腐蝕》在瀋陽上映，觀眾達 25 萬人，超過以往該市票房最高紀錄一倍有餘。東北影片經理公司特電文華報喜。[45] 1951 年《腐蝕》在廣州上映後，創下國語對白片賣座的最高記錄——上映 9 日，觀眾近 13 萬人，票款總收入逾 3 億 7 千萬元（舊幣單位）。[46]這部電影的製作成本（包括拷貝及宣傳費

---

[44] 〈文華新片加緊工作　腐蝕售座創新記錄〉，《亦報》1950 年 12 月 28 日，第 4 版。

[45] 荻士：〈腐蝕在瀋陽創新紀錄〉，《亦報》1951 年 2 月 16 日，第 4 版。

[46] 仲光：〈《腐蝕》在穗賣座創紀錄〉，《亦報》1951 年 3 月 15 日，第 4 版。

用）為 13 億元，而票房收入為 21 億元。據 1951 年上半年的統計，上海私營電影公司除了《我這一輩子》與《腐蝕》收入超出了成本外，其他電影或保持平衡，或入不敷出。[47]《腐蝕》上映後反響熱烈，有一名觀眾甚至致信《新電影》，回憶自己淪為國民黨特務的不堪過往。[48]

《腐蝕》的商業成功與其說歸功於它的政治性，不如說與其通俗情節劇的類型元素和聳人聽聞的宣傳噱頭密不可分。比如，《腐蝕》刊載在《大眾電影》上的廣告詞博人眼球：「昔日為情人，今日為仇敵，一個搞革命，一個變匪特，志士慷慨死，蟊賊腆顏活，生死兩歧路，榮辱任選擇。一道命令，兩手鮮血，特務們——濫殺青年。一片丹心，千秋壯志，革命家——慷慨成仁。暗室活埋，集體槍殺，黑獄中——罪惡滔天。非刑逼供，女色誘惑，特務們——手段毒辣。」「排山倒海的氣魄，千錘百煉的結構。」[49]單憑「昔日為情人，今日為仇敵」「非刑逼供，女色誘惑」等驚險刺激、煽情曖昧的廣告詞，我們便可看好該片的票房收入。

挑戰我們「十七年」文化史認知的是，同一個政治運動——「鎮反」運動如何既推動了這部電影的傳播又最終導致了它的停映。從 1950 年 12 月 15 日到 1951 年 5 月，這部電影的放映恰逢

---

47 〈電影指導委員會第四次會議（常委會）記錄（1951 年 10 月 3 日）〉，吳迪編：《中國電影研究資料：1949-1979》（北京：文化藝術出版社，2006 年），上卷，頁 224-226。

48 谷程：〈險些我和趙惠明一樣被腐蝕〉，《新電影》1951 年第 1 卷第 3 期，頁 47。

49 《腐蝕》廣告，《大眾電影》1950 年第 13 期，頁 17。

「鎮反」運動的發動與朝鮮戰爭的肇始。作為一部以國民黨特務為題材的電影，該片在該運動期間得到了宣傳部門的支持。1950年12月21日，《文匯報》文藝副刊用整版篇幅刊登《腐蝕》的影評。1950年12月，《大眾電影》第13期以《腐蝕》劇照作為封面，並刊登了電影評論文章與電影鏡頭插圖，熱情推介該片。1951年1月和3月，《人民日報》也曾刊載過該片的正面評論。[50] 1951年5月上海「鎮壓反革命電影宣傳月」活動中，電影《腐蝕》作為鎮壓「反革命」及暴露「反革命分子」罪行的十部影片之一放映。各區冬防委員會及民主婦聯組織觀眾，發票給平時不看或少看電影和報紙的里弄居民。從5月5日開始到5月30日，41家影院共放映了246場，觀眾244,569人。[51]鎮壓「反革命」電影流動放映隊在5月分放映了18天，共54場電影，其中包括《腐蝕》。[52]

電影《腐蝕》上映不久即遭到停映。據柯靈的回憶，該片停映是因公安部門認為女主角使人同情，而特務是應當讓人憎恨

---

50 王容：〈上海觀眾為進步電影而歡呼〉，《人民日報》1951年3月19日，第3版。新華社：〈中國人民電影事業一年來的光輝成就〉，《人民日報》1951年1月3日，第3版。白原：〈看《腐蝕》〉，《人民日報》1951年1月20日，第3版。

51 〈上海市人民政府文化局電影事業管理處關於鎮壓反革命電影宣傳工作的新聞稿〉（1951年6月11日），上檔B172-4-95-12。「鎮壓反革命電影宣傳月」由上海市文化藝術工作者工會電影院分會、上海市電影院商業同業公會和上海市有關機關團體的放映隊以及中國影片經理公司華東區公司在五月間聯合舉辦。

52 〈上海市文化局關於鎮壓反革命電影流動放映宣傳工作的批示〉（1951年6月15日），上檔B172-4-95-16。

的。[53]據楊奎松的研究，1950 年 10 月，中共中央在全國範圍發動了「鎮反」運動。[54]由於上海的特殊地位、情況複雜，「鎮反」運動在最初階段較為平穩。1950 年至 1951 年初，該運動採取的措施是由公安部門開展「敵特黨團分子」登記工作，迫使原國民黨特務機關人員等主動報告登記。直到 1951 年 3 月下旬，上海才像其他地區一樣，採取大規模宣判以及處決人犯的辦法，將該運動搞得轟轟烈烈。[55]

《腐蝕》上映時期，正是上海對特務採取登記坦白，寬大處理的時期。面對各地執行中的審慎態度，中央三令五申，並於 1951 年 3 月明確指示大城市、中等城市放快腳步。[56]「鎮反」運動的升級強化了新政權的「敵情意識」；以鎮反對象「特務」為主要人物的影片《腐蝕》，其政治文化合法性自然要重新評估。

筆者並非將《腐蝕》的停映簡單化地解讀為 1951 年「鎮反」運動升級的結果，而是將該部電影的命運置於 20 世紀 40-50 年代關於「反革命分子」和「特務」的政治、法律、文化的

---

53 柯靈：〈心嚮往之——悼念茅盾同志〉（1981 年 4 月 16 日），《長相思》（上海：上海文藝出版社，1982 年），頁 176。

54 毛澤東：〈中共中央關於鎮壓反革命活動的指示〉（一九五〇年十月十日），中共中央文獻研究室編：《建國以來重要文獻選編》（北京：中央文獻出版社，1992 年），第 1 冊，頁 420-423。

55 楊奎松：〈新中國鞏固城市政權的最初嘗試——以上海「鎮反」運動為中心的歷史考察〉，《華東師範大學學報》（哲學社會科學版），2004 年第 5 期，頁 1-8。

56 毛澤東：〈轉發黃敬關於天津鎮反補充計劃的批語〉（1951 年 3 月 18 日），《建國以來毛澤東文稿》（北京：中央文獻出版社，1988 年），第 2 冊，頁 168、169。

話語譜系中予以考察，發掘禁映所根植的深層情感結構和價值觀念的變遷。早在 1946 年，評論家就已經指出了小說《腐蝕》的主要意義在於「反特務」（制度）。就主題而言，《腐蝕》屬於反法西斯文學——即近幾十年歐美流行的、暴露和描寫「科學化的警察制度」（即特務制度）的文學。[57] 1949 年前，詞語「反特運動」或「反特鬥爭」泛指根據地的各種政治運動，如 1943 年至 1944 年延安的「搶救運動」、「審查運動」。[58] 1949 年後，「反特」成為文藝宣傳的流行主題。

檢索 1946 年至 2019 年《人民日報》數據庫「反特」一詞，它常常與「反奸」、「除奸」、「防奸」、「肅奸」等詞語組合使用。而且這些詞語組合主要出現於 1950 年代。使用「反特」一詞的文章共有 261 篇；其中，72 篇文章中該詞與其他詞語組合使用，且 58 篇文章發表於 1946 年 8 月 18 日至 1958 年 6 月 25 日。1950 年代「反特」一詞烙上了強烈的愛國色彩，而「特務」一詞則相應附著上了叛國色彩。〈中華人民共和國懲治反革命條例〉（1951 年 2 月 21 日，簡稱「1951 年條例」）強化了這種意義的勾連。[59]〈中華蘇維埃共和國懲治反革命條例〉（1934 年 4 月 8 日，簡稱「1934 年條例」）中，使用「間諜」而非

57　木君：〈書評：《腐蝕》〉，《新旗》1946 年第 3 期，頁 4-7。

58　蔣南翔：〈關於搶救運動的意見書（1945 年 3 月）〉，《中共黨史研究》1988 年第 4 期，頁 64-74。

59　〈中華人民共和國懲治反革命條例（一九五一年二月二十日中央人民政府委員會第十一次會議批准）〉，《人民日報》1951 年 2 月 22 日，第 1 版。

「特務」一詞來指稱從事秘密破壞、秘密顛覆活動者。[60]〈中華人民共和國懲治反革命條例〉（1951 年 2 月 21 日）將「參加反革命特務和間諜組織」，從事「潛伏活動」，參與「反革命活動」等，列為「反革命」罪行的範疇。[61]

自 1920 年代以來，「革命」成為一個新的修辭路徑，國民黨由此抽象化、同一化黨員乃至民眾之於國家和政黨的忠誠性。1926 年至 1951 年，國共兩黨都曾通過法律條例將「反革命」界定為一種罪行。[62]作為罪行的「反革命」，起源於 1926 年 9 月 22 日頒布的〈懲治國民黨黨員違反誓言行為法〉。該法規定「黨員反革命圖謀內亂者」，不論既遂未遂，都被判處死刑。[63]這一條例表明，國民黨黨員背叛其忠於黨或國的誓言是犯罪的；國民黨將其成員對於政黨的忠誠要求與對於國家的忠誠要求等同起來，並與「革命」相關聯。1927 年 3 月，武漢國民政府公布的〈反革命罪條例〉是國民黨政府頒布的第一部「反革命」專門

---

60 〈中華蘇維埃共和國懲治反革命條例（一九三四年四月八日公布）〉，華東政法學院國家與法的歷史教研組編：《中國國家與法的歷史參考資料 第三分冊》（僅供內部參考）（1956 年 8 月），頁 105-109。

61 〈中華人民共和國懲治反革命條例（一九五一年二月二十日中央人民政府委員會第十一次會議批准）〉，《人民日報》1951 年 2 月 22 日，第 1 版。

62 湖北政法史志編纂委員會編：《武漢國共聯合政府法制文獻選編》（北京：農村讀物出版社，1987 年），頁 167、168、175。劉燡、曾少編：《民國法規集刊（第一集）》（上海：民智書局，1929 年），頁 412、413。

63 〈懲治國民黨黨員違反誓言行為法（一九二六年九月二十二日公布）〉，湖北政法史志編纂委員會編：《武漢國共聯合政府法制文獻選編》，頁 175。

法例。該條例規定：「凡意圖顛覆國民政府，或推翻國民革命之權力，而為各種敵對行為者，以及利用外力，或勾結軍隊，或使用金錢，而破壞國民革命之政策者，均為反革命行為。」1928年3月7日，南京國民政府頒布的〈暫行反革命治罪法〉，繼承了1927年〈反革命罪條例〉的絕大部分條例。[64]王奇生認為，只有在「革命」成為「社會行為的唯一規範和價值評判的最高標準」之後，「反革命」才在1920年代被建構為最大之「惡」與最惡之「罪」。[65]

中共政權也曾經出臺過關於「反革命」的條例。1934年4月8日，〈中華蘇維埃共和國懲治反革命條例〉出臺，該條例將「反革命行為」界定為：「凡一切圖謀推翻或破壞蘇維埃政府及工農民主革命所得到的權利，意圖保持或恢復豪紳地主資產階級的統治者，不論用何種方法都是反革命行為。」[66] 1951年2月21日出臺的〈中華人民共和國懲治反革命條例〉規定：「凡以推翻人民民主專政，破壞人民民主事業為目的之各種反革命罪犯」，皆依此條例治罪。[67] 1954年至1999年，「反革命」被寫

---

64 〈反革命罪條例（一九二七年三月三十日武漢國民政府公布）〉，《武漢國共聯合政府法制文獻選編》，頁167-168。劉煇、曾少編：《民國法規集刊（第一集）》（上海：民智書局，1929年），頁412、413。

65 王奇生：〈北伐時期的地緣、法律與革命——「反革命罪」在中國的緣起〉，《近代史研究》2010年第1期，頁32。

66 〈中華蘇維埃共和國懲治反革命條例（一九三四年四月八日公布）〉，華東政法學院國家與法的歷史教研組編：《中國國家與法的歷史參考資料　第三分冊》（僅供內部參考）（1956年8月），頁105。

67 人民出版社編輯部編：〈中華人民共和國懲治反革命條例〉（北京：人民出版社，1951年），頁2。

入《中華人民共和國憲法》（1954 年，1975 年，1978 年，1982 年，1993 年）。[68]其中，1954 年的《中華人民共和國憲法》第 19 條規定：「中華人民共和國保衛人民民主制度，鎮壓一切叛國的和反革命的活動，懲辦一切賣國賊和反革命分子。」[69] 1999 年「反革命罪」被重新命名為「危害國家安全罪。」[70]

1950-1951 年報刊關於《腐蝕》討論的文章至少有 30 餘篇。上映之初，影評人多持褒揚態度。影評中，惠明之輩被劃為「脅從者」，而她們應有自新的機會。這種立場也反映了 1950 年末至 1951 年初當局「脅從不究」的寬鬆政策。[71]丹尼（惠明的扮演者）認為，惠明有缺點、性情複雜，但她本質上是個比較單純的人；惠明的悲劇在於追求個人享樂，缺乏為理想而鬥爭的政治意識。[72]也有論者指出，觀眾對於惠明有同情，電影更重要

---

68 王培英主編：《中國憲法文獻通編》（北京：中國民主法制出版社，2004 年）。

69 〈中華人民共和國憲法（1954 年 9 月 20 日第一屆全國人民代表大會第一次會議通過）〉，王培英主編：《中國憲法文獻通編》（北京：中國民主法制出版社，2004 年），頁 211。

70 〈中華人民共和國憲法修正案（1999 年 3 月 15 日第九屆全國人民代表大會第二次會議通過 1999 年 3 月 15 日全國人民代表大會公告公布施行）〉，王培英主編：《中國憲法文獻通編》（北京：中國民主法制出版社，2004 年），頁 112。〈中華人民共和國憲法（1954 年 9 月 20 日第一屆全國人民代表大會第一次會議通過）〉，王培英主編：《中國憲法文獻通編》（北京：中國民主法制出版社，2004 年），頁 211。

71 林植：〈對《腐蝕》一兩點意見〉，《文匯報》副刊，1950 年 12 月 21 日，第 2 版。徐風：〈警惕！《腐蝕》觀後〉，《文匯報》副刊，1950 年 12 月 21 日，第 2 版。

72 丹尼：〈我所瞭解的趙惠明〉，《大眾電影》1950 年第 13 期，頁 9。

的主題是仇恨國民黨統治和美國支持的國民黨特務組織。[73]

1950 年 12 月 14 日，大眾電影社舉行了《腐蝕》電影座談會，參加者來自多個機構，如民主婦聯、交通大學、寧波小學、海關工會、上海總工會、家庭婦聯等。發言人姚永德（中西女中）表示，「非常同情」安蘭，她令其想起了自己的很多同學，她們經歷過相似的人生道路。就發言而論，《腐蝕》的政治宣傳目的在參會者身上已見成效。比如魏羽（民主婦聯）說：「過去我對美帝認識不夠，以為他是幫助我們的，〔……〕影片中的『中美特種合作所』，原來如此！後面就是一個集中營，在這裏面，他們『幫助』了反動派，不知殺害多少中國人民。這種狠辣的事，每一個中國人都非常痛恨，這是不共戴天之仇，我們要報復。」又如陳惠珍說：「從這部片子中，我們明白看出蔣匪幫在抗日戰爭時，非但沒有抗戰的決心，不打日本，反而常常在準備妥協，特務們還勾結了日寇。」[74]一個普遍的觀點就是該片以藝術的方式滿足了當前的政治宣傳需求：即揭露國民黨統治的黑暗及其邪惡的特務機構，摧毀許多人心中殘留的親美幻想。1950 年 12 月，黃裳稱贊電影《腐蝕》將政治與藝術完好地結合起來，電影利用了高級技巧講述了一個感人的故事，教育觀眾共產黨在抗日戰爭中發揮的主要作用。[75]林植稱該片為 1949 年後製作的最優秀的電影之一。[76]

73　梅令宜：〈看《腐蝕》〉，《新電影》1951 年第 1 卷第 2 期，頁 43。

74　路夫：〈座談《腐蝕》〉，《大眾電影》1950 年第 13 期，頁 14、15。

75　黃裳：〈關於《腐蝕》〉，《文匯報》副刊 1950 年 12 月 21 日，第 2 版。

76　林植：〈對《腐蝕》一兩點意見〉，《文匯報》副刊 1950 年 12 月 21 日，第 2 版。

隨著 1951 年〈中華人民共和國懲治反革命條例〉的出臺和「鎮反」運動的升級，對電影《腐蝕》的討論轉向批判。討論的焦點是觀眾是否應該同情惠明。惠明此刻更多地被視為「反革命分子」、「叛徒」而非「脅從者」。一旦惠明被標上這些身分，任何同情她的觀眾都可能面臨政治風險。黑嬰明確地將這部電影與「1951 年條例」，電影人物惠明與現實中的「美蔣特務」聯繫起來，並堅持要求新政府對他們採取嚴厲的政策。他強調，觀眾不應該同情惠明。[77] 1951 年 4 月，曉端譴責惠明為「人民的叛徒」，並表示無法接受其在社會主義新中國成為一名電影主角的事實。[78]同情惠明的觀點也被批判，其理由為「反革命分子」若不受懲罰，則有違「1951 年條例」。重慶文藝界的討論者認為，電影《腐蝕》有嚴重問題，它干擾普通民眾對「反革命分子」的認識；在「鎮反」運動中，部分民眾對他們可能採取寬容的態度。[79] 1951 年初，《解放日報》似乎預感到政治風向的變動，制定了一項政策，即 4 月至 6 月對於「鎮反」運動的報導應更多關注鎮壓而非從寬。[80]

電影《腐蝕》的停映可以從關於「特務」與「反革命分子」的政治、法律、文化話語譜系中找到禁忌的因子。惠明的接受困

---

77 黑嬰：《黑嬰文選》（廣州：世界圖書出版廣東有限公司，2013 年），頁 219、220。

78 曉端：〈關於電影《腐蝕》〉，《東北文藝》1951 年第 3 卷第 3 期，頁 68。

79 李瑯：〈趙惠明這個人物同情她還是仇視她？〉，《大眾電影》1951 年第 25 期，頁 21。

80 解放日報夏季（四、五、六月）報導提要，上檔 A22-2-54。

境在於：一方面，在拯救「不能自拔的女人」這一主題框架下，其角色設定必然要求對她去勢化，從而易於獲得觀眾的同情；另一方面，〈中華人民共和國懲治反革命條例〉將「特務」與「反革命分子」勾連起來，宣布了國民黨特務是新政權鎮壓、嚴懲的群體。《腐蝕》的停映是對電影的「光明尾巴」——許諾惠明和 N 的政治新生——的現實反諷。時至 1951 年，惠明這樣身分的人物不再是值得同情的「合法」對象。

早在 1951 年 2 月，有影評者與文化管理者已感受到政治風向的轉變，他們呼籲柯靈和黃佐臨根據對待「反革命分子」的最新政策來修改劇本，重新拍攝電影。該片的高票房和「鎮反」運動的展開，亦促使文化管理者格外警惕。1951 年 2 月 17 日，《腐蝕》在北京和天津上映不久，北京市文藝處組織了一次電影討論，參加者來自市電影部門、文化部、文學界等單位。他們要求文華電影公司根據其建議重新拍攝該片。比如，監獄夜會的橋段中，電影表現了惠明救人心切，突出了兩者的浪漫感情而忽視了階級鬥爭的表現。惠明的形象塑造充斥著小資產階級的人道主義，會導致政治落後的觀眾同情她，偏離了嚴厲對待「反革命分子」的新政策。他們提議，較好的處理方式是面對小昭——真理與正義的化身時，惠明應被刻畫為一個卑微的女人。他們還要求文華電影公司不要忽視她作為「反革命分子」特務所犯下的罪行。[81]與此形成對照的是，1950 年 12 月 20 日，上海人民藝術劇院舉行的電影討論。該會的討論者認為，電影《腐蝕》的缺點主

81　鳳子：〈評《腐蝕》〉，《北京文藝》1951 年第 2 卷第 1 期，頁 55-58。

要限於藝術層面，比如人物設計上，小昭和顧愷的某些細節缺乏可信性。[82]

電影《腐蝕》的命運顯示了上述政治、法律的話語如何跨界並作用於文化的話語；它們的相互作用又如何影響了對這一文化產品的「合（非）法性」的裁決。1950 年代，公安機關會因應某個政治運動做出文化反應，提倡或禁止某種文化創作，比如，「反特片」。1950 年代初期上海開展「鎮反」運動時，公安部部長羅瑞卿建議茅盾寫一部關於「鎮反」運動的電影劇本，並授權其可以調閱上海重大「反革命」案件的卷宗、走訪相關人員。茅盾至上海搜集素材後，創作了一個電影劇本，並交給文化部電影局的袁牧之，但此事最終不了了之。[83]不同部門負責人共同參與文化產品的生產，這意味著政治、文學和電影領域的界限日益模糊，也預示著要滿足不同領域的訴求，困難重重。公安機構之於文化機構的建議不宜簡單地解釋為國家權力機器對於文學藝術家的干預，因為文藝工作者本身亦推動了政治領域與文化領域的整合。一方面，有的創作者如黃佐臨和柯靈，共同編製了「中美合作所集中營」的故事；另一方面，也有部分知識分子和文藝工作者如綠原、葉淺予等，因其與「中美合作所」的種種關係而被指控為「美蔣特務」，獲罪入獄。[84]虛構的藝術暴力演變為現實

82 大春：〈《腐蝕》座談〉，《文匯報》副刊 1950 年 12 月 23 日，第 2 版。

83 周而復：《往事回憶錄之三　朝真暮偽何人辨》（北京：中國工人出版社，2004 年），頁 105。

84 綠原與「中美特種技術合作所」的關係及其獲罪，可參見《人民日報》編輯部編：《關於胡風反革命集團的材料》（北京：人民出版社，1955

的人生災難，可謂悲矣。在此意義上，知識分子與文化人不僅受到其時政治文化形態的制約，而且他們通過自身的審美實踐也參與形構了這一文化形態。在此文化體制中，他們可能既是形塑者又是被形塑者，既是施害者又是受害者。

三、「反特片」之濫觴：欲望表徵與政治編碼

《腐蝕》從小說到劇本及電影的文本流變過程，折射著發生於 20 世紀中期中國文化的轉型與冷戰文化的肇始。儘管這部電影最終被停映，但上述文化政治形塑了日後「反特片」的鏡頭語言技巧與敘事架構模式。而小說《腐蝕》與「反特片」的最明顯關聯在於後者對於前者的互文性指涉。《無形的戰線》（東北電影製片廠，1949）被視為第一部「反特」電影。該片兩次指涉到小說《腐蝕》。電影的故事發生在東北新解放的一座城市。一名被脅迫加入國民黨特務機構的姑娘崔國芳，最終向當地公安部門坦白了身分，並協助他們破獲了當地殘留的國民黨特務團夥。其中一個場景是工廠女幹部與崔國芳的對話。女幹部從書架上取下來一本書，稱贊它是一本描寫國民黨特務統治的好書，等崔國芳看完後，自己還要再看一遍。切入書的特寫鏡頭——《腐蝕》（見圖 1-17）。崔國芳問女幹部，像惠明這樣的是很值得同情

年），頁 92-93。羅孚：《北京十年》（北京：中央編譯出版社，2011 年），頁 275、276。葉淺予曾任職於「中美特種技術合作所」（1944 年秋至 1945 年春），後亦因此獲罪。葉淺予：《葉淺予自傳：細敘滄桑記流年》（北京：中國社會科學出版社，2006 年），頁 320、353、359。

圖 1-17 《無形的戰線》（一）（東北電影製片廠，1949）

的吧。女幹部回答說：惠明太軟弱了些，但相信她在解放區只要徹底坦白、改造思想，就是有出路的；像惠明這樣的人屬於「脅從分子」，按照「脅從不究」的原則，相信不會被判罪。這段對話後又以女幹部回憶的形式重複演繹。

《無形的戰線》對小說《腐蝕》的指涉，提供了解讀惠明的另一向度——軟弱性。這預示著日後「反特片」想像和表現國民黨年輕女特務的流行模式：誤入迷途、個性軟弱、亟待被拯救（見圖 1-18）。就場面調度而言，政治教化的權力關係結構了崔國芳與女幹部的兩人鏡頭（見圖 1-19）；而崔國芳與特務上級的兩人鏡頭（見圖 1-20），亦可在惠明與其上級的兩人鏡頭中找到的迴響。1951 年《腐蝕》的停映宣布了惠明這樣的國民黨特務在新世代不再擁有新生機會——她們即使有悔過之心，在「反特片」中也往往以死亡告終。比如，《英雄虎膽》（八一電

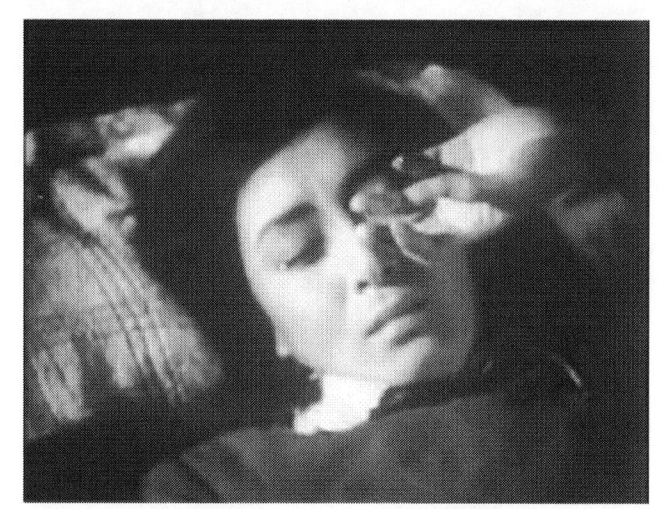

圖 1-18　《無形的戰線》（二）（東北電影製片廠，1949）

圖 1-19　《無形的戰線》（三）（東北電影製片廠，1949）

圖 1-20 《無形的戰線》（四）（東北電影製片廠，1949）

影製片廠，1958）中的阿蘭，《徐秋影案件》（長春電影製片廠，1958）中的徐秋影。而且，她們的死也要「死得其所」。比如，《英雄虎膽》在塑造解放軍偵察員曾泰時，沿用了流行的誘惑－拒絕的情節模式。該片講述了曾泰冒充一名臺灣派遣到大陸的國民黨副司令，打入國民黨特務內部，最終幫助解放軍消滅了廣西境內的國民黨殘留部隊。其間，部隊首領夫人李月桂的親信阿蘭，愛上了英勇瀟灑的曾泰。導演嚴寄洲原本很得意自己的結尾設計：在國民黨殘餘勢力被剿殺的過程中，阿蘭發現，自己愛上的副司令竟然是共產黨的偵察員。阿蘭痛苦地扣動扳機，射中曾泰的左臂，隨後對準自己的頭部自殺。結果，影片剪完送審時，阿蘭的自殺被批判為「美化」、「頌揚」敵人。嚴寄洲不得不重拍結尾，並要求王曉棠（阿蘭扮演者）開槍時要齜牙咧嘴：「要多凶狠就多凶狠，要多猙獰就多猙獰，要多醜惡就多醜惡。」阿蘭向曾泰開槍後，被「我軍排長一槍擊斃」。如此修改後，方通過審查。[85]

1949 年後大陸文化政治中的反美主義也成為「反特片」常見的敘述元素之一。「反特片」將冷戰格局下大陸與美國的緊張關係、美國與臺灣的同盟關係，搬上銀幕：「美國」成為其電影想像中反復出現的政治符號；「美國」元素往往成為激發觀眾民族主義情緒的反面存在。比如，《天羅地網》（上海電影製片廠，1955）中，臺灣方面派遣特工潛伏大陸，收集情報。他們被空降到大陸的山上，背上的戰鬥包有兩個大大的英文字母——U. S. 這種自我暴露的標簽與其潛伏大陸的使命自相矛盾，也與其時對方正在山林裏搜索的劇情不甚合拍。此外，臺灣－美國的政治同盟關係也肉身化為臺灣國民黨將軍和其美國顧問官的工作關係；按照「反特片」一貫的敘述邏輯，該將軍自然要被「矮化」，對美國顧問官唯命是從。

又比如，「反特片」《神秘的旅伴》（長春電影製片廠，1955）。該片講述了中國西南邊境地區邊防戰士破獲的一樁特務案件，改編自白樺的〈一個無鈴的馬幫〉（《人民文學》1954 年第 11 期）。該案件的主謀被設定為美國人。前美國駐某邊境城市的領事艾伯勒．斯莫伍特，在交界處通過馬幫主人魏福將武器和通訊器材帶給中國境內的「天主教堂的神甫范開修」。他說：「這少量貨物是美國政府給赤色中國對美國存在著希望的人的支援。」[86]小說將艾伯勒．斯莫伍特的身分設定為美國間諜，

---

[85] 嚴寄洲：〈《英雄虎膽》：一次苦澀的創作〉，《大眾電影》2006 年第 9 期，頁 40、41。

[86] 白樺：〈一個無鈴的馬幫〉，《人民文學》1954 年第 11 期，頁 71。

並與神甫范開修有聯繫。但小說並未正面著墨的范開修，在電影中作為重要的反面人物現身。他長著西洋人的面孔，操著流利的中文。電影中，神甫的身分被設定為美國政府派到大陸的間諜。其結局照例是美國陰謀敗露，邊防戰士捕獲神甫。又比如《徐秋影案件》，該片講述的是公安人員偵破一件政治謀殺案件。案件的幕後黑手就是代號 P491 的國民黨特務羅精達。而羅精達自 1946 年後「一直在美國」，後被臺灣派遣至大陸收集情報。「反特片」中，「美國」要麼肉身化為美國特務，要麼作為政治符號醒目地標識出來。

儘管「美國」作為一個政治符號關乎負面，但「反特片」中「美國」的表徵依然可能流露出一種揮之不去的吸引力。比如，《英雄虎膽》塑造解放軍偵察員曾泰時，沿用了流行的誘惑－拒絕的情節模式。最令人難忘的是阿蘭跳倫巴的橋段。李月桂在宴席上以暢飲狂歡來試探曾泰身分的真假。西洋音樂響起，李月桂感嘆：「啊！聽到了這種音樂，使我想起了國外的生活。那是多麼、多麼的美啊！霓虹燈，爵士樂，香檳酒，高貴的美國朋友！」李月桂建議，阿蘭陪曾泰跳一段倫巴。阿蘭從遠處跳著倫巴來邀請曾泰，以全景、中景的鏡頭表現。據于洋（曾泰扮演者）回憶，為拍攝這段跳舞橋段，劇組特意從香港請了電影專家。劇中穿的衣服是港式的服裝，跳的舞也是香港一帶時興的倫巴舞。當時還拍了很多手腳與眼睛的特寫鏡頭。[87]這些特寫鏡頭在審查時都被剪掉。

---

[87] 于洋、沙丹：〈有人情味的剿匪片〉，《大眾電影》2006 年第 9 期，頁 41。

無論是場面調度，還是電影剪輯，跳舞橋段都烘托出曾泰的主導性和阿蘭的邊緣性。切入兩人跳舞的全景鏡頭。後切入曾泰的過肩鏡頭而非兩人的正反鏡頭。曾泰面對著鏡頭；曾泰的面部特寫快速地與李月桂的特寫、國民黨首領的特寫、周圍國民黨士兵的鏡頭等輪流切換。鏡頭的剪輯，暗示著曾泰的視角。曾泰的雙重身分要求他既要通過敵人的「墮落」考驗，同時又要保持偵察員的「堅貞」立場。這一兩難，最終憑藉疊化的視覺技巧得以化解：在場國民黨特務大吃大喝、面目猙獰的鏡頭上，疊化著他們先前以戰火洗劫村莊的鏡頭，如燃燒的房舍、掛在樹上的屍體、哭訴的老婆婆、被害的小孩。這一時空的疊化，顯然是以曾泰的視角展開，表現他所見與所思的背反，進而解除了其雙重身分的危機。這與《腐蝕》中監牢夜會的表現方式相似，那些不在場的（受刑的犯人或蒙難的村民）比在場的（惠明或阿蘭）更占據男主人公的情感世界。這些場面中，無論是阿蘭，還是惠明，她們都鮮有正面鏡頭。

表現國民黨特務「腐敗」生活方式時，「反特片」中的「美國」元素往往以語言符號而非直觀影像展現出來。嚴寄洲曾在剛蓋好的、具有外國風情的新疆駐京辦事處，拍攝了一組阿蘭幻想和曾泰在美國浪漫生活的七八個鏡頭，比如，駕駛別克車、在游泳池裏游泳、在咖啡館喝咖啡、跳舞等。審查時，這些鏡頭都被剪掉。[88]它們只能由美麗幻像壓縮為個人感嘆。阿蘭對曾泰說，自己現在年輕有錢，「我應該到香港、美國，去過幾天舒舒服服

88　于洋、沙丹：〈有人情味的剿匪片〉，《大眾電影》2006 年第 9 期，頁 41。

的日子！」即便如此，《虎膽英雄》在「文革」時期還是面臨三大「罪狀」：曾泰的行動表現得比土匪還土匪；阿蘭太漂亮，會使觀眾想入非非、喪失立場；特務生活方式「太腐敗」，「會腐蝕觀眾靈魂」。[89]這種危機其實是誘惑－拒絕的敘述模式固有的危機，只是隨著政治形勢的變化，文化可接受的閾值不斷被調整而已。時至 1964 年，上海電影局因當地影院反映不少觀眾熱衷於《英雄虎膽》中的「黃色」畫面，故刪減了阿蘭跳倫巴舞的部分鏡頭：削減倫巴舞的畫面，保留與跳倫巴舞相間的曾泰回憶鏡頭和國民黨特務面目「猙獰」的鏡頭。[90]

1949 年以後大陸小說版圖重組中，舊小說被作為「黃色書刊」排除出去；革命傳奇、驚險小說取而代之。尤其是「反特」題材的驚險小說，在青少年中廣為風行。[91]該類小說兼具了娛樂性與革命性，滿足了政治教育、通俗消遣、驚悚刺激等多重面向的需求。驚險小說可教育讀者懂得階級鬥爭的複雜性，提高「革命警惕性」；科幻小說可啟發青年對於科技的愛好，鼓勵「征服」自然等。文藝工作者還對驚險小說與近代以來傳入中國的西方偵探小說進行區分，以建構其文化身分的政治合法性。其時流行的論證範式如下：偵探小說裏的「英雄」是「超人」，而驚險小說裏的人物是「和群眾在一起的普通人」；驚險小說是保衛社

89 嚴寄洲：〈《英雄虎膽》：一次苦澀的創作〉，《大眾電影》2006 年第 9 期，頁 39。

90 〈上海市電影局致市委宣傳部並張書記〉，1964 年 9 月 23 日，上檔 A22-1-798-17、18。

91 〈關於驚險小說答問〉，洪子誠編：《二十世紀中國小說理論資料》（北京：北京大學出版社，1997 年），第 5 卷，頁 138。

會主義社會，而偵探小說是宣傳資產階級社會秩序穩定的。[92] 1949 年以後，驚險小說與科幻小說的興起，某種程度上源自冷戰現實的刺激。其時，以美蘇為首的兩大陣營投入大量國家資源進行軍備科技競賽與顛覆活動。這些小說又反過來參與了冷戰思維與情感模式的構型。

在特務的想像與敘述方面，大陸與臺灣的故事往往異曲同工——以同樣的類型化的文化產品負載不同的政治宣傳訊息。1950 年代美國新聞出版處在臺灣與香港也資助了間諜小說的圖書出版項目。比如，1955 年臺北的美新處策劃一項針對海外華人的圖書項目，招募臺灣作家寫作「原創」小說，依照的是美新處擬定的兩三個故事情節。這些故事情節往往取流行小說之形，但傳達美新處的基本宣傳主題。[93]其中有一個故事如下：Chang Ta-wei，一名來自大陸的秘密特務，以難民的身分潛伏到臺灣定居。他愛上了當地女孩 Mei-fang，但他不願意直面自己在臺灣生活幸福的事實。經過思想鬥爭後，他決定坦白自己的身分，告發他的上級。該故事的結局是這位上級在一場與 Chang Tai-wei 的爭鬥中喪生；Chang Tai-wei 與 Mei-fang 喜結良緣。而事實上，國民黨警方早已掌握了其上級的身分，並通過他所接觸的人員發現了其他潛伏的大陸特務，包括 Chang Tai-wei。[94]

---

92 〈關於驚險小說答問〉，《二十世紀中國小說理論資料》第 5 卷，頁 138、139、141。

93 From USIS-Taipei to USIA, 10 May 1955, RG 84, Entry UD 2689, Container 6, Folder: Chinese Students.

94 Enclosure to Dispatch from USIS-Taipei to USIA Dated 10 May 1955: Story Line, RG 84, Entry UD 2689, Container 6, Folder: Chinese Students.

儘管雙方特務故事的政治取向各不相同，但都擁有極其相似的形式特徵與文化政治：主角塑造中的性別政治與黨派政治的考量；情節設計背後的中國政治與冷戰政治；情節強、節奏快的通俗形式的追求。兩黨對峙與兩性浪漫彼此挪用、互為表裏；浪漫的愛情是挫敗敵方對手最好的糖衣炮彈。這一模式在 Chang Tai-wei 與 Mei-fang、惠明與小昭、阿蘭和曾泰等人物關係的設計中均可找到影子。這種設置又可以從早年好萊塢電影英雄美人的人物搭配中找到套路的源頭。在人物塑造上，「我方」的主角總是顯得格外有吸引力；「敵方」的人物總是愛上主角，進而背叛自己所屬的政治陣營。比如，Chang Ta-wei 和 Mei-fang 確立關係的夜晚場景，被要求設計得性感而無道德墮落，令人興奮而無滿足厭倦感；他們的婚禮場景也被要求設計為一場恰當、快樂的婚禮而非混亂、草率的鄉村婚禮。[95]此外，警察形象（偵察員、邊防戰士等）總是千篇一律被設置為神般的存在，他們總是掌控劇情走向，明察秋毫、挫敗陰謀。

1950 年代、1960 年代，是一個特工類型小說與電影風行的年代。Michael Denning 將 1960 年代英國間諜小說的流行歸因於作品所反映的特定歷史情境。英國自 1956 年蘇伊士運河事件後喪失了其在世界格局中的霸權地位，她在世界範圍內的殖民統治亦走向瓦解。Denning 將間諜小說視為「冷戰時期的戰爭小說」（the war novel of the Cold War）和「殖民地獨立運動時代的封面故事」（the cover story of an era of decolonization）。Denning

95 Enclosure to Dispatch from USIS-Taipei to USIA Dated 10 May 1955: Story Line, RG 84, Entry UD 2689, Container 6, Folder: Chinese Students.

還指出，20 世紀 50 年代和 60 年代初，平裝書的出現也推動了間諜小說的流行。1965 年，Pan Books 賣出了總計 2 千 1 百萬平裝書，其中 6 百萬本是詹姆斯・邦德小說。[96]而 1950 年代中國大陸流行的「反特片」，上演的則是銀幕版的冷戰在中國。一方面，美國中央情報局（CIA）在香港招募和訓練國民黨人員和第三勢力，並空降他們到大陸進行各種準軍事行動；[97]另一方面，「反特片」上演了一場場戰無不勝的小型戰爭。1950 年代「反特片」的湧現，某種程度上通過銀幕上的戰爭寓言緩解了時代焦慮，強化了新政權的政治合法性。

國共兩黨的對抗、中美冷戰格局的現狀，以及內部政治運動的動員等元素相互作用，在銀幕上共同構建了一個不斷遭受並成功挫敗「美蔣特務」陰謀破壞的國家形象。這種普遍彌散的戰爭氛圍在首部「反特片」《無形的戰線》中即已直接呈現出來。電影開頭與結束重複一個鏡頭：「毛主席說：『……在拿槍的敵人被消滅以後，不拿槍的敵人依然存在。他們必然要和我們作拼死的鬥爭，我們絕不可以輕視這些敵人……』」。該鏡頭為日後的「反特片」奠定了濃厚的「陰謀論」的基調。惠明一類的女特務在新世代既不值得擁有同情，也不再有存在的理由。比如，《徐秋影案件》中，1949 年後徐秋影因不屈從羅精達的威脅，拒絕參與特務活動而被其殺害。在該部電影的結尾，公安局處長仍然

---

[96] Michael Denning, *Cover Stories: Narrative and Ideology in the British Spy Thriller*, London and New York: Routledge and Kegan Paul, 1987, pp. 4, 20, 21, 92.

[97] Chi-Kwan Mark, *Hong Kong and The Cold War: Anglo-American Relations 1949-1957*, Oxford University Press,2004, pp. 189-191.

告誡彭放（徐秋影的前男友）：「徐秋影是個走第三條道路的特務。秋滌凡呢，是個披著人皮的狐狸。哎！所以說，站穩立場，提高警惕，永遠是我們的座右銘呀！」最後，彭放奔赴朝鮮戰爭前線；處長與汪亮奔赴新任務現場。彭放說：「讓我們在不同的戰場上都獲得更大的勝利呀！」這個結尾象徵著國內戰場與國外戰場、小型戰爭（「反特」）與大型戰爭（朝鮮戰爭）、虛構戰場與現實戰場，已經彼此交織混為一體。

《徐秋影案件》取材於真實案件，曾轟動一時。亦夢亦幻的是，該案件在 1980 年代被證明是一宗冤假錯案。虛構取代了現實，令人唏噓真假幻化、造化弄人。戰爭的焦慮，無論是想像的還是現實的，有效地消弭著政治、法律和文化間的邊界，促使「陰謀論」升級為新時代政治文化形態的核心概念之一。戰爭的修辭，從比附軍事的文藝用語（「文藝尖兵」、「文藝隊伍」、「文藝戰線」等）到廣泛流行的「反特片」，成為 1949 年後文化形態的重要構成部分，也成為時代氛圍的心理投影。即使冷戰已經時過境遷，這種對抗的焦慮依然會浮出歷史地表。冷戰文化在中國的退潮，仍然是一個交織衍生、曲折行進的漫長過程。

第二章　時代文學的典範：趙樹理的文藝實踐與理想

1949 年後，趙樹理屬於「進城」作家。但他與「北京城」的關係較為疏離，並未融入那座城市。這涉及 1949 年後文化機構和文人間的人事糾紛，也涉及通俗文藝與新文學的觀念分歧。而這種分歧不僅存在於外部的文藝之爭中，也隱伏在趙樹理自身的創作之中。趙樹理的作品大多缺乏細密的肖像描寫、內心獨白、風景刻畫和愛情糾葛。而這些往往被視為現代小說構成的重要元素。他的小說沒有心理敘述，卻有心理描寫；沒有抒情化的風景敘述，卻有自然風景的白描；沒有花前月下式的愛情纏綿，卻又多以談婚論嫁作為題材。最為關鍵的是，他的小說並不因為缺乏前者而魅力有損，卻因此而獲得另類個性。

關於趙樹理的研究，成果多矣。第一類是西方學者與漢學家傾向於在中西文學和意識形態的差異視野下評價趙樹理，如夏志清、貝爾登等。他們多以西洋文學觀念衡量趙樹理作品寫法上的非現代性與內容上的政治傾向性。[1]第二類是立足於新文學傳統，將其意義定位為克服了新文學長期致力卻未能解決的「文藝

1　〔美〕杰克・貝爾登：〈中國震撼世界（節選）〉，夏志清：〈第二階段的共產小說（節選）〉，《趙樹理研究文集》（下）（北京：中國文聯出版公司，1996 年），頁 1-13、23-25。

大眾化」的難題。趙樹理的創作被 1940 年代解放區的文化部門樹立為新的文藝典範——「趙樹理方向」。[2]而趙樹理亦被用以命名他所置身的文學時代，如 1949 年後的「人民文學」被稱為「趙樹理的文學」。[3]無論是「趙樹理方向」，還是「趙樹理時代」，類似的命名其實都可視為對趙樹理及其創作的「制度化」過程。一方面，是探尋政治因素如何形塑趙樹理的創作及其傳播；另一方面，是在形式上發掘趙樹理的創作如何擁有「文藝大眾化」的示範性。其結果是，直到 20 世紀 80-90 年代，研究者對趙樹理作品的重估仍局限於文學大眾化與五四新文學傳統孰高孰低的爭辯中。[4]第三類是在東亞近代化的思路下發現趙樹理的文學意義。日本學者竹內好認為，「現代文學」與「人民文學」之間有一種媒介關係。「在趙樹理的文學中，既包含了現代文學，同時又超越了現代文學。」[5]趙樹理的創作代表著「人民文學」，卻又跳出了大多數「人民文學」公式化、概念化的敘述模式。在此意義上，趙樹理的創作不僅挑戰了中國現代文學以西洋為正格所建構起來的認知機制，也在一定程度上克服了「人民文學」本身的美學困境。

---

2 陳荒煤：〈向趙樹理方向邁進〉，《人民日報》1947 年 8 月 10 日，第 2 版。

3 〔日〕竹內好：〈新穎的趙樹理文學〉，《趙樹理研究文集》（下），頁 75。

4 鄭波光：〈接受美學與「趙樹理方向」——趙樹理藝術遷就的悲劇〉，《趙樹理研究文集》（上）；黃忠順：〈趙樹理四十年代創作的先鋒性〉，《趙樹理研究文集》（上），頁 231、233、234、338-341。

5 〔日〕竹內好：〈新穎的趙樹理文學〉，《趙樹理研究文集》（下），頁 75。

竹內好將趙樹理的文學意義定位為「現代文學」向「人民文學」的過渡，但未具體說明其「新穎性」的含義。本章要追問的是，趙樹理的創作如何能夠在 20 世紀 40-50 年代被想像為新的文藝形態的典範，並被用以命名和描述一個時代的文藝？筆者以為，趙樹理的作品既是時代美學的典範，又是時代美學的產物。本章將 1940 年代以來趙樹理的小說創作與當時的文藝形態、社會生活進行互文性解讀，試圖重新發現其創作如何支持了時代文藝的整體想像，又如何被這種整體想像遮蔽了自身的複雜性。

一、小說形式的綿密性：人事、場景與時間

如果說綿密性是一種形式特徵，那麼趙樹理小說的結構和組織在此方面有深刻的表現。他的小說以人事為中心，不追求個體成長過程的揭示而熱衷於人與人間關係的編排。人事可視為趙樹理小說中最大的敘事單元。比如，其小說多以章節為單位，而每一章節往往篇幅短小，含有標題。〈小二黑結婚〉、〈李有才板話〉中，每章的標題即見佐證，敘述單元的劃分多以事件為標界。在事件之下，場面可視為對趙樹理小說敘述單元進行分割的更小單位。人事往往是通過一系列場面來集中展示與推進。小說成為場面與場面的聚合與衍生的結果。這些場面包括農村生活場景、糾紛審判、風俗節慶、閑聊聚會、基層動員等。比如，〈三里灣〉，頻繁描寫的是開會和親友拉家常的場面。〈劉二和與王繼聖〉，聚焦於神社活動和打穀場的場面。上述場面多為基層組織、農事生產、儀式性的公共活動，參與者眾多。

閱讀趙樹理的小說，令人印象深刻的也往往是場面描寫。比

如，〈小二黑結婚〉中三仙姑告狀的場面，〈李家莊的變遷〉中村公所訴訟鬧事的場面，〈登記〉中登記和婚宴的場面等。空間成為場面的依托，而這種空間多具公共性。〈三里灣〉中，即使是家庭空間，也與公共空間難分邊界。小說的空間書寫主要集中於馬家院、范家、王家和旗杆院。旗杆院自然是村中娛樂、辦公、試驗、組織活動的公共空間，而王家，尤其是王玉生的房間，也是村中開會集合的常地。因此，平日關鎖門戶的馬家院在三里灣是個「異質空間」。趙樹理熱衷於場面描寫，卻並未使小說獲得空間化的形式。因為場景的連綴組合來自敘述時間上的推進而非情緒化的暈染。趙樹理小說中敘事單元的組合，往往經過嚴絲密縫的拼接，比如，場面、時間、事件、空間等的轉移、推進與衍生。這種敘述上的「縫合」或「過渡」在文藝作品中並不罕見。但趙樹理顯然相當樂意保存這種「縫合」痕跡，而非刻意掩飾。在趙樹理的部分小說中，縝密的時間秩序、段落的劃分排列，以及遣詞造句都保留這種籠罩全文的「編織」痕跡。其中，以〈三里灣〉最具代表性。以下僅以「章節」為單位，考察各敘述單元間如何連綴成篇。

趙樹理小說的綿密性可以通過上下章節首尾相扣的方式予以實現。小說往往以某人為敘述線索導入，牽引讀者進入下一個場景和高潮。一類以「接龍」式的單一敘述線索行進（比如，第 1-4 節、第 6-7 節、第 9-10 節、第 11-15 節、第 17-20 節、第 22-23 節、第 27-28 節）。該篇小說各章節首尾相接處或有語義重複，或有共同指涉。另一類以「花開兩朵，各表一枝」的二重敘述線索行進（第 4 節與第 5、6 節，第 10-15 節與第 16 節）。對於後者，趙樹理常以兩個「帶路者」將讀者分別帶入下文。〈三里灣〉第 4 節結尾是玉生和小俊兩人在王家院爭吵後憤然離去。「玉生往旗杆院去了，小俊往她娘家去了。」第 5 節開頭是「玉生跑到旗杆院前院」；而第 6 節開頭是「小俊跑到老天成院子裏」。[6]小俊和玉生並不是第 5、6 節的敘述重心，他們僅承擔著穿針引線的敘述功能。趙樹理認為，「中國舊小說有一個特點就是『有話則長，無話則短』，這和西洋小說『有話則有，無話則無』不同。譬如《四郎探母》坐完了宮要過關，在戲臺上要擺出一道象徵的關卡過一下，雖然時間很短，但一定要走一下這個形式，這就是『無話則短』的成規。要在新戲中，這一段過關一定略去了」。[7]出於對中國人傳統審美習慣的考慮，趙樹理小說中的「過門」形式就是環環相扣，由一個人物、場面或事件將下一個對象帶出來。趙樹理對敘述連貫性的格外重視，也體現了其對傳統文化中由因及果的審美範式的認同。

小說的綿密性還可以通過精確的日期標記的方式來予以實現（第 21-22 節，第 24-25 節，第 29-34 節）。〈三里灣〉寫的是 1952 年 9 月 1 日至 9 月 30 日發生於三里灣的故事。小說以「日」為單位組成一個「月」的故事。以時間作為敘述單元的標界在小說中是再自然不過的了。但〈三里灣〉中的時間（日期）既承擔著分割敘述單元的功能，又在整體上發揮著聚合敘事單元的作用。日期的推進成為〈三里灣〉小說展開的一種方式。敘述者在開篇

6　趙樹理：〈三里灣〉，《趙樹理全集》（北京：大眾文藝出版社，2007 年），第 4 卷，頁 187、192。

7　趙樹理：〈在連載、章回小說作者座談會上的發言〉，《趙樹理全集》第 3 卷，頁 356。

第 1 節就交代了時間：「就在這年九月一號的晚上。」[8]「這年」即引子中交代的 1952 年。小說第 1-8 節均為 9 月 1 日夜晚發生的事。小說在講述新一天的故事時，往往在章節開頭就標明日期。比如，第 23 節開頭：「四號夜裏，登高只估計第二天的情況，一夜又沒有睡好覺。天亮了〔……〕」。第 25 節開頭：「九月十號是休息日。這天早晨〔……〕」。第 26 節開頭：「十號下午，馬有餘〔……〕」。第 31 節開頭：「二十一號晚上，秦小鳳〔……〕」第 33 節開頭：「這一年是個閏五月，所以陰陽曆差的日子很遠——陽曆的九月三十號才是陰曆的八月十二。」第 34 節的開頭：「這天夜裏，幹部們在旗杆院分成三個攤子，開會的開會，辦公的辦公，因為九月三十號是社裏年度結帳的日子〔……〕」。[9]小說中每日的故事在敘述時間上長短不一，但即使敘述時間為零，這種省略也會交代出來。比如，第 27 節的開頭：「自從擴社的社員大會開過以後〔……〕七八天之後，〔……〕到了十八號這天晚上，靈芝〔……〕」。[10]

敘述者對日期有著異乎尋常的執迷。比如，小說中「第二天」之類的詞語通常並不需要另外標明日期。在上下文中，「第二天」往往意味著次日，其功能在於承接。但〈三里灣〉中「第二天」之後多特別標明日期（僅第 9 節例外）。比如，第 22 節開頭，「次日（九月四日）范登高參加了馬家的分家談判」。第 28 節開頭：「天明撤了崗之後，玉生和靈芝到後院找張信給他

8 趙樹理：〈三里灣〉，《趙樹理全集》第 4 卷，頁 166。

9 趙樹理：〈三里灣〉，《趙樹理全集》第 4 卷，頁 287、301、309、343、350、354。

10 趙樹理：〈三里灣〉，《趙樹理全集》第 4 卷，頁 313。

們做個證明人，約定到第二天（二十號、休息日）下午到區公所登記。」第 32 節開頭，「第二天（二十二號）上午，范登高〔……〕」。第 18 節結尾：「這點小事，一直蘑菇到天黑，總算蘑菇出個結果來：自第二天——九月三號——起〔……〕」。[11]作品本身並非如偵探、推理類小說對日期有著精密要求。但〈三里灣〉日曆式的標識不能僅僅視為構建小說綿密性的技巧，它還隱含著創作者在文學虛構與經驗現實之間建立仿真關係的意圖。當文藝作品對其與現實生活的「相似度」精益求精時，這可能暗示著小說對於真實感的追求局限於比附現實生活的層面，小說的意義與價值極大程度源自這種「相似度」。

趙樹理試圖編織一個與現實齊頭並進的文學世界。小說中的「時間」與現實中的「時間」構成同步關係。這種時間性成為統括小說中的人物及其生活的抽象存在。筆者發現，1940 年代至 1960 年代，趙樹理在作品中越來越熱衷於標記故事發生的具體年代。比如，在〈三里灣〉中，「今年」或「這年」、「這一年」，這些具有強烈在場感的詞語被特別標注年代。又比如，〈登記〉，開頭即交代了故事的發生時間為「1950 年」。小說中兩對新人反抗父母包辦婚姻，遭到了鄉村陳規陋習和傳統觀念的束縛。1950 年《婚姻法》的公布最終令所有問題迎刃而解。而小說〈登記〉也發表於 1950 年。這種故事發生的時間與作品發表的時間的疊合，表明同步性已經成為小說意義生成的重要因素。對趙樹理 1940 年代以來的小說（小報短文、人物傳記除

11　趙樹理：〈三里灣〉，《趙樹理全集》第 4 卷，頁 280、319、346、259。

外）做個統計，便可發現作品中故事發生的時間與寫作發表的年分間的特別關係。故事發生的時間以主體部分為準，簡短的交代、引子和追述等忽略不計。比如，〈靈泉洞〉開頭介紹了 1938 年、1939 年和之前田家灣的事，但「我要說的故事從這裏才算開始。以上只算是故事前邊的交代。」[12]因此，該故事發生的時間從「這裏」（1940 年）算起。

1940 年代以來趙樹理小說發表的時間與故事發生的時間統計表

小說名稱	發表年分	故事發生的時間	故事的時間標識	有無故事發生的具體年分
〈小二黑結婚〉	1943	抗戰時期	故事內容	無
〈李有才板話〉	1943	抗戰時期	「抗戰以來，閻家山有許多變化〔……〕」[13]	無
〈地板〉	1946	抗戰時期前後	故事內容	無
〈李家莊的變遷〉	1946	1926、1927 至 1945 年	「抗戰以前的八九年〔……〕」「到了民國十九年夏天〔……〕」「到了民國二十四年這一年〔……〕」「日本宣布投降的消息傳到李家莊之後〔……〕」[14]	有

12　趙樹理：〈靈泉洞（上部）〉，《趙樹理全集》第 5 卷，頁 102。

13　趙樹理：〈李有才板話〉，《趙樹理全集》第 2 卷，頁 253。

14　趙樹理：〈李家莊的變遷〉，《趙樹理全集》第 3 卷，頁 1、21、45、122。

〈催糧差〉	1946	抗戰以前	「抗戰以前〔……〕」[15]	無
〈福貴〉	1946	1946 年	「直到去年敵人投降以後〔……〕」[16]	無
〈劉二和與王繼聖〉	1947	1934 年至 1946 年	「一九三四年秋天」「日本投降後〔……〕又隔了十來個月」[17]	有
〈小經理〉	1947	1940 年代	故事內容	無
〈邪不壓正〉	1948	1943 年至 1947 年底	「一九四三年舊曆中秋節〔……〕」、「第二個大變化在一九四六年〔……〕」、「到了這年（一九四七）十一月，政府公布了土地法〔……〕」[18]	有
〈傳家寶〉	1949	1949 年正月初二	「在本年（一九四九年）這一天早飯時〔……〕」[19]	有
〈登記〉	1950	1950 年正月到公曆 5 月左右	「小飛蛾生了個女兒叫『艾艾』，算到一九五〇年陰曆正月十五元宵節〔……〕」，「再回頭接著說今年（一九五〇年）正月十五夜的事吧」[20]	有
〈三里灣〉	1955	1952 年 9 月 1 日至 30 日	「到一九五二年〔……〕就在這年九月一日的晚上」[21]	有

15 趙樹理：〈催糧差〉，《趙樹理全集》第 3 卷，頁 137。

16 趙樹理：〈福貴〉，《趙樹理全集》第 3 卷，頁 147。

17 趙樹理：〈劉二和與王繼聖〉，《趙樹理全集》第 3 卷，頁 169、200。

18 趙樹理：〈邪不壓正〉，《趙樹理全集》第 3 卷，頁 280、300、310。

19 趙樹理：〈傳家寶〉，《趙樹理全集》第 3 卷，頁 331。

20 趙樹理：〈登記〉，《趙樹理全集》第 4 卷，頁 2、9。

21 趙樹理：〈三里灣〉，《趙樹理全集》第 4 卷，頁 166。

〈靈泉洞〉上部	1958	1940年初夏至1943年	「一九四〇年初夏〔⋯⋯〕」「一九四一年春天〔⋯⋯〕」「到了一九四三年三月之後〔⋯⋯〕」[22]	有
〈鍛煉鍛煉〉	1958	1957年秋末	「這是一九五七年秋末〔⋯⋯〕」[23]	有
〈老定額〉	1959	1959年	「今年（一九五九年）六月十二日⋯⋯」[24]	有
〈楊老太爺〉	1962	1947年	「又隔了一年（一九四七年）〔⋯⋯〕」[25]	有
〈互作鑒定〉	1962	1961年	「一九六一年五月十日〔⋯⋯〕」[26]	有
〈賣菸葉〉	1964	1963年	「她本來在這一年（一九六三年）〔⋯⋯〕」[27]	有

從上表可見，趙樹理小說中故事的發生時間與寫作時間在年分上相當接近。趙樹理 1940 年代初期創作的〈小二黑結婚〉、〈李有才板話〉的故事雖然缺乏具體的年分，但也有一個明確的年代，比如，抗戰時期、抗戰以來等。從行文即可明顯感受到故事是在作者和讀者共同熟稔的語境下行進的。無論是土地改革，還是提倡婚姻自主，都是當時解放區普通百姓生活中正在進行或剛剛發生的故事。這類作品的開頭多是單刀直入地進入故事世

22 趙樹理：〈靈泉洞（上部）〉，《趙樹理全集》第 5 卷，頁 102、139、219。

23 趙樹理：〈鍛煉鍛煉〉，《趙樹理全集》第 5 卷，頁 221。

24 趙樹理：〈老定額〉，《趙樹理全集》第 5 卷，頁 354。

25 趙樹理：〈楊老太爺〉，《趙樹理全集》第 6 卷，頁 49。

26 趙樹理：〈互作鑒定〉，《趙樹理全集》第 6 卷，頁 106。

27 趙樹理：〈賣菸葉〉，《趙樹理全集》第 6 卷，頁 222。

界。1940 年代末以來，趙樹理的時間意識越來越強，作品中往往標明故事發生的具體年代。一類作品，如〈登記〉、〈老定額〉、〈福貴〉，其創作完成時間與故事發生時間在年分上重合；〈賣菸葉〉、〈互作鑒定〉、〈三里灣〉、〈鍛煉鍛煉〉等故事發生的時間與寫作完成的時間相距二三年。它們延續了 1940 年代初期故事時間與創作時間幾乎同步的格局。在此語境下，讀者易於模糊小說世界與現實世界的界限而出入其間。另一類作品中，故事發生的時間與創作時間並不重合或相鄰，而故事結尾部分的時間往往與創作時間相近。比如，〈李家莊的變遷〉（1946）、〈劉二和與王繼聖〉（1947）、〈靈泉洞〉（1958），小說重心多限於 1942 年前，故事並非來自寫作時的社會現實。在某種意義上說，有跨度的時間似乎更利於展現人物性格的發展歷程；也有利於作者從歷史中抽身而出反思歷史。而故事在結尾處暗示所寫之事與寫作之時存有關聯。這類作品內涵最為複雜，也最具有深度。

如果說趙樹理對於「時間」的時刻銘記是一種敘述上的策略，那麼，具有反諷意味的是，敘述者與小說人物在時間觀念上構成悖論的張力。小說中的人物一般用吃飯（日常起居）、開會（基層組織生活）、農曆（農事生產），而非鐘錶來標識時間。如果參照李歐梵在《上海摩登——一種新都市文化在中國 1930-1945》中所強調的時間觀念上現代性的標準，〈三里灣〉的世界無疑仍然處於滯後的前現代社會。李歐梵將安德森（Benedict Anderson）的理論應用於上海都會文化研究，認為上海「想像性社會」的日常生活也是以鐘錶和日曆來計算，而這種時間及日曆系統（如月分牌）是現代性所賴以建構的基礎。[28]〈三里灣〉中僅出現三次鐘錶意象。它是旗杆院的公用財產，為民兵輪崗值班時所用。趙樹理的小說成為以現代社會以時事、政策、運動等為標識的大時間（公曆）對於鄉村社會生活的小時間（自然時間、生活時間）進行統攝的寓言。這使得它們與當時「趕任務」、「概念化」、「公式化」的寫作潮流共享了一種大體相似的文學假設，即作品的存在及其意義直接與作品流通時的社會政治語境相掛鈎。

二、小說圖景的整體性：階層、性別與權力

趙樹理作品再現了抗戰、內戰以及 1949 年後不同歷史階段鄉村社會內部新陳代謝的完整圖景。它包括鄉村世界運行所依托的一整套社會權力結構與道德倫常體系的變動。趙樹理的小說中，「新婚姻法」、「合作社」、「社會主義」等新詞不再縹緲模糊，而是被切切實實地安置在村民的日用倫常中。小說中，鄉民們或安身立命於神明禁忌（二諸葛、三仙姑等），或遵循常情、常理、常態的傳統生存之道（小飛蛾、張木匠等）。趙樹理關注的是國家政策如何滲入鄉村社會日常運轉中，以及村民在其中如何重塑思想信仰。

趙樹理的小說基於穩定的鄉村社會結構和倫理體系來展示人事的變遷。因此，人物作為個體並不重要，重要的是其在鄉村社

---

28 〔美〕李歐梵，毛尖譯：《上海摩登——一種新都市文化在中國 1930-1945》（北京：北京大學出版社，2001 年），頁 55、94、95。

會階層中的類屬。〈劉二和與王繼聖〉中，關帝廟裏有神社事，社首打發看廟的人去通知：桌面上的人物用「請」，老百姓用「叫」，外來逃荒的只用「派個條子」。從簡單的措辭中即可看出一個鄉村社會的等級結構。趙樹理的小說展示了外來戶、本地人、地方官紳、走狗、二流子、佃戶貧民、富裕中農、基層幹部等形形色色的人物。他們建構起超越階級分類的更為廣闊的鄉村社會網絡和等級結構。與他們相關的人事也都可以視為鄉村社會的常情、常理、常態的表徵。比如，婆媳關係、夫妻關係、代際關係等倫常問題。又比如，農民對於土地的依戀，單幹戶、搞副業者對於財富的追求，小腿疼等人對於勞動的趨利避害，小旦等人對於權力的欲求，三仙姑對於異性的欲望等，實乃人之「常情」。官僚主義（村主任）、文牘主義（王助理員），地方勢力與底層流民的勾結（李如珍與雜毛狼等），地方勢力與地方官員、上層官僚的聯合（李時珍與軍閥）等，乃社會之「常態」。

1949 年後，最務實的文藝想像是如何在社會生活的常情、常理、常態中建構起一種新型人格和人際關係。1950 年代，婆媳關係、男婚女嫁等這些亙古常新的主題，在新舊之別的大框架下重新演繹，成為流行的文藝主題。比如，〈合家歡〉（《說說唱唱》1953 年 1 月號第 37 期）中，童養媳艾香因婦聯會工作而耽誤做家務，與婆婆鬧矛盾。婆婆信仰的是「國有國法，家有家教」，而「家教」中的長幼秩序與「國法」中的自由平等不能兼容。相聲〈婆媳之間〉（《說說唱唱》1953 年 3 月號第 39 期）說的也是因婆媳鬧矛盾影響了家人工作。這些婆媳矛盾的解決往往依靠於評理會、家庭會議、村委會的調解。參與其中的有親友、幹部、「進步分子」、街坊鄰里。作品最後總是婆婆放棄了舊有觀念。這顯示了「國法」——《婚姻法》對於「家法」的降服。這種降服要依賴於「理」的更新來予以支持。而所謂「評理」，即意味著在新舊倫常觀念對峙時的公眾裁決。婆媳矛盾不再是私人或家庭內部的恩怨糾紛，而成為公共事務之一。幹部及村民成為主要裁判者。趙樹理的〈傳家寶〉、〈登記〉、〈三里灣〉等都涉及婆媳矛盾，其解決方式均為家庭會議或村委會裁決。

趙樹理對於鄉村圖景的把握是呈現其常情、常理、常態的一面；而呈現的方式角度部分源自鄉村社會的審美和認知範式。比如，趙樹理的小說善於用外號代替具體姓名。[29]一方面，外號是普通民眾對於世俗社會中常見品行或「為人之道」的高度概括。比如，「翻得高」、「常有理」、「能不夠」、「鐵算盤」，這些人在道德或性格上存有「缺憾」，但都是小奸小壞，談不上大是大非。另一方面，外號也可承載種種民間隱秘的欲望。比如，「小飛蛾」的命名取自一個能歌善舞、穿著白羅裙滿臺飛的武旦，隱含著情色意味。現代社會科學的興起使得現代人和現代生活成為科學分析的對象。而現代文學對於表現與分析的雙重追求，亦使得現代個體及其生活獲得了含混性與複雜性。但趙樹理穩穩當當地扎根於他所書寫的鄉村世界，民間趣味與智慧成為小說中鄉村社會運轉的主宰要素。他對於鄉村世界的形形色色有所質疑，但這種質疑不同於現代小說所熱衷的個性塑造與心理分析。趙樹理的質疑往往針對的是具體人事；而他所質疑的世界具有一個無可質疑的社會主義藍圖和社會主義新人的想像作依托。

---

[29] 趙樹理：〈談〈花好月圓〉〉，《趙樹理全集》第5卷，頁22。

在趙樹理的小說中，敘述者諳熟傳統鄉村社會的民間趣味與信仰觀念。有一類作品如〈小二黑結婚〉、〈登記〉、〈傳家寶〉、〈李有才板話〉等，在文體風格上接近通俗文藝，在文學性質上更親近「人民文學」。一方面，敘述者融入其中，時常流露自己與筆下普通民眾在道德、價值、觀念上的親和感；另一方面，敘述者對舊世界擁有道德優勢，以新時代的標尺衡量、擠兌舊人舊事。趙樹理的小說中，敘述者往往參與其中「看」某人某事。比如，〈小二黑結婚〉中的章節標題即為「看看仙姑」。「看看」二字含有強烈的價值判斷，暗示敘述者與觀看者構成同謀。三仙姑告狀被敘述者描畫成區長和群眾的集體道德審視。首先是區長對三仙姑進行反復審視——「看」。小說首先寫了區長之「看」：「區長見是個搽著粉的老太婆〔……〕」，「區長又打量了她一眼道〔……〕」。接著又寫了群眾之「看」：「鄰近的女人們都跑來看，擠了半院，唧唧噥噥說：『看看！四十五了！』『看那褲腿！』『看那鞋！』」[30]

如此不厭其煩的「看」，指向的是強大的同質世界對於異質存在的「奇觀化」和集體戲謔。〈登記〉中「小飛蛾」一出場就成了張家莊集體的欲望對象。「當新媳婦取去了蓋頭紅的時候，一個青年小夥子對著另一個小夥子的耳朵悄悄說：『看！小飛蛾！』」第二天新媳婦剛要出門，「有個青年就遠遠地喊叫：『都快看！小飛蛾出來了！』〔……〕新媳婦的一舉一動大家都很關心：『看看！』」[31]青年男子對「小飛蛾」的「看」，與區

30　趙樹理：〈小二黑結婚〉，《趙樹理全集》第 2 卷，頁 231、232。

31　趙樹理：〈登記〉，《趙樹理全集》第 4 卷，頁 5-6。

長和民眾對「三仙姑」的「看」，實乃異曲同工。在小說中，敘述者站在觀看者的立場參與了這些或為道德審判或為欲望彰顯的觀看過程，共享著某種價值取向和道德譜系。它包括依據男性中心社會的性別陳規來物化女性、他者化女性；依據社會政治體制變革產生的新舊等級關係來「合法化」女性年齡歧視、欲望凝視以及道德規範背後的性別政治。

趙樹理以新時代的眼光打量舊時代的人事，易於對其進行「本質化」的處理。比如，〈登記〉中張木匠將小飛蛾把戒指交給保安的事報告給母親，母親教唆他趕緊打、狠打，並親自挑好傢伙。「他媽為什麼知道這家具好打人呢？原來他媽當年輕時候也有過小飛蛾跟保安那些事，後來是被老木匠用這家具打過來的。」[32]趙樹理將女性命運輪回的悲劇處理成帶有喜劇色彩的倫理問題（即婆媳矛盾）。而敘述者對於「多年媳婦熬成婆」的調侃，擱置了對於女性悲劇的同情與反省。又比如，第二節「眼力」寫小飛蛾無意中聽到媒人五嬸和民事主任的姐姐及姐夫說到自己當年被張木匠暴打的舊事，像是戳破了舊傷口。「她因為不想聽下去，又拿出二十多年前那『小飛蛾』的精神在前邊飛，雖說只跟五嬸差十來步遠，可弄得五嬸直趕了一路也沒有趕上她。進了村，張木匠被一夥學著玩龍燈的青年叫到場裏去了，小飛蛾一直飛回了家。」[33]小飛蛾之「飛」，使得對於悲劇女性的敘述夾雜上調侃、鬧劇的色彩。而這種喜劇色彩正來自敘述者對於新舊世代對峙的二元設置與新舊價值等級的絕對分配，即新定優勝

---

32 趙樹理：〈登記〉，《趙樹理全集》第 4 卷，頁 7。

33 趙樹理：〈登記〉，《趙樹理全集》第 4 卷，頁 14、15。

於舊。

還有一類作品，如〈李家莊的變遷〉、〈催糧差〉、〈劉二和與王繼聖〉、〈邪不壓正〉等，在文學性質上與五四新文學傳統更為接近。作為知識分子的趙樹理對於民間趣味、民眾革命有著反思的嘗試，而非以新社會新時代的標尺嘲弄舊社會的「落後」者和新時代的「變質」者。它們缺失了上述第一類作品所具有的整一性。竹內好認為「現代文學」和「人民文學」都不具有「還原」的可能性，即從整體中將個體選擇出來，按照作者的意圖加以塑造、充實的典型創造。人物在個體完成其典型性的同時，與整體環境融為一體。現代文學中，「現代的個體正進入崩潰的過程，對人物已不能再作為普遍的典型來進行描寫，於是，就無法進行上述的創造了。」而「人民文學」的人物描寫手法，是將個體從整體中選擇出來服務於整體；這種人物不是完成的個體，只能稱為類型而非典型。但趙樹理的小說「在創造典型的同時，還原於全體的意志」。人物個體從整體中選擇出來後，經歷了發展，然後又回到整體。這種「還原」是「回到比原來的基點更高的新的起點上去。」[34]

〈李家莊的變遷〉中的典型創造應屬於鐵鎖。鐵鎖曾背井離鄉流浪太原，而「出走」這一情節暗示著某種自我建構的可能性。其他小說人物即使有流蕩的經歷（如劉二和、金虎、銀虎），也都被擱置或一筆帶過。他們很快就返回本村，「出走」經驗並未造成性格「發展」或「自我完成」。而鐵鎖在流浪中經

34　〔日〕竹內好：〈新穎的趙樹理文學〉，《趙樹理研究文集》（下），頁 76、77。

歷了地下黨小常的啟蒙，也目睹了官場的昏昧，激發了他的個性「成長」。鐵鎖行動上參與群眾運動，思想上獲得階級立場，他的「還原」看似獲得了「更高的新的起點」，建構起超越現代個體的「先進」人物的主體性。但問題是〈李家莊的變遷〉恰恰在不經意中寫出了「還原」的困境。隨著政局的急劇變化，鐵鎖的身影慢慢淡化。小說的結尾開啟了鐵鎖下一代的故事。李家莊舉行歡送參戰人員大會，鼓舞鐵鎖的兒子、王安福的子侄等走上戰場，以雪國仇家恨。[35]小說中，中心人物由鐵鎖－小常－眾人－下一代，場面空間由村公所－太原－龍王廟－戰場的轉移，顯示了人與事逐漸被群體裹挾的傾向，「家恨」漸漸與「國仇」糾纏在一起。

在這一過程中，群體性本身可能產生的暴力、失控和混亂，使得鐵鎖的「還原」之路變得困窘。竹內好的「又回到整體」是否意味著個體的淡出呢？是否回避了「整體」所可能擁有的暴力性？〈李家莊的變遷〉中寫到龍王廟公堂「公審」地主李如珍的暴力場面。審完後，未等縣長宣布處理結果，村民已將李如珍拖下來，「人擠成一團，也看不清怎麼處理，聽有的說『拉住那條腿』，有的說『腳蹬住胸口』。縣長、鐵鎖、冷元，都說『這樣不好這樣不好』，說著擠到當院裏攔住眾人，看了看地上已經把李如珍一條胳膊連衣服袖子撕下來，把臉扭得朝了脊背後，腿雖沒有撕掉，褲襠子已撕破了。」[36]暴力行為在趙樹理作品中多屬於二流子、漢奸和日本兵的「專利」。上述暴力以集體而非個體

35　趙樹理：〈李家莊的變遷〉，《趙樹理全集》第3卷，頁129-130。

36　趙樹理：〈李家莊的變遷〉，《趙樹理全集》第3卷，頁119。

之名實施，振振有詞，且無須為任何後果承擔責任。「公審」的暴力場面令人深思：誰有資格以如此方式審判他人呢？誰又有資格侵犯甚至剝奪他人的生命？「文革」中集體暴力升級失控、慘絕人寰的一面，也是其來有自。開會、「公審」之類的基層組織生活，成為鄉村日常生活的主要構成。它們承擔著調節、裁判和處理鄉村各類事務的功能，包括家庭矛盾、個人思想問題、減租減息、分家、土改等。但趙樹理的小說往往回避書寫「整體」場景的集體暴力及其失控。

鐵鎖的個體建構或可由此再出發，但趙樹理無意或無力予以追究，而將故事推給了下一代。一方面，整體敘述（諸如國族危機、群眾運動等）對於個體敘述的淹沒，暗示著趙樹理在此向度上思維的界閾。另一方面，失控的場面暗示了趙樹理對其所認同的農民暴力革命的擔憂和恐懼。但這並不意味著人道主義關懷的靈光一閃。趙樹理小說世界的整一性遭遇了內在分裂的挑戰。但這種挑戰來自整體本身的暴力一面。趙樹理以喜劇筆調講述村民對待三仙姑、小飛蛾等女性的暴力場景，比如，身體暴力（家暴）、年齡歧視、凝視暴力等。這暗示著他對於鄉村文化蒙昧面的默許；而這種默許也是性別權力關係「合法化」的結果，即男性中心社會所固有的性別規範與政治話語中新舊價值的絕對對立相勾連，遮蔽了質疑與批評性別歧視和性別暴力的可能性。趙樹理以寥寥幾筆寫村民們對待李如珍的失控場景，則意味著有意的回避。因為李如珍的性別（男性）與階級（地主）身分，趙樹理僅能依據政治權力關係來結構其集體、暴力與敘事。而對於這一敘述的展開及其道德合法性，趙樹理似乎缺乏信心。社會性別價值規範對於女性的操控根深蒂固，文學世界中性別話語易於為政治話語理論所附著利用。而階級話語理論對於現實暴力的附著力與闡釋力，在當時文學想像與敘述的「公式化」、「概念化」傾向中，可見其限度。

三、「新啟蒙運動」：以民間本土為正統

趙樹理及其創作之所以能夠成為 20 世紀 40-50 年代文學進行自我想像的基點，恰恰因為其順應了中國小說觀念由歐化向民族化流變的趨勢。自 20 世紀初以來，中國現代文人一直在不斷地探索「現代小說」的真義。1920 年代，中國文人多以西洋小說為正格來建構現代小說的範式，尤其是短篇小說。古典小說傳統被視為現代小說亟需掙脫的對象。以傳統小說為起跑線、西洋小說為終極指向，1920 年代中國文人建構起關於現代中國小說粗線條的想像。

一方面，古典小說文類與寫法在 1920 年代多被「打入冷宮」。1921 年，張舍我認為，當時報刊中刊載的短篇小說受到「筆記體與雜誌體、傳記體等」文章的「毒害」，不能稱為嚴格意義上的短篇小說。[37] 1922 年，瞿世英指出，中國古代小說的弊病在於「『能記載而不能描寫。能敘述而不能刻畫』。所以中國小說只有事實。後來的作家必須要避去這種缺點才好。」[38]傳統小說的敘述方式亦不符合現代人的審美觀。1934 年胡懷琛在

[37] 張舍我：〈短篇小說泛論〉，嚴家炎編：《二十世紀中國小說理論資料》（北京：北京大學出版社，1997 年），第 2 卷，頁 100、101。

[38] 瞿世英：〈小說的研究〉（下篇），《二十世紀中國小說理論資料》第 2 卷，頁 274。

界定中國「現代小說」時仍著意以傳統小說為反面：「絕對是寫的，不是說的，絕對脫盡了說書的痕跡」等。[39]章回體小說中「按下……不提，且說……」之類的「方程式」被茅盾視為最拙劣的結構方法。他認為小說結構的進展，「第一應注意回避第三者的敘述口吻，應該讓事實自己的發展來告訴讀者。第二應注意不露接筍的痕跡。」[40] 1940 年代後的趙樹理以創作實踐質疑了這種現代小說的想像，毫不掩飾甚至有意製造小說敘述中的接榫痕跡。

另一方面，1920 年代現代文人引入西方文學資源，建構起中國現代小說的想像空間。1926 年郁達夫在〈小說論〉中指出：「中國現代的小說，實際上是屬於歐洲的文學系統的，所以要論到目下及今後的小說的技巧結構上去，非要先從歐洲方面的狀態說起不可。」[41]〈小說論〉第一章至第六章的參考書目除魯迅的《中國小說史略》第一篇，以及日本木村毅的《小說之創作及鑒賞》、《小說研究十六講》外，其他 13 本均為外文著作。胡懷琛在《現代小說》中構想中國現代小說的應有面目：「這種小說，當然是受了西洋小說的影響而產生的，更不用多說。」[42] 1920 年代現代文人對於現代小說技法討論較多的是自然風景與

---

39 胡懷琛：〈現代小說〉（節選），吳福輝編：《二十世紀中國小說理論資料》（北京：北京大學出版社，1997 年），第 3 卷，頁 261、262。

40 茅盾：〈小說研究 ABC‧結構〉，《二十世紀中國小說理論資料》第 3 卷，頁 52。

41 郁達夫：〈小說論〉，《二十世紀中國小說理論資料》第 2 卷，頁 418。

42 胡懷琛：〈現代小說〉（節選），《二十世紀中國小說理論資料》第 3 卷，頁 262。

心理描寫。這些正是現代文人所能把握到的西洋近代小說發展的走向。[43]對這一動向的把握可能是照搬自某些西洋小說研究著作。他們所描繪的西洋小說圖景具有極大的相似度；其選擇的西洋文藝理論資源也有重合。比如，1926 年郁達夫的〈小說論〉和 1925 年茅盾的〈人物的研究〉（《小說研究》之一）均以 Bliss Perry 的 *A Study of Prose Fiction* 作為參考書目。而〈小說論〉六章中有三章都以此書為參考文獻，而其他參考書目數量不多，且限於各國文學簡史、小說藝術手冊、百科全書等英文與德文著作。

1930 年代、1940 年代，部分現代文人就現代文壇取得的初步實績反思以西洋小說為正格的中國小說現代化歷程。一方面，他們重估本土文學傳統，尋找小說現代化之突破點。1927 年俞平伯委婉指出不應摒棄傳統，「就今日言，小說界上所受著歐化的好影響，並不如我們預期的大。」[44] 1933 年賽珍珠對於中國小說的現代化則持有明確的批評立場。她認為，「讀現在的新小說就覺得缺少一種舊小說中所常用而一般中國人日常生活所固有的幽默的感想，倒是被從西洋某種學派或則特別是從俄羅斯作家學來的不健全的自我解剖壓迫著；中國舊小說中所固有的那種對於人性或是生命本身所發生的趣味，反而感覺不到！另外有一種陰鬱的內省，至少對於我，他是比不上舊小說的。」[45]賽珍珠對

---

43 六逸：〈小說作法〉，沈雁冰：〈人物的研究〉（《小說研究》之一），《二十世紀中國小說理論資料》第 2 卷，頁 200、372、390。

44 俞平伯：〈談中國小說〉，《二十世紀中國小說理論資料》第 3 卷，頁 35。

45 〔美〕勃克夫人（賽珍珠），小延譯：〈東方，西方與小說〉，《二十

中國現代小說的期待是技巧或許來自西方，但仍然代表中國民族的智慧和風格。

另一方面，1930 年代、1940 年代的社會主義寫實主義、文藝大眾化等文學思潮的興起，亦催化了對「以西洋小說為正格」的質疑。1935 年凌鶴將喬伊斯等的作品（1920 年代被新文學作家視為現代小說之典範）稱為「新心理寫實主義」，以為作家的世界觀決定表現手法。「作為寫作技術的新心理寫實主義的內心的獨白，正表示著沒落階級的作家們對於內容空虛的小說作品在形式上加厚粉飾的作用。」社會主義寫實主義文學家只能在描寫技巧層面攝取之。[46]王任叔也曾指出心理主義的描寫法宜於表現愛情或靜態，不適合於描寫時代風雲。[47] 1920 年代，茅盾、郁達夫、六逸等人都將小說重心轉向人物心理視為近代西洋小說的開端或趨勢。茅盾曾贊同華納（Charles Dudley Warner）的觀點，以「人物之心理的與精神的能力所構成」的故事為最高等的小說。[48]然而，時至 1943 年，張天翼對舊小說與西洋小說的形式已不做優劣之論，只做寫法上的區分。同是寫心理，西洋小說通過內省的方式來寫，而舊小說通過考察行為的方式來寫。[49]

世紀中國小說理論資料》第 3 卷，頁 206。

46 凌鶴：〈關於新心理寫實主義小說〉，《二十世紀中國小說理論資料》第 3 卷，頁 397、398、400。

47 王任叔：〈中國現代小說發展的動向的蠡測〉，《二十世紀中國小說理論資料》第 3 卷，頁 390。

48 沈雁冰：〈人物的研究〉（《小說研究》之一），《二十世紀中國小說理論資料》第 2 卷，頁 390。

49 張天翼：〈「且聽下回分解」及其他——寫給一位太太〉，錢理群編：《二十世紀中國小說理論資料》（北京：北京大學出版社，1997

在東亞近代化的框架下反思文學的現代化，中國現代文人與日本文人對各自本土文學經驗有相似的困惑，即如何將小說現代化從歐化中擺脫出來，從本土傳統中尋找再出發的資源。1930年代，谷崎潤一郎在〈春琴抄後語〉中指出，日本近代小說以注重描寫與對話的西洋小說為正統。但日本小說家在年老後更樂意選擇故事體或隨筆體傳統小說形式。在中國，1937 年施蟄存指出，近代以來中國仿照西洋小說的寫法，改革將對話與敘述連貫寫下去的舊小說形式。新文學作家用引號來注明，將對話分行寫，並將舊小說「某生曰」之類的樣式加以補注和描寫，如「某人爬上了車子，嘰咕著說」等。這種形式被中國現代作家普遍採用，並以記錄對話的方式描寫心理或闡發哲學。[50]儘管施蟄存與其朋友對西洋小說中對話形式的文學功效有所質疑，但「到底不敢不承認自十九世紀以來的那些西洋小說為正格」。[51]〈春琴抄後語〉讓施蟄存對中國現代小說文體的反思獲得了後援。他開始懷疑那些西洋式的正格小說之於章回體、話本體、傳奇體及筆記體的小說是否具有優勢。曹雪芹描寫林黛玉，不曾使用心理分析法與冗繁對話，「但林黛玉之心理，林黛玉之談吐，每一個看過《紅樓夢》的人都能想像得到，揣摩得出」。[52]

年），第 4 卷，頁 195。

[50] 施蟄存：〈小說中的對話〉，《二十世紀中國小說理論資料》第 3 卷，頁 466、467、468。

[51] 施蟄存：〈小說中的對話〉，《二十世紀中國小說理論資料》第 3 卷，頁 468。

[52] 施蟄存：〈小說中的對話〉，《二十世紀中國小說理論資料》第 3 卷，頁 471。

1949 年以後大陸文學從歐美文化系統之外和以西洋文學為正格的五四新文學之外尋找建構自身文化主體性的資源。一方面，對於中國傳統和民間本土資源的倚重與 1949 年後世界冷戰格局下中國的民族身分建構、趕超歐美的社會主義遠景構想有關；另一方面，中國現代文人對西洋小說的認知局限於煩冗描寫、心理分析和對話記錄等。1950 年代的文人往往由此出發，使得新時代的小說構想多滯留於西方現代小說技巧和傳統小說技巧的取捨層面。[53]

1949 年以後，大陸文人著重在民族性的向度上建構新的小說範式，注重口耳相傳的文化傳播形式。民間文藝的文體優越性被凸顯出來：形式集中簡練，反映民眾智慧。王亞平也提到舊曲藝寫狀仔細、滑稽有趣、引人入勝，值得學習。[54]劉流的《烈火金鋼》採用評書形式，這一民族形式「寫起來比較容易，誰都可以寫，能講故事就能寫。」[55]就傳播功能而言，中國古典小說因形式宜人（可講可口傳）而較之外國小說更勝一籌。1949 年中國文盲率仍在 80% 以上，農村文盲率高達 95% 以上，學齡兒童入學率為 20% 左右。1950 年代掃盲教育體制的建立與掃盲運動的集中展開，取得了不少成績。至 1957 年，學齡兒童的入學

53　楚天闊：〈過去，現在，未來〉，《二十世紀中國小說理論資料》第 4 卷，頁 160、162、163。

54　王亞平：〈中國民間藝術的認識與改革〉，《論大眾文藝》（北京：天下圖書公司，1950 年），頁 106-111。

55　劉流：〈「烈火金鋼」寫作中的幾點情況和問題〉，趙樹理、劉白羽等著：《作家談創作經驗》（北京：中國青年出版社，1959 年），頁 140。

率上升到 61.7%。[56]吳祖緗認為，古代小說內容可以談出來，而外國小說多長篇大論地寫景與心理，精彩處留在心裏不易談出來。[57]《林海雪原》的作者曲波也有同感，因此在寫作中力求接近民族風格，「是為了要使更多的工農兵群眾看分隊的事跡。」[58] 1956 年不少出版社（包括上海古典文學出版社）重印通俗易懂的古代小說，比如，《隋唐演義》、《平妖傳》、《西遊記》、《照世杯》、《西湖佳話》等。[59]

當代小說家們不再是從「寫－讀」的向度來衡量文學形式的優劣，而是從「說－聽」的美學規範來要求作品。這與其時全國上下普遍開展的掃盲運動、「文化翻身」、民眾的文化水平狀況密切相關。1949 年後，從讀報員到故事員，都參與了文藝作品的口頭傳播。[60] 1949 年後，創作者陣營構成的變化以及相關文藝政策的推行，強化了民間文藝趣味和美學形式的傳承。在當代作家隊伍重構過程中，湧現了一類創作群體，他們來自貧民或流浪者階層，較少接觸正統教育，文藝愛好多來自周遭民間藝術的

56 關於 1950、1960 年代掃盲教育的具體歷史，可參考〔日〕淺井加葉子著，王國勛、劉岳兵譯：〈1949-1966 年中國成人掃盲教育的歷史回顧〉，《當代中國史研究》1997 年第 2 期，頁 109-120。

57 吳祖緗：〈在中國作協第二次理事會上的發言〉，《二十世紀中國小說理論資料》第 5 卷，頁 167。

58 何其芳：〈我看到了我們的文藝水準的提高〉，《二十世紀中國小說理論資料》第 5 卷，頁 262。

59 陽湖：〈為什麼要重新出版這些古代小說？〉，《二十世紀中國小說理論資料》第 5 卷，頁 172。

60 段寶林：《中國民間文學概要》（北京：北京大學出版社，2009 年），頁 95。

薰陶。比如，王老九、張孟良等。〈在延安文藝座談會上的講話〉對於民族形式、民間形式的提倡，以及新政府「推陳出新」、「改舊」等文藝政策的推行，也激發並強化了各個創作群體對於民間文藝的認同感。通過行為和對話來寫人物、講究故事結構的完整性，成為當時小說家努力效仿的民族形式和傳統小說作法。比如，梁斌在《紅旗譜》的創作談中對此有明確說明。[61] 1958 年，王燎熒將《林海雪原》稱為「革命英雄傳奇」，從中看到了古典小說和俠義小說的對白翻版。[62]其實，古典小說與民間文藝在當代的承襲是有選擇的結果。1949 年以後的「戲改」與「改舊」，其重點在於「改」，即根據原有藝術的「毒素」多少而作不同程度的改寫。比如，王亞平曾將民間藝術的改寫方法分為小改法、改寫法、翻造法。[63]

趙樹理的創作承應了中國小說現代化歷程中由歐化向民族化突圍的一大脈絡。他的文學作品與時代文藝共享了某些理念預設，但其文學再現、文學理念本身則更為複雜。「通俗化」與「新啟蒙運動」是趙樹理文藝觀和文化構想的核心。「通俗化」，是「文化大眾化」的主要道路，「新啟蒙運動」的組成部分。「新啟蒙運動」，是「拆除文學對大眾的障礙」，改造群眾舊的意識並使其接受新的世界觀。它涉及文學、歷史、地理等一

61　梁斌：〈漫談「紅旗譜」的創作〉，《作家談創作經驗》，頁 82、83。

62　王燎熒：〈我的印象和感想〉，《二十世紀中國小說理論資料》第 5 卷，頁 269、272。

63　王亞平：〈中國民間藝術的認識與改革〉，《論大眾文藝》，頁 112、113。

切文化知識領域。[64]趙樹理反復強調中國當時的文藝有三個傳統：古代士大夫文化傳統、五四新文化傳統、民間文化傳統。文化界多以五四新文化為正統、高級。[65]趙樹理認為，五四新文化為外國文化的移植，他試圖在民間文化傳統之上發動「新啟蒙運動」。「通俗化」並不等同於「普及」，也不限於通俗文藝。而「普及」與「提高」並不相悖：大眾文藝為當前任務服務，製作「高級」作品為副業；大眾文藝不排斥精英文藝的養分，也可以寫得精緻動人。[66]

「新啟蒙運動」源於趙樹理對鄉村自始至終的親密情感和變革夙願。一方面，趙樹理在創作生涯之開端即關注農村與文化這一命題。1936 年趙樹理將中國鄉村比作一個埋頭「吃苦」的小夥子，而將自己擬想為「引路人」，改變其將苦難委諸命運的觀念。[67]趙樹理作品中一貫處理的核心問題正是如何從農民的日用倫常、常情常理出發，來確立新啟蒙「理」之所在。但就其對於三仙姑、小飛蛾、李如珍等人的處理，如前分析，亦可見出「引路人」自身的視閾臨界點。另一方面，「新啟蒙運動」是趙樹理有感於中國文藝現狀的應對性策略，他對農村的文藝狀況有著清醒的認知。1940 年代農村，以戲劇和秧歌的改造取得的成就最高，詩歌和小說基本上交了白卷。普通民眾廣泛閱讀的既不是邊區文人出版的「大眾文庫」，也不是「抗戰讀本」。經過十多年的舊戲曲改革運動的老解放區農村，舊戲的流行度仍然超過新文

---

64 趙樹理：〈通俗化「引論」〉，《趙樹理全集》第 2 卷，頁 68、69。

65 趙樹理：〈回憶歷史　認識自己〉，《趙樹理全集》第 6 卷，頁 479。

66 趙樹理：〈藝術與農村〉，《趙樹理全集》第 3 卷，頁 230-232。

67 趙樹理：〈文化與小夥子〉，《趙樹理全集》第 1 卷，頁 131、132。

藝與新戲。[68] 1949 年趙樹理指出，城市舊文藝陣地也很大，「希望新文藝的火車頭，把一大段舊文藝車皮掛上，在普及基礎上前進。」[69]

趙樹理和大眾文藝創作研究會的發起人，懷有爭奪封建文化陣地的抱負。但這些文化實踐多以失敗告終。比如，趙樹理曾致力於將新小說改編為曲藝的文化事業，但遭遇的困境是新文學作家不幹，舊文人幹不來。1954 年至 1955 年，通俗讀物出版社成立時曾建議成立改編部，後未能成行。通俗文藝出版社停辦後，趙樹理曾與該社編輯提倡辦通俗刊物，亦未能成行。[70]趙樹理和其友人的文藝大眾化實踐並未獲得文藝界的普遍認同。通俗藝人和民間藝人亦抱怨未能獲得理想的文化地位及經濟待遇：文藝界歧視通俗文藝；在批評家「四面棍棒」下討生活；稿酬低；出版社亂刪亂改通俗作品。[71]

對於 1950 年代的文化界而言，最為困難的是如何掙脫舊的文藝傳統和發明新的文藝範式的問題。1949 年後新的美學形式還未從表現新生活的文藝中發明出來。通俗化或大眾文藝並不等同於完全採用民間形式與舊形式，也不等於無節制地使用口語。1941 年，趙樹理已意識到舊形式對於表現新內容的「『拖住』

---

[68] 趙樹理：〈在大眾文藝創作研究會成立大會上的講話〉，《趙樹理全集》第 3 卷，頁 358、359。

[69] 趙樹理：〈我的水準和宏願——在全國文代會上的發言〉，《趙樹理全集》第 3 卷，頁 353。

[70] 趙樹理：〈回憶歷史　認識自己〉，《趙樹理全集》第 6 卷，頁 474-475。

[71] 木杲：〈通俗文藝作家的呼聲〉，《二十世紀中國小說理論資料》第 5 卷，頁 193-197。

的成分多，『提高』的成分少」。[72] 1954 年，趙樹理指出，「要讓這些演員們穿上制服、推上自行車來扮演男女公務員，舊功夫一點也用不上，新功夫根本還不知道該怎麼練，原因是這些生活還沒有化入歌舞中——還沒有人把這些生活集中為歌舞中的基本情調、基本動作，而歌舞應特有的化裝、服裝、道具、音樂等也沒有本著這些生活發明出來。」[73] 1955 年，趙樹理坦然承認寫舊人舊事容易「生活化」，而新人新事容易概念化。[74]儘管趙樹理在鄉村社會摸爬滾打多年，深諳農民的人倫日用，但在文學表現上亦未能提供與 1949 年後新時代變遷相匹配的一種新的文藝範式。趙樹理小說的文學表現有源自「人民文學」的美學規範，亦有源自現代文學的美學傳統；有立足於民間通俗文藝的寫作立場，亦有立足於知識分子新文學的寫作立場。他本身的混雜性為 20 世紀 40-50 年代的文學轉折提供了自我想像的空間，儘管這種整體想像遮蔽了他自身的矛盾性、分歧性和獨特性；而後者恰恰暗示了社會主義美學建構本身的困境。

---

72 趙樹理：〈通俗化與「拖住」〉，《趙樹理全集》第 2 卷，頁 99、103。

73 趙樹理：〈我對戲曲藝術改革的看法〉，《趙樹理全集》第 4 卷，頁 161。

74 趙樹理：〈〈三里灣〉寫作前後〉，《趙樹理全集》第 4 卷，頁 383。

第三章　風景詩學的重構：1949 年後沈從文的審美困境

1949 年後，沈從文在文壇的身影逐漸淡去。從 1948 年郭沫若〈斥反動文藝〉點名清算，到 1949 年自殺未遂，再到 1952 年新作〈老同志〉被退稿，以及 1953 年開明書店銷毀舊作手稿及版型，諸如此類的事件，對沈從文而言，製造了種種人生煩惱；對後人而言，則為想像 1949 年後自由主義文人的文化境遇營造了黯淡基調。在此方面，具有代表性的研究有〈午門城下的沈從文〉等。[1]它們所展示的沈從文是一個為文壇遺棄、友人冷落、領導壓制的抑鬱老人。而 1949 年後的沈從文的確沒有多少動人的作品。這一事實往往被後人理所當然地視為沈從文擱筆的結果。而擱筆這一行為又反過來印證了沈從文所遭遇的不幸與不公。常為研究者所引用的是 1948 年沈從文寫給兩位作者的退稿信。在信中，46 歲的沈從文居住在即將解放的北京城預言：「過不多久即未被迫擱筆，亦終得擱筆。」因為社會分解、秩序重構，而自己已進中年，不易扭轉用筆習慣。所謂扭轉用筆習慣，是指過去自己寫作從「思」出發，新時代需要從「信」出

1　陳徒手：〈午門城下的沈從文〉，《讀書》1998 年第 10 期，頁 30-39。于繼增：〈艱難的抉擇——沈從文退出文壇的前前後後〉，《書屋》2005 年第 8 期，頁 66-71。

發。[2]研究者由此得出的結論是，沈從文擱筆的原因在於堅持「從『思』出發」。而在社會價值重估下，這種用筆習慣失去了存在意義。這為沈從文的命運渲染了悲劇性色彩，也為自由主義文人譜寫下一首文化挽歌。細細琢磨這種論述，即可發現研究者選擇某類史料，將之根據時間先後排列，並由此建立起因果關係，這種論證忽略了歷史進程中多種材料、多元要素之間的角力。

就筆者目力所及，較早對 1949 年後的沈從文做系統研究的有錢理群和賀桂梅。他們將沈從文「擱筆」的原因上溯至 1940 年代，認為 1940 年代的文藝試驗即已宣告其文學失敗和創造力萎縮。持此觀點的還有王曉明、葉兆言等。錢理群詳盡探討了沈從文 1940 年代後遭遇的文學困境，即「靜」的文學方式與「動」的時代社會隔絕、脫離。「這是他的優勢所在，也是他的限制：一旦脫離了這樣的平靜鄉村人民生命，或者鄉村生命的平靜瓦解、消失，都會帶來他創作的危機。」他還分析了 1949 年後的沈從文如何適應新社會且堅守自己的立場而形成其「新思想」，並以「抒情考古學」式的文物研究來化解危機並完成其文學家的形象。[3]

本章從沈從文作品魅力構成的兩大因素——風景畫的筆法和

---

2 沈從文：〈致季陸〉（1948 年 12 月 01 日北平），〈致吉六——給一個寫文章的青年〉（1948 年 12 月 07 日北平），《沈從文全集》（太原：北岳文藝出版社，2002 年），第 18 卷，頁 517、518、519。

3 錢理群：〈1949 年以後的沈從文〉，王曉明、蔡翔主編：《熱風學術》（上海：上海人民出版社，2009 年），第 3 輯，頁 83-123。

「抽象的抒情」入手，試圖探索其舊有筆法與 1949 年後流行寫法與想像模式之間通約和不可通約的癥結所在。將自然景物應運於文學，我們可以將這種筆法置於中國現代文藝觀念的發展流變與 1950 年代美學觀念的重建過程中予以分析，發掘沈從文所謂的「舊筆法」何以為「舊」，以及置於何種語境中為「舊」。在此基礎上，通過分析 20 世紀 50-60 年代沈從文的文學觀念與政治理想，揭示社會主義文藝在「有情」與「事功」兩種美學之間兩難的真實處境。本章避免將沈從文文體與主流文學範式簡化為壓抑與被壓抑的關係，對其處境做抽象化處理。就歷史情境而言，沈從文亦是為時代所裹挾的見證者、親歷者、參與者。

一、「復筆」的困境：風景與抒情

需要澄清的是，沈從文並非在 1949 年後即「擱筆」。就個人而言，沈從文屢屢萌發重返文壇的意念。從其信件和日記等材料看，在 1949-1953 年、1955-1961 年間，幾乎每一年他都有動筆的想法或實踐。就外界而言，除了朋友的熱心鼓勵外，高層領導者也曾勸勉他重返文壇。1950 年 12 月，沈從文在從西苑革命大學政治學院學習結業前，小組長告訴他，上級組織希望其歸隊搞創作。1953 年 9-10 月，沈從文以工藝美術界代表的身分參加第二次全國文代會，其間中央領導曾鼓勵他再寫幾年小說。當年 9 月，胡喬木來信表示，願為沈從文重返文學崗位做安排；但沈從文躊躇不定，遲遲未回復。秋冬之際，胡喬木曾讓嚴文井找沈從文商談，約請他寫 30 種歷史故事（歷史人物小說），並安排他重返文壇。[4]周揚也曾力挺沈從文歸隊。1955 年 12 月 20 日，周揚提出可讓沈從文先寫些通訊特寫之類作品；並認為這個作家值得改造。1957 年 2 月 17 日，貫徹「雙百」方針期間，周揚還曾動員《人民文學》主編嚴文井請沈從文出山。沈從文應邀寫稿，文稿發表於《人民文學》和《旅行家》雜誌。[5]面對上述機會與好意，沈從文最終還是決定繼續留在文物研究崗位。

總的來說，沈從文 1949 年後的文化處境並非完全糟糕。1953 年開明書店銷毀沈從文舊作，是對其舊有文學成績的否定，對他打擊甚大。但 1957 年人民文學出版社又出版了舊作《沈從文小說選集》，首印 24,000 冊。在組織安排下，他還曾至井岡山、青島、江西以及湖南等地考察療養，收集寫作資料。沈從文在文學上抱負重重卻碩果不多。檢視其中癥結，需要追問沈從文的用筆方式與 1949 年後文藝美學範式之關係。

風景畫的筆法，是沈從文文體的重要構成要素。沈從文常以在景中寫人事的筆法來表現「常」與「變」的歷史意識。他將人事、歷史的變動安置在平靜的自然背景中，以取得參差對照、錯綜動人之美。1947 年在討論一個發生在草原廟宇中的邊疆故事的寫作時，沈從文建議，「就要從各種情形下（四季和早晚）作些不同風景畫描寫加入，這種風景描寫且得每一幅用一不大相同方法表現。還得記住要處處留心，將廟中單調沉悶宗教氣氛和廟外景物鮮明對照」。寫女人由病而瘋時，他認為「僅寫本人難見

---

4 沈從文：〈我為什麼始終不離開歷史博物館〉，《沈從文全集》第 27 卷，頁 242、243、248、249。

5 吳世勇編：《沈從文年譜》（1902-1988）（天津：天津人民出版社，2006 年），頁 369、385。

好，不如把本人放在外景中，好好布一場草原外景，用黃昏和清晨可畫出兩幅帶音樂性景物畫，牛羊歸來和野花遍地，人在這個風景下發瘋，才和青春期女性情緒凝結相切合」。全部故事中點綴外景和內景，插入小景小人事，「故事即可在動中進行」。[6] 這實為沈從文創作的自我寫照。1934 年，沈從文寫《湘行散記》時即試圖「用屠格涅夫寫《獵人日記》方法，揉遊記散文和小說故事而為一，使人事凸浮於西南特有明朗天時地理背景中」。1947 年，他仍希望於鄉村抒情中，在盧焚、艾蕪、沙汀等作家的文體實驗以外，自成一體，將傳奇性與現實性發展下去。[7]後來的研究者基本上依循沈從文自報家門的這一線索來概括其創作的獨特性。比如，夏志清曾用西洋文學的文體「牧歌體」（pastoral prose）來概括《邊城》的特色。王潤華、聶華苓與夏志清都注意到《邊城》具有山水畫的特質。王曉明亦用「沈從文文體」來概括這一寫法。

關於自然描寫，20 世紀初的現代文人大多避開中國文藝的山水傳統，而將之置於西方文藝現代化歷程的脈絡中予以討論。朱光潛認為，中國似為最早應用自然景物於藝術的國家。《詩經》與古代圖畫中將自然作為背景或陪襯，乃屬於「興」的手法：「『興』就是從觀察自然而觸動關於人事的情感。」晉唐之後，贊美自然才成為時尚。相比之下，西方古典文藝中描寫自然景物的較為稀少，愛好自然始於盧梭，並為浪漫主義作家所提倡

6 沈從文：〈一個邊疆故事的討論〉，《沈從文全集》第 17 卷，頁 464。

7 沈從文：〈一首詩的討論〉，《沈從文全集》第 17 卷，頁 461、462。

推動。[8]但 1920 年代的中國現代文人往往將描寫自然視為現代小說技法之一。郁達夫、老舍等人均將自然風景視為小說背景之一。而背景成為小說的重要構成元素，又被視為西洋小說近代化的產物。郁達夫寫道：「中世以後，十八世紀以前的那些作家，雖對於背景稍稍留意，然而也不過是一種作品中的裝飾而已。十八世紀的後半葉和十九世紀以後，小說的背景就和小說的人物、事件一樣的重要起來了。」[9]盧梭，被現代中國文人視為寫自然的開風氣者。郁達夫認為，「小說背景的中間，最容易使讀者得到實在的感覺，又最容易使小說美化的，是自然風景和天候的描寫。應用自然的風景來起誘作中人物的感情的作品，最早的還是盧騷的《新愛洛衣時》（*The new Heloise*，1760）」。[10]瞿世英說：「近百餘年來，在西洋小說裏，風景成為極重要的元素。自盧騷的 "New Heloise" 出現後，便引進一種新勢力來。山川湖泊均成為小說中主要部分。」[11] 1920 年代，中國現代文人已明確將自然風景視為小說中人物情緒與心理的陪襯、衍生、補充。六逸指出，描寫自然的方法稱為寫景，「其實就是描寫自然 nature 和心理之有機的關係」。[12]

8　朱光潛：《文藝心理學》（上海：開明書店，1936 年），頁 133。

9　郁達夫：〈小說論〉，《二十世紀中國小說理論資料》第 2 卷，頁 444。

10　郁達夫：〈小說論〉，《二十世紀中國小說理論資料》第 2 卷，頁 445。

11　瞿世英：〈小說的研究〉（中篇），《二十世紀中國小說理論資料》第 2 卷，頁 261。

12　六逸：〈小說作法〉，《二十世紀中國小說理論資料》第 2 卷，頁 199。瞿世英指出，盧梭、狄更斯、喬治・艾略特、哈代、托爾斯泰、

1930 年代，隨著對於西洋文藝的深入瞭解，風景描寫在文藝作品中的獨立性與自主性被逐漸凸顯出來。在老舍看來，愛倫・坡等人的小說中，「背景的特質比人物的個性更重要得多。這是近代才有的寫法，是整個的把故事容納在藝術的布景中。有了這種寫法，就是那不專重背景的作品也會知道在描寫人的動作之前，先去寫些景物，並不為寫景而寫景，而是有意的這樣布置，使感情加厚。」[13]因此，老舍指出寫作要預設好景物的文學功能：背景為人與事的故事真實而設；人與事只為做足背景的力量而設。[14]

1940 年代，中國現代文人的風景觀又有新變，文藝作品中人與景、人事與意境彼此親和而獨立的關係被重新審視。何其芳的〈夜歌（二）〉（1940），「我總是把自然當作一個背景，一個裝飾，／如同我有時在原野上散步，／有時插一朵花在我的扣子的小孔裏，／因為比較自然，／我更愛人類。／／我們已經喪失了十九世紀的單純。／我們是現代人。／而且我要談論戰爭。」[15]何其芳試圖以文學重建對於世界的新認識或新把握。他

屠格涅夫都注意到寫風景，「這種自然描寫不但使我們面前湧現極精細美麗的圖畫，更使我們確實瞭解其中的人物與其動作。」瞿世英：〈小說的研究〉（中篇），《二十世紀中國小說理論資料》第 2 卷，頁 261。

13 老舍：〈景物的描寫〉，《二十世紀中國小說理論資料》第 3 卷，頁 430。

14 老舍：〈景物的描寫〉，《二十世紀中國小說理論資料》第 3 卷，頁 431。

15 何其芳：《何其芳全集》（石家莊：河北人民出版社，2000 年），第 1 卷，頁 344。

擬設了一個自然與人類、古典與現代、夢想與事務、自我與超我相對立、有等差的世界。自然風景被還原為現實事功的裝飾。早在 1939 年，徐遲在〈抒情的放逐〉中即寫下：「自人類不在大自然界求生活，而戀愛也是舞榭酒肆唱戀愛的 overture 以來，抒情確已漸漸見棄於人類。」「也許在流亡道上，前所未見的山水風景使你叫絕，可是這次戰爭的範圍與程度之廣大而猛烈，再三再四地逼死了我們的抒情的興致。」[16]在徐遲那裏，一方面，自然與抒情相關。但現代文明是以人類生活逐漸獨立於自然界為特徵的，以現代生活為對象的現代詩歌逐漸放逐了抒情。另一方面，抒情與戰爭無緣。戰爭的殘酷摧毀了閑情雅致，而抒情需要一個安穩的底色。

自然風景書寫因與個體、抒情的親密關係而被戰爭中的徐遲、何其芳所放逐，而沈從文卻固執地將之浸入「抽象的抒情」之中予以表現。風景畫式的筆法不僅僅是背景營造，它本身還蘊有沈從文對待自然獨特的美學態度和文學追求。如果說 20 世紀 20-30 年代，他對待鄉土自然是「混合了真實和幻念，而把現實生活痛苦印象一部分加以掩飾，使之保留童話的美和靜」，[17]那麼 1940 年代的部分作品已經充盈著對生命形式與自然造化的詩性思索——即「抽象的抒情」。比如，〈赤魘〉（1945）、〈雪晴〉（1946）、〈巧秀和冬生〉（1947）、〈傳奇不奇〉（1947）寫巧秀及其母親兩代女性生命的榮枯興敗，其動人程度不亞於《邊城》（1934）。不同的是，上述小說中都活躍著青年

16　徐遲：〈抒情的放逐〉，《頂點》1939 年第 1 卷第 1 期，頁 50、51。

17　沈從文：〈一個人的自白〉，《沈從文全集》第 27 卷，頁 14。

畫家或詩人的身影。小說在多重維度上展開：一方面是「我」或「我們」（畫家或詩人）遷徙西南邊區沿途所見的當地人事；一方面是「我」或「我們」對於文藝之於現實再現的限度的困惑。後者對小說中的故事敘述構成一種統攝，這種統攝是以反作用力的形式在文本中進行。直面現實（人、景、物）的生命之美時，所有的媒介（聲、色、文）不得不以沉默而告退。關於「大美」，老子曰，「大方無隅，大器晚成，大音希聲，大象無形。」（《老子》）莊子則曰，「天地有大美而不言」（〈知北遊〉）。

沈從文對生命形式與自然造化的思索包含著對自身一貫堅持的文體實驗及自我身分認同（以文學作為生存形式本身）的反省。〈虹橋〉（1946）中，畫家李粲於 1940 年代因戰事流亡到雲南邊區。大雪山下自然景物的壯偉、色彩變化的複雜，使他放棄繪畫的念頭：「想繼續用一枝畫筆捕捉眼目所見種種恐近於心力白用」。於是，他以文字代替色彩描繪見聞，但不久又發現文字的限度。最後，他轉向研究在此自然背景下生存的人們的愛惡哀樂與宗教信仰。當山岡松樹林間颺起素色霓虹，「四個人都為這個入暮以前新的變化沉默了下來，尤其是三個論畫的青年，覺得一切意義一切成就都失去了意義。」[18]〈赤魘〉的副標題是「我有機會作畫家，到時卻只好放棄了」。小說中，十八歲的「我」（司書）被調回家鄉整理書畫。一路上就自然景物與心中畫作相對照，或賞玩於自然手筆合作之處，或敬畏於自然大膽超於畫人巧思之處。而當「我」坐在村中大院落的新房中吃喜酒

[18] 沈從文：〈虹橋〉，《沈從文全集》第 10 卷，頁 398。

時，「這一來，鑲嵌到這個自然背景和情緒背景中的我，作畫家的美夢，只合永遠放棄了。」[19]清早席間又聽說清亮無邪的巧秀與人私奔，在情緒集中的一剎那意識到，「我再也不能作畫家」。[20]其他小說如〈看虹錄〉（1943）、〈摘星錄〉（1942）等也都涉及文字或繪畫本身作為媒介的困頓問題。天地之間有大美，沈從文體悟到藝術心力之於大美的有限性，轉而訴諸具有超越感官的宗教或信仰。

1949 年後，現代風景文藝觀隨著以西洋小說為正格之觀念的破除而被重新修正。1956 年茅盾在〈關於藝術的技巧〉中指出，「一段風景描寫，不論寫得如何動人，如果只是作家站在他自己的角度來欣賞，而不是通過人物的眼睛，從人物當時的思想情緒，寫出人物對於風景的感受，那就會變成沒有意義的點綴。」[21]茅盾不僅規定了風景的觀看主體、表現方式，還明確了風景的文學功能。1958 年茅盾指出，「環境描寫應當不是擺樣的——不是鏡框子」；環境描寫應為寫景兼抒情，與故事發展有機結合，對人物性格有烘托作用。[22]而風景必須通過作品人物的視角來予以呈現，是基於文藝模仿現實的藝術理念。它試圖通過淡化作者的主體色彩最大限度地營造文學的真實性。同時，它也暗示當時人們擁有認知世界、把握世界的普遍信念。與此形成鮮

19 沈從文：〈赤魘〉，《沈從文全集》第 10 卷，頁 406。

20 沈從文：〈雪晴〉，《沈從文全集》第 10 卷，頁 414。

21 茅盾：〈關於藝術的技巧——在全國青年文學創作者會議上的報告〉，《二十世紀中國小說理論資料》第 5 卷，頁 159、160。

22 茅盾：〈談最近的短篇小說〉，《二十世紀中國小說理論資料》第 5 卷，頁 279、280。

明對照的是卞之琳的〈斷章〉（1935 年 10 月）。「你站在橋上看風景，／看風景的人在樓上看你。／明月裝飾了你的窗子，／你裝飾了別人的夢。」[23]看風景的「我」與風景與他人，彼此相對又彼此關聯。〈斷章〉寫出了現實世界中主體與客體、你與我，互為對象又各自獨立的相對相生之美。

1950 年代茅盾的風景觀與民間文藝的寫景筆法不謀而合。趙樹理指出，常見的小說是把敘述故事融化在描寫情景中的，而中國評書式的小說則是把描寫情景融化在敘述故事中。比如，〈三里灣〉開篇寫馬家院時，省略了景物和人物外觀的描寫。理由是這樣對於瞭解馬家的影響也不大，而且可以為讀者節約多讀幾百字的時間。[24]在 1950 年代的文藝風景觀中，中國傳統文學與外國翻譯文學、民間文藝與新文學等多重文化資源重新組合。「看得懂」成為當時評價文藝價值高低的重要標準，而看的主體往往限於「工農兵」。這種基於事功的文學觀與沈從文所追求的人生與風景的綜合再現的創作觀存有分歧。

但至少在 1951 年，沈從文仍然繼續以 1949 年前的風景畫筆法進行創作。1951 年，沈從文參加四川土改，曾計劃寫五十個川行散記故事。如同《湘行散記》乃根據 1934 年返鄉途中寫給張兆和的信件整理而成，1951 年他在參加土改沿途給家人的信件亦可連綴為川行散記。信件中有文字描繪，也有景色速寫。比如，1951 年 11 月 19 日至 25 日，沈從文在內江致張兆和的信中，寫自己飯後獨自走走的所見所感。古典的村市社會與現代的

23　卞之琳：《卞之琳文集》（合肥：安徽教育出版社，2002 年），上卷，頁 29。

24　趙樹理：〈〈三里灣〉寫作前後〉，《趙樹理全集》第 4 卷，頁 381。

土改組合成奇異的歷史畫卷。人活在歷史中，活在自然背景中。如此偉大而又平常的變動令沈從文感動不已。沈從文置身其間，創造心恢復。[25]他從這種調和的對照中看到的是生動活潑和新鮮離奇。沈從文對沿途所見的山水景物和人情世相感觸極深。不同於湘西沅水的秀俏透明，四川的山峽江水獷悍壯美，山村風景雄秀耀目。它們與人事發展相襯托、融合，都可謂漂亮之作。山村保存著太古的作風，縴夫鄉人的生活方式保留著千年以前的形式，但這個世界又在有計劃的變動中。這種動與靜、常與變自然契合為一個整體。

川行散記貫穿著沈從文特有的歷史意識，即將人與景、人與人的關係置於變與不變之中予以考察。但作品的情感基調和作家心態已經發生變化。反觀沈從文 1930 年代的作品《邊城》、《湘行散記》、《長河》等，即可見出其新舊時代的創作差異。《邊城》開篇即是不俗：「一條官路」、「一個地方」、「一小溪」、「一白塔」、「一戶單獨的人家」、「一個老人」、「一個女孩子」、「一隻黃狗」。人與物、自然與空間，排列地極有秩序。短短幾行字，輕盈地勾勒出一副幽眇、莊重的水墨畫。「一」字，寫出了邊城中人性的純粹與倫常的恆定。渡船老人淳厚本分，翠翠的父母豪勇剛烈，翠翠天真懵懂。沈從文所要表現的正是他們「優美，健康，自然，而又不悖乎人性的人生形式」。[26]「一」字，也寫出了邊城的寂寞。邊城地處湘西邊境，是遠離中原世界和現代文明的異質空間。正是這種單純與獨行處

---

[25] 沈從文：〈致張兆和〉（1951 年 11 月 19-25 日），《沈從文全集》第 19 卷，頁 177。

[26] 沈從文：〈習作選集代序〉，《沈從文全集》第 9 卷，頁 5。

處潛伏著憂患的暗影。邊城的圖景絕非一派怡然，通體澄明。翠翠父母的愛情悲劇早已暗示著隨時降臨的險惡命運。在小說的結尾處，白塔轟然坍塌、老人悄然離世、傾慕者或英年早逝或遠走他鄉。翠翠在人世間的因緣巧合與誤會齟齬中恍然間步入成人世界。整個小說的憂鬱格調恰恰蘊藏在愛與美，純真與安穩的幻滅之中。沈從文冀望由此重鑄民族品德，「認識這個民族的過去偉大處與目前墮落處」。[27]在此意義上，《邊城》在鄉土風景與自然人倫中展示人性人情，在「常」與「變」中體悟中國現代化的艱難進程。邊城往事因此成為現代中國知識者面對世界進行自我體認、國族想像的一種文化資源。

《湘行散記》所涉人與事皆十分廣闊。就人而言，有吊腳樓上唱小曲的婦人、翻船背運的老水手、販賣煙土的跛腳傷兵，骨瘦如柴的屠戶，懂人情有趣味的老朋友等。就事而言，沈從文閱歷了湘西底層的種種人生式樣及其變故。他要將這些人與事組合為一種歷史，與傳統「相斫相殺」的政治史並駕齊驅。與其勃勃雄心相匹配的，是那一副有膽量、有氣力的筆法。《湘行散記》中，沈從文常常鋪開來寫，以輕鬆、幽默、開闊的筆調勾勒哀樂人生。諸如〈桃源與沅洲〉中述及妓女生老病死的長句，讀來有硬朗朗的氣概。這自然得益於沈從文大刀闊斧，一氣呵成的文筆。本可細細敷陳的材料經過他一番殺伐決斷的處理，皮實勁道。但這並不意味沈從文在文字功夫上的偷懶省勁。即使在口語化的文字中，他依舊要調遣個陣勢出來。如「距常德約九十里，

27　沈從文：〈《邊城》題記〉，《沈從文全集》第 8 卷，頁 59。

車票價錢一元零。」[28]總體而言，《湘行散記》筆法疏闊，文字雖有時氣魄動人，卻並不規整純粹。沈從文似欲將這些紛雜人事皴揉進湘西蒼莽的山水中。這種文字不同於飽滿怡人，柔和細膩的《邊城》，它代表著沈從文文體上的另一格。

《湘行散記》更為直接地呈現了沈從文的歷史觀及其困境。一方面，沈從文在鄉人千年不變的生存格式中看到人生的苦味、歷史的惰性。另一方面，他不忍、甚至自覺「不配」干擾他們自在的生命狀態。他們莊嚴地擔負生存的艱辛，在疲乏的人生中養育無從拘束的心。這份神聖與豪爽自然是現代城市文明所匱乏的。而沈從文的歷史意識恰恰是他離開湘西，成為現代知識人的結果。「我有點擔心，地方一切雖沒有什麼變動，我或者變得太多了一點。」[29]困擾沈從文的不僅在於其自我身分的含混性，還包括其文化理想自身的不完整性。沈從文重造歷史的方案為：或激發起鄉人對於未來的惶恐，將其娛樂上的狂熱轉向歷史創造；或讓墮落民族潰爛到底而後新生。然而一涉及如何改造，怎樣激發，由誰承擔等現實問題，沈從文無力或無意深論之（〈箱子岩〉、〈辰河小船上的水手〉）。

《長河》是沈從文創作中極具現實感的長篇之作。小說通過瑣細人事展現了辰河中部的呂家坪在社會劇變、連連內戰下的現實遭遇。沈從文顯然不願誇大五四以來思想解放對於呂家坪內部新陳代謝的作用。鬧家庭革命與社會革命的子弟對鄉下人並不構成多少影響。因為他們大多數安身立命於田園生產和神明禁忌。

28　沈從文：〈桃源與沅洲〉，《沈從文全集》第 11 卷，頁 235。

29　沈從文：〈一九三四年一月十八〉，《沈從文全集》第 11 卷，頁 253。

相反，來自外部的憂患才是破壞地方自然生存狀態的主力軍。這種憂患既包括消費商品、生產機器的湧入，大小內戰、各路勢力的侵蝕，也包括鄉人的思想信仰、人倫關係的重塑。沈從文的獨到之處在於發掘了新與舊，常與變，內與外，地方與中央相反相成、錯綜複雜的關係。我們從各式新詞彙在呂家坪的漫遊歷程即可管窺一斑。一方面，諸如「工程師」、「新生活」、「革命」、「化驗」、「顯微鏡」等新詞彙伴隨著現代傳媒（《申報》）、政治運動、以及地方統治集團等「下放」到呂家坪。這些新詞在你方唱罷我登場的政治風雲中輪番登上鄉村舞臺。但無論是清朝的「督撫」到了民國變成了「都督」，還是後來又改為「主席」，鄉下人總作不了主。呂家坪在變來變去中總只有出錢的分，錢出來出去也沒有變好。這才是動中之靜，變中之常。另一方面，這些新詞經過似通非通、道聽途說的挪植、誤用，微妙地潛入鄉人的日常生活。他們不知不覺中憑依這些新詞思考、表達對於社會政治的看法，構想將來的光景，建構起其不同於城裏人的身分認同。比如「新生活」。這個新詞雖然面目不清、令人惶惑，卻至始至終穿梭於鄉人的戲謔、勞作和憧憬中。

《長河》中鄉人萌發的當家作主的民治主義政治理想代表了一種不同於蕭蕭、柏子、翠翠等的湘西生命形式。它標志著沈從文的湘西土著民族立場取代了先前《邊城》中單一的苗族立場。[30]而《長河》的文化意義還不止於此。這湘西一隅的故事在沈從文還有著認識、分析現實中國的普遍價值：「和這些類似的問

30　凌宇：〈沈從文創作的思想價值論——寫在沈從文百年誕辰之際〉，《文學評論》2002 年第 6 期，頁 3。

題，也許會在別一地方發生。」[31]

如果說，《邊城》茶峒天宇澄明，惆悵已如暗影綽約浮動。那麼，《長河》中呂家坪的整體圖景則切切實實地被安置於畏怯與苦痛之中，長順家的田園風光與和美生活皆遭人垂涎。沈從文的湘西世界或懵懵於過去與現在、田園牧歌與現代文明之間的驟然急轉中；或清醒意識到現代悲劇命運和未來走向，世代相襲的生存方式已危在旦夕。沈從文流連於湘西社會千百年不變的普通百姓的素樸生活方式，和他們在困頓與貧乏中保有的勤勞品質、善良人性。新舊中國兒女的生命形式具有某種共通性。1951 年川行書信中有一個貧困卻為朝鮮戰爭捐獻兔子的鄉人。她和三三、蕭蕭、翠翠一樣善良、素樸和單純，對一切充滿了愛與理解。不同處在於，此時「在土地變化中卻有了些新的內容」。1951 年的沈從文要以那個捐獻兔子的一類鄉人為書寫對象，「這個人已活在我生命中，還必然要生活在我的文字中。我一定要為她們哀樂來工作的，我的存在才有意義」。[32]這些文字憂鬱色彩不再，更多泛濫的是歷史的啟示和感動，是調和與偉大的映照。

1951 年川行散記的用筆習慣很快受到了沈從文的自我質疑。1952 年，沈從文發現須將過去作風景畫式的寫法放棄，就鄉村人事關係做一些新的實驗，才可能產生一些真正新的東西。自然風景畫的舊習，「本來是一種病的情緒的反映，一種長期孤獨離群生長培養的感情，要想法來修正來清理的。新的工作重要

31 沈從文：〈長河・題記〉，《沈從文全集》第 10 卷，頁 7。

32 沈從文：〈致張兆和〉（1951 年 11 月 19-25 日），《沈從文全集》第 19 卷，頁 175。

是敘事」。他認為〈雪晴〉，「即寫它，還不免如作風景畫，少人民立場，比《湘行散記》還不如」。要從人民立場看，對小說中的事件從新的觀點來完成。[33] 1950 年代的沈從文已經自覺到風景畫的筆法在當時已經失去效力。筆法的變革源於表現對象與當時文藝觀念的刷新。那麼，「變」在哪裏？如何「變」？

1950 年代中後期，沈從文對於自然景物的美學態度與再現方式都有所調整。如 1956 年的〈春遊頤和園〉，旨在整理個人遊園經驗，給遊人作參考。全篇以導遊者口吻展開，把頤和園分成五個大單元，依次介紹景觀印象。文章細膩動人，不僅來自作者對頤和園及其歷史瞭如指掌，更來自其對美的感受體貼入微。他能發現種種不同的路徑和角度去觀賞某建築的格局，體會設計者的匠心獨運。風景描寫寥寥幾句，語言洗淨鉛華。整篇散文淡化了作者的主體色彩，只偶爾浮現那顆豐富細密的心靈。1957 年的〈新湘行記——張八寨二十分鐘〉，寫作者途經張八寨的二十分鐘，彷佛置身於多年前筆下描繪的湘西世界。那裏有碼頭、渡口、小船、崖壁、平灘、竹子、溪水，以及溪水上的鴨子和渡船上的姑娘。就人而言，那個擺渡的女孩子與翠翠同是在青山綠水中長成青春生命，「不同處是社會變化大，見世面多，雖然對人無機心，而對自己生存卻充滿信心。一種『從勞動中得到快樂增加幸福』成功的信心」。[34]她一面勞作，一面憧憬未來評上勞模進京。生命形式因此有了單純、永遠向前的詩性光輝。就自然

---

[33] 沈從文：〈致張兆和〉（1952 年 1 月 24 日），《沈從文全集》第 19 卷，頁 310、313。

[34] 沈從文：〈新湘行記——張八寨二十分鐘〉，《沈從文全集》第 12 卷，頁 315。

而言，景物依舊，但不再以「野渡無人舟自橫」的自然本色示人。對於竹木，沈從文集中於其對支援祖國工礦和修建鐵路的「用處」著筆。雖然沈從文諳熟湘西世界的景物人事，但如今他們的生命發展和生存形式卻又如此不同。1963 年的〈過節和觀燈〉，寫端午節與觀燈的來歷及儀式，以「由物證史」的方式考究物質文化史和工藝圖案發展史。結尾部分又寫到當下觀燈之景——十三陵水庫大壩落成前夕和井岡山山區建設四周年紀念之際的夜景。「社會不斷前進，而燈節燈景也越來越宏偉輝煌，並且賦以各種不同深刻意義。」[35]文物考古下的舊風俗畫與親臨目睹的自然改造奇妙組合在一起，令人感嘆新政權移風易俗之效力。

總體來說，由於目標讀者轉向工農兵，文學擬想的接受形式由寫－讀轉向說－聽。1949 年後的文藝在美學風格上出現了敘述事功重於抒情言志的傾向。面對新人新景，沈從文的風景畫或風俗畫筆法需要放逐「抽象的抒情」，轉向事功的敘述。1951 年沈從文擬寫四川土改故事，以〈李有才板話〉為典範，為人民翻身服務。[36]描寫四川的土改生活和鄉情民俗是對其舊有抒情筆法的挑戰。沈從文認為，雲南、湖南、貴州苗區生活都有抒情氣氛，而四川過分發達了語言的能力，即發展了詞辯能力、說理敘事能力。這種鄉村文化用戲劇比用小說來表現更生動，但外鄉人處理此題材因缺少共通性而有困難。[37] 1951 年 11 月，沈從文檢

---

[35] 沈從文：〈過節和觀燈〉，《沈從文全集》第 12 卷，頁 351。

[36] 沈從文：〈致沈龍朱、沈虎雛〉（1951 年 10 月 31 日），《沈從文全集》第 19 卷，頁 134。

[37] 沈從文：〈致張兆和、沈龍朱、沈虎雛〉（1951 年 12 月 12-16 日），《沈從文全集》第 19 卷，頁 221、222。

視自己創作上的優缺點：「也測驗得出，素樸深入，我能寫，粗獷潑辣，還待學習。寫土地人事關聯，配上景物畫，使人事在有背景中動，我有些些特長」，「至於處理人事機心複雜種種，我無可為力」。[38]沈從文試以新知寫舊事，繼續 1940 年代的寫作計劃。它包括「十城記」、〈雪晴〉、「張璋事跡為題材的一部小說」。1951 年 12 月，沈從文擬將參加土改的認識和過去三十年來的鄉村印象相結合，完成「十城記」中的幾個故事，並自信能夠達到一個新水準。[39] 1952 年 1 月，沈從文還擬修正〈雪晴〉前五節「立場不妥處」。他自信滿家的事是最具鬥爭性的故事，寫來一定成功。[40]故事是沈從文創作計劃的核心，但敘事恰恰是其弱項。

二、審美的困境：風景與美學

1949 年後，沈從文的散文已經觸及了兩種再現自然的筆法。一類寫景筆法，可概括為美在自然本身，即淡化主體色彩，美者自彰。這類寫景方式重在描繪風景的自然屬性。它對待自然的美學態度，可與蔡儀的自然美在於其自然屬性相呼應。比如，

38　沈從文：〈致張兆和〉（1951 年 11 月 19-25 日），《沈從文全集》第 19 卷，頁 170。

39　沈從文：〈致張兆和〉（1951 年 12 月末），《沈從文全集》第 19 卷，頁 259。

40　沈從文 1946 年作完小說〈雪晴〉。該小說與之後的〈巧秀與冬生〉等系列小說，根據沈從文好友滿叔遠家中事寫成。吳世勇編：《沈從文年譜》（1902-1988），頁 276。

碧野的〈天山景物記〉（1956）以導遊者的口吻單純敘說天山豐美的自然景物。端木蕻良的〈香山碧雲寺漫記〉依據遊覽線索，引經據典地說明或品鑒碧雲寺的格局、建築，以及香山寺的歷史等。欽文的〈鑒湖風景如畫〉（1956）寫自己在紹興鑒湖上踏船賞玩景致、懷古弔古。這類散文常雜有憶古思今、感懷當下的片段。〈鑒湖風景如畫〉的結尾寫道：「如今鑒湖風景給我優美的印象是使我念念不忘的了。『靜觀萬物皆自得』；原來在舊社會，我迫於生計，一直匆匆忙忙，沒有好好地安靜過心境。」[41]無論是何種觀景方式，都可從時代精神中獲得文化合法性。

另一類寫景筆法，可概括為美在人與自然的實踐關係。這類寫景方式主要呈現自然景觀被人類實踐征服與「異化」的一面。這類對待自然的美學態度，可與李澤厚的自然美在於其社會屬性相呼應。比如，楊朔的〈京城漫記〉通過遊歷改造後的陶然亭、紫竹院、龍潭來寫新舊北京之變化。魏鋼焰的〈寶地　寶人　寶事〉（1958）寫老劉「大躍進」中修水利：「他敞開衣襟，邁開大步，那麼自信豪氣地走著。樹向他彎腰，山向他低頭，河水為他讓路！這旗手，手執著黨交給他們的紅旗，復卷著這幾十峰高山！」[42]山水自然成為人類創造力的見證。葉聖陶的〈遊了三個湖〉（1955）寫玄武湖、太湖、西湖的遊記，但關注點不在湖光山色而在其用處。比如，寫西湖的疏浚工程調節氣候、改善民

[41] 欽文：〈鑒湖風景如畫〉，社會科學院文學研究所當代文學研究室編：《散文特寫選（1949-1979）》（北京：人民文學出版社，1980 年），頁 395。

[42] 魏鋼焰：〈寶地　寶人　寶事〉，《散文特寫選（1949-1979）》，頁 668。

生。又寫湖上建立工人療養院和機關幹部療養院。這類作品的景色描寫旨在襯托人，表現人對自然與邊疆的工業化開拓。如劉白羽的〈從富拉爾基到齊齊哈爾〉（1958）寫齊齊哈爾的工業區富拉爾基，寫梅里斯區青年集體農莊及富拉爾基大工廠區的夜景等。

這類作品中，自然風景與生態環境的觀照完全讓位於工業景觀的震撼：「但對於在這兒開過荒破過土，滴過一滴汗水流過一點心血的人來說，第一次說：『烟囱冒烟了！』這簡直是一句最美的詩。嚴寒過來了，暴雨過來了。看哪，機器在轉動，烟囱上冒出第一縷烟。那一剎那，有多少快樂的淚珠滴在自己的心裏啊！感謝那些開天闢地、披榛斬莽的英雄們！」[43]《建國十年文學創作選》（1959）散文卷中，地域風景超越了內地範圍到達邊遠地區，這種天地的擴展正是人類實踐的見證。嚴文井在序言中指出，「我們還看到了許多十年前根本不存在的城市。我們就經過許多十年前根本不存在的鐵路、公路，或航空線到達了那些地方。我們的許多散文是寫得這樣富有色彩，這樣善於表現各個地方的風土人情。」[44]

沈從文散文中風景筆法的新變與新時代自然景物的文學再現方式和自然審美理念的轉變有關。它包括如何看待、欣賞以及再現自然的問題。1956 年至 1957 年的美學大討論涉及自然的審美問題。其時，多數美學家將美分為自然美、社會美和藝術美。這

---

[43] 劉白羽：〈從富拉爾基到齊齊哈爾〉，《散文特寫選（1949-1979）》，頁 632。

[44] 嚴文井：〈序言〉，嚴文井主編：《建國十年文學創作選　散文特寫》（北京：中國青年出版社，1959 年），頁 6。

種分類範式不僅暗示了三者共享美的特質，也暗示了美的界定要滿足分類所基於的理論假設。美的定義可為藝術創作和批評的原則提供理論支撐。這些原則與創作者對於自然的美學態度以及批評家的評價標準相呼應。上述美學問題彼此關聯、互相牽制。在對待自然的美學態度方面，本章將美學家的理念探索與文學家的創作實踐相對照，試圖從中發現 1950 年代的審美趨向及其由來。

1936 年朱光潛在《文藝心理學》中從美感經驗的角度界定美。他認為美感經驗是欣賞自然美或藝術美時的心理活動，而分析美感經驗是美學的最大任務。[45]美感經驗是「形相的直覺」；而「形相」是「觀賞者的性格和情趣的返照」。因此美感經驗也隨人隨時隨地而千變萬化。朱光潛繼承了克羅齊「藝術即抒情的直覺」的觀念，認為藝術是情感表現於意象：「情感與意象相遇，一方面它自己得表現，一方面也賦予生命和形式給意象，於是情趣意象融化為一體，這種融化就是所謂『心靈綜合』。」在朱光潛看來，直覺想像、創造、藝術、美都是「心靈綜合」作用的別名。[46] 1956 年，朱光潛以意識形態代替美感經驗來界定美。而他所理解的意識形態只是從階級和社會的角度來命名的個體性格情趣觀念的集合。「美是客觀方面某些事物、性質和形狀適合主觀方面意識形態，可以交融在一起而成為一個完整形象的那種特質。」[47]這裏的「交融」與先前的「心靈綜合」、「情趣

45 朱光潛：《文藝心理學》，頁 3、4。

46 朱光潛：《文藝心理學》，頁 13、162、163。

47 朱光潛：〈論「自然美」〉，伍蠡甫主編：《山水與美學》（上海：上海文藝出版社，1985 年），頁 19。

意象融化」實有異曲同工之處。1956 年李澤厚批評朱光潛，「即使承認了美是不依存於個人的直覺情趣，但卻認為它依存於社會的意識、社會的情趣，就仍然不是唯物主義。」他認為社會意識和情趣是主觀的，構成的是美感的社會性，而不是美的社會性。[48]

關於藝術中的自然再現，朱光潛在《文藝心理學》中指出，「中國人對待自然是用樂天知足的態度，把自己放在自然裏面，覺得彼此尚能默契相安，所以引以為快。」西方理想主義和自然主義都承認自然中本來就有「美」，藝術美是自然美的拓本。一類是藝術「模仿自然」全體，以自然主義、寫實主義為代表。另一類是「藝術模仿自然的共相」，以理想主義為代表。古典藝術中，理想派藝術占據主導，忽略個性而側重類型。近代浪漫主義和寫實主義興起後，藝術逐漸轉向探險人類心靈的精深微妙。[49] 一方面，朱光潛承認藝術美是美學意義的美，自然美是「雛形的起始階段的藝術美」；另一方面，最偉大的藝術家也會苦惱不能完全表達自己所見的形象。[50]朱光潛的美學理論體系基於美感經驗和直覺意識，經過意識創造的現實世界的形象才屬於美的對象的範圍。也就是說，美被限定在直覺經驗可達的世界的邊界以內。

另一個有代表性的美學家是蔡儀。他認為美是客觀的，美的

---

48 李澤厚：〈美的客觀性和社會性——評朱光潛、蔡儀的美學觀〉，文藝報編輯部編：《美學問題討論集》（北京：作家出版社，1957 年），第 2 集，頁 35。

49 朱光潛：《文藝心理學》，頁 133-139。

50 朱光潛：〈論「自然美」〉，《山水與美學》，頁 24。

觀念是客觀事物的美的反映。「美的觀念雖隨著人的主觀性而往往不同，但是美卻不是隨著人的主觀性而各有不同的美。」[51]朱光潛與蔡儀的分歧在於兩者對人類意識活動有不同的認知。朱光潛的美學理論是基於德謨克里特（Democritus）和康德等的精神現象三分法，即將精神現象分為知、意、情，以理論理性為知，知的極致是真；以實踐理性為意，意的極致是善；以判斷力為情，情的極致是美。在朱光潛看來，美不同於真與善。它們分別是科學、倫理、美學的研究對象。而蔡儀反對上述三分法，認為一切意識活動都是以知——認識為基礎，情與意均以知為基礎。而一切客觀存在則以真為基礎。

1947 年蔡儀的《新藝術論》即在「知」／「真」之上建構其美學理論。他將「知」／「真」分為兩種：一種以抽象概念為基礎的理論的「知」；一種以具體概念為基礎的形象的「知」。後者與美有關係。但一切具體的形象的真並不都是美的。那麼到底什麼是美呢？蔡儀使用了排除法來予以說明：美的對立面是醜，而醜是反常的、特異的，因此「所謂美，就是最正常的，最普遍的」。這種普遍性被蔡儀概括為「典型性」。蔡儀將客觀現實分為自然和社會兩個範疇：自然範疇，「決定典型的典型性的主要是種屬條件」；社會範疇，「決定典型的典型性的是階層的條件」。[52]蔡儀認為美的觀念的發生如同藝術家的典型創作過程。通過主觀精神的抽象和具象作用，抽取同類現實的一般屬性

51　蔡儀：〈論美學上的唯物主義與唯心主義的根本分歧——批判呂熒的美是觀念之說的反動性〉，《美學問題討論集》第 2 集，頁 193。

52　蔡儀：《新藝術論》（上海：上海書店，1992 年，商務印書館 1947 年版影印本），《民國叢書》第 4 編，頁 179、180、183。

條件而構成的一種形象，即為此類東西的美的觀念。一旦遇到適合這一美的觀念的典型的形象，即產生了美感。[53]曹景元認為，蔡儀從康德的「從屬美」與黑格爾的「假像美」顛倒過來得出美是典型，是建立在唯物主義基礎上的形式主義美學。曹景元援引車爾尼雪夫斯基的觀點批判「典型說」的弱點：未能說明「事物和現象的法規秩序本身分成美的和看不出美的兩種」；也不能解釋同一種類中美的多樣性問題。[54]朱光潛批評蔡儀將美或典型歸結為不依存於社會的自然屬性或條件，將美視為脫離美感而獨立存在的絕對概念，「是柏拉圖式的客觀唯心論」。[55]

李澤厚將美的研究由朱光潛的「美感經驗」轉向美感的客觀基礎——「現實美的存在」。他區分了美感的社會性與美的社會性，「美感的社會性（社會意識）是派生的，主觀的，美的社會性（社會存在）是基元的，客觀的」。[56]美感兼有直覺和社會功利的性質。美在於物的社會屬性。「美是社會生活中不依賴於人的主觀意識的客觀現實的存在。自然美只是這種存在的特殊形式。」[57]「自然本身並不是美，美的自然是社會化的結果，也就是人的本質對象化（異化）的結果。自然的社會性是美的根

---

[53] 蔡儀：《新藝術論》，頁 181、182。

[54] 曹景元：〈既不唯物也不辯證的美學——評最近美學問題的討論〉，《美學問題討論集》第 2 集，頁 68-70。

[55] 朱光潛：〈美學怎樣才能既是唯物的又是辯證的——評蔡儀同志的美學觀點〉，《美學問題討論集》第 2 集，頁 24。

[56] 李澤厚：〈美的客觀性和社會性〉，《美學問題討論集》第 2 集，頁 40、41。

[57] 李澤厚：〈論美感、美和藝術（研究提綱）——兼論朱光潛的唯心主義美學思想〉，《美學問題討論集》第 2 集，頁 222、237。

源。」人欣賞自然美，就是「人能夠在自然對象裏直覺地認識自己本質力量的異化，認識美的社會性」。因此，沒有社會生活內容的梅花不能成為美感的直覺對象，沒有社會生活知識的小孩與原始人也不能欣賞梅花。自然美是「社會生活的美（現實美）的一種特殊的存在形式，是一種『異化』的存在形式」。[58] 1959年，李澤厚指出自然的美隨著人類勞動不斷征服自然，自然與人們的社會生活關係的複雜化而逐漸豐富起來。他區分了兩種「自然的人化」：一是社會生活造成的客觀的「自然的人化」；一是意識作用造成的藝術欣賞中的「自然的人化」。李澤厚認為，「自然之所以成為美，是由於前者而不是由於後者。後者只是前者某種曲折複雜的能動反映。」離開人與自然的客觀關係，自然美便不存在；離開自然與意識的主觀聯繫，自然美仍不失其美。[59]

李澤厚以階級論進一步整合朱光潛的美在於主觀意識和蔡儀的自然美在於自然本身的理論。李澤厚認為，自然本身沒有階級性，但由於不同階級與自然的關係不同，因此不同階級對自然美的欣賞或美感態度具有階級性。在以往，自然對於勞動人民是生產對象，對於士大夫和剝削階級來說是娛悅對象。那麼新時代將克服這種分裂，自然與人民的娛悅欣賞關係「建築在史無前例地征服自然、改造自然等面向現實的生活基礎上」。而這種嶄新的社會生活與純熟的藝術創造結合，「這才有可能使我們今天藝術中的『情景交融』、藝術中的山水花鳥的美超過過去一切的王維

58 李澤厚：〈論美感、美和藝術（研究提綱）——兼論朱光潛的唯心主義美學思想〉，《美學問題討論集》第2集，頁210、232、233、236。

59 李澤厚：〈山水花鳥的美——關於自然美問題的商討〉，《山水與美學》，頁32。

與李白，石濤與八大，齊白石與黃賓虹」。[60]李澤厚將藝術中對待自然的美學態度與現實中對待自然的實踐態度等同起來，並將人與自然的實踐關係（征服和改造自然）作為自然美和藝術美的根源。藝術中的自然再現是人與自然的客觀關係的反映，是對社會生活造成的客觀的「自然的人化」的反映。

1950 年代的美學論爭最終指向的是社會主義文藝範式的想像與批評理念的建構。其時，文藝批評遠離了「移情說」、「距離說」、「人性說」等美學理論；而蔡儀、李澤厚的美學理論至少為當時文藝批評提供了兩種可能性。一方面，是忽略知、情、意的獨立性，以社會和倫理等領域的尺度（如實用、善、真等）來衡量藝術作品；另一方面，以美的「客觀性」為由，為社會主義現實主義的文藝準則正名，捍衛其權威性與唯一性。比如，李澤厚認為，「在現實生活中，真善美是統一。藝術是現實生活的反映，這就必然地決定了藝術中的真善美的高度的統一。藝術的這一性質又規定了藝術批評的美（形象的美感）→真（生活的真實）→善（社會的價值）的分析原則。」[61]李澤厚的論述最終落腳於馬克思主義藝術批評的客觀美學準則——「藝術的政治標準和藝術標準」。[62]這種不斷替換的論證邏輯為批評家將文藝理論與當時主流政治話語相拼接、糅合提供了合法性。

60　李澤厚：〈山水花鳥的美——關於自然美問題的商討〉，《山水與美學》，頁 35、36。

61　李澤厚：〈論美感、美和藝術（研究提綱）——兼論朱光潛的唯心主義美學思想〉，《美學問題討論集》第 2 集，頁 263。

62　李澤厚：〈論美感、美和藝術（研究提綱）——兼論朱光潛的唯心主義美學思想〉，《美學問題討論集》第 2 集，頁 264。

1949 年以後，文藝作品中的自然再現已與先前的文學經驗見出區別。它包括文學創作者呈現自然的方式與對自然美之所在的理解。但山水遊記這一傳統文體，即使不以遊客的視角來探勝尋幽、書寫個人的閑情逸致，也愈來愈不合時宜。比如，上海市委宣傳部幹部（徐景賢）在《收穫》的稿件（黃政樞、程元三〈於山光水色中見時代精神——談幾篇山水遊記的創作特色〉）篇頭批示「不宜」刊用：「目前在刊物上再來推崇山水遊記，肯定是不正確的；這也反映了刊物和作家脫離工農群眾、脫離火熱的革命鬥爭。」篇頭的另一份批示也表示「不宜刊用」。而該稿件所提倡的恰恰是新的革命美學觀燭照之下的山水遊記：「應該以無產階級戰士的姿態，用社會主義主人翁的感情，來歌頌我們偉大祖國的大好河山，反映我們偉大時代的精神風貌〔……〕把大自然的美同革命大時代的美結合起來。」作者以為，劉白羽的〈長江三日〉正是新時代開創山水遊記文體的新天地的典範作品。[63]即使以時代精神圖景寫貌，此時亦失去文化「合法性」。

沈從文並不反對或肯定文化變革的整體方向。在這個巨大的現實存在面前，沈從文是以現實的立場接受之。沈從文十分了然新時代的文藝現實，它包括文學在生產方式、評價標準、社會功能等方面的變化。〈抽象的抒情〉（1961）流露出他為整個文化現實所籠罩而產生的宿命感。「時代已不同。他又幸又不幸，是恰恰生在這個人類歷史變動最大的時代，而又恰恰生在這一個點上，是個需要信仰單純，行為一致的時代。」[64]社會主義制度對

---

63 黃政樞、程元三：〈於山光水色中見時代精神——談幾篇山水遊記的創作特色〉，上檔：A22-1-1073。

64 沈從文：〈抽象的抒情〉，《沈從文全集》第 16 卷，頁 534。

於文藝的要求可概括為「適時即偉大」：文藝「於是必然在新的社會——或政治目的制約要求中發展，且不斷變化。必然完全肯定承認新的社會早晚不同的要求，才可望得到正常發展」。「作者必須完全肯定承認，作品只不過是集體觀念某一時某種適當反映，才能完成任務，才能毫不難受的在短短不同時間中有可能在政治反復中，接受兩種或多種不同任務。」[65]沈從文反復使用的詞語「必然」、「完全」、「要求」等都暗示新時代的「常」與「變」：政治烏托邦明確不變，形勢政策時刻在變，文藝創作因勢而變。

三、「抽象的抒情」：有情與事功

如果文學缺乏持久的、恆定的美學追求作依托，那麼其意義可能要在轉瞬即逝的「適時」中去尋找。面對如此文藝現實，沈從文提議將文藝視為「書呆子」式知識分子的自我調整、夢囈、抒情，「對外實起不了什麼作用的」。[66]賀桂梅認為這是「向後撤了巨大的一步」。[67]筆者以為，這一「後撤」或可視為應對現實的一種策略。一方面，沈從文不堪文藝負擔起教育、政治、道德的重責，卻又不能扭轉現實文藝環境。他只能借由看輕文藝的社會影響力，將其從種種社會功能中有限度地放逐出來，將人類富饒的情感從政治意識「上綱」、「上線」的巨大吸納力中解脫出來。另一方面，這一文學觀亦可視為其 1940 年代文體實驗的

65　沈從文：〈抽象的抒情〉，《沈從文全集》第 16 卷，頁 530、531。
66　沈從文：〈抽象的抒情〉，《沈從文全集》第 16 卷，頁 535、536。
67　賀桂梅：《轉折的時代——40-50 年代作家研究》，頁 133。

延續。比如，〈看虹錄〉（1943）寫「我」（作家）與女主人間的情挑。貫穿其中的副線就是「我」通過向她展示作品進行自我表達，測驗自己對人性與愛的理解力。但在描寫自己的性幻想時，發現一切文字都失去性能。詩歌只能作「次一等生命青春的裝飾」；小說只能作「生命的殘餘，夢的殘餘而已」。[68]如果說文字之於生命的限度暗示著 1940 年代初沈從文嘗試突破自我創作格式的困境，那麼文字之於現實的限度則暗示了 1960 年代沈從文意欲使文學回歸本體、掙脫外部政治捆綁的努力。

問題的複雜性在於，1949 年後沈從文的文藝理想恰恰從同時代文藝政策與文藝理念中汲取了部分理論資源。兩者間千回百轉的關係可能是捕捉沈從文如何安身新世代的微妙線索。1949 年 4 月 6 日，沈從文讀 4 月 2 日《人民日報》副刊新時代的女英雄事跡而感動。查此日該報副刊，有劉白羽的〈與洪水搏鬥　記治河女工程師錢正英〉和〈堅持敵後鬥爭的女英雄李秀真〉（曉魯、勇進、韋熒）。沈從文「同時也看出文學必然和宣傳而為一，方能具教育多數意義和效果。比起個人自由主義的用筆方式說來，白羽實有貢獻。對人民教育意義上，實有貢獻」。[69]

沈從文先前反對文學以宣傳為任務，這從其對左翼文學的態度上即可見出。[70] 1949 年，劉白羽的用筆摧毀了沈從文的文學

68 沈從文：〈看虹錄〉，《沈從文全集》第 10 集，頁 338、341。

69 沈從文：〈四月六日〉（1949 年 4 月 6 日），《沈從文全集》第 19 卷，頁 25。

70 「年來政府對於左翼作家文藝政策看得太重，一捉到他們就殺（內地因此殺掉的很多），其實是用不著這樣嚴厲的。」沈從文：〈致胡適〉（1933 年 6 月 4 日），《沈從文全集》第 18 卷，頁 181。「在野左翼

觀。但沈從文接受起新時代新觀念似乎並不困難，因為文學教育多數與其早年冀望以文學培養青年正確的人生態度有相通之處。1950 年代初的沈從文，將「寫作」視為同其他任何工作一樣為新中國服務、盡義務的一種。「我一定要來作個鼓動家，在鄉村中是這樣向人民學習，寫出來也只是交還人民。」[71] 1950 年的沈從文認為自己從事的工作並不比一個普通政治工作人員對人類進步貢獻大。調排文字組織思想，個人努力可以成功。而現代政治家處理人事、主持行動，「實無疑比藝術還更藝術」。[72]錢理群指出，「沈從文這樣的知識分子對中國共產黨領導的接受，是建立在通過組織、動員與計劃的力量，實現後發國家跨越性發展的『國家主義的現代化發展道路』的認同基礎上的。」沈從文基於「鄉下人」立場認同毛澤東思想：「將農民理想化，以此貶低知識分子的民粹主義思想的負面〔……〕在沈從文這裏，就成了他接受專政的心理撫慰。」[73]

儘管沈從文在接受新意識形態上找到了某種精神紐帶，但他對於新時代文藝的接受與其說是認同現實，不如說是認同理念。沈從文曾多次表達自己對於主流的文藝觀、文藝運動的認同。但這些言論都應置於沈從文自己的思想脈絡和時代語境中，從正反

依然要運用文學作宣傳，也並無何等好作品出現。」〈致胡適〉（1944 年 9 月 16 日），《沈從文全集》第 18 卷，頁 432。

[71] 沈從文：〈致張兆和〉（1951 年 11 月 8 日），《沈從文全集》第 19 卷，頁 156。

[72] 沈從文：〈自傳〉，《沈從文全集》第 27 卷，頁 61。

[73] 錢理群：〈1949 年以後的沈從文〉，王曉明、蔡翔主編：《熱風學術》第 3 輯，頁 93、98。

兩個面向來考量其歷史內涵。比如，〈在延安文藝座談會上的講話〉（以下簡稱〈講話〉）可視為 1949 年後的文藝總綱。沈從文閱讀〈講話〉，有「聞道稍遲」之感，並多次表示過對其推崇之情。在他看來，〈講話〉「詩意充盈」，其經典性實際比魯迅、高爾基的作品重要。[74]〈講話〉對沈從文既有的文藝觀產生衝擊，並提供了其文藝新生的理論資源。沈從文贊成〈講話〉，認為缺少對〈講話〉作補充解釋的文章，也缺少對老作家和年輕作者的幫助。他對〈講話〉的推崇與主流話語是契合的，但契合的方式卻與眾不同。沈從文對於〈講話〉的解釋落實在文學的創造性、多樣性的層面。在社會主義文藝資源譜系的建構中，中外文學傳統被重新取捨組合。1952 年沈從文不反對向優秀傳統學習的倡導，但認為「由政治人說來，極容易轉成公式化」。他不滿這一主張在現實中成為不求甚解的口頭禪。[75] 1961 年沈從文感嘆，20 世紀 30-40 年代的文學資源被忽略擱置：「近三十年的小說，卻在青年讀者中已十分陌生，甚至於在新的作家心目中也十分陌生。」[76]

1949 年後沈從文的政治理想是以專家體制代替官僚體制，藝術家同專家一道充當國家領導者；文藝理想是文藝作為知識高於權力，文藝具有獨創性與多元性，文藝是對有限生命的超越。1950 年初沈從文認為，現代政治中的強大武力和宗教情緒相結

74 沈從文：〈凡事從理解和愛出發〉（1951 年 9 月 2 日），《沈從文全集》第 19 卷，頁 107。

75 沈從文：〈致張兆和、沈龍朱、沈虎雛〉（1952 年 1 月 25 日），《沈從文全集》第 19 卷，頁 319。

76 沈從文：〈抽象的抒情〉，《沈從文全集》第 16 卷，頁 537。

合容易與國家的民主理想背道而馳。而建立於龐大武力基礎上的政治「易轉為軍事獨裁」。沈從文的理想是「國家還應當有許多以分業為單位的組織，在一種不同方式共同原則下，為國家爭技術貢獻而不爭權勢獲得」。[77]專家和文化工作者，可保障國家的自由民主。1961 年沈從文指出理想社會是知識而非權力支配的國家，「讓人不再用個人權力或集體權力壓迫其他不同情感觀念反映方法」。社會分工的思想擴散到具體的生產工作、研究發明和「結構宏偉包容萬象的文學藝術中去」，只求為國家總的方向服務。[78]

上述社會政治理想是沈從文早年將創作視為知識追求，並高於政治、權力、商業的觀念的延續。由於早年殘酷的見聞經驗，培養了沈從文對於權力、權勢以及政治的極度不信任感。他看透了權力對於弱勢群體的欺凌殺戮，認為權力只能壓迫人損害人，而知識才可改變世界的面貌。寫作也代表著一種對於知識的追求。早在抗戰時期沈從文即已指出，國家真正需要的是第四或更多黨的角色。「我還擴大抒情的理想，認為將來必有一天，這個國家的最高指導者，將是一群科學家，一切由科學出發，國家不是衙門，將是無數實驗室，每一部門都是一些真正的內行，而營養學專家、醫生、數學或園藝學者、音樂家和畫家，才是在一種更新政治體系政治理想中的負責人！」[79]

沈從文 1949 年後的文藝觀和政治觀相互交織、互為參照。

---

[77] 沈從文：〈解放一年——學習一年〉，《沈從文全集》第 27 卷，頁 55、56。

[78] 沈從文：〈抽象的抒情〉，《沈從文全集》第 16 卷，頁 534、535。

[79] 沈從文：〈總結・傳記部分〉，《沈從文全集》第 27 卷，頁 90、91。

他從現實認知與未來構想的整體格局中去解讀「有情」與「事功」兩種美學形式，以未來遠景作為生命的大底色。1952 年 1 月，沈從文在家信中提及自己閱讀《史記》，以前學習的是文筆上敘述人物的方法，現在明白是作者本身的生命成熟使得其寫人有大手筆。年表諸書說的是事功，可掌握材料完成。而列傳寫人，需要作者生命中「即必由痛苦方能成熟積聚的情——這個情即深入的體會、深至的愛，以及透過事功以上的理解與認識」。事功可以學習，而有情則不可學。[80]在沈從文看來，管仲、蕭何等對國家有功，屈原、賈誼則為有情。「或因接近實際工作而增長能力知識，或因不巧而離異間隔，卻培育了情感關注。」文藝至今都未能解決「有情」與「事功」的結合問題。[81]

沈從文努力摸索在新社會如何在文學上將「有情」轉化為「事功」。「有情」無疑更契合沈從文的生命氣質和現實處境。而對於一個趕超英美的後發達國家，以「多快好省」的方式建設社會主義國家為理想，「事功」又比「有情」更符合現代社會的理性、效率要求。沈從文認為，部分充滿生活鬥爭經驗的作家不能取得成就大約在於缺乏情感——對人、對事、對學識、對文學性能等都無情感。他把馬克思、列寧、高爾基、魯迅也列入「有情」的行列，認為他們將充沛的生命情感與手中工具緊密結合。[82]沈從文不滿於初三語文教科書不選古典敘事文章卻填充文筆蕪

---

80 沈從文：〈致張兆和、沈龍朱、沈虎雛〉（1952 年 1 月 25 日），《沈從文全集》第 19 卷，頁 318、319。

81 沈從文：〈致張兆和〉（1952 年 1 月 29 日），《沈從文全集》第 19 卷，頁 335。

82 沈從文：〈致張兆和、沈龍朱、沈虎雛〉（1952 年 2 月 2 日），《沈

雜的白話文，認為學習傳統流於口號，難以將傳統的「有情」與新社會的「事功」相結合。僅用一些時文作範本，學生作文「作敘述，簡直看不出一點真正情感。筆都呆呆的，極不自然」。[83]

「有情」與「事功」在沈從文以及同時代創作者那裏並未完好結合。其障礙在於文學在適時與超越、政治教育功能與審美娛樂功能方面難以得到有機調和。就教育與宣傳功能而言，文藝大眾化也是一種「事功」。1949 年後各地文藝機構和組織在基層大力開展工農兵業餘文藝活動、競賽，培養工農兵作家。但實際上很多文藝幹部並不真正認同工農兵文藝。1954 年 12 月 21 日《新民報晚刊》刊文批評上海市工人文藝節目招待演出晚會進行不到半場即有一個宣傳幹部退場。該文稱，類似的宣傳幹部並不少：「他也許知道開展工人文藝活動很重要；但是他自己不要看工人文藝。因為這些東西太粗糙了。」文章還批評，有幾次上海市工人文藝觀摩演出，幾十個評判委員中出席者僅二三人；有文藝工作者在開會時高贊工人階級偉大，被邀請輔導他們時卻推三阻四。[84]在文藝政策上，通俗文藝、民間文藝受到重視，但倚重民間文藝、通俗文藝的資源來建構新型文藝形態卻非易事。老舍在 1949 年後投身於鼓詞、戲曲寫作，但這些作品與當時報刊隨處可見的通俗文藝似乎並無高低之別，其圓熟俗白程度甚至不如後者。

從文全集》第 19 卷，頁 342、343。

83　沈從文：〈致張兆和、沈龍朱、沈虎雛〉（1952 年 1 月 25 日），《沈從文全集》第 19 卷，頁 319、320。

84　趙雨：〈不愛工人文藝的宣傳幹部〉，《新民報晚刊》1954 年 12 月 21 日，第 3 版。

歸根到底，「有情」與「事功」代表了對於文學本質的不同界說與理解。「事功」既可視為偏重敘事的文學類型，也可視為偏重現實功用的文學類型。而「有情」，則要求創作者主體的性格情感與寫作對象往復回流，創造未必實用的意象或意境。對照 1956 年的美學論爭，1949 年後無論朱光潛還是李澤厚、蔡儀，都不以「抒情說」或「情感說」來界說美的本質。朱光潛轉而由意識形態入手探索藝術美的主觀性。而李澤厚的美學觀，尤其是自然的人化或異化說，正是從「事功」的角度來解釋美。沈從文在 1949 年後的散文創作，亦顯示了融合「有情」與「事功」的努力。但他與同時代的多數作家一樣，最終都以失敗告終。這再次表明 1949 年後新文藝所面臨的困境：未能提供反映嶄新的社會生活形態、技巧高度純熟、想像豐饒自由的藝術典範。

第四章　左翼文藝的承繼：《二月》的改編與接受

1962 年，導演謝鐵驪將柔石的《二月》（1929）改編為同名劇本發表，並於次年將其拍攝為電影《早春二月》。電影講述了知識青年蕭澗秋來到芙蓉鎮作教師，卻在小鎮上新舊兩派的觀念衝突中陷入了扶助烈士遺孀文嫂與捨棄自我愛情的艱難處境。影片最終以蕭澗秋離開芙蓉鎮結束。該片敘述流暢，表現細膩，宛如一首白墻青瓦、小橋流水的江南之歌。它以藍灰色為主調，悄悄吟唱春寒乍暖時節芙蓉鎮的哀樂人生。

1964 年 8 月中宣部指示《早春二月》在全國公開放映，並給予批判。當時關於《早春二月》的批判基本上圍繞 9 月 15 日《人民日報》所刊〈《早春二月》要把人們引到哪兒去？〉一文的幾條線索展開：（一）從電影對小說原作的改編入手，討論謝鐵驪的《早春二月》對於柔石的《二月》是否消極改寫並粉飾其缺點；（二）從電影的人物形象入手，分析蕭澗秋與陶嵐的思想情感與形象塑造，論者視兩者為資產階級個人主義和人道主義的表徵，批判影片「美化」了小資產階級知識分子；（三）從電影的「美化」技巧入手，討論電影如何以藝術手段與電影語言塑造人物、表現主題以及營造抒情色彩。1980 年代以來，有關《早春二月》的討論仍圍繞上述問題展開，研究向度與切入角度並無新意，但在價值取向上呈現反轉，[1]重評文章多側重於分析該影片的藝術成就。

筆者基於檔案文獻的爬梳與文本的比較，辨析從左翼小說《二月》（1929）到電影劇本《二月》（1962）再到電影《早春二月》（1963）的改編策略，並勾勒出 1964 年該電影複雜的接受狀況。小說《二月》中浪漫感傷的情調和蕪雜粗糙的敘述在電影《早春二月》中被革命、通俗、抒情等多種元素所改寫。1964 年 9 月 15 日始，《早春二月》在滬上映，竟引發上海市民通宵達旦搶票熱潮，場面一度混亂、失控。儘管上海高校組織學生觀影前學習《早春二月》的批判文章，觀影後進行批判討論，但青年學生普遍喜愛該片。本章由此個案，進一步探討如下問題：同一部電影作品何以同時引發青年學生的好評與主流報刊的批判兩種不同的反應；1960 年代前期社會主義文藝構型、左翼文藝傳統以及與新文學發生發展如影相隨的西方「資產階級文學」資源構成何種關係。《早春二月》的改編與接受所遭遇的問題及其困境，無疑需要重新加以深入檢討。

一、從浪漫「孤雁」到革命青年

抒情性是《早春二月》的重要品格，它往往通過以景喻情、以景傳情、以景抒情、情景交融等藝術手段予以實現。影片的抒情格調亦可視為忠於小說內容及其表現手法的結果。小說中，柔

1 陳駿濤、楊世偉、王信：〈關於《二月》的再評價〉，《文學評論》1978 年第 6 期，頁 58-68。

石常常將景色描寫與人物活動結合處理。比如，「雪」的意象在小說中多次出現，喻寫蕭澗秋的心理活動，[2]而雪景亦是影片中多次表現的素材。小說描寫蕭澗秋離開文嫂家：「蕭澗秋在雪上走，有如一隻鶴在雲中飛一樣。他貪戀這時田野中的雪景，白色的絨花，裝點了世界如帶素的美女，他顧盼著，他跳躍著，他底內心竟有一種說不出的微妙的愉悅。這時他想到了宋人黃庭堅有一首詠雪的詩。他輕輕念，後四句是這樣的：貧巷有人衣不纊，北窗驚我眼飛花。高樓處處催沽酒，誰念寒生泣白華！」[3]電影基本傳達了蕭澗秋憐貧惜苦的詩意情懷。影片中，蕭澗秋輕輕躍起，光潔秀麗的江南雪景，輕快的西洋配樂，都表現出他扶弱救危後的愉悅。周遭景物似乎都為蕭澗秋的到來而雀躍，玉樹瓊枝彰顯著他扶窮濟困的純潔品質。整個畫面彰顯出蕭澗秋與冰雪相映、天地共融的道德風度。這種光線渲染與景色烘托在 1964 年的影片批判中被指為「美化」蕭澗秋的道德行徑。[4]

影片中頻繁出現的「拱橋」意象也是忠於小說景物描寫的結果。但影片中的「拱橋」並非僅僅是江南水鄉的表徵，它還具有縱深空間多視點的調度及多種意義功能。拱橋的優美弧度與一線藍天、一泓碧水構成了雋秀而穩重的線條造型，極具畫面感。它

---

[2] 柔石：《二月》（上海：上海書店出版社，1929 年），頁 56。

[3] 柔石：《二月》，頁 39-40。

[4] 任杰批評此一外景畫面清新爽朗，具有感人的魅力——芙蓉鎮郊銀裝素裹，春雪朝陽。這一畫面與前一場破敗黯淡的文嫂家在畫面色調及氣氛上構成了突變，令人豁然開朗。任杰批評此處景物烘托，「攝影處理又是那麼徹底的投合」。任杰：〈《早春二月》的攝影傾向〉，《電影藝術》1964 年第 4 期，頁 25。

一方面實現了西村文嫂與芙蓉鎮陶家及學校的空間轉換，另一方面切換著蕭澗秋對於文嫂與陶嵐兩種情感（同情與愛情）和兩個世界（窮困與富足），溝通著彼此的心靈空間。小說《二月》中描寫了蕭澗秋清晨在橋邊迎采蓮（文嫂之女）來上學：「這是一個非常新鮮幽麗的早晨，陽光曬的大地鍍上金色，空氣是清冷而甜蜜的。田野中的青苗，好像頓然青長了幾寸；橋下的河水，也悠悠地流著，流著；小魚已經在清澈的水內活潑地爭食了。」[5] 上述意象在電影中以空鏡頭的形式表現出來：拱橋下游過白鴨隻隻，掩映著白帆點點、綠樹叢叢（見圖 4-1）。空鏡頭中藍天與白雲，河岸繁茂叢生的粉色花枝與河面成群結隊的白色鴨子，寬闊的河流與綿延的山巒及高聳的古塔，無一不相映成趣（見圖 4-2）。

視頻來源：電影網。本章皆同，不另附註。

圖 4-1 《早春二月》（一）（1963）

---

5 柔石：《二月》，頁 74。

圖 4-2　《早春二月》（二）（1963）

導演以生機盎然的早春景物喻寫蕭澗秋道德情懷落實後的歡欣與文嫂家人絕處逢生的喜悅。又如，電影結尾蕭澗秋離開芙蓉鎮投身時代的洪流，陶嵐聞訊追趕而去。導演用了一組陶嵐奔跑的跟拍鏡頭和一排籬笆的前景設計，襯托出「奔跑的速度和衝擊力」。[6]陶嵐跑到拱橋的最高點時便消失了，畫面最後定格在一片藍天浮雲中（見圖 4-3）。在「拱橋」這個芙蓉鎮的地理坐標上，陶嵐衝出封閉小鎮的力度與大時代天高任鳥飛的廣度完成了寓意的銜接，實現了天地人的融合、意境的昇華。

儘管《早春二月》承繼了小說《二月》的抒情性及其表現手段，但影片極力消除小說人物周身彌散的感傷氣質，劇情上增加了鮮明的革命元素。小說中的蕭澗秋沒有父母，也沒有家庭。他自擬為「孤雁」，且自始至終沉醉於這種孤獨：「我是喜歡長陰

6　王小明編：《謝鐵驪談電影藝術》（重慶：重慶大學出版社，1999年），頁 19。

圖 4-3　《早春二月》（三）（1963）

的秋雲裏底飄落的黃葉的一個人。」[7]小說中，蕭澗秋填詞的《青春不再來》亦可視為他顧影自憐的呢喃：

> 荒烟，白霧，
> 迷漫的早晨。
> 你投向何處去？
> 無路中的人呀！
>
> 洪濛轉在你底腳底，
> 無邊引在你底前身，
> 但你終年只伴著一個孤影，
> 你應慢慢行呀慢慢行。

7　柔石：《二月》，頁 49。

記得明媚燦爛的秋與春，
月色長繞著海浪在前行。
但白髮卻叢生到你底頭頂，
落霞要映入你心坎之沁深。

只留古墓邊的暮景，
只留白衣上底淚痕，
永遠剪不斷的愁悶！
一去不回來的青春。

青春呀青春，
你是過頭雲；
你是離枝花，
任風埋泥塵。[8]

這種青春感傷與落寞的愛情、荒渺的人生裹挾在一起，充滿五四時期流行的浪漫文藝腔。在劇本和電影中，蕭澗秋為《青春不再來》填詞的情節被改編為譜寫《徘徊曲》；青春頹唐的主題也被重新編碼為大革命時代知識分子的思想苦悶之音。劇本中，蕭澗秋在杭州葛嶺因「中路彷徨」而作《徘徊曲》。[9]之後，夏衍又增補如下內容：（蕭澗秋）「那時候『五四』運動像一場風暴一樣過去了，有不少同學被學校開除了，也有的人做了官，得發

---

[8] 柔石：《二月》，頁 45-47。

[9] 謝鐵驪：〈二月（電影文學劇本）〉，《電影創作》1962 年第 3 期，頁 25。

了。我彷徨得很，不知道怎麼辦才對！」據謝鐵驪回憶，當時以自己的閱歷無法寫出對那個時代如此深刻的體認。[10]

如果說謝鐵驪在秉承《二月》抒情品格的基礎上淡化了浪漫感傷的色彩，增加了階級的線索（即貧苦學生王福生輟學），那麼夏衍對於劇本及電影的審查和修改就含蓄地賦予故事以革命的意義。《早春二月》的分鏡頭本有 474 個鏡頭，經過夏衍批改和批注的就有 160 餘個鏡頭。1962 年 8 月 24 日，夏衍同陳荒煤到北京電影製片廠討論《二月》劇本二稿時建議：要刻畫出大革命時代的氣氛；只要忠於小說表現的時代，改編者可將人物拔高些；修改片名《二月》以表現二月的春寒之意。[11]小說結尾處，蕭澗秋離開芙蓉鎮時，個性依舊：「我仍是兩月前一個故我，孤零地徘徊在人間之中的人。清風掠著我底髮，落霞映著我底胸，站在茫茫大海的孤島之上。」[12]

劇本和電影對此情節做了較大修改。劇本中，蕭澗秋離開芙蓉鎮時對陶嵐說：「等著吧，等著吧，我們終究會有長長的未來的。」[13]他留給陶嵐的告別信提及：「文嫂的自殺，王福生的退學，像兩根鐵棒猛擊了我的頭腦，使我暈眩，也使我清醒，也許

---

10 謝鐵驪：〈往事難忘懷——憶夏公與《早春二月》〉，《電影藝術》1999 年第 4 期，頁 17。

11 謝鐵驪：〈往事難忘懷——憶夏公與《早春二月》〉，《電影藝術》1999 年第 4 期，頁 15。

12 柔石：《二月》，頁 254。

13 謝鐵驪：〈二月（電影文學劇本）〉，《電影創作》1962 年第 3 期，頁 39。

從此終止了我的徘徊。」[14]電影中，「也許」二字被刪，且增加如下文字：「從此終止了我的徘徊，找到了一條該走的道路。我將投身到時代的洪流中去。」[15]這一修訂應與夏衍的指示有關。1963 年 8 月 23 日文化部審查《早春二月》影片時，夏衍提議在蕭澗秋的告別信中增加一句話，以明確其走向何方。[16]至此，編導者及電影審查者將蕭澗秋由一個徘徊孤行者改寫為一個轉向時代革命的有志青年。

在兩性關係方面，《早春二月》沿襲了《二月》中男主女從的性別想像，但革命成為結構其性別關係的新要素。小說中，陶嵐對蕭澗秋說：「以你獻身給世的精神，我決願做你一個助手。」[17]《二月》中，陶嵐對於蕭澗秋的愛慕有著對於啟蒙者與救世者的敬仰。它也多少暗示了男性作者對於郎才女貌的傳統性別想像範式的因襲。影片中，蕭澗秋之於陶嵐，充當著啟蒙者、引導者、革命者。影片將這種性別權力關係以空間化的造型表現出來。比如，「窗下討論」是以一個高高在上的男性側影與一個仰望聆聽的女性側影呈現出來；思想交流也是通過上樓梯時陶嵐對蕭澗秋的仰視與追隨表現出來。蕭澗秋的住處被設計在樓上。電影背景畫面的空間設計，如大面積開放的室內門窗和縱深設計的室外春光，烘托蕭澗秋光明磊落的人格風尚。由於多個門窗以

[14] 謝鐵驪：〈二月（電影文學劇本）〉，《電影創作》1962 年第 3 期，頁 40。

[15] 電影《早春二月》臺詞。

[16] 謝鐵驪：〈往事難忘懷——憶夏公與《早春二月》〉，《電影藝術》1999 年第 4 期，頁 14、15、17。

[17] 柔石：《二月》，頁 80。

及樓梯、走廊、圍欄等建築設計，蕭澗秋的住處顯得格外明亮、整潔、通透。此外，影片還隱去了小說中蕭澗秋對於年輕寡婦文嫂的隱晦欲望，[18]並選用了年齡較大的上官雲珠飾演文嫂。小說中蕭澗秋與陶嵐及文嫂間微妙的三角關係在影片中被潔化為愛情（蕭澗秋與陶嵐）與道德（蕭澗秋與文嫂）的兩難困境。小說中蕭澗秋的感情糾葛也被重新結構為個體道德情懷與社會流言蜚語的對峙。

較之小說的愛情表現，《早春二月》添加了通俗浪漫劇的諸多程式化要素。這些通俗化與戲劇化要素的加入，增加了《早春二月》的接受度。影片將小說中男女主人公以通信為主要方式展開的若即若離的情感線索，情節化為單純的愛情進程並通過一系列精心營造的兩人鏡頭予以構型，如湖邊巧遇、鏡中對視、梅林散步、窗下剪影、雨中共傘、月下談情、悲傷離別等。早在1964 年，譚文新即已批評指出，影片表現男女感情發展時，苦心雕琢的場景如「花前月下」，乃「才子佳人」小說「陳腐不堪」的表現手法。[19]這些通俗愛情劇的經典情節，輔以精緻的服飾、細膩的構圖、豐富的造型、古色古香的江南宅院、含蓄的表現手法，營造了抒情而不冗長、浪漫卻非濫調的審美境界。

在通俗化的愛情元素中，最具爭議的一段戲是蕭澗秋與陶嵐的「鏡中對視」。一方面上海現場觀眾為之興奮騷動，另一方面主流報刊批判它表現了資產階級的色情情調。這場戲描寫了蕭澗秋與陶嵐打籃球後回到蕭的宿舍，蕭澗秋擰了把毛巾遞給陶嵐。

18　柔石：《二月》，頁 117。

19　譚文新：〈如何看待《早春二月》的藝術性〉，《人民日報》1964 年12 月 6 日，第 5 版。

陶嵐對著墻上掛著的鏡子擦汗，蕭澗秋痴痴地注視著鏡中的陶嵐（見圖 4-4）。陶嵐從鏡中發覺後，兩人不期然地會心一笑。這時，鏡頭從鏡子切到了陶嵐轉身的特寫上，陶嵐笑問：「你為什麼這樣看著我？」（見圖 4-5）蕭澗秋答道：「因為我還從來沒

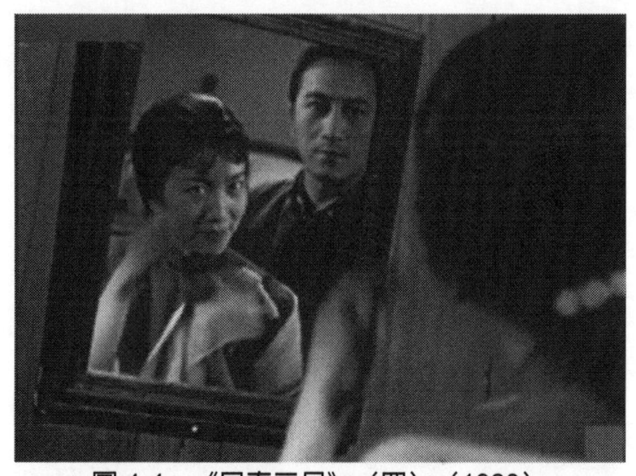

圖 4-4　《早春二月》（四）（1963）

圖 4-5　《早春二月》（五）（1963）

有這樣看過你。」（見圖 4-6）Laura Mulvey 認為，與電影相關的觀看方式有三種：攝像機的看，它記錄攝影機前視覺素材的世界；觀眾的看，觀看製作完成的電影產品；電影世界中角色彼此之間的看。[20]「鏡中對視」這場戲中，導演先通過定位與過肩鏡頭，交代蕭澗秋與陶嵐的空間關係。在蕭澗秋鏡中注視陶嵐的這一刻，觀眾的視線與蕭澗秋的視線在鏡中結合，而此時陶嵐由未察到覺察、由無意到會意的微妙瞬間，亦在鏡中呈現出來。在陶嵐轉身莞爾一笑的特寫中，鏡子是缺席的。它暗示著兩人由情意恍惚的虛擬空間重返「現實」空間，由情感世界滑向日常世界。電影本身是對於現實的一種影像再現，而攝像機是完成這一過程的媒介手段。

圖 4-6 《早春二月》（六）（1963）

---

[20] Laura Mulvey, "Visual Pleasure and Narrative Cinema", in Philip Rosen (ed.), *Narrative, Apparatus, Ideology*, New York: Columbia University Press, 1986, pp. 208-209.

「鏡中對視」這場戲中，人物、空間與建築等視覺素材通過鏡子被媒介化為虛擬的鏡像；而電影通過攝像機將這些虛擬鏡像再度媒介化。這種雙重媒介化與再度虛擬化，具有含蓄化與唯美化地再現愛情表白的審美功能。在具有真實感的電影虛構世界中，蕭澗秋若直接忘情地凝視陶嵐，這種設計既有悖於蕭澗秋徘徊內斂的個性氣質，也有違於「十七年」電影中愛情再現的普遍範式。在這場戲中，儘管蕭澗秋房間的陳設布置簡單且缺乏層次感，但鏡中虛擬空間的折返效果，走廊門窗的造型表現力，都豐富了場面調度和空間層次。搖曳的花枝探入窗口，姿態嫵媚活潑。這種春色旖旎、門窗通透的環境使男女主人公內心的愛情萌動獲得了一種視覺動感與造型美。同時，上述過肩鏡頭與特寫鏡頭、封閉背景與開放背景、虛擬空間與「現實」空間、室內造型與室外造型的靈活調度，使得這場戲的整體節奏開合有序、表現細膩生動。

「鏡中注視」的設計可能受到《新女性》（蔡楚生導演，1934）的啟發。《新女性》中有一段戲描寫上海《市民新報》副刊總編輯齊為德到韋明（阮玲玉飾）的住處拜訪。齊為德是在鏡中發現並暴露了自我對韋明的欲望。牆上掛著韋明的靚照，齊抬頭瞥見櫃子上的大鏡子及鏡中的照片，不禁對鏡子整理衣冠（見圖 4-7）。隨後，鏡頭轉向鋼琴上的小鏡子，呈現鏡中人齊為德的輕薄舉止（見圖 4-8）。導演以相片／影像為對象，以鏡為媒，展示齊為德之欲望由蠢蠢欲動到付諸行動的過程。鏡子作為一種手段，既可通透男性的心理並暴露其隱秘欲望，又可含蓄地處理其猥褻的醜態。此外，《早春二月》「梅林散步」中有一組鏡頭為陶嵐與蕭澗秋齊步並行的腿部特寫，以暗示兩人思想的契

圖 4-7 《早春二月》（七）（1963）

圖 4-8 《早春二月》（八）（1963）

合度。這種腿部特寫的表現手法亦可在《新女性》（見圖 4-9）與《神女》（吳永剛導演，1934）中找到對應，只是它們寓意或純情或「墮落」，各有不同。其實，無論是內容主題，還是造型

圖 4-9　《早春二月》（九）（1963）

技巧、敘述風格，《早春二月》的品質生成都離不開對如左翼文藝、傳統戲曲、蘇聯電影等多種文化資源的傳承與化用。

二、從批判公映到觀眾熱捧

1964 年 9 月 15 日《人民日報》刊發〈《早春二月》要把人們引到哪兒去？〉（署名景文師）一文，開啟了官方對於《早春二月》的批判。該文的編者按指出，發表此文意在對《早春二月》提出批評，引發讀者討論。「今天，無產階級的文學藝術，究竟應當歌頌什麼人物，宣傳什麼思想？是歌頌積極投入革命鬥爭的先進人物，還是歌頌站在革命潮流之外的彷徨者？是宣傳無產階級的集體主義，還是宣傳資產階級的個人主義？同時，在改編過去的文藝作品的時候，是用無產階級觀點批判舊人物舊思想，幫助觀眾和讀者正確地認識過去的時代呢，還是用資產階級觀點美化舊人物舊思想，引導人們去留戀舊時代呢？」編者按指出，上述問題是「文學藝術領域中的大是大非的問題」。[21]作者景文師將《早春二月》定性為「一株毒草」，將男女主人公分別視為悲天憫人的苦行僧與玩世不恭的嬌小姐。作者集中批判了他們「逃避鬥爭的消極遁世思想和資產階級個人主義、人道主義」。景文師認為，該片「除了把觀眾特別是青年觀眾引導到資產階級方向，為資本主義復辟準備思想條件外，不能有別的結果」。此外，作者還指出今非昔比，原作《二月》的意義必須重估。[22]

自 9 月 15 日景文師文刊出至 11 月 8 日，各地報刊相繼發表了兩百餘篇關於《早春二月》的批判文章，[23]其討論路徑大體趨同。批判文章大都將影片中蕭澗秋的憐貧惜苦與文嫂的自我犧牲定性為基於道德自我完善的人道主義，進而指出其與當時主流革命話語之抵牾。錢天起的〈有關人道主義的幾個問題——在《早春二月》討論中所想起的〉用詞偏激，稱影片散發出「沖天臭氣」，蕭澗秋的人道主義為「膿瘡」。錢天起將人道主義追溯到歐洲文藝復興與啟蒙運動的資產階級思潮，將對人道主義的「虛偽性」與「反動性」的界定追溯到〈講話〉中的相關論述。錢天起斷章取義地運用〈講話〉，為批判《早春二月》尋找理論依

21 編者按：〈《早春二月》要把人們引到哪兒去？〉，《人民日報》1964 年 9 月 15 日，第 6 版。

22 景文師：〈《早春二月》要把人們引到哪兒去？〉，《人民日報》1964 年 9 月 15 日，第 6 版。

23 〈各地報刊繼續討論影片《早春二月》〉，《人民日報》1964 年 11 月 8 日，第 7 版。

據。錢天起指出，影片將陶嵐和蕭澗秋追求極端的個人自由表現為 1920 年代的個性解放，顯示了編導者的思想仍停留於辛亥革命時期的資產階級的水平。錢天起認為，陶嵐追求的自由戀愛是資產階級自欺欺人的謊言，在新中國《婚姻法》出臺後完全喪失了現實意義；蕭澗秋以婚姻救濟文嫂的「自我犧牲」的做法是 19 世紀歐洲沒落資產階級知識分子躲避階級鬥爭、填補內心空虛的道德幻想。錢天起指出：「堅決反對文學藝術為任何徇名、徇利、徇『情』以及一切『矯情』的行為，進行各種方式的宣揚，來毒害我們的人民。」[24]

而浦一冰的〈毒草怎能吐芬芳——從《早春二月》的主要人物看影片的思想傾向〉一文，同樣使用了階級邏輯來證明蕭澗秋的自我犧牲是為自己逃避革命開脫，是試圖通過建立「人道主義」豐碑求得自我解脫與自我陶醉。浦一冰認為，這一人道主義是直接殺害文嫂的屠刀——文嫂死於感恩圖報，「死於殉『道』」。[25]文向東也指出，《早春二月》中的陶嵐和《莎菲女士的日記》中的莎菲都是「走向沒落反動」的資產階級個性反抗的代表，而「資產階級的個性反抗總是要同無產階級集體主義相對抗」。文向東批判該片通過陶嵐歌頌資產階級的個人主義，是借歷史幽靈向社會主義發起進攻。[26]

---

24 錢天起：〈有關人道主義的幾個問題——在《早春二月》討論中所想起的〉，《開封師院學報》1964 年第 2 期。

25 浦一冰：〈毒草怎能吐芬芳——從《早春二月》的主要人物看影片的思想傾向〉，《復旦大學學報（哲學社會科學）》1964 年第 2 期。

26 文向東：〈歌頌了什麼樣的「反抗」——試評《早春二月》中陶嵐的形象〉，《人民日報》1964 年 9 月 19 日，第 5 版。

在 1964 年批判《早春二月》的浪潮中，僅有少數聲音主張以歷史眼光來評價蕭澗秋與陶嵐及其時代局限性，肯定該片的藝術性。更多的批判者聚焦於影片的「美化」手段及其消極作用。所謂「美化」，除了藝術手段外，主要是通過情節的改編來實現的。景文師以為，影片刪除蕭澗秋對於文嫂的隱秘欲望，旨在增加蕭澗秋的人道主義光輝。[27]李希凡指出，這一刪改突出了蕭澗秋的崇高形象；且影片中一切景色表現都以其情緒變化為轉移。[28]何其芳認為，編導者將文嫂由有魅惑力的年輕寡婦改編為缺乏吸引力的中年婦女，添加了蕭澗秋同情窮學生王福生的情節，比小說更強烈、更集中地宣揚與歌頌了資產階級的人道主義和個人主義。[29]

上述論者用「徇」或「殉」二字誇大了道德情懷與個性反抗對於現代革命這一集體工程的威脅性。在這些批判話語中，情感自我被抽象化為其時的集體價值與烏托邦理想的對立面。在中蘇交惡的大背景下，批評者還將蕭澗秋的道德情懷溯源至 19 世紀俄羅斯文學，對其影響加以批判。何其芳指出，柔石的多部小說以知識分子為主人公，表現資產階級人道主義。這種人道主義與托爾斯泰的思想相關聯。比如，《二月》中蕭澗秋書架上有托爾斯泰的著作《藝術論》；《舊時代之死》中朱勝瑀的房間裏貼著

---

27 景文師：〈《早春二月》要把人們引到哪兒去？〉，《人民日報》1964 年 9 月 15 日，第 6 版。

28 李希凡：〈對資產階級人道主義的美化——再評《早春二月》中的蕭澗秋形象〉，《人民日報》1964 年 10 月 29 日，第 6 版。

29 何其芳：〈小說《二月》和電影《早春二月》的評價問題〉，《人民日報》1964 年 11 月 8 日，第 6 版。

他唯一信仰的人——托爾斯泰的畫像；《三姊妹》中章先生以結婚來「贖罪」，令人聯想到托爾斯泰《復活》中的類似情節。何其芳認為，托爾斯泰的道德自我完善、良心、博愛、禁欲主義等都是空想的反動學說。[30]汪流指出，影片中蕭澗秋決定娶文嫂的自我犧牲精神，令人聯想到陀思妥耶夫斯基的《白夜》。[31]周揚也認為，《二月》是 19 世紀俄國文學的翻版，蕭澗秋和文嫂結婚是陀思妥耶夫斯基自我犧牲式的悲劇。[32] 1964 年 9 月 22 日上海市宣傳部組織市委機關幹部觀看《早春二月》，觀影後各單位組織了批判討論。其中甚至有幹部指出，影片的「惡毒」之處在於通過文嫂一家的遭遇宣揚革命沒有好結果的「修正主義」觀點；這與蘇聯「修正主義」電影《一個人的遭遇》、《雁南飛》等主題相似。[33]

不同於主流話語的批判，《早春二月》在上海市民觀眾中反響熱烈。1964 年 9 月 15 日，影片開始在上海 6 家影院放映。由於事先無預告，且當日廣告字體小，未能引起市民注意。淮海電影院 14 日晚只售出 10 多張票。15 日各影院售出個體票與團體票比例相近，團體票以文教界與工廠、單位為主要售票對象。16

---

30 何其芳：〈小說《二月》和電影《早春二月》的評價問題〉，《人民日報》1964 年 11 月 8 日，第 6 版。

31 汪流：〈革命，還是倒退？——評影片《早春二月》的改編〉，《人民日報》1964 年 9 月 17 日，第 6 版。

32 謝鐵驪：〈往事難忘懷——憶夏公與《早春二月》〉，《電影藝術》1999 年第 4 期，頁 17、18。

33 中共上海市委直屬機關委員會宣傳部：〈市委直屬機關幹部對電影「早春二月」的討論批判簡況〉，1964 年 10 月 13 日，上檔 A77-2-455-82。

日上海報紙轉載了《人民日報》對該片的批判文章，大上海電影院門口人頭攢動，出現了一票難求、騷動失控的局面。早上 7 時始，許多觀眾聚集至電影院購票。9 時左右，大上海電影院門口聚集多達 800 餘人。17 日上午 9 時，大上海影院門口聚集 2,000 餘人，有 10 多人被擠傷。同日，上海影院、淮海影院排隊買票人數也在 700 人以上。兩影院門口甚至有「黃牛」哄抬票價，投機倒賣。由於每人限購 4 張（後減至兩張），上海老幼婦孺亦加入購票隊伍。因購票秩序失控，17 日下午上海電影局請示市委宣傳部並決定從 18 日起不再出售個體票，全部改為團體包場。當日晚 7 時，各影院貼出「今日至二十日全部客滿」和「本院不辦理退票手續」的布告，但遭到群眾抵制。淮海影院觀眾從晚上 7 時起鬧至次日清晨，聚集四五百人，堅持要迫使影院出售個體票。至 9 時左右，人數增至 1,000 多人。該影院出動全部職工，通宵達旦向觀眾做解釋，卻未能緩解混亂局勢。直至淮海影院求助於盧灣區公安分局，民警扣押為首的五名社會青年後，秩序方得控制。淮海電影院 18 日始關起鐵門，只開出入口。由民警檢票，觀眾憑票入場。18 日始，各影院秩序漸趨穩定。[34]

自 18 日起，上海各影院僅售團體票，且限於宣傳部所劃範圍內的團體。若經黨委同意，單位也可租片放映，但須做好「消毒工作」。[35]所謂「消毒」，即通過有組織的批判討論與學習，消除電影「毒素」在觀眾中的影響。團體票出售範圍的重點是文教單位幹部、大學文科師生；其次為市委、市區機關、街道黨

34 （上海）市人委文教辦公室綜合組：〈電影《早春二月》放映後的情況彙報〉，1964 年 9 月 19 日，上檔 B3-2-216-152。

35 〈關於電影《早春二月》情況反映〉，上檔 C26-2-113-62。

委、辦事處、派出所幹部；最後為工廠商店的少數幹部。放映時間由原計劃的 12 天縮短為 11 天，至 9 月 25 日結束。[36]據統計，《早春二月》作為「反面教材」，自 9 月在上海放映以來到 10 月底為止，在 17 個影院共上映 364 場，觀眾達 410,665 人（不包括租片單位的觀眾）。租片放映的共有 12 個單位。[37]

上海購票失控的場面以及青年觀影後的反映，與中宣部公映此片旨在批判的目的南轅北轍。上海大學生普遍推崇《早春二月》的藝術性，喜愛影片中的男女主人公。1964 年上海交通大學租片放映了兩次，共 4,000 餘名學生觀看；上海第一醫學院租片放映一次，計 1,500 餘名學生觀看。兩校的「消毒工作」包括觀影前組織所有學生聽批判報告和閱讀批判文章，觀影後組織學生討論。儘管如此，兩校學生仍持有不同看法。兩校絕大部分同學認為該影片藝術水準在國產片中堪稱一流，特別贊譽該片中的特寫鏡頭、敘述藝術、服裝設計、取景及曝光。在觀影討論後，上海交通大學某班 16 位觀影者中有 5 位認為蕭澗秋很偉大；某班 16 位觀影者中有 6 位認為蕭澗秋是好人；某班 15 位觀影者中有 5 人不明白何為資產階級人道主義，它與雷鋒助人為樂在本質上有何區別。有同學認為，蕭澗秋若不去救濟文嫂反而是不人道的；批評人道不好是不對的。還有些同學認為，陶嵐並非極端個人主義者；她性格開朗且有獨特見解，令人喜愛。大部分同學都認為影片有好的一面。[38]

36　（上海）市人委文教辦公室綜合組：〈電影《早春二月》放映後的情況彙報〉，1964 年 9 月 19 日，上檔 B3-2-216-152。

37　〈關於電影《早春二月》情況反映〉，上檔 C26-2-113-62。

38　〈關於電影《早春二月》情況反映〉，上檔 C26-2-113-62。

另一種有代表性的青年觀點來自參加影片座談會的文藝「積極分子」。早在公開放映電影《早春二月》之前，上海青年宮就曾組織觀看過該片的少數青年及幹部進行座談，分析影片內容與藝術，討論日後是否公開放映此片。1964 年 9 月 5 日下午，上海青年宮組織了《早春二月》的座談會，參會者包括青年工人、青年師生、街道青年和團區委幹部共 9 人。有小學青年教師發言，指出陶嵐身上集中體現了資產階級戀愛至上觀。也有討論者批評影片形同「香港片」——渲染愛情糾葛，精心設計戀愛鏡頭，對白情調不健康。[39] 9 月 6 日上午，上海青年宮又組織影劇及文學評論「積極分子」7 人（復旦大學青年師生、華東師範大學學生、上海戲劇學院學生）進行第二次影片座談。有學生指出，影片中陶嵐和蕭澗秋的愛情描寫宣揚了資產階級的色情情調，比如，兩人遞毛巾的動作、表情及對白。有座談者認為，影片對青年影響最大的是陶嵐的極端個人主義。電影將陶嵐追求自由與以自我為中心的個性美化為叛逆性格。它會滋長青年「尋求愛情、友誼、精神安慰、小家庭」等「不健康」的情緒，背離其時提倡的革命理想與晚婚口號。[40]還有討論者認為，遞送毛巾的場面屬於「黃色情節」。[41]

1964 年上海團市委要求各級團組織依靠團幹部和群眾「積極分子」來參加青年文化戰線的革命，把他們鍛煉成為文藝戰

---

39 上海青年宮：〈關於電影《早春二月》的情況反映〉（一），1964 年 9 月 6 日，上檔 C26-2-113-14。

40 上海青年宮：〈關於電影《早春二月》的情況反映〉（二），1964 年 9 月 7 日，上檔 C26-2-113-28。

41 上海青年宮：〈《早春二月》座談會〉，上檔 C26-2-113-97。

線上的尖兵。其工作包括：針對在青年中產生影響的「壞」電影和「壞」書籍進行座談研究，經常反映青年思想動向並撰文進行鬥爭。9 月 18 日團市委在全市團幹部會議上布置了批判《早春二月》的工作，要求組織團幹部、文藝「積極分子」、文科學生去觀影，加強觀影指導，展開影評活動，並及時向市里反映動向。[42]

三、冷戰政治訴求與文藝觀念構建

《二月》的電影改編所指向的問題是 1960 年代前期社會主義文藝的意識形態構建。柔石的小說或可置於五四浪漫小說與左翼革命文學的脈絡中予以考量。《舊時代之死》、《二月》等小說多以口袋無錢、心頭多恨的潦倒男性為主人公，聚焦於其神經過敏的內心與頹唐苦悶的青春。文筆拉雜粗糙，泥沙俱下。王德威指出，儘管創造社作家在 1920 年代中期左轉，提倡越過浪漫主義布爾喬亞式反傳統的階段，轉向革命文學，但中國左翼文學傳統始終未擺脫浪漫主義的因素，而浪漫主義的根源本身就帶有強烈的批判社會色彩和公共精神。[43]張旭春認為，各種版本的浪漫主義都繞不開盧梭的政治理想及其精神氣質的影響。在盧梭的政治理想中，公共精神和公共人格是對一個主權者的基本要求，這種公共精神本質上「是一種以同情（compassion）為基礎的情

42　〈金頌椒同志在全市團幹部會議上講話〉，〈金頌椒布置批判《二月》的講話稿〉，1964 年 9 月 18 日，上檔 C26-2-113-1。

43　王德威：〈「有情」的歷史——抒情傳統與中國文學現代性〉，《中國文哲研究集刊》2008 年第 33 期，頁 77-137。

感共同體（community of feeling）」。創造社經歷了由以個體和民族啟蒙為主旨的美學浪漫主義到政治浪漫主義，由審美先鋒向政治革命先鋒的轉化過程。張旭春認為，創造社的審美政治化的轉向關注的是民族和階級的平等，而英國浪漫主義的政治審美化關注的是主體的自由。[44]浪漫主義在走向泛政治化路徑的同時，削弱了審美的、情感的主體性。其實，《早春二月》是在極力去除《二月》中布爾喬亞式的感傷腔調與散漫蕪雜的敘事、抹去蕭澗秋孤零的漂泊感。儘管影片終止了蕭澗秋的感傷之旅並明確了其時代出路，卻難掩其心頭多情的文人氣度和心懷蒼生的道德關懷。這種殘留的浪漫特質與通俗化的愛情劇情恰恰吸引了當時的青年觀眾。

李海燕提出，我們不能視愛情為自然的、永恆的文學主題，而應視其為充滿歷史建構之物來研究。情感參與界定了社會秩序、生產自我和社會性形式的實踐。革命加戀愛的左翼小說模式，試圖解決現代性中日常生活與英雄理想這一基本衝突：現代自我是一種情感自我與非英雄化的自我，質疑宏大敘述與烏托邦理想，提升日常價值，如愛、婚姻、家庭等；而革命本身則具有英雄化的傾向和極端化的情感範式。[45]由此觀之，《早春二月》的情感結構本身即潛伏著現代革命主體建構過程中的種種危機。在 1964 年上海青年宮組織的《早春二月》系列座談會上，有討論者質疑：「如果我們都像蕭、陶追求安逸生活，就不會自覺自

---

[44] 張旭春：《政治的審美化與審美的政治化》（北京：人民出版社，2004年），頁 29-33、318、319。

[45] Haiyan Lee, *Revolution of the Heart: A Genealogy of Love in China*, Stanford: Stanford University Press, 2007, pp.16, 299, 301.

願支援邊疆建設。」[46]還有座談者指出，有些觀影者會感到「我們今天學什麼科，做什麼工作都沒有自由，連談情說愛的自由都沒有，連『五四』時期都不如」。[47]更有論者認為，《早春二月》是裹著糖衣的毒藥，它以人性論代替階級論，宣揚資產階級人道主義與個人主義，培養青年成為精神貴族，脫離火熱的鬥爭。[48]

對《早春二月》的批判顯示了革命的現實需求對左翼文化傳統與外國文化遺產的歷史評估具有決定性的作用，而新中國的文藝進程一直伴有對於中西文藝遺產的重估與超越的情結。1960年，周揚指出：「要發展社會主義文化，不能在空地上發展，必須在自己民族的文化（主要是封建時代，五四以來，以及外國的）遺產上發展起來。」周揚的繼承遺產，是指批判地改造文藝遺產，「而且批判愈徹底愈好」。其政治標準是 1948 年提出的對舊劇遺產取捨的標準（有益、無害、有害），著眼於遺產的歷史功過及其之於當下革命事業的現實意義。周揚認為，社會主義時期允許無害的創作，如山水畫、輕音樂，但不能將其作為文藝的發展方向。建設社會主義文化，在形式上「是把五四以來吸收的許多外國的文學形式加以民族化」；在內容上「不是個性解放，而恰恰是否定個性解放，提倡共產主義解放」。文藝復興時代，資產階級人道主義具有反封建壓迫的意義；19 世紀，文藝

46　上海青年宮：〈《早春二月》座談會〉，上檔 C26-2-113-97。

47　上海青年宮：〈關於電影《早春二月》的情況反映〉（二），1964 年 9 月 7 日，上檔 C26-2-113-28。

48　桑桐：〈裹著糖衣的毒藥——《早春二月》批判〉，《電影藝術》1964 年第 4 期，頁 14-23。

宣揚的個人主義具有破壞資本主義的歷史進步意義；而現在，它們則具有「破壞社會主義」、調和階級鬥爭的作用。[49]鑒於此，不難理解周揚審查《早春二月》樣片時的否定態度。1963 年 11 月 1 日，周揚、茅盾、夏衍等人審看《早春二月》的完成樣片後，茅盾和夏衍贊揚該片，周揚卻表示改編五四時期的作品要有所批判。儘管陳荒煤等人隨即指示根據周揚意見小作修改，但是 1964 年 8 月中宣部指示將影片原封不動地在全國公開放映和批判，修改意見未能踐行。[50]

自中國現代文學興起以來，現代個體與政黨文化及民族主義、日常情感與集體敘述及烏托邦理想，一直存在著相互激蕩且息息相生的敘事範式。《二月》的電影改編與接受凸顯了左翼文藝傳統在「十七年」文藝中的承繼問題。1930 年代的左翼電影本身就是商業文化行銷與政治文化訴求、道德說教與欲望表現相倚重的混雜體；左翼文學的革命加戀愛的敘述模式，無論關注主體的自由還是關注社會和道德的自由，都由個人主義話語導入集體革命話語。

及至 1960 年代中期，個體的道德情懷與感傷氣質漸為高度激情化的情感共同體與集體政治行動所排斥。1947 年開啟的東西冷戰、1956 年波蘭「波茲南事件」、1956 年「匈牙利事件」、1961 年柏林危機、1960-1963 年中蘇關係的惡化及破裂，都讓新中國面臨更為複雜困難的國際政治環境。國內文化界在創作及批

49　〈周揚同志在座談會上的講話〉，1960 年 3 月 21 日，上檔 A22-1-479。

50　謝鐵驪：〈往事難忘懷——憶夏公與《早春二月》〉，《電影藝術》1999 年第 4 期，頁 17-18。

評層面及時配合政治風向，做出反應。孤兒寡母的道德困境、戲劇化的愛情衝突，以及唯美精緻的藝術手法，成為《早春二月》的票房保障。但是，在冷戰文化的歷史語境下，影片中的憐貧惜苦與個性反抗，被批判為資產階級個人主義與人道主義的體現，突出 19 世紀俄國文學影響的結果。而資產階級人道主義與個人主義在當時都被視為「帝國主義」與「修正主義」的話語，這種話語界說或可視為一種觀念建構，「反帝反修」的冷戰政治訴求是其內在驅動力。如何在肯定日常價值與個體情感的同時又不被認定干擾集體工程與情感共同體，成為中國浪漫主義政治現代性與審美現代性共有的根源性難題。這一困境在 1964 年《早春二月》的批判公映與觀眾熱捧的兩重天中表現得尤為醒目。

第五章　西洋文藝的取捨：批判 18、19 世紀文藝作品

1962 年 5 月 9 日巴金在上海市文學藝術工作者第二次代表大會上發言，題為「談作家的勇氣和責任心」。據上海檔案館所存發言稿，發言引入了一個故事：有一外國朋友到中國做客，訪問了幾個大城市。每一個城市的熱情招待都令他十分感動，但他好奇的是為何在不同的宴會、不同的主人那裏，聽到的是幾乎相同的談話。巴金追問，「為什麼大家都習慣於使用那些『眾所周知』的同樣的詞彙，不肯多動腦筋，想出別人未用過的適當的字句，創造不同的形象，從不同的角度和不同的感受來解釋，來闡明一個真理，同一個思想，同一個原則，來描繪、來反映、來歌頌同一個偉大的時代呢？」他還批評，當司湯達爾和羅曼·羅蘭的小說被罵得一文不值時，我們的西洋文學專家好像忘記了自己的責任。「（棍子絕不會自己消滅，我們也無法要求那些用棍子推銷框框的人高抬貴手。檢討和沉默和軟弱都解決不了問題。做一個作家必須有充分的勇氣和責任心。）」[1]該文同年在《上海

---

[1] 巴金：〈談作家的勇氣和責任心（在上海市文學藝術工作者第二次代表大會上的發言）〉，1962 年，上檔 A22-2-1086-3～15。

文學》上發表，內容有所刪節，弱化了批判鋒芒。[2]上述巴金的批評觸及了「十七年」時期文藝場域構建的諸多面向，即外國文藝資源的取捨與本土文藝產品的生產，創作者的責任心與批判者的緊箍咒，文學形式多樣性的期待與內容同一性的要求等。事實上，兩組要素往往構成了相互作用、交錯共生的關係。

新中國對於中外文藝作品的重估與批判，應視為中國社會主義文化建構的一分子。本章以 1960 年上海批判 18、19 世紀文藝作品的活動為中心，檢視新中國對於外國文藝作品的教育、出版、改編等問題。1960 年上海批判外國文藝作品的活動系統集中，且涉及領域較為廣泛。本章從高校文藝教育與新聞出版兩個層面進行梳理。一方面，通過批判資料，鉤沉其時管理機構如何甄別外國文藝作品，如何對外國文藝教育者工作者進行分門別類，如何規範外國文藝作品的闡釋導向。這些批判活動本身以否定的方式參與了「十七年」時期文藝生態的形構。我們可由此活動反觀其時官方文藝話語體系的概念構成與運作機制。另一方面，18、19 世紀外國文學譯本印數多、流通快、影響深。外國文藝作品的喜好者與傳播者，包括學生、教師、出版者等，以各自的方式影響了本土文藝生產。他們對於外國文藝作品的接受、編碼與重寫亦影響了本土文藝生態系統的構成。這些文化產品與管理機構及主流意識形態話語體系對於外國文藝資源的清理、整合甚至歸化，共同推動了社會主義文藝場域的建構。此外，本章還將這一話題置於縱深的歷史脈絡中予以討論，它包括 1950 年

2　巴金：〈作家的勇氣和責任心——在上海市文學藝術工作者第二次代表大會上的發言〉，《上海文學》1962 年 5 月 5 日第 32 期，頁 3-6。

代初現代主義作家作品的處境與 1960 年代初西洋文藝作品的影響等。

一、重估現代主義文學：好懂與難懂

萬里長城向東西兩邊排，
四千里運河叫南通北達：
白骨堆成了一個人去望海，
血汗流成了送帝王看瓊花！

前一腳滑開了，後一腳扎牢，
右手凍裂了，左手向前伸：
雪山，太行山，看歷史彎腰，
草地上，冰天下，中國在翻身！

（卞之琳〈天安門四重奏〉）[3]

卞之琳的〈天安門四重奏〉（1951）表達的是詩人對於共和國成立的慷慨激昂與豪邁情懷。1953 年該詩受到批評，理由是「難懂」。兩篇批評文章的標題就是〈我們首先要求看得懂〉、〈不要把詩變成難懂的謎語〉。批評者認為，卞之琳為了詩歌節奏與整齊，或省略或倒置字句，導致語義不明。比如「白骨堆成了一個人去望海，血汗流成了送帝王看瓊花！」該句使用的是典故，即秦始皇東遊觀海和隋煬帝揚州看瓊花。批評者稱卞之琳的

3　卞之琳：〈天安門四重奏〉，《新觀察》1951 年第 2 卷第 1 期。

詩是流於形式主義魔道的文字遊戲。而「我們今天需要明白曉暢、活潑成誦，能夠感動人教育人的東西。」[4]

如果說 1951 年的〈天安門四重奏〉尚有現代派詩歌的遺風，那麼 1954 年卞之琳發表的詩歌則顯示了其向文藝「大眾化」靠攏的不懈努力。1950 年代初卞之琳在江浙農業合作化試點工作，長住天目山南，出入於太湖東北和陽澄湖西南。在此期間，他創作了幾首帶有江南田園風格的詩歌。比如，〈采桂花〉開頭兩節：「稻穀不丟一小顆，／桂花不丟一小朵！／花雖是花糧是糧，／人人喜歡糕餅香。／／天旱不讓『天收』掉，／繡得好花采得好；／風來手比風還快；／遲開就用分批采。／／」[5] 又如〈收稻〉開頭兩節：「銀花笑迷迷，長眉毛一彎，／帶頭把星寶送進了托兒所。／托兒所成立，有小孩才算數——／十家人解下了親愛的負擔！／／睡桶蓋花被，小臉蛋像花朵；／就像放下了花籃的小姑娘，／銀花跳回來拿鐮鋸一晃，／年輕的勞動力充實了互助果。／／」[6]

這些詩歌使用格律體，採用口語，並引入吳地方言、農諺。比如，「天收」乃吳地農民方言，意為「無收」。詩歌表現內容為農事，引入的對話和使用的修辭都相當淺顯，但 1954 年仍有讀者撰文對卞之琳的創作表示失望。其原因，依然是「看不懂」。該讀者認為，「天旱不讓天收掉」、「遲開就用分批

4 李賜：〈不要把詩變成難懂的謎語〉，《文藝報》1951 年第 3 卷第 8 期。

5 卞之琳：〈采桂花〉，選自《雕蟲紀歷（1930-1958）》（北京：人民文學出版社，1979 年），頁 96。

6 卞之琳：〈收稻〉，選自《雕蟲紀歷（1930-1958）》，頁 101。

采」、「年輕的勞動力充實了互助果」，以及用「五星」代指祖國或人民等，都令人理解起來太費周折。[7]這種批評或可歸咎於批評者本人的審美能力與文學修養。卞之琳表示自己 1949 年後的創作（除〈天安門四重奏〉外），單就「好懂不好懂，我自以為跨前了一步」，並且「主觀上是向好懂這個方面走」的。[8]卞之琳試圖在舊筆法和新題材及新語言之間積極調和：詩作延續了卞之琳 1930 年代以來的一貫詩風，比如，使用口語與格律體，講究語言的精煉含蓄，追求詩行由音組間的停頓而構成的內在節奏；詩作取材農業合作化期間的農事人事，飄蕩著江南水鄉的民歌調子。總體而言，它們表述淺顯，卻未達到俗白之美；形式齊整，但失卻了其現代派詩歌的韻味。

問題的關鍵不僅在於以「好懂」與「不好懂」為標尺，對詩歌進行價值判斷的預設，還更在於由誰判定，如何判定。早在 1949 年前，現代詩就曾因晦澀受人指摘，但晦澀因與內涵豐富的可能性、發動讀者審美的能動性等相關聯，受到部分刊物和批評家的青睞。而這種現代派詩歌與讀者間的舊有關係，在新時代新刊物中難以維繫。由於新文藝立足於大眾，工農兵群眾的認知和話語獲得了權威性。用丁玲的話說，作品要「經過專家審查也經過群眾審查」。既然作品是為群眾服務的，他們的意見就「自然應該放在我們考慮問題的第一項」。[9]值得注意的是，作為讀

7　參見文外生：〈讀詩人卞之琳的五首近作〉，《人民文學》1954 年 6 月第 56 期，頁 123-124。

8　卞之琳：〈關於〈天安門四重奏〉的檢討〉，《文藝報》1951 年第 3 卷第 12 期。

9　丁玲：〈從群眾中來，到群眾中去〉，中華全國文學藝術工作者代表大

者的工農兵群眾乃革命文學話語中理想化的期待讀者，其文學趣味更多是理論想像與構建的結果。鑒於 1949 年中國文盲率仍在 80% 以上，農村文盲率高達 95% 以上的歷史狀況，作為讀者的工農兵群眾，或可視為政治意義上的目標受眾而非現實意義上的社會群體。他們是革命文學大眾化的追求目標，是在新時代文化秩序一體化的進程中被合法化乃至唯一化的理論產物。

〈講話〉指出：「許多文藝工作者由於自己脫離群眾、生活空虛，當然也就不熟悉人民的語言，因此他們的作品不但顯得語言無味，而且裏面常常夾著一些生造出來的和人民的語言相對立的不三不四的詞句。」[10] 1949 年後新文學家重新檢視、集體否定這種「不三不四的詞句」。1949 年，丁玲就如此檢討新文學：「我們的文字也是很定型化了的那末老一套，有的特別歐化，說一句話總是不直截了當，總是要轉彎抹角，好像故意不要人懂一樣，或者就形容詞一大堆，以越多越漂亮，深奧的確顯的深奧，好像很有文學氣氛，就是不叫人懂得，不叫人讀下去。」[11] 1949 年，孔厥、楊朔、王希堅、丁玲等作家的論說，將新文學的語言形式本質化為「知識分子語言」，並以「歐化」作為其主要特徵予以描述，對於一種新的語言形式（「群眾的語言」、

會宣傳處編：《中華全國文學藝術工作者代表大會紀念文集》（北京：新華書店，1950 年），頁 180。

10　毛澤東：〈在延安文藝座談會上的講話〉，《毛澤東選集》（北京：人民出版社，1967 年），第 3 卷，頁 807-808。

11　丁玲：〈從群眾中來，到群眾中去〉，中華全國文學藝術工作者代表大會宣傳處編：《中華全國文學藝術工作者代表大會紀念文集》，頁 179。

「人民的語言」）的渴望，呼之欲出。

「群眾的語言」之於創作的重要意義在如下表述中得到體現：「什麼叫做大眾化呢？就是我們的文藝工作者的思想感情和工農兵大眾的思想感情打成一片。而要打成一片，就應當認真學習群眾的語言。如果連群眾的語言都有許多不懂，還講什麼文藝創造呢？」[12]孔厥等人都曾表示自己在進入農村、礦場後深切感受到「知識分子語言」之匱乏與「群眾語言」之多彩。孔厥為「學習群眾的語言」，表現群眾生活，曾用農民第一人稱寫作《苦人兒》、《父子倆》。他認為，「農民的語言雖然有不精粹、不細緻、不科學的部分，還需要提煉、加工、改造，可是比起我自己原有的語言來，實在美麗、生動、豐富得多了」。[13]楊朔在礦山寫作《紅石山》小說時，為工人的富有形象色彩的語言所傾倒，有些工人還幫助他組織故事、糾正語言。[14]

草明、劉白羽、歐陽山、孔厥、楊朔等在深入群眾生活後，都有從「歐化」難懂、冗長含混的語言轉向大眾化語言的歷程。[15]草明坦言，〈講話〉前她的創作屬於「歐化」那一類，這種文體需要讀者具有中學以上的程度才能看懂。為了文化程度低的工人能看懂，她在後來的創作中竭力避免寫長句，避免描寫（心理

12　毛澤東：〈在延安文藝座談會上的講話〉，《毛澤東選集》第3卷，頁808。

13　孔厥：〈下鄉和創作〉，中華全國文學藝術工作者代表大會宣傳處編：《中華全國文學藝術工作者代表大會紀念文集》，頁440、441。

14　楊朔：〈人民改造了我〉，中華全國文學藝術工作者代表大會宣傳處編：《中華全國文學藝術工作者代表大會紀念文集》，頁428、429。

15　丁玲：〈跨到新的時代來——談知識分子的舊興趣與工農兵文藝〉，《文藝報》1950年第2卷第11期。

描寫、狀物描寫和自然描寫），避免暗示和寫意。[16]馬加也曾表示，自己在〈講話〉前用知識分子語言進行創作，喜歡用「一些看起來漂亮實際空洞的形容詞，繁瑣的敘述和冗長的心理描寫」。他以為群眾語言是粗鄙、簡單，很少使用。〈講話〉後，馬加開始學習群眾語言，寫作首先考慮的問題是作品應讓農民「容易看得懂，讓他們聽得懂」。[17]

就新文學的發展而言，文學語言的「歐化」與對於「歐化」的克服本來就是彼此交錯的過程；如何「化歐」而非是否「歐化」，可能是更困惑新文學作家寫作的切實問題。但 1949 年前後解放區作家歷數自己的「語言轉向」，其背後還包含著作家對於這種主導文學語言形式在理念與創作上的普遍認同，以及新語言、新形式的習得與作家文化資本和政治資本的獲取相勾連的文化運作機制。一方面，這一文化政治資本的配置模式關乎作家的自我身分建構。在當代文學的作家構成中，有一部分確屬「新人」之列。據黃偉林的考察，革命歷史小說的許多作者都是「工農兵」，「或出身農村，或出身城市貧民或工人，有過較多的底層生活體驗，之後成為職業軍人」，如曲波、知俠、劉流、王願堅、馮德英、杜鵬程、雪克等。[18]

而對於另一部分職業文人而言，1949 年以後「老作家」、

16 草明：〈寫《原動力》的經過〉，《人民文學》1950 年第 2 卷第 6 期，頁 87-88。

17 馬加：〈我學習群眾語言的一點經驗〉，《文藝報》1950 年第 2 卷第 7 期。

18 黃偉林：〈革命歷史小說〉，洪子誠、孟繁華主編：《當代文學關鍵詞》（桂林：廣西師範大學出版社，2002 年），頁 117、118。

「舊文人」、「舊藝人」等稱謂，成為文化身分上的歷史負擔。更有甚者，還集體發表聲明改稱號。比如，1951 年 10 月 14 日，越劇前輩編導 46 人聯名要求，即日取消「老戲師傅」的稱號。該聲明稱，他們在新中國成立後兩年來從事改舊工作，並編演了新戲；既然「改舊」是共和國新事物的一種，那麼「老戲師傅」這種帶有「侮辱性」的稱號也應取消。[19]另一方面，這一文化與政治資本的配置模式所針對的是如下文藝現實：新中國初期仍有不少文學青年對典雅的古語、「華麗」的白話，以及其他被主流話語劃為另類的語言形式抱有偏愛。當時有人提倡新時代作家應自覺縮短在語言學習上的「過渡」期，努力從活人嘴上採用有生命力的詞彙，驅逐書本上令人糊塗的語言（諸如「煦照」、「拍撫」、「抖展」、「驅迫」等）。[20]即使在 1960 年代，仍然有部分文化工作者熱愛鴛鴦蝴蝶派文學與西洋資產階級文藝作品。

新時代對語言「歐化」的否定，不僅僅是對語言本身的討論，還是對五四以來新文學的話語構成和美學風格的再檢討。20 世紀 40-50 年代之交，主流文藝話語反對語言「歐化」，還反對帶有「歐化」風格、「掰開揉碎」式的描寫方式，以及大量綿長而纏繞的景物、環境和心理描寫手法。有當代學者指出，「歐化」本身就是「現代啟蒙話語的產物」，討論「歐化」必須對其「啟蒙主義和西化論的話語背景，有著足夠自覺的意識」。比如，傅斯年、朱自清、馮雪峰等認為「歐化」即「人化」、「現

19　新仁：〈取消「老戲師傅」稱號〉，《大報》1951 年 10 月 14 日。

20　江華：〈要努力驅逐使人糊塗的詞彙〉，《文藝報》1949 第 1 卷第 7 期。

代化」。[21]歷史上，漢語的「歐化」包含著一個西方世界觀、價值觀的輸入問題，中國人在接受新學說時，不僅接受了西方的科學文化知識，也在潛移默化中接受了其時新概念、新詞語中所凝縮的西方人的世界觀、價值觀的影響。還有當代學者甚至將現代漢語的「歐化」誇贊為「是中國人從舊的、腐朽的封建體系中向著新的現代化體系的一次集體大逃亡」，「至少也是實現了與西方文化的雜交」。[22]相形之下，1950 年代初共和國作家對於「歐化」的普遍否定，體現了新文藝之於啟蒙話語和西方文化的另一種態度。

1953 年，現代派作家施蟄存在一次報告中指出，「文學語言，當它從人民口頭語言中產生之後，還要從文藝作品中教育人民，幫助人民組織並提高全民性的民族語言」。[23]他認為，象徵派、未來派、唯美派、頹廢派的文學作品「不為大眾讀者所懂得」，他們會說「『黃色的聲音』，『像僵屍一樣的靈魂』，語法和詞彙都沒有問題，但是它們並不能傳達什麼現實的觀念〔……〕如果一個作家創造出這種不能傳達任何現實的思想觀念的文學語言，這已經不是一個文學語言的問題，而是一個思想方法的問題了」。[24]語言作為文學的媒介，其創新實驗未必就對作

21 旻樂：〈漢語的歐化〉，《北京文學》1997 年第 12 期，頁 29-30。

22 張衛中：〈20 世紀初漢語的歐化與文學的變革〉，《文藝爭鳴》2004 年第 3 期，頁 40。

23 施蟄存：〈關於文學語言的幾個問題——中文系文學專題報告的講稿（節錄）〉，《華東師範大學校刊》1953 年 12 月 16 日，第四版。

24 施蟄存：〈關於文學語言的幾個問題——中文系文學專題報告的講稿（節錄）〉（續上期），《華東師範大學校刊》1953 年 12 月 30 日，第三版。

家表達所思所想和反映社會現實構成障礙；現代派作品作為一種文學流派或創作方法，也未必都是逃避現實、言之無物。施蟄存的論述體現了現代派作家如何在新的社會文化範式下反躬自問，以自我否定的方式參與了共和國文學話語系統的構建。一旦人們在文學語言與思想方法及現實社會之間不假思索地建構起簡單的對應關係，文藝形式的意義取決於傳達現實的社會功用，那麼文藝形式自身就失去了獨立自足的審美價值。以形式翻新、語言實驗、晦澀多義等為特徵的現代派文藝，其存在的合法性亦隨之受到質疑。

卞之琳的詩歌命運與施蟄存的文學語言觀，折射出在共和國社會主義文化譜系構建的初始階段，中國新文學的現代主義傳統與西方的現代主義文藝資源被排斥的邊緣化處境。1950 年代以後，西方現代主義作品多以內部發行的形式與刊登少量譯作的形式存在。它們或未進入公共的文化流通領域，或被譯者、編輯、評論者以批判式導讀的方式重新編碼，而後進入公共的文化流通領域。《譯文》是 1950 年代至 1960 年代中國唯一公開出版的譯介外國文學的期刊。據崔峰的研究，該刊譯介了少量法共現代主義作家作品，對作家的文學身分作「選擇性介紹」，對作品作「目的性擇取」，以契合其時意識形態的話語模式；而歐美現代主義的重要文學作品幾乎缺席。比如，1956 年蘇聯《外國文學》雜誌對於波德萊爾的翻譯為中國文學場域提供了參照。同年，《譯文》刊載了陳敬容翻譯的九首波德萊爾詩歌與兩篇評論文章。其中一篇是法共作家阿拉貢的紀念文章；另一篇是蘇聯評論家列維克的文章〈波特萊爾和他的「惡之花」〉。崔峰認為，列維克的文章將《惡之花》的象徵主義美學意義「改寫」成一部現實主義作品；而作為譯者與編者的陳敬容則含蓄地表達了不同於前者的立場。陳敬容早在 1949 年前就翻譯過波德萊爾的詩歌，對其詩學特徵有深刻理解。崔峰認為，她依循原作藝術風格進行翻譯，體現了譯者的主體性，即「為堅持譯出語語境中的美學觀念，而對譯入語主流意識形態的某種抵抗意識。」[25]

二、文藝教育與報刊出版：翻譯與衍生

較之現代主義文學傳統，外國古典文學在新中國的處境更為複雜。在主流話語體系中，後者往往被視為具有現實主義精神的作品，而它們的批判性也使其更容易獲得譯介的「合法性」。在 1950 年代後期至 1960 年代初的官方話語中，「批判 18、19 世紀文藝作品」中的「18、19 世紀文藝」所指範圍寬泛而含混，且在使用中常常與其他詞語隨意互換，比如，「18、19 世紀歐美古典文藝」、「18、19 世紀西洋文學」、「18、19 世紀歐美各國古典文學」、「19 世紀歐洲資產階級文學」，以及「資產階級文藝」、「西洋文學」等。上述詞語均可視為泛指以 18、19 世紀歐美與俄羅斯文藝經典為主要構成的外國文藝，且並不排除更早或更晚時期的外國作品，比如，莎士比亞的作品誕生於 16 至 17 世紀，羅曼·羅蘭的《約翰·克利斯朵夫》誕生於 20 世紀初，文藝復興時代（14 至 16 世紀）的歌曲與《一千零一夜》故事集誕生時間更早，但它們都被納入當時「批判 18、19

25　崔峰：〈別樣綻放的「惡之花」：「雙百」時期《譯文》的現代派文學譯介〉，《東方翻譯》2015 年第 2 期，頁 47、52。

世紀文藝作品」活動的檢討範圍。

本章描述這一歷史文化活動時，仍然沿用其時的指稱予以命名；本章所謂「18、19 世紀文藝作品」的所指內涵也是其時流通意義上的寬泛內容。這些外國文藝作品在新中國的流通與接受主要通過大學教育、公共文化設施、表演藝術、電影娛樂等多種渠道進行。1960 年上海展開「批判 18、19 世紀文藝作品」的運動，實可視為對外國文藝遺產在中國傳播與接受的一次系統清理。有管理機構系統梳理上海高校、廣播、報刊、出版、電影等教育、文化領域存在的問題，並整理為系列報告《關於批判十八、十九世紀文藝作品若干資料》（簡稱《批判資料》）。1960 年 2 月 25 日至 4 月 13 日，中國作家協會上海分會召開在滬會員大會，主題就是批判修正主義，破除對資產階級文學遺產的迷信，發展社會主義文學事業。其中一個問題就是「批判 19 世紀歐洲資產階級文學」。有部分上海作協外國文學組會員持反對意見，引發大辯論。根據受資產階級文藝影響的程度，上海作協會員 207 人被劃分為以下三類：受影響較深者 99 人，約占會員總數 47.8%；受影響較淺的工農、青年會員 36 人，約占總數 17.4%；革命文學工作者（全部黨員）72 人，約占總數 34.8%。[26]

上海高校從事外國文藝教育的教師隊伍成為清查對象。據批判資料，依據所受 18、19 世紀文藝思想影響的深淺程度，教師被分別歸類。復旦大學外文系外國文學教研組老師（12 人）被劃為三類：第一類為有濃厚的資產階級文藝思想者，占總數的

26　〈關於批判十八、十九世紀文藝作品的若干資料〉，1960 年 3 月 7 日，上檔 A22-1-480-63。

41.6%，如戚叔含、伍蠡甫、楊必等；第二類為資產階級文藝思想較深者，占總數的 25%，如徐燕謀等；第三類為受資產階級文藝思想影響較淺者，占總數的 33.4%，如袁晚禾等。[27]上海音樂學院 123 名教師被劃為四類：「盲目崇拜西洋」者共 35 人，「迷戀」西洋 18、19 世紀音樂藝術；「影響較深」者共 47 人，「迷信西洋」但也贊同文藝「民族化、群眾化」；「影響一般」者共 23 人，積極參與文藝的「民族化、群眾化」但未能擺脫西洋文藝範式；「基本無影響」者共 18 人，對文藝的「民族化、群眾化」有信心有行動。[28]

上海戲劇學院戲劇學系 20 名教師中，有 14 人被劃為受到明顯影響者。其中，被劃為受影響特別深的有 7 人，占教師總數 35%。舞臺美術系 50 名教師中，有 35 人被劃為受影響較深者。其中，被劃為受影響特別深的有 8 人，占教師總數的 16%。比如，王挺琦「特別崇拜」法國印象畫派；楊祖述「特別崇拜」學院派。「崇拜」歐美生活方式與創作風格的約 10 人，約占教師總數 20%。表演系 45 名教師中，被劃為受影響嚴重者占 46%，如院長熊佛西對西洋文學推崇備至。[29]華東師範大學中文系外國文學組 7 名教師中，被劃為受影響嚴重者有 2 名。比如，羅玉君被指受資產階級心理學家弗洛伊德影響很深，講課時追求低級趣

27　〈關於批判十八、十九世紀文藝作品若干資料（三）〉，1960 年 3 月 15 日，上檔 A22-1-480-136。

28　〈關於批判十八、十九世紀文藝作品若干資料（三）〉，1960 年 3 月 15 日，上檔 A22-1-480-137。

29　〈關於批判十八、十九世紀文藝作品的若干資料（二）〉，1960 年，上檔 A22-1-480-91。

味。周贊武被指輕視當代文學，宣揚莎士比亞作品中的英雄最了不起，當代文學人物無人能比；宣揚資產階級的人性論和愛情觀。[30]

上海高校的外國文藝教學亦成為檢討對象：部分教師言論被冠以抹殺文學的階級性和社會性，散播資產階級文藝觀點：「諷刺打擊馬列主義，貶低工農兵文學」。一方面，所謂資產階級文藝觀點包括：以真實性來反對階級性和思想性；宣揚為藝術而藝術和人性論，以唯心主義理論闡釋文學現象；以地理環境、氣候、民族性等來解釋文學現象；強調作家的天才和性格，宣揚個人主義思想。比如，復旦大學的林同濟認為，巴爾札克的個人思想與作品內容背道而馳，是作品的藝術性克服了其落後思想，是現實主義的勝利。楊烈認為，現實主義主張藝術模仿論。莎士比亞的偉大不在於其政治水平，而在於他能忠實反映時代。戚叔含認為，古典作家有善惡觀念而無階級觀點；莎士比亞十四行詩有三個主題：時間、死亡和愛情。此外，他還強調 19 世紀法國泰納的文學史研究原則，即「民族、環境、時間」決定論。這一觀點凸顯了地理等因素的重要性，降低了社會的重要作用。[31]楊烈還表示，巴爾札克的成功歸因為天才、友誼、愛情三個元素；羅馬詩人卡塔魯斯的一段苦澀戀愛史促使他成為一位偉大的抒情詩人。[32]另一方面，所謂貶低工農兵文學，具體表現如下。比如，

---

30 〈關於批判十八、十九世紀文藝作品的若干資料（二）〉，1960 年，上檔 A22-1-480-92。

31 〈關於批判十八、十九世紀文藝作品若干資料（三）〉，1960 年 3 月 15 日，上檔 A22-1-480-138～140。

32 〈關於批判十八、十九世紀文藝作品若干資料（三）〉，1960 年 3 月

伍蠡甫教文藝學引論時不著重講文藝的黨性原則；林同濟與戚叔含批評文藝界機械套用馬列主義公式，引用馬列主義話語作為保險的文風；戚叔含認為普及和提高各有分工，大學教授的作品不可能是大眾讀物。[33]

高校外國文藝課程的作品選擇也成為清查對象。華東師範大學中文系歐美文學課（主講教師羅玉君）選擇的作品被指不當，有嚴重的厚古薄今的傾向。比如，選入《十日談》和莫泊桑的田園詩，缺乏「十月革命」以後的歐美進步文學作品。又如，1957 年、1958 年上海戲劇學院文藝理論教學中，四年級的劇本選讀以外國古典作家作品為主體，如格利鮑也多夫的《智慧的痛苦》、奧斯特洛夫斯基的《大雷雨》與《沒有陪嫁的女人》、易卜生的《娜拉》、莎士比亞的《第十二夜》與《凱撒大將》、契訶夫的《櫻桃園》與《三姐妹》、莫里哀的喜劇、普希金的《波里斯・戈都諾夫》、果戈里的《欽差大臣》、高爾基的《底層》、高乃依的《熙德》等。[34]

與作品選擇相關的是外國文學的教材問題。據批判資料，上海師範學院朱雯撰寫的「十九世紀歐洲文學史」（講義）、「歐美文學史講授提綱」及任鈞、秦德儒撰寫的「十九世紀俄羅斯文學講授提綱」有如下問題論點：雨果的《悲慘世界》表現人類高貴的熱情和對勞動人民的博大的愛，《巴黎聖母院》的敲鐘人

15 日，上檔 A22-1-480-140。

33 〈關於批判十八、十九世紀文藝作品若干資料（三）〉，1960 年 3 月 15 日，上檔 A22-1-480-141。

34 〈關於批判十八、十九世紀文藝作品若干資料（三）〉，1960 年 3 月 15 日，上檔 A22-1-480-142。

（加西莫多）形象體現了愛情和仁慈的萬能思想；雪萊的詩歌《伊斯蘭的起義》洋溢著解放人類、反對一切壓迫與剝削制度的思想；狄更斯作品有以道德教育消除社會糾紛的改良主義色彩和對於公開的階級鬥爭的恐懼，但仍不失為一個偉大的人道主義者和資本主義世界罪惡的徹底揭露者；莎士比亞的偉大首先在於其人文主義思想；伏爾泰雖然並不主張革命，但無疑是傑出的爭取理性和人性解放的鬥士；《約翰・克利斯朵夫》揭示了資產階級文化的墮落，但作者宣揚不干預生活，讓他的主人公與現實妥協；普希金、果戈里、屠格涅夫、托爾斯泰、契訶夫的作品在思想性與藝術性上都占據世界文學首位，其革命思想激發中國人對舊社會、舊制度的憎恨。[35]批判資料僅僅摘錄問題觀點，未指出問題所在。上述文學評價中，「人道主義」與「人性論」及「博愛」等概念在當時主流話語中，都屬於被批判的資產階級文藝思想。此外，1959 年起中蘇在國家利益與意識形態上出現分歧，外交、軍事關係上走向疏離甚至對峙。1960 年代中國對於俄蘇文學與蘇聯電影的評價導向也變得微妙複雜。

在出版領域，從事外國文藝翻譯與出版的工作者也成為清查對象；有部分外國文藝作品的前言、後記及書評，被指缺乏批判力度和「正確」分析。以上海文藝出版社為例。該社前身為新文藝出版社，成立於 1952 年，1958 年與上海文化出版社、上海音樂出版社合併，更名為上海文藝出版社。1960 年上海文藝出版社的 26 位翻譯（蘇俄、英美、德法作品）工作者中，除 3 名黨

35　〈關於批判十八、十九世紀文藝作品的若干資料（二）〉，1960 年，上檔 A22-1-480-92～95。

員，其他 23 人皆被劃為受資產階級文藝思想影響嚴重者。[36]據上海文藝出版社統計，該社自 1952 年至 1959 年，共出版 18、19 世紀文學作品 252 種（其中私營出版社重印有 104 種）共計 405.3 萬冊。其中，以 1957 年出版 93 種（私營轉印 49 種）為最多，1956 年為 50 種，1959 年下降至 15 種。它們包括托爾斯泰、契訶夫、巴爾札克、莎士比亞、喬治・桑、奥斯丁、司湯達等人的作品。這些譯本的發行冊數多為每種 1 萬餘冊，莎士比亞劇本的印數則平均為 5,000 冊。蘇俄文藝理論出版數每種 5,000 至 23,900 冊，如梁真譯的《別林斯基論文學》、《紅與黑》（羅玉君譯）與《傲慢與偏見》（王科一譯）也較受市場的歡迎。[37]

譯者撰寫的前言、後記成為主要批判對象，根本原因在於管理機構期待它們承擔起引導讀者理解作品的內容，發掘作品的批判意義，並使其合乎主流意識形態話語體系的功能。因前言、後記、編後記等要求著重批判，上海文藝出版社的外國文學編輯普遍覺得難寫：一方面，以往寫作時借用蘇聯理論文章較多，但這些文章肯定多否定少；另一方面，大部分譯者並非馬克思主義文藝理論研究者，所撰前言、後記往往不合要求。[38]那麼，如何評價外國文藝作品，才是「批判地」對待呢？批判資料羅列的「毫無批判」或「無力的分析批判」的前言、後記，提供了反面案

36 〈關於批判十八、十九世紀文藝作品的若干資料〉，1960 年 3 月 7 日，上檔 A22-1-480-63。

37 〈關於批判十八、十九世紀文藝作品的若干資料〉，1960 年 3 月 7 日，上檔 A22-1-480-64。

38 〈關於批判十八、十九世紀文藝作品的若干資料〉，1960 年 3 月 7 日，上檔 A22-1-480-62。

例。我們或可由此推導其時主導文藝作品的闡釋路徑的種種規範。

比如，譯者許君遠在《老古玩店》（新文藝出版社，1956）的譯後記中稱，該作品是浪漫主義與現實主義的結合，人道主義的現實主義作品；狄更斯具有高度的寫作技巧與民主精神，極端憎恨社會不公，同情受壓迫者和小人物，能夠忠實地反映他生活時代的疾苦。而批判資料稱，該作品充滿了階級調和與宿命論色彩。《傲慢與偏見》（新文藝出版社，1956）的譯者前言稱，小說取材也許比較狹隘，但寫出了她所熟悉的東西；達西代表了新興的城市資產階級，是那個時代比較先進的典型。批判資料指出，該作描寫上流社會的兒女私情而譯者美化了作者與達西；譯者斷章取義地引用外國作家或共產黨員的評價，藉以作為自己發表資產階級觀點的論據。童話故事也成為檢討的對象。《安徒生全集》（新文藝出版社，1957）的問題包括：全集本「不分糟粕精華，統統收入」；譯者葉君鍵的譯後記多是版本考證，極少分析作品；譯後記推崇篇篇童話都是散文詩，充滿了真善美和博愛的人道主義精神。[39]又比如，顧仲彝在其譯作《哈代短篇小說二集》中提到哈代小說有英國鄉村的清新氣息和淳樸風尚，被批評為「歌頌外國的安貧樂道，田園之樂」。羅玉君譯的《紅與黑》、曹未風譯的莎士比亞劇本、李青崖譯的《三劍客》等未添加分析、批判的前言、後記，亦被批評為不負責任。[40]

39　〈關於批判十八、十九世紀文藝作品若干資料（三）〉，1960 年 3 月 15 日，上檔 A22-1-480-151、152。

40　〈關於批判十八、十九世紀文藝作品的若干資料〉，1960 年 3 月 7 日，上檔 A22-1-480。

此外，根據 18、19 世紀西洋文學作品改編的連環畫、少兒讀物和音樂作品的出版物也成為清查對象。以上海人民美術出版社為例。根據他們對 18、19 世紀西洋美術的看法，上海人民美術出版社美術編輯室人員（共 23 人）被劃分如下類別：崇拜 18、19 世紀俄羅斯造型藝術者約 6 人，約占總人數的 26.09%；崇拜西歐美術者約 4 人，約占 17.39%；受較少影響者，約 5 人（不懂上述外國美術者），約占 21.74%；有一般資產階級藝術思想者（主要表現為重形式技巧輕內容），約 8 人，約占 34.78%。[41] 1955 年到 1959 年，該社共出版由 18、19 世紀西洋文學作品改編的連環畫共計 42 種，包括《快樂王子》（王爾德原著，印數 13.5 萬冊），《牛虻》（伏尼契原著，印數 15.11 萬冊），《一串項鍊》（莫泊桑原著，印數 7.6 萬冊），《威尼斯商人》（莎士比亞原著，印數 4.7 萬冊），《瑞典火柴》（契訶夫原著，印數 7 萬冊），《一個農民的命運》（托爾斯泰原著，印數 3.3 萬冊），《偽君子》（莫里哀原著，印數 7.1 萬冊），《跳來跳去的人》（契訶夫原著，印數 5.7 萬冊），以及《阿里巴巴與四十大盜》（印數 11.1 萬冊），《農夫的聰明女兒》（印數 10 萬冊）等。[42]

據批判資料，連環畫讀物的主要問題是「宣揚資產階級的人性論」與「愛情至上」的觀點。比如，據《鄉村裏的羅密歐與朱麗葉》（凱勒原著）編繪的連環畫《仇恨與愛情》，講述了一對

41　〈關於批判十八、十九世紀文藝作品的若干資料（二）〉，1960 年，上檔 A22-1-480-100～101。

42　〈關於批判十八、十九世紀文藝作品的若干資料（二）〉，1960 年，上檔 A22-1-480-95。

戀愛青年因兩家結有深仇而不能結合，最終投河殉情的故事。編繪者增添了原著所無的情節：兩人瘋狂擁抱，緊緊摟在一起縱身跳河。連環畫《虎皮武士》（同名原著實為12至13世紀作品）的「內容提要」稱，該故事歌頌了人類偉大的感情：友誼和愛情。[43]此外，1953年至1959年上海少年兒童出版社出版的18、19世紀西洋兒童文學作品共計80種，約占其出書總數（2,640種）的3.03%，約占其譯文出書總數（526種）的15.21%。[44]部分作者或編輯認為，《格林童話》、《安徒生童話》等在當時中國社會仍然具有培養兒童情操，進行思想品德教育的意義。上述觀點也被認為是追捧西洋古典文學作品。

上海廣播電臺介紹外國文藝的節目也是檢討的對象。1957年上海人民廣播電臺的西洋古典音樂的節目和介紹西洋古典作家作品的節目，都被批評為宣揚資產階級人道主義、個人主義與感傷主義，且宗教氣息強烈的作品。比如，節目中介紹貝多芬的《D大調莊嚴彌撒曲》時稱「他（貝多芬）默認這種愛可以使人類永遠和平相處，永遠過著幸福、愉快的生活。這首樂曲就是來表明這種信念的」；介紹馬勒的《大地之歌》時說，「每一段落之間，都反映了馬勒愛世界、愛自然、愛人類的理想，所以這部音樂，是人道主義傳統的偉大的遺產」；介紹柴可夫斯基的《第四交響曲》的創作思想時道，「一生當中只有艱苦沉重的現實和

43　〈關於批判十八、十九世紀文藝作品的若干資料（二）〉，1960年，上檔A22-1-480-99。

44　〈關於批判十八、十九世紀文藝作品的若干資料（二）〉，1960年，上檔A22-1-480-96。

轉瞬消逝的夢境以及對幸福的幻想在輪回交替著」。[45]

高校音樂教育也是清查的對象。上海音樂學院聲樂系 1959 年一學期共學習歌曲 247 首。其中，中國歌曲 141 首，外國歌曲 106 首。外國歌曲中除一首保加利亞現代歌曲外，其餘全部劃為「18、19 世紀作品」，並分類如下：文藝復興時代的意大利歌曲，表現個性解放要求與爭取戀愛自由；18、19 世紀西歐作品，表現愛情和知識分子的苦悶憂鬱等；18、19 世紀俄羅斯作品，表現愛情與宣揚資產階級人道主義。批判資料稱，這些作品都具有「有害的副作用」，需要批判地對待。[46]

由上可見，1960 年針對 18、19 世紀外國文藝作品的批判活動，源於作品流露的人性論與人道主義及個體解放等思想，與本土革命話語中的階級鬥爭論背道而馳。此外，中國文藝工作者和教育者對於外國作家世界觀與創作之關係的闡釋，與本土流行的文藝觀念有所抵牾，可能也是原因之一。比如，歐陽文彬（《新民晚報》文藝組）曾在《文藝月報》上介紹陀思妥耶夫斯基的《窮人》，並著有《陀思妥耶夫斯基和他的作品》。她非常欣賞陀氏作品的人道主義色彩，以及他寫的小人物和生活細節的藝術感染力。歐陽文彬認為陀思妥耶夫斯基的作品體現了其世界觀與創作的矛盾衝突：作家的反動世界觀怎樣局限了創作的深度，現實主義的手法又怎樣突破世界觀的局限，讓活生生的社會真相向

---

[45] 〈關於批判十八、十九世紀文藝作品若干資料（三）〉，1960 年 3 月 15 日，上檔 A22-1-480-153、154。

[46] 〈關於批判十八、十九世紀文藝作品若干資料（三）〉，1960 年 3 月 15 日，上檔 A22-1-480-144。

讀者現身說法，使作品發揮意想不到的作用。[47]批判資料稱，歐陽文彬「毫無批判」地介紹陀氏作品，贊揚其中的人道主義與人性論等資產階級觀點。又比如，上海戲劇學院教師丁小曾對同學們說，古典作家的作品和其世界觀是矛盾的，但為何會寫出好作品來呢？因為不管作家的世界觀如何，只要他客觀地反映生活，就能寫出合乎當時社會生活的真實。[48]這一觀點與歐陽文彬關於陀氏作品的現實主義、復旦大學林同濟關於巴爾札克作品的現實主義的分析，如出一轍。它們都被批判資料劃為問題觀點。

歐陽文彬、林同濟等關於現實主義的評論不僅不合時宜，而且還挑戰了 1950 年代主流文藝觀念的「合法性」。1949 年前後，書寫對象的新變對書寫者提出了新的要求，即寫新人要求創作者自身也要轉變為新人。1950 年《文藝報》曾經提出一個問題：「你怎樣發現新人物的？你如何把各種萌芽狀態的新品質概括為比較完整的新人物？」劉白羽的回答是說：文藝工作者只有改造自己，思想感情上與工農兵先進人物合二為一，才能眼光明亮，隨時準備迎接新鮮事物。也就是說，要表現新人，自己首先要是先進的人物。[49]這種觀點在當時相當流行。比如，藝術家只有掌握了正確的世界觀和人生觀才能表現新的英雄人物和英雄事

[47] 〈關於批判十八、十九世紀文藝作品若干資料（三）〉，1960 年 3 月 15 日，上檔 A22-1-480-146、147。

[48] 〈關於批判十八、十九世紀文藝作品若干資料（三）〉，1960 年 3 月 15 日，上檔 A22-1-480-144。

[49] 劉白羽：〈表現新的時代新的人物〉（下），《文匯報》1952 年 5 月 26 日，第七版。

跡。[50]要寫好積極主題，作者首先要是個積極主體。[51]寫新的英雄人物首先要求作者成為共產主義思想和道德的表率。[52]

總之，諸如此類的說法將文藝創作的問題歸根於創作者的世界觀，並將創作者的世界觀與表現對象的世界觀對等觀之。無論是來自解放區的作家，還是未參加過革命的知識分子，由於大多被劃為小資產階級，都未能算作社會主義新人。從革命的小資產階級到社會主義新人的轉變必須通過改造完成。在上述邏輯下，文藝創作層面的問題幾乎都可由世界觀來包攬解決。因此，他們理所當然地認為改造可使小資產階級的知識分子獲得的不僅是工農兵立場及情感，還有新的創作手法。[53]反之，如果新人沒有寫好，則被歸因為創作者的黨性不夠、思想感情未能徹底改造。[54]

此外，外國文藝理論資源也對其時本土最高文藝準則的權威性構成障礙。比如，上海戲劇學院教授文藝理論的教師就認為，〈講話〉是方針政策，真正的文藝理論要到別林斯基、車爾尼雪夫斯基那裏去找；中國的文藝批評要走別林斯基的道路。華東師範大學歐美文學教授羅玉君認為，莎士比亞是最偉大的人文主義

50 〈大會宣言〉，中華全國文學藝術工作者代表大會宣傳處編：《中華全國文學藝術工作者代表大會紀念文集》，頁149。

51 臧克家：〈為什麼「開端就是頂點」〉，《人民文學》1950年第2卷第5期，頁70-72。

52 陳涉整理：〈幾個創作思想問題的討論——記全國文協組織第二批深入生活作家的學習〉，《人民文學》1953年1月第39期，頁49-55。

53 臧克家：〈為什麼「開端就是頂點」〉，《人民文學》1950年第2卷第5期，頁70-72。

54 陳涉整理：〈幾個創作思想問題的討論——記全國文協組織第二批深入生活作家的學習〉，《人民文學》1953年1月第39期，頁49-55。

作家，他是千秋萬代的詩人，是現實主義的大師。[55]這些言論都被批判資料列為問題觀點。上述論點觸及令人反思的根本問題：何為現實主義？現實主義作家何為？什麼是文學的真實性？真實性與階級性的關係是什麼？這些被冠以現實主義的世界經典作品以其歷久常新的文學魅力，對 1953 年提出的社會主義現實主義原則，以及 1958 年提出的革命的現實主義與革命的浪漫主義相結合的原則，構成了質疑甚至挑戰。

三、餘音未絕：表演與重生

問題的複雜性在於「十七年」時期社會主義文藝構型並不具有穩定的、持久的規範機制。相反，不斷衝突、否定、調整的流動性成為其處理現實文化危機與應對政策頻繁變動的動力機制。「十七年」文藝形態也因此呈現間歇性的收緊與開放的特質。1956 年至 1957 年初推行的「雙百方針」與其後發動的「反右」運動即構成對照。1958 年至 1960 年的「大躍進」與 1961 年至 1962 年政治經濟文化政策的調整又構成對照。1961、1962 年，國家先後舉行新僑會議、廣州會議、大連會議，檢討先前「極左」文藝路線，提倡尊重藝術規律，發揚藝術民主。在不同的文化氣候下，主流意識形態話語體系對於西方文化資源的取捨態度與本土文藝創作的評價立場都有所不同。

1957 年 3 月和 6 月，《牛虻》的譯者李俍民在《文匯報》

55 〈關於批判十八、十九世紀文藝作品的若干資料〉，1960 年 3 月 7 日，上檔 A22-1-480-51。

發表兩篇文章，批評中國青年出版社刪節譯本。這一主流報刊發表的批評意見，在 1960 年又被批判資料劃為問題觀點。[56]李俍民認為，不管刪節的理由是宗教氣氛過濃，還是煩瑣描寫，都與主要情節無關，所有的刪節都是對古典名著和文化遺產的不尊重。比如，《牛虻》的中譯本第九章有一段牛虻與瓊瑪關於暴力的對話。其中，一些片段被剪除，如「『〔……〕我去羅瑪亞的次數不多，但就憑我看到的這一些些，當地的人民已給了我這樣的一種印象：他們對使用暴力已經成為或者快要成為機械的習慣了」，「『即使是這樣，這也當然要比順從和屈服的機械習慣好得多。』」李俍民稱之為「奇特的電影剪接式」的刪減方法。[57]關於亞瑟和蒙泰尼裏觀賞阿爾卑斯山夕照的情節，伏尼契以風景描寫表現人物內心世界，有濃重的宗教神秘色彩。這些風景描寫在中譯本中也被刪除。比如：「『〔……〕我看見一頭巨大的生物匍伏在無始無終的藍色虛空之中。我看見它一世紀又一世紀地等待著上帝聖靈的降臨。這是我從望遠鏡裏隱約地看到的。』」「在愈來愈濃密的黃昏陰影中變得模糊不清的高大松樹，像哨兵一般地矗立在羈束著溪流的狹窄坡岸上。一會兒，紅得像一塊燒透了煤也似的太陽，沉到鋸齒形的山峰後面去，一切生命和光線全離開了大自然的表面〔……〕在愈來愈濃密的黑暗中，那道湍急的溪流發出的怒吼和哀號，它正懷著永恆的絕望心情，瘋狂地敲打著它的牢獄的石壁。」李俍民認為，作者對大自然的刻畫達

---

56 〈關於批判十八、十九世紀文藝作品若干資料（三）〉，1960 年 3 月 15 日，上檔 A22-1-480-149。

57 李俍民：〈奇特的刪節法——對「牛虻」刪節本的意見之一〉，《文匯報》1957 年 3 月 27 日，第三版。

到了黃賓虹山水畫的意境；色彩的組合和光線的明暗對比，達到了詩和美的境界。[58]

新中國經歷了十餘年的發展，文藝界一方面為建立一種迥然不同的社會主義現實主義文藝理想所召喚，另一方面其創作實績實難比肩 19 世紀西方批判現實主義的文藝高峰。1960 年前後青年學生中出現了推崇 18 世紀、19 世紀西洋文學的現象。周揚批評說：「在青年中間就形成了一種不正常的欣賞趣味，看『林海雪原』大概頂多是個秀才，看外國小說的人，就高人一等，而看普希金、巴爾札克、托爾斯泰、萊蒙托夫就差不多是翰林了。」[59]

一方面，青年大學生欣賞 18 世紀、19 世紀作品中的個人主義（如「個性解放」、「叛逆性格」等）、人道主義（如「普遍的愛」、「永恆的愛」）以及資產階級的人生觀和戀愛觀。這些作品甚至影響了他們的日常生活與價值情感。上海音樂學院有學生推崇《約翰・克利斯朵夫》，感嘆這部作品令她重新認識世界和人生，並為自己不能生活在那個時代而惋惜。亦有學生認為羅曼・羅蘭、托爾斯泰、海涅等人作品中的人物才具有高貴的情感，並陶醉於他們的生活方式與自由人生。復旦大學有兩個學生認為，只有在西歐文學中才能找到安慰，把服從組織說成「喪失人格」。有學生感動於托爾斯泰作品的道德力量和涅赫留多夫（《復活》）的自我懺悔，遂以撰寫「清洗靈魂」日記代替思想改造。還有學生甚至以安娜・卡列尼娜的性格、容貌作為自己戀

58　李俍民：〈阿爾卑斯山的夕照——對「牛虻」刪節本的意見之二〉，《文匯報》1957 年 6 月 12 日，第三版。

59　〈周揚同志在座談會上的講話〉，1960 年 3 月 21 日，上檔 A22-1-479。

愛對象的標尺。

另一方面，青年學生推崇 18 世紀、19 世紀西方文藝作品乃登峰造極之作，並由此反觀當時的中國文藝。復旦大學不少同學認為，巴爾札克和托爾斯泰的藝術水準是不可逾越的。他們將西歐文藝復興和 19 世紀資產階級文藝比作濃咖啡，其味無窮，而將工農兵文藝作品比為白開水，毫無味道。上海文藝工作者中，亦存在相似的觀點。人藝青年演員排練「洋、名、古」劇目興致濃厚，排練現代戲則自認倒霉。很多電影編導亦以 19 世紀西洋文學作為最高藝術標準，欣賞其複雜性格的刻畫與感傷哀愁的情調。[60]上述 1960 年的檔案報告可管窺 18 世紀、19 世紀西洋文學之於其時青年的持久影響力。

1950 年代外國文學經典不僅受到教師學生的青睞，還擁有大量其他的社會讀者群。據上海圖書館的統計，1958 年至 1959 年全館外借圖書總數是 926,725 冊次，其中 18、19 世紀歐美各國古典文學（實為泛指意義）書籍計 39,291 冊次，約占總數 4.2%；這些書籍的讀者共 39,291 人次，約占全館借書讀者總數的 5.6%。其讀者分布，依次為其他（13,834 人次，約占 35.21%）、職員（9,176 人次，約占 23.35%）、工人（5,387 人次，約占 13.71%）、學生（5,027 人次，占 12.79%）、教員（2,663 人次，約占 6.78%）、技術人員（2,595 人次，約占 6.60%）、軍人（588 人次，約占 1.50%）、農民（21 人次，約占 0.05%）。由讀者分布來看，無法歸入上述職業與身分的社會群體（「其他」

---

60 〈關於批判十八、十九世紀文藝作品的若干資料〉，1960 年 3 月 7 日，上檔 A22-1-480。

類）才是最大的讀者群。其中，兩年間被借閱次數最多的依次為屠格涅夫（作品 22 種，出借 4,388 冊次）、莫泊桑、托爾斯泰、巴爾札克、狄更斯、左拉、陀思妥耶夫斯基、羅曼・羅蘭、契訶夫的作品。兩年來出借次數最多的作品依次為《約翰・克利斯多夫》（出借 1,020 人次）、《巴黎一市民的星期天》、《哈克貝利・芬歷險記》、《莫泊桑短篇小說集》、《天才》、《安娜・卡列尼娜》、《貴族之家》、《羅亭》等。其他的，如《簡・愛》兩年出借 255 人次。上海圖書館僅收藏兩本，導致該書未能在圖書館放置一小時以上。又如《紅與黑》收藏 10 本但僅出借一本，兩年來出借 183 人次，也從未在圖書館放過一天。[61]《約翰・克利斯多夫》與《紅與黑》在其時歷史文化語境中被視為具有個人奮鬥色彩、有違集體主義信念的作品。然而它們流通極快，可能恰恰與其個人色彩有關。有上海戲劇學院的老師向學生推薦《約翰・克利斯多夫》，稱主人公的堅強精神值得學習，自己空虛苦悶時閱讀此書。[62]

以「破」西方文藝之迷思來「立」新中國文藝之權威，在 1960 年的文藝界與高教界遭遇阻力。部分文藝工作者反對全盤否定人道主義和批判 19 世紀西方資產階級文學。從 1960 年 2 月 25 日開始，上海市作協召開在滬動員大會，學習毛澤東思想，破除對於西方文學尤其是 19 世紀文學的迷信，鼓舞作家攀登世界文藝高峰的信心。因部分參會者反對以階級觀點批判 19 世紀

---

61 〈關於批判十八、十九世紀文藝作品的若干資料〉，1960 年 3 月 7 日，上檔 A22-1-480-64～66。

62 〈關於批判十八、十九世紀文藝作品的若干資料（二）〉，1960 年，上檔 A22-1-480-91～92。

資產階級文學，原本四天的會期延遲至 4 月 13 日結束，歷時 49 天，又稱「49 天會議」。王辛笛等提到，建立無產階級文學，要破除對於 19 世紀資產階級文學的迷信，但批判 19 世紀資產階級文學，自己情感上與之藕斷絲連，難以接受。韓侍桁認為，19 世紀資產階級文學對中國新文學影響很大，不能粗暴抹殺。關於 19 世紀西方文學在青年中產生不良影響的說法是誇大其詞。任鈞提出，浪漫主義沒有階級性，只有消極和積極、革命與反動之分。還有討論者質疑無產階級創造高於一切時代的文藝作品的觀點。梅林、羅稷南、錢谷融都認為現今文學不如 19 世紀西方文學。[63]為回應這類「異見」、增加批判火力，上海市宣傳部及會議組織者邀請華東師範大學、復旦大學、上海師範學院部分師生參加辯論。其中，最轟動的是學生代表之一戴厚英對於她的老師錢谷融的批判。[64] 1961 年文藝氣候轉暖，中宣部對 1958 年以來文藝過左現象進行糾正，上海市作協黨組對於「49 天會議」中受到錯誤批判的人士如羅稷南、錢谷融、任鈞、韓侍桁等做了善後、安撫工作。[65]

1961、1962 年，批判 18、19 世紀文藝作品活動中所秉持的某些規範原則，其合理性也受到了挑戰。據 1961 年 7 月上海市委宣傳部資料，文藝界聽了中共中央宣傳部文藝工作座談會（應

---

[63] 〈中共上海作協黨組致市委宣傳部〉，1960 年 3 月 3 日，上檔 A22-2-879。

[64] 燕平：〈上海作協「49 天會議」的來龍去脈〉，《揚子江評論》2010 年第 3 期，頁 17。

[65] 燕平：〈上海作協「49 天會議」的來龍去脈〉，《揚子江評論》2010 年第 3 期，頁 18。

指 1961 年 6 月的新僑會議）的報告後，上海文藝出版社編輯與部分劇團編導人員對文藝配合政治運動的做法提了許多意見。該社三個編輯室都反映出版工作限制多。外國文學編輯室反映，對於譯者前言、後記的寫作要求過高。比如，袁可嘉譯的《英國憲章派詩抄》，書已印製兩年卻未能發行，只因缺少分析原作的前言；全增嘏譯的《艱難時世》要求重印，也因缺乏前言而未能進行。戲劇等編輯室曾編選《西洋古典歌劇曲選》，因唱詩多為上帝和愛情而被退稿。該室對愛情題材的戲劇或音樂選題，顧慮重重。詩歌只選表現重大題材者，不選抒情詩歌與愛情詩歌。還有編輯提出，各項政治運動一發動，出版局領導即召開會議向各出版社負責人分配任務；社長再經由編輯室向各業務組分配任務；作者做命題作文，質量很差。此外，領導審閱來稿著眼政治層面（題材與主題思想）而極少推敲其藝術性。[66]

1961、1962 年，文化環境短暫回暖；1963、1964 年，文藝界再度轉向，暗潮湧動。據上海市委宣傳部報告，1963 年上海市電影局資料室根據黨委和影協黨組的指示，清理外借圖書，加強管理。運動開展以前，「含有封建迷信毒素及宣揚資產階級思想和生活方式」的外國小說與舊小說是讀者爭相閱讀的作品，比如《福爾摩斯探案》、《人猿泰山》、《啼笑因緣》等。運動開展後，資料室清理、存放了這類書籍，並調整圖書陳列，突出了政治理論、文藝理論和現代工農兵題材作品，提高它們的出借率。比如英、美、法等國小說、古代章回小說等，出借率顯著下

66　中共上海市委宣傳部辦公室文藝處編：〈文藝界對中央宣傳部文藝工作座談會的反映（二）〉，1961 年 7 月 21 日，上檔 A22-2-988。

降。而反映工農兵生活和鬥爭的小說運動前的 5 月分，借出 81 本；運動後的 11 月分，則上升為 120 本；反映亞非拉地區人民鬥爭的小說，5 月分無借出，11 月分則增加到 12 本。[67]

但外國文藝作品對於本土文藝教育與生產的影響，餘音未絕。「如何正確地在舞臺上反映 19 世紀的文藝作品」的問題，再次浮出歷史地表。如上海實驗歌劇院對外公演的歌劇《蝴蝶夫人》；該歌劇以美國作家約翰・路德・朗的短篇小說《蝴蝶夫人》（1898）為藍本，由意大利作曲家普契尼創作，並於 1904 年首演。上海兒童藝術劇院排演舞臺劇《哈克芬歷險記》，該劇由馬克・吐溫的《哈克貝利・芬歷險記》（1884）改編而成。舞臺劇為中國福利會美籍顧問譚寧邦改編、該會業務室主任鄒尚泉翻譯、兒童藝術劇院院長導演。《蝴蝶夫人》的導演張拓強調，該劇根據原作版本，恢復了過去曾被刪削的部分，以展現原作真實面貌。該劇也許正因此而受到批判。批評者指出，《蝴蝶夫人》大量渲染人性論思想，用資產階級人道主義思想把美帝國主義的擴張行為，作了羅曼蒂克式的描寫；把帝國主義侵略者在被奴役國家玩弄婦女的罪行，寫成資產階級式的「痴心女子負心郎」的愛情悲劇；劇中甚至有高喊「偉大的美國萬歲！」的細節，表現了編導者觀點上的錯誤與思想上的混亂。該批評者認為，劇院與評論界對此類節目的津津樂道與推崇贊揚，反映了文藝界的某種思想傾向。批評者還要求舞臺劇《哈克芬歷險記》進行大幅度修改。批評報告稱，該劇渲染黑人孩子湯姆・莎耶的海

67 上海市電影局辦公室編印：《情況簡報》第 1 期，1963 年 12 月 10 日，上檔 A22-1-614-43、44。

盜式的冒險行為，弱化了原小說抨擊種族歧視與揭露美國的進步意義；未達到改編者與導演的原初目標，如以人道主義的態度對待黑人和塑造的人物兼具階級性與人性，揭露美帝國主義本質等。[68]

反過來看，外國文藝遺產不僅能以改編的形式在中國舞臺獲得展現，還可以通過與本土文藝傳統磨合、撞擊與組合的方式獲得重生。1963 年上海兩位青年實習編劇的作品，顯示了西洋文藝對於本土文藝創作者的影響難以徹底清除，以及上海市委宣傳部門對此現象的種種擔憂和不滿。在一份市委宣傳部的報告中，兩位青年的作品被定性為「暴露了傷感、頹廢的情調和極不健康的思想感情」。[69]其中，一位是虹口區某越劇團編劇李惠康（27 歲，共青團員）。他根據吳趼人的同名小說《恨海》改編了一部新戲，講述了清朝一個官僚家庭在八國聯軍入侵北京後流離失散、家破人亡的故事。劇中，父母逃難遇害；大兒子墮落致死，其未婚妻削髮為尼；二兒子因未婚妻淪為妓女，出家做了和尚。該報告指出，作者通過這部戲大肆發揮原作的「糟粕」，抒發自己「不健康」的情感，甚至另行「創作」。比如，大量渲染談情說愛情節，將舊上海吃喝嫖賭、十里洋場的景象毫無批判地編入了唱詞。儘管戲裏穿插反帝反封建的情節，但其與戲的整體情調格格不入。另一位青年是上海越劇院的編劇周建爾（23 歲，共青團員）。他近來常給郭沫若等領導寫信、獻詩。比如，詩歌

68　〈如何正確地在舞臺上反映十九世紀的文藝作品〉，上檔 A22-2-1131-18～23。

69　中共上海市委宣傳部文藝處編：《文藝情況彙報》，1963 年 3 月 26 日，上檔 A22-2-1131-42～49。

《墳》：「我用感情的金詩／砌成詩歌的墳／它有如屈平的『離騷』／有如沫若的『女神』／／我要蓋起宮殿般的歸宿／來安置我的靈魂／可又擔心活潑的感情／耐不住墓穴的孤獨與沉悶／／〔……〕我將在墓室中久久等待／等待考古者前來叩門／我要把感情隨同靈魂／都呈獻給我瞭解的人。」[70]詩歌摹寫的是自己的文學夢，抒發的是懷才不遇的情緒。這兩位青年均於 1961 年畢業於上海戲劇學院戲劇文學系，且家庭「出身很好」。李惠康的家庭為城市貧民，從小由姐姐與姐夫（均為中共黨員）撫養；周建爾的父母都是革命老同志。

該報告發問：「為什麼在新社會成長、由黨一手培養出來的青年，會有那樣的思想感情，是一個值得深思的問題。」報告將上述作品的「傷感主義」和「頹廢思想」的根源歸咎為他們「在學校生吞活剝地吸取了不少資產階級十八、十九世紀的東西，走上工作崗位又成天埋頭於傳統劇的改編」。[71]該報告稱，李惠康特別欣賞這些外國作品中宣揚的人性與愛情，最崇拜屠格涅夫的愛情小說與莎士比亞的十四行詩。他認為只有這些作品真正傾注了思想感情，給予他樂趣和靈魂。因此他專門搜集才子佳人、談情說愛的作品予以改編，如《啼笑因緣》、《卓文君》和《恨海》等。李惠康被稱為「鴛鴦蝴蝶派的後代」；周建爾則被稱為「五四青年」、「十八世紀的年輕人」。李惠康與周建爾的問題並非個別現象。據統計，1961 年上海戲劇學院畢業的 24 個編

70 中共上海市委宣傳部文藝處編：《文藝情況彙報》，1963 年 3 月 26 日，上檔 A22-2-1131-42～49。

71 中共上海市委宣傳部文藝處編：《文藝情況彙報》，1963 年 3 月 26 日，上檔 A22-2-1131-42～49。

劇，在 1962、1963 年都從事改編舊戲工作。已上演的改編劇本有《西遊記》（京劇）、《宏碧綠》（京劇）、《啼笑因緣》（越劇）、《卓文君》（越劇）、《好逑傳》（越劇）、《花田錯》（越劇）、《啼笑因緣》（滬劇）、《荷珠配》（滬劇）、《秋海棠》（滬劇）、《鍘包勉》（淮劇）、《鴛鴦譜》（淮劇）、《井臺會》（淮劇）、《李雙雙》（滬劇）等。其中，除《李雙雙》為現代戲外，其他全部是傳統戲。此外，青年編劇者生活基礎薄弱，創作現代劇有困難，也導致了他們專注於傳統劇的改編和整舊。[72]

1950 年代至 1960 年代初，外國文藝作品在中國遭遇的狂熱與批判、清理與再生、刪削與還原，顯示了「十七年」時期社會主義文藝場域構型的流動性與文藝生態結構的含混性。這種含混性與流動性與文藝政策的不斷調整、文藝環境間歇性的收緊與放鬆有關。當宣傳部門追問新社會培養的青年如何會有傷感與「頹廢」思想，並將其源頭歸咎於西洋資產階級文學的影響時，我們或可看出國族文化或革命文化的單一框架難以涵括「十七年」時期複雜的文藝形態與運作機制。管理部門與主流意識形態話語體系對外國文藝作品的甄別，外國文藝教育與出版隊伍的清查，以及作品闡釋路徑的規範，都是社會主義文化建構的一分子。它們通過批判的方式吸納「他者」，重整既有的文化譜系，維護主流話語體系的統一性。上述活動指向的仍然是新文學如何「化歐」這一現代文化命題。

72　中共上海市委宣傳部文藝處編：《文藝情況彙報》，1963 年 3 月 26 日，上檔 A22-2-1131-42～49。

在社會主義的文化進程中，本土文化與外來文化相互勾連、彼此競爭；主流話語體系對於外國文藝的歸化與外國文藝作品對於本土文化生產的滲透，犬牙交錯、纏繞共生。對於兩者互動關係的研究，不僅具有認知社會主義文化進程的歷史意義，還具有打開既有國別文學框架研究空間的理論意義。在社會主義文學框架內討論本土對於外國文藝作品的重估與批判，有助於我們認知這一框架本身及其效應。管理機構及其主導文藝話語體系對於外國文藝資源的清理整合，就是通過投射其時的主流意識形態框架來理解與回應外來文化的。而這一框架本身既缺乏固定不變的絕對內容，也缺乏可標準化應用的架構形式。它的流動性往往與文藝政策的調整、文化體制的改革、管治力度的變化有關。

外國文藝經典譯本既是被管治、被召喚、被吸納的對象，也是干擾官方話語的認知模式與本土作品的寫作範式的主體。外國文藝經典作品譯本及其附加文本或衍生品（前言後記、文藝評論、原著改編、表演藝術、文藝教育等）製造了另一種靈活多樣的文化資源，人們通過消費、模仿甚至再造它們，使其在本土獲得新生，進而影響了中國社會主義文化結構的塑形。外國文藝教育者工作者對於作品的傳播與重寫就是通過附加文本與衍生品將其重新編碼，輸入公共文化流通渠道，無論其編碼是否合乎其時主導話語規範要求。外國經典文藝作品還通過與本土文藝傳統（如鴛鴦蝴蝶派）的聯結、對話、重組等多種形式影響本土文化產品的生產。「十七年」時期的本土文藝生產為種種主導範式所規約，外國文學的翻譯、改編、表演，讓文化工作者與其他受眾群體，可以探索另類的文學形態與思想觀念。管理機構期待通過規範附加文本，引導讀者對外國文藝作品的理解合乎主流意識形態導向；外國文藝的教育者工作者通過創作附加文本獲得另類情感的存寄與自我身分的建構；讀者通過尋找、捕捉激發閱讀快感與審美愉悅的作品獲得人性共鳴、人類共情的體驗。

這些作品展示的文學世界對於本土革命文化的受眾而言，既陌生又熟悉。儘管它們表現的域外社會遙遠抽象，但人物個體的情感命運又那麼具體可感。它們的抽象距離讓主導文藝話語難以用階級觀念予以規約，它們的共情可感又令其彌散著超越既存現實的神秘魅力。儘管外國經典文藝資源被各方力量投注了強烈的文化政治意識，但它們並不占據社會主義文藝場域的中心位置，其作用不能被過分政治化。這一討論有助於理解中國社會主義文化對於世界文學的接受與變異，以及跨文化流通的可能及其限度，揭示了社會主義文化進程中的間歇性矛盾與流動性結構。

「十七年」時期中國的文化身分建構不是封閉隔絕、不言自明的，而是置身於中西古今的文化譜系中抉擇的結果。這些文藝資源不是空洞的概念符號、任由不同群體投注各自的認知框架與政治意識的客體，而應是靈動多姿的世界和潛力無限的主體。它留給我們的思考是：「十七年」時期外國文藝作品在本土的傳播、接受與重生，固然受到政治影響，但它們亦是社會主義文藝生態系統的構成分子。管理機關及其主導話語對它們的批判亦可視為把握「他者」的主體衝動與一切為我所用的自我肯定。外國文藝作品譯本及其衍生品可以視為社會主義文化範疇內的一種延伸，是構成差異、反抗既有文藝範式僵化與批評模式乏味的一種資源。它們彼此競爭又互相依賴，充滿張力又交錯共生。

第六章　香港現代主義：文學理想樂園與自由民主精神之重建

香港在內地人向海外移民的歷史過程中占據著中轉站的重要地位，歷史學界對此課題，研究成果斐然。有研究者以「中間地」（in-between place）概念來指稱香港，強調其一方面作為內地移民海外中轉站的角色，另一方面作為移民之物如信件、信息、商品、匯款等的中轉站的作用。香港，從 1843 年後隨著加州淘金潮的開啟而成為重要的移民港口，成千上萬珠三角的中國人經由此地移民舊金山。[1]由於其獨特的機構與機制，香港成為海外移民／僑民與其古老中國村莊的重要聯結點。在文學與文化層面，香港也同樣承擔著文化「中轉站」的角色。「南來文人」這一文化群體的興起，成為香港與內地文學相交集的獨特風景。在 20 世紀中國文學史上，內地作家因戰亂流亡或從事文藝活動而南下香港及南洋等地，或定居於此或匆匆路過，他們均被稱為

---

1 Elizabeth Sinn, "Hong Kong as an In-Between Place in the Chinese Diaspora, 1849-1939," in *Critical Readings on the Modern History of Hong Kong*, vol. 4, edited by John M. Carroll and Chi-Kwan Mark, Leiden; Boston: Brill, 2015, p. 1443.

「南來文人」。侯桂新指出，規模較大的五次文人南來分別發生於抗日戰爭時期、國共內戰時期、共和國成立前後，以及 1980 年代、1990 年代改革開放時期。[2]

二戰後，香港由於較為寬鬆的文化統治政策及其在冷戰格局中特殊的地緣政治位置，生成了不同於內地與臺灣的文藝形態和場域。香港的文化空間不僅有左右兩派，也有第三勢力、托派殘餘、中間派知識分子、新儒家學派、東南亞僑生、文化商人等。冷戰時期的香港，不僅成為內地在文化上與外界溝通的轉口站，還與臺灣、新加坡、日本、美國、東南亞等國家和地區有頻繁的文化互動與交流。鄭樹森指出，1949 年以後至臺灣解嚴之前，香港被稱為唯一不受國家機器控制的政治文化空間。它具有「不問背景、不分左右的『避風收容』特性，至為突出。」[3]鄭樹森認為，香港在中國處於地理、政治、文化的邊緣位置，但 1950 年代無論是左右兩派還是新儒家，都立足於香港利用邊緣確立「新核心」和「新中原」。1960 年代中後期，香港開始擺脫邊緣與核心的糾葛，逐步本土化，構建主體性。此乃南來作家暫住變長居，戰後年青一代作家崛起之結果；而流動性與國際性正是香港文學之特點。[4]

1940 年代末至 1950 年代，大量內地文人移居香港，或賣文

---

2 侯桂新：《從香港想像中國——香港南來作家研究（1937-1949）》，香港嶺南大學博士學位論文，2009 年，頁 1。

3 鄭樹森：〈香港在海峽兩岸間的文化角色〉，《素葉文學》1998 年 11 月第 64 期，頁 14、15。

4 鄭樹森：〈遺忘的歷史，歷史的遺忘——五、六十年代的香港文學〉，《素葉文學》1996 年 9 月第 61 期，頁 33。

為生，或兼顧純文藝理想。中國現代文藝思潮種種繼續在港開花結果，自生自滅卻生生不息。就 1950 年代香港現代主義文藝思潮而言，其文學淵源既可縱深追溯至內地現代主義詩學傳統，亦可橫向爬梳至戰後世界文藝之譯介及其與臺灣等地現代主義文藝之聯動。香港與內地現代文藝之關係其來有自。盧瑋鑾指出，1920、1930 年代香港文藝愛好者，心向祖國所取的路徑正是追隨洋化浪漫的上海文壇之動向。比如，謝晨光、侶倫、平可等在香港看的是上海文藝刊物，並以能刊登稿件於其上為榮。[5] 1950 年代大量內地文人移居臺港，兩地文壇詩友互動密切，香港由此展開了一段不同的文藝傳統彙集、碰撞並生長於斯的文化進程。而內地現代主義文學由南來文人之空間流轉而於香港薪火相傳：一方面現代主義美學傳統在此衍生融匯，與同時代內地現代派創作之匱乏形成對照；另一方面通過書寫此時此地，推動香港都市生活經驗之現代文藝生成。

一、文藝新潮社：人類靈性的探求者

本章以評論界盛譽為 1950 年代香港現代派坐標性之刊物——《文藝新潮》為考察對象，嘗試對此刊物的性質及其文學意義給予不同的界說。筆者認為，圍繞此刊物，編者與撰稿者形成了一個跨地域的文人群體：以離滬赴港的青年為主體的南來文人如馬朗、楊際光、劉以鬯、易文、林以亮、穆穆、桑簡流、易

5　盧瑋鑾：〈侶倫早期小說初探〉，《八方文藝叢刊》1988 年 6 月第 9 專輯，頁 62。

文、徐訏、葉靈鳳等；香港青年學生及作家如崑南、李維陵、王無邪等；遷臺及臺灣本地青年學生及作家如紀弦、秀陶、林泠、黃荷生、季紅、流沙及往返於港臺之間的葉維廉等。而這一青年文人群體的核心人物是馬朗，他負責刊物的出版、拉稿、策劃、編輯等工作。

文藝新潮社（簡稱「新潮社」）同人可看作在大時代的香港，因《文藝新潮》的出版、投稿與接受而相識、相交，進而形成跨越文學經驗與美學傳統的青年文人群體。比如，楊際光、李維陵與崑南等青年都是看到了《文藝新潮》發刊詞而被其吸引，繼而投身於新潮社。1950 年代初來港的楊際光掙扎於物質與精神雙重壓力下——「已倦於失落，睡入不起的病，／離奇的顏色，飾上白枕的花邊」（《生活的成長》）。迷惘的他，在香港書攤上偶然看到了《文藝新潮》的發刊詞，深為感動。從此，開啟了他與《文藝新潮》及編者馬朗的因緣合作。楊際光為該刊寫詩譯稿，希望借此找到「自己的靈魂」，對同時代失落之人有所幫助。[6]其時，楊際光對馬朗的個人背景瞭解甚少，卻自以為是他的好友之一。這大約出於他們對於文藝的共同信念與熱忱。[7]

李維陵，也是在香港報攤上發現了《文藝新潮》。後來，楊際光介紹李維陵認識了馬朗，共同投入《文藝新潮》的工作。[8]崑南本不認識馬朗，但看了《文藝新潮》的發刊詞後，立刻投稿

6　楊際光：〈香港憶舊：靈魂的工程師〉，《香港文學》1998 年 11 月第 167 期，頁 50、51。

7　羅謬：〈後記〉，《大拇指》1976 年 10 月 8 日第 41 期，第 6-7 版。

8　周國偉，方沙等訪問，王商整理：〈李維陵訪問記〉，《大拇指》1980 年 10 月 15 日第 123 期，第 8 版。

給他。崑南很喜歡艾略特，讀書時常去香港中環一家美國圖書館看外文書，閱讀了很多關於艾略特的材料。因當時很少有人瞭解外國文學情況，他冀望翻譯這些文章以填補時人認知上的空白。崑南翻譯艾略特的〈空洞的人〉，修改了五次直至馬朗滿意，始得刊登於《文藝新潮》（第 1 卷第 3 期）上，署名葉冬。[9]馬朗與李維陵、劉以鬯、易文、盧因、崑南等，或為朋友，或為朋友之朋友，其在港的共同聯繫物之一即是《文藝新潮》。而《文藝新潮》可視為他們共通的「對藝文的興趣」之象徵。[10]在那個時局急遽變動、冷戰開啟的大時代，類似楊際光、李維陵的青年文學志士還有很多。他們為「對淨土的追尋所感召」，憑藉「天真純潔的心」，彼此可以成為終身文學知己。[11]

圍繞《文藝新潮》形構的文人群體，挾裹了不同的文藝傳統，共築以現代主義潮流為主卻不限於現代主義的文學理想國。擷取《文藝新潮》的發刊詞片段，即可感知主事者之文學理念與時代承擔感。

> 我們處身在一個史無前例的悲劇階段，新的黑暗時代正在降臨。〔……〕今日，在一切希望滅絕以後，新的希望會在廢墟間應運復甦，豎琴會再謳歌，我們恢復夢想，也許在開始，我們祇想到一片小小的淨土，我們可以唱一些小

9　何杏楓、張詠梅訪問，鄧依韻整理：〈訪問崑南先生〉，《文學世紀》2004 年 1 月第 4 卷第 1 期，頁 23-30。

10　羅謬：〈後記〉，《大拇指》1976 年 10 月 8 日第 41 期，第 6-7 版。

11　楊際光：〈香港憶舊：靈魂的工程師〉，《香港文學》1998 年 11 月第 167 期，頁 51。

> 歌，講一些故事，也可以任意推開窗去聽遙遠的歌，遙遠的故事，然後我們想到這原是千萬人的嚮往，一切理想的出發點，於是再想到一個我們敢哭、敢歌唱、敢說話的烏托邦。那樣的新世界總會到來的，——如果，我們憧憬、悲哀、追求、快樂和爭鬥的本能沒有湮消。因此，我們想到呼喊，要舉起一個信號。
>
> 我們要重新觀察一切的世界。我們要求一切靈性的探求者，在這裏立住腳，我們不譴責伏在過去屍骸上哭泣的人，真正死亡的是那些自願爬入棺底的生者，你背著包袱的，拖著腳鐐的，都來吧，這是一個寬大的門，容忍的門。理性和良知是我們的旌旗和主流，緬懷、追尋、創造是我們新的使命，人類靈魂的工程師，是鬥士的，請站起來，到我們的旗下來！（新潮社〈發刊詞：人類靈魂的工程師，到我們的旗下來〉）[12]

文藝之於新潮社是火種，而文藝家則自比為普羅米修斯和人類靈魂的工程師。在那個混沌未明的冷戰時代，新潮社提倡以理性、良知、靈性等支撐文藝，認為由此可以消除社會壓制，人性必將歸來。新潮社的文學理念帶有烏托邦的理想主義色彩。「在文學上追求真善美的道路，從藝術上建立理想的樂園」，[13]不僅是《文藝新潮》向來堅持的刊物意旨，還契合了當時文學青年的

12　新潮社：〈發刊詞：人類靈魂的工程師，到我們的旗下來！〉，《文藝新潮》第 1 卷第 1 期（1956 年 2 月 18 日），頁 2。

13　〈編輯後記〉，《文藝新潮》第 1 卷第 7 期（1956 年 11 月 25 日），頁 43。

藝文理想與現實關懷。

新潮社同人所提倡的現代主義並非簡單地橫向移植西方現代主義思潮，而是承載著在香港的中國青年強烈的民族意識與政治關懷。他們對戰後政治現實充滿苦悶與困擾，審視香港在國際冷戰格局中的特殊處境，運用現代派的文學形式針對時局發出心聲。比如，1956 年《文藝新潮》第 1 卷第 6、7 期，為回應其時香港的九龍事件、匈牙利革命與新加坡暴動，刊出了反映這些事件的即時作品，如馬朗反映香港現實的新聞小說〈太陽下的街〉、崑南的〈窮巷裏的呼聲〉等。編者由此提出：「現代主義者並不是走到牛角尖裏，通過這種形式，或者說，是由於這一種啟迪和方法，現代主義文學在這裏站起來，同時，也和〔疑，漏『現』〕實生活連接起來了。」[14]

〈窮巷裏的呼聲〉以「我」致靜修的一封信為敘述形式。信中，「我」抒發失戀的苦悶和時代的苦悶。小說表現了當時香港青年「我」面對傳統中國文化的衰落與現代政黨文化的興起，國共之爭與國族撕裂，香港左右對壘及暴力衝突等現狀所感到的彷徨與沉痛。小說寫到了「我」對於 1956 年 10 月 10 日的九龍暴動事件的感觸：「靜修。為什麼我們要有兩個祖國？為什麼我們在異族的統治下才肯馴服地過活？為什麼單為了死板的主義，我們要左手劈右手？為什麼我們不團結一起，反分別依賴別國的力量？為什麼硬把錦繡的河山、民間的藝術塗上政治的色彩，作獨裁者的偏見、野心的幌子？為什麼拿人民的骨和肉做橋基，或者

14　〈編輯後記〉，《文藝新潮》第 1 卷第 7 期（1956 年 11 月 25 日），頁 43。

是埋於異國的戰地？」[15]在無可奈何的冷戰時代、處境糾結的香港，「我」自由的靈魂無處寄托。由此可見，其時香港文學青年的抱負遠不限於文學藝術本身。黃繼持也指出，香港文學的主體意識始於 1950 年代。以《文藝新潮》為代表的現代主義文學，「把西方現代主義文學表現的焦慮感危懼感，轉接到東方文明之解體與招魂，加上面對香港這個殖民地商業社會而感到民族意識與人文精神之失落」。[16]

《文藝新潮》所刊中文創作，無論是來自南來文人還是本土作家，多以此時此地的香港體驗為寫作對象——既有不同社會階層的內地移民在香港的生存百態，也有本地人士對香港愛恨情仇的都市體味。小說作品中呈現更多的是大時代下小人物的苦楚。其中，有不名一文的難民，也有曾經紅極一時的上海舞女，又有昔日揮金如土的富商巨賈，還有空有抱負的無用文人。如今，他們在香港都淪為掙扎在生存邊緣的落魄人。他們共同面對的首先是溫飽問題。在關於香港的都市想像與敘述中，這些來自不同社會階層的移民的生存境況極具現實意義。比如，第 1 卷第 1 期所載萬方的〈勇士〉寫的是麗珠在暴雨中赴香港一流酒店——麗茲接客途中的一段回想，即 10 個月前她如何走上這條不歸路。1949 年前後麗珠隨其丈夫李祖光由內地來港，後因生活所迫不得不做舞女。李祖光本是年輕有為的漢口市政府科長，戰亂中倉皇攜妻來到香港，失業四年，養不起嬌妻。麗珠來到香港的前幾

---

15 葉冬：〈窮巷裏的呼聲〉，《文藝新潮》第 1 卷第 7 期（1956 年 11 月 25 日），頁 40。

16 黃繼持：〈香港文學主體性的發展〉，黃繼持、盧瑋鑾、鄭樹森：《追跡香港文學》（香港：牛津大學出版社，1998 年），頁 93、96。

年艱辛維持，很少與七姑媽走動。因為七姑媽的名聲不好聽，家裏養著幾個七分像交際花、三分像私娼的乾女兒。但現在吃盡當光，為生計所迫，麗珠不得不在七姑媽家裏暫時混過三兩個月。

麗珠在姑媽家中開始的墮落過程，與張愛玲筆下葛薇龍在富孀姑母家的沉迷過程有七分神似。萬方的筆致並不亞於張愛玲的《沉香屑・第一爐香》。麗珠入住七姑媽家的第一晚是小說濃墨重彩的片段。那晚是她由內地富足的中產階級主婦滑向香港墮落舞女的序曲。小說寫盡了她於人生即將突變前內心的波瀾起伏、惶惶不安。具有反諷意味的是，她是謹慎、精明、算計著一路走到黑暗的盡頭。麗珠在洗澡時，客廳裏男女哄笑聲隱隱地傳到她的耳間，令她有一種痛苦的清醒：「那陣笑聲裏包藏的就是她的未來。這是她睜著眼睛，甘心情願的走進去的，如果萬一有什麼錯失，有什麼不幸，她是沒有什麼人好怪的。她必需絕頂的小心，絕頂的謹慎。」[17]浴後，她穿上姑媽的睡衣，進入房間，「她打量著那間房間。那顯然是一間並不太壞的閨房。一張線條簡單的新式梳妝枱擺在墻角，鏡子大而明亮。因為房間不小，隔著好遠才是擺在另一面大窗前的睡床，看見那雪白的床單，就會知道這一定是一張軟綿綿的床。床頭還鋪著一塊不大的地毯。」[18]

小說中，「大而明亮」的鏡子、「雪白的床單」、柔軟的高背沙發等室內意象的鋪排，都具有極強的心理意味。鏡子，暗示著麗珠在人生下沉那一瞬間的自我凝視；而鏡子的「大而明亮」，

17　萬方：〈勇士〉，《文藝新潮》第1卷第1期（1956年2月18日），頁73。

18　萬方：〈勇士〉，《文藝新潮》第1卷第1期（1956年2月18日），頁73。

更為清晰地折射出其置身於冷酷冰涼的世界的自我鏡像。這種自我審視與未來考量是摹寫麗珠細密心思的主要手段，也是貫穿文本敘述的重要線索。「雪白的床單」，既意味著貞潔又暗示著墮落。它預示著這一純良的中產階級太太日後沉淪的悲劇人生。

麗珠坐在沙發上思前想後，睡意全無：「她覺得她和李祖光是完了。雖然他們還沒有離婚，那也不過只是時間問題。祖光和她彼此都是一種拖累，她妨礙著祖光，一分一分的磨掉他男人的志氣；可是祖光也同樣拖累著她，尤其是在她投身到姑媽這個生活環境中以後。」[19]她的傷心不是出於對祖光殘存的愛。她傷心的是自己的未來：「從今而後，她也許要身不由己的逐漸改變她許多希望，許多理想，違背著自己做出許多她並不情願做的事情。她是為這一點認真的傷心了。然而也就在這短短的一天中，她驚訝的發現：她忽然間變得更成熟，更實際，也更無恥了——她的傷心是一種難堪的落寂。」[20]有人（其祥）費盡心力，要包養她做金絲雀，展開密集的感情攻勢。她愛其祥，其祥也愛她。但麗珠拒絕了其祥，「雖然她毫無悔意，她卻還是痛心的，羞恥的，因為她知道，就在這命定的一剎那間，她已經斷然的將她這一生中最後的真摯感情的愛推出了她的生命。從今以後，她有的只是生活與性，卻永遠不會再有愛了。」[21]她親手打碎了自己最

19　萬方：〈勇士〉，《文藝新潮》第1卷第1期（1956年2月18日），頁74。

20　萬方：〈勇士〉，《文藝新潮》第1卷第1期（1956年2月18日），頁74。

21　萬方：〈勇士〉，《文藝新潮》第1卷第1期（1956年2月18日），頁80。

後的愛情幻影，以「生活」的名義毫無顧忌地走上沉淪之路。心如明鏡的麗珠自有算計，她伺機要做個小型的七姑媽。

小說的結尾寫麗珠走入麗茲酒店的甬道，外面暴雨來襲，呼應開頭香港街頭暴雨傾盆的描寫：「她只覺得這甬道非常暗，非常長……那是一條不知名的，走不完的，悠長而暗黑的路，路傍開著艷麗的，畸形的，罪惡的花朵」，「窗外，那反復無常的香港暴雨又凶惡的傾注下來。天，完全的墨黑了。」[22]如果說甬道象徵著麗珠充滿魅惑與毀滅的未來，那麼，暴雨則象徵著她人生遭際中種種可怖的力量。小說開頭對於大雨滂沱的描寫，顯示了這種凶惡力量的無處逃避。平日喧囂的香港街景如今荒寒寂寞，街頭避雨的人們淒惶落魄。這些詭異的建築空間與陰沉的自然環境描寫，烘托出一種哥特式神秘、恐怖的氣氛。

〈勇士〉在主題與風格上接近一類通俗小說——純良的女性被物質化的現代都市所吞噬的故事。這種通俗小說往往描摹現代人的焦慮但最終又提供救贖的希望。相形之下，麗珠的命運卻是一個主動選擇而非他者操控的結果。她的故事只能是悲劇。萬方多次使用「凶惡」一詞，寓意香港生存的種種險惡。麗珠夫婦在內地富足安穩，到了香港卻淪為無以為生的「廢物」。麗珠的遭遇，只是大時代千千萬萬個流落香港的難民故事中的一個。最可悲的是，她勇往直前地走上這條生存之道，又明明白白地被生活一寸寸地埋葬。麗珠告別了自己一切美好的本性與希望，剩下的只是自己眼角流下的寂寞的淚珠。

22　萬方：〈勇士〉，《文藝新潮》第 1 卷第 1 期（1956 年 2 月 18 日），頁 80。

第2卷第1期所載陳嘉毅的〈苦活〉寫的是一個「半軍半民的小人物」——普通國民黨上士班長羅大強在 1949 年秋因戰事急趨其下，廣州失守而逃難到香港的故事。「他惶惶然像喪家犬那樣盲目地跟著一條長龍似的人潮；湧進了這個被人稱為天堂的——香港。羅大強除了立正、跑步、敬禮、拿步槍衝鋒之外，似乎是一無所長了。他一口含有家鄉氣息極濃的土話，來到這塊新鮮而奇特的土地上，彷彿像是到了外國一般，這裏的一切，他是太陌生了；陌生得幾乎出了想像之外；尤其是在言語上。」[23]小說開篇即寫出難民羅大強在香港的語言障礙。而羅大強更大的困頓來自於生存壓力。小說中有段關於羅大強饑餓感受的精彩描寫：「這時，已經接近黃昏了，饑餓在他肚中施著威力，像一塊薄銅片般；刮著整個腸胃，越刮越著力，彷彿準備將他的腸胃刮穿似的。他摸摸自己的口袋，早已分文無有，饑餓的侵略，只有咬緊牙齒熬著了。」[24]作者雖然文筆稚嫩，卻寫出了羅大強流浪過程中種種辛酸不堪的體驗，如饑餓感、寒冷感、自殺的念頭，甚至在撿垃圾與煤渣時撿到手錶、港幣或美金的空想：

> 夜深了，那發著狂的風，更覺犀利了，像鋼針般刺進了蹲在街邊的羅大強單薄衣服的肌膚中，他冷得牙震震地不停打著寒噤，混身發著抖，彷佛像一個患著嚴重瘧疾病者。饑餓這時亦在肚中施著威力，使他更加感到寒冷，簡直自

23 陳嘉毅：〈苦活〉，《文藝新潮》第 2 卷第 1 期（1957 年 10 月 20 日），頁 17。

24 陳嘉毅：〈苦活〉，《文藝新潮》第 2 卷第 1 期（1957 年 10 月 20 日），頁 17。

> 己陷入了冰窟中去。他極力地在掙扎，使用全力來運動四肢，企圖用這一些細微的溫暖體力去與寒流搏鬥，那有什麼用呢？寒流幾乎迫得他要失去了一切的活力。他如一隻屈蝦，把身體團結到了如此地步，還是抖個不停。[25]

小說設置了一個光明的尾巴。羅大強最後流浪到一個鐵廠，獲得了一份工作。工頭老陳也是北方人，也嘗過流浪的痛苦滋味，故而較為照顧他。

小說以羅大強的限定性視角來敘述，人物設置帶有明顯的地域情感色彩。羅大強所遇的好人幾乎都是外省人，都有著內地來港後的流浪經歷，如收留他的張根興、介紹工作的老黃、撿煤渣的四個流浪漢。與此相對照的是盤剝窮人，操著粵語的地頭蛇汪大哥。羅大強曾經去片場做臨時演員，所有的收入都要被汪大哥扣掉一半。羅大強因無以果腹，哀求汪大哥可否分兩次付回扣。「汪大哥聽了像午夜梟般的冷笑了一聲，剎時臉上冷酷得像肉上了一層寒霜似的；那一層寒霜上所射出的涼氣，使羅大強從腦袋上一直涼到了腳跟。汪大哥突然睜大了眼珠高聲說：『冇得商量！』繼續閉上雙眼養神。」[26]汪大哥後來派遣七八個大漢將羅大強圍毆至重傷。作者並非文壇高手，小說形式亦乏創意，但因寫出了在港底層難民如浮萍般的流浪體驗，十分動人。它提供了大時代流亡主題下普通民眾遭遇之縮影。羅大強的流浪路線可以

25　陳嘉毅：〈苦活〉，《文藝新潮》第 2 卷第 1 期（1957 年 10 月 20 日），頁 23。

26　陳嘉毅：〈苦活〉，《文藝新潮》第 2 卷第 1 期（1957 年 10 月 20 日），頁 22。

說是香港底層空間的勘探圖：青山道、九龍、太平山頂、木屋區等都是當時難民貧民的聚居地。小說中，無論是青山道的木屋火災，還是片場臨時演員的工作機遇，都在 1950 年代的香港歷史中有跡可循。1950 年代以來，香港電影業逐漸取代上海的優勢地位，製片產量名列世界前茅。

在香港生計無著落的內地人，不僅僅有麗珠一類的中產階級和羅大強一類的貧民階層，還有曾經風光的達官貴人。龍驤的〈日落的時候〉就是一個在港淪為窮光蛋的昔日上海富翁（高個子）的速寫。高個子和瘦子在茶室點了一杯紅茶和一杯咖啡，侍者對其經濟狀況早已了然於心，態度冷漠。高個子回想當年揮金如土：

> 「一九四九年，老子到香港，小蔡，看看清楚，」高個子用拇指指了指自己：「就是現款，我那時還有十來萬元美金，單在柳烟媚身上用去三五萬元港幣，算得了什麼？」
> 〔……〕
> 「唔，」瘦的咽了口唾沫，眼睛裏放出嚮往及羨慕的光芒：「那時候，你真是著實快活過一陣子來的。」
> 「快活？烏攪一陣子罷了，上海時才能真算得上快活。」[27]

茶室裏，聚集著不少同類：

---

[27] 龍驤：〈日落的時候〉，《文藝新潮》第 1 卷第 3 期（1956 年 5 月 25 日），頁 51。

> 「剛才那個向我點頭的胖子禿頭，」大漢忽然俯著身，低聲地向兩人道，一邊又用拇指一翹：「說來也是大來頭呢！上海棉紗大王，單是幾千噸的船，他一個人就有五六隻……」
> 「曾福生，我認得，」高個子卻澆了他一桶冷水：「現在不行了，住在黃大仙，還老遠到這裏來飲茶。」
> 「唉，香港真是死地方，一等一的好漢也無用武之地。」大漢忽然感慨起來：「真是英雄被困筲箕灣，不知何日到中環，就為了缺一隻角子電車錢，這裏一錢逼死英雄漢，一點也沒有強頭。」[28]

小說結尾寫高個子和瘦子在茶室結帳時假裝闊綽，五元三角的賬單給了六元，而後「從容地」、「目不斜視地」離開了那「高貴」的茶座。侍者拿了小費卻並未言謝。兩人剩下的錢只夠付一人的電車費，高個子禮讓瘦子坐車，自己留下。「踱海碼頭的時鐘正指在六時十分上，遠遠天邊的一抹斜陽透出血紅色的一片，照著那些灰色的建築物，灰色的街。他發現那是太陽落山的時候，黑夜就將來臨，真的，在這樣的一段交替的時間裏，很難挨。」[29]「很難挨」寫出了他饑餓的本能；「真的」寫盡了他饑餓的生理狀態無以消除的酸楚。小說結尾的香港街景正是高個子心中的都市隱喻：高樓巍峨卻寒意逼人、壓抑冷漠。高個子的人

28　龍驤：〈日落的時候〉，《文藝新潮》第 1 卷第 3 期（1956 年 5 月 25 日），頁 52。

29　龍驤：〈日落的時候〉，《文藝新潮》第 1 卷第 3 期（1956 年 5 月 25 日），頁 53。

生充滿荒誕色彩。儘管三餐尚無著落，但他仍要維持面子。這種荒謬的人生形態正如小說之題一樣充滿反諷。小說取名「日落的時候」，寫的並非落日的詩情畫意，而是晚餐無以果腹的煎熬。

二、《文藝新潮》：文學的烏托邦

《文藝新潮》的主事者馬朗在香港之境況，體現了當時南來文學青年具有普遍性的處境，即兼顧嚴肅文學的理想追求與通俗文藝的商業寫作，將文學信念與時代抱負、內地文藝美學傳統與香港文藝現狀相對接。馬朗，原名馬博良，原籍廣東中山，出生於美國華僑家庭。幼時輾轉出入香港、澳門及美國等地。1940年代末，馬朗畢業於上海聖約翰大學，後於 1950 年離滬赴港。馬朗是個早慧的文學少年。在上海時期，他即參與編輯或主編上海報刊《社會日報》、《自由論壇》、《文潮月刊》、《水銀燈》等。馬朗在上海結識了不少滬上名人，如張愛玲、紀弦、程錦昌（筆名程越）、吳伯簫、易文、王植波、萬方、邵洵美、李君維（筆名東方蝃蝀）等。在香港時期，他與「廣東幫」與「上海幫」的文人群都有來往，幫助來港文人尋找謀生出路。而《文藝新潮》的創辦與馬朗在上海時期的好友羅斌有關。香港環球書報社的老闆羅斌資助馬朗創辦了《文藝新潮》；環球書報社的總編馮葆善亦全力支持該刊，並幫忙做印刷、發行等工作。同時，馬朗也幫環球書報社編輯《西點》、《藍皮書》、《大偵探》等通俗暢銷刊物。《文藝新潮》只有最初幾期有稿費，部分來源於其出版商環球書報社賣書所得。鑒於籌集稿費困難，《文藝新潮》盡可能由新潮社同人供稿。紀弦和徐訏的稿費是個特例。他們的稿費由馬朗等同人私下籌集。其時，徐訏只給《今日世界》和《文藝新潮》兩刊寫稿，而前者為美援刊物，稿費很高。[30]

《文藝新潮》的獨立運作對於我們理解 1950 年代的香港及其文藝構型之複雜性與混雜性，極具認知意義。《文藝新潮》的出版背後並無政治資本的運作，它既不同於其時有美國背景的「美援文化」刊物，亦異於有國共背景的左派文化與右派文化刊物。隨著 1948-1949 年美國與中共接觸的失敗，1949 年 7 月「一邊倒」外交政策的宣布，美國外交機構撤出內地並安置大量人員於美國駐香港總領事館。1950 年 10 月，中國人民志願軍進入朝鮮參戰。中國與美國由此展開了 1951 年至 1953 年漫長的停戰談判。此外，1954 年至 1955 年，第一次臺海危機爆發。1954 年美國與臺北簽訂「美蔣共同防禦條約」。上述種種，促使美國對華政策由 1949 年末至 1950 年初對中共做出退讓而集中遏制亞洲其他地區的共產主義擴張，[31]轉向遏制中國。與此相對應的是，1950 年代駐港美新處招募大量港臺文學精英，大力資助香港本地文藝報刊及出版社出版「反共」或「非共」作品。美新處亦投放大量經費開展美國現代文學的翻譯與推介工程，出版利於提升美國文化聲譽的作品。其代表性的工程為 1950 年代至 1980 年代今日世界出版社出版的數百種美國現代文學及藝術等譯著。

30　杜家祁、馬朗：〈為什麼是「現代主義」？——杜家祁、馬朗對談〉，《香港文學》2003 年 8 月第 224 期，頁 25。

31　Yafeng Xia, *Negotiating with the Enemy: U.S.-China Talks during the Cold War, 1949-1972*, Bloomington, IN: Indiana University Press, 2006, pp. 38-39.

該叢書印刷精美、價格低廉，且對港臺文學青年影響深遠。譯者陣容豪華，包括姚克、張愛玲、喬治高、林以亮、夏濟安、余光中、湯新楣、桑簡流、聶華苓、劉紹銘、綠騎士、劉以鬯、於梨華等。

1950 年代之於香港，乃多事之秋。香港，既不能免於國際冷戰格局走向之影響，又不能超然於兩黨政治對抗之困擾。1950 年代的文人因不同的文學信念或政治路向參與了香港左右或對峙或互通的文化形態之構型。冷戰時代的左右之爭，反而令香港文化界營造了一種強烈的中國意識；這種中國意識又與香港的反殖民主義情緒相裹挾，香港知識分子及文化人士的被殖民身分與離散處境激發了他們投身於中華文化再造運動。一方面，據王無邪回憶，當時香港的寫作者要發表出版作品，基本以其寫作的「年分」區別作者的政治立場：使用「中華民國」紀年者為偏右；使用「西元」紀年者為偏左；[32]另一方面，據生於斯、長於斯的崑南回憶，當時他投稿文學作品，不論左派還是右派的刊物，只要接受也都願意發表。他認為這與多數香港人沒有歸屬感，對政治背景不太敏感有關。[33]

較之內地與臺灣，1949 年後的香港又是少數能繼續接觸中國現代文學左右兩派以及世界文學多樣面目的區域。比如，新潮社在第 1 卷第 3 期推出「一九五〇年至一九五五年的世界文壇」特輯時，亦推出「特輯之二：三十年來中國最佳短篇小說選」。

---

32 王無邪、梁秉鈞：〈「在畫家之中，我覺得自己是個文人」——王無邪訪談錄〉，《香港文學》2010 年 11 月第 311 期，頁 84。

33 何杏楓、張詠梅訪問，鄧依韻整理：〈訪問崑南先生〉，《文學世紀》2004 年 1 月第 4 卷第 1 期，頁 23-30。

在編輯過程中，編者發現中國新文學書籍在香港之堙沒程度超乎意料。[34]最後，新潮社選取了五篇，以供讀者管窺中國現代文學歷史風貌，包括沈從文的〈蕭蕭〉、端木蕻良的〈遙遠的風砂〉、鄭定文的〈大姊〉、師陀的〈期待〉、張天翼的〈二十一個〉。

如果一定要將作家或刊物在香港複雜交織的政治譜系中予以定位，那麼《文藝新潮》可以說是高舉現代主義的旗幟、宣揚民主自由的理想、偏向獨立的政治立場。但其撰稿人的創作實踐，往往跨越通俗與嚴肅文學之界、左右陣營之分、臺港區域之隔。所謂自由民主，皆為文藝新潮社同人表達文藝理念與價值認同時使用的詞語。作為文學烏托邦的追求者，其文藝實踐以翻譯世界文學與創作詩歌及中短篇小說為主，對理想社會與政治制度僅作文學想像而非深入探討。他們的作品更多聚焦於文學之於理性時代、道德承擔、殖民處境、人類前景等主題。新潮社同人並非左派，但對於在港左派文人與右派文人、臺灣文學與世界文學都採取兼容並包的開放態度。

一方面，《文藝新潮》也曾邀請葉靈鳳、曹聚仁等在港左派文人寫稿，譯介世界左翼文藝思潮及其作品。葉靈鳳當時並不贊成現代派。當馬朗向他約關於法國文學印象的命題稿件時，他還是應允供稿。[35]此外，該刊也曾翻譯法國左翼文人薩特等人的作品。馬朗本人也間接參與了香港左派電影公司的電影活動。馬朗

34　〈編輯的話〉，《文藝新潮》第 1 卷第 3 期（1956 年 5 月 25 日），頁 69。

35　馬朗、鄭政恆：〈上海・香港・天涯——馬朗、鄭政恆對談〉，《香港文學》2011 年 10 月第 322 期，頁 88-89。

在上海時期曾與朱雷合作，在獲得沈從文的同意後將其小說《邊城》等改編為劇本。馬朗至香港後，朱旭華邀請他改編電影《翠翠》。[36]後來，朱旭華還邀他參與編劇《苦兒流浪記》（1960）。他們還將馬朗改編的劇本賣給長城電影製片有限公司，如《香江花月夜》、《太平洋之鯊》（1961）。[37]而長城電影製片有限公司乃香港左派電影公司。馬朗同時也為《小說報》寫作通俗小說。《小說報》乃香港霓虹出版社出版、香港美新處資助的小報。香港霓虹出版社亦是美新處支持並與之合作的本地私營出版社之一。《小說報》刊載帶有宣傳色彩的通俗小說，目標受眾是東南亞華人。《文藝新潮》的撰稿者如馬朗、劉以鬯、萬方等人，均有作品刊載於該報。

另一方面，《文藝新潮》開始並未被臺灣批准進口。臺灣地區當時處於戒嚴狀態，1930 年代出版的大陸和香港書刊、外國書刊都不易進入。《文藝新潮》最早以手抄本形式為臺灣現代派詩人所傳閱。據 1957 年 8 月第 1 卷第 12 期《文藝新潮》的〈編輯後記〉，該刊獲得了「自由中國僑務委員會批准登記」。[38]據此推測，該刊直到第 12 期才獲准進口。但刊物此後只出了 3 期即停刊。儘管如此，1950 年代香港的《文藝新潮》與臺灣的《現代詩》，以及新潮社同人與臺灣文壇詩友的互動，相當密

36　馬朗、鄭政恆：〈上海・香港・天涯——馬朗、鄭政恆對談〉，《香港文學》2011 年 10 月第 322 期，頁 88。

37　馬朗、鄭政恆：〈上海・香港・天涯——馬朗、鄭政恆對談〉，《香港文學》2011 年 10 月第 322 期，頁 91。

38　〈編輯後記〉，《文藝新潮》第 1 卷第 12 期（1957 年 8 月 1 日），頁 51。

切。比如，馬朗與紀弦，以及瘂弦與盧因、崑南、葉維廉、王無邪等。由於戒嚴體制，臺灣文壇當時對於西方新思想的認識相當有限。洛夫、瘂弦等人對於西方文藝思潮的認識多是從閱讀《文藝新潮》與《好望角》而得來的。在此意義上，《文藝新潮》推動了當時臺灣現代派詩歌的發展。[39]

《文藝新潮》第 1 卷第 9 期封底鄭重推介《現代詩》，打出的廣告詞是「東南亞的權威性新詩讀物」與「臺灣現代派詩盟同人雜誌」。[40]《文藝新潮》第 1 卷第 10 期的〈編輯後記〉推介《現代詩》為「和本刊並肩為現代主義奮鬥的刊物」。[41] 1957 年文藝新潮社與現代詩社舉辦了現代派詩作交換活動。1957 年《文藝新潮》以「香港現代派詩人作品一輯」之名，推薦馬朗、貝娜苔（楊際光）、李維陵、崑南和盧因的作品，交給臺灣《現代詩》第 19 期發表。[42]同年，《文藝新潮》第 1 卷第 9 期與第 12 期亦推出「臺灣現代派詩人作品」第一輯與第二輯，選取臺灣現代派新銳詩人林泠、羅行、薛柏谷、黃荷生、季紅、流沙、秀陶、林亨泰等的作品。其中，林亨泰較為年長，乃臺灣本土作家。他原用日文寫作，光復後始學習中文，創作國語詩歌。

冷戰時期，香港與其他地區的文藝聯動具有相當的普遍性。

---

39 沈舒：〈遺忘與記憶——向明談覃子豪、丁平與《華僑文藝》〉，《聲韻詩刊》2014 年 8 月第 19 期，頁 130。

40 《現代詩人雙月刊》（廣告），《文藝新潮》第 1 卷第 9 期（1957 年 2 月 25 日），封底裏。

41 〈編輯後記〉，《文藝新潮》第 1 卷第 10 期（1957 年 4 月 15 日），頁 13。

42 〈編輯後記〉，《文藝新潮》第 1 卷第 12 期（1957 年 8 月 1 日），頁 51。

一方面，當時香港的稿費比臺灣高，許多臺灣文學青年向香港刊物《祖國周刊》、《大學生活》（胡菊人主編）、《中國學生周報》（黃崖主編時期）投稿。瘂弦、郭良蕙等曾向《中國學生周報》投稿，瘂弦還在劉以鬯主編的報紙副刊上發表過作品。另一方面，臺灣的文藝報刊也常發表香港作家的作品。劉以鬯的小說曾在《幼獅文藝》上發表；鄭樹森曾在《聯合文學》上撰文報導香港及海外文學；西西在《聯合報》副刊上發表作品，在臺灣的知名度比香港還高。[43]此外，港臺與新加坡也有文藝互動。黃崖於 1950 年代曾任中國學生周報社副社長，1960 年代初到新加坡主編《蕉風》（1955-1999）。由於黃崖在港新兩地的人脈，在其主編期間，常刊載臺灣現代詩人周夢蝶、張默、瘂弦及香港詩人蔡炎培、羊城等人的詩作。他不知何處取得梁文星（吳興華）的多首十四行詩（吳興華本人戰後留居大陸），並在 158 期以梁文星名義設立〈作家信箱〉，回答讀者關於新詩的問題。[44]黃崖還邀請了移居海外的新文學老將如李金髮、梁實秋等為該刊執筆。

三、世界主義：撫觸國際文壇脈動

新潮社同人對於外國現代文藝作品的翻譯與接受具有世界主

43 陳浩泉：〈「不讓太陽憤怒地掉下去！」——專訪瘂弦〉，《香港文學》1999 年 6 月第 174 期，頁 21-22。

44 許定銘：〈黃崖革新的《蕉風》〉，《香港文學》2010 年 6 月第 306 期，頁 82-83。梁文星：〈新詩的種種問題〉，《蕉風》1965 年 12 月第 158 期，頁 74-76。

義的情懷，且對戰後世界文壇動態尤為敏感。所謂「世界主義」，在此乃指新潮社同人將對於自身所處時代與空間的關注擴展為對於世界與人類的關懷，彼此互為參照——其他區域的文學形態可以給他們提供世界文化之前景與人類命運之鏡像，亦可提供另類想像，並由此反觀自身之困境、思考自身之出路。新潮社同人懷有強烈的現實關懷與時代意識：一方面與內地時局緊密呼應；一方面與世界格局走向彼此共振。《文藝新潮》於 1956 年第 1 卷第 3 期刊載了「特輯之一：一九五〇年至一九五五年的世界文壇」，由方荻撰寫英美方面，羅謬（楊際光）撰寫法國與荷蘭，孟白蘭撰寫希臘、意大利、西班牙、葡萄牙，雲撰寫西德、挪威、瑞典、丹麥，齊桓撰寫土耳其、巴基斯坦，唐舟撰寫埃及、印度的文壇介紹。在新潮社同人看來，戰後十年華語文壇與世界文壇相隔膜，自己的視聽被蒙蔽。[45]他們所做的翻譯工作實為拆除中國現代文學與世界現代文學近十年來的藩籬。置身於冷戰的悲劇時代，就他們而言，譯介世界文學是探尋世界文化前途與人類出路的途徑之一。因為世界文壇的動向昭示著人類的未來，給予追求真善美者以希望的啟示。這種世界主義超越了一國一地之局限，以善美之心，澆灌理想主義之花朵。

在戰後外國現代文藝思潮中，新潮社同人往往對歐美現代主義與日本的新感覺派和唯美主義等情有獨鍾。《文藝新潮》於第 1 卷第 2 期刊登了日本作家谷崎潤一郎作、東方儀譯的〈食蓼之蟲〉。從此，新潮社開啟了與日本文壇交流之序幕。東方儀，原

45　羅謬、齊桓、方荻、東方儀、孟白蘭、羅亮、雲、唐舟集體執筆：〈一九五〇年至一九五五年的世界文壇〉，《文藝新潮》第 1 卷第 3 期（1956 年 5 月 25 日），頁 2。

名蕭慶威。當時他在日本東京大學學習法律，結識了井上靖、三島由紀夫，並為《文藝新潮》翻譯多篇日本小說。他將自己翻譯的小說給他們看，他們比較喜歡，授權給他翻譯。井上靖和三島由紀夫甚至要在《文藝新潮》上發表新作品，可惜後因刊物停刊未果。[46]該刊第 1 卷第 5 期刊載了井上靖作、東方儀譯的〈獵槍〉，第 1 卷第 10 期刊載了橫光利一作、東方儀譯的八萬字長篇小說〈寢園〉。〈寢園〉獲得橫光夫人特准譯載於《文藝新潮》，而之前曾有美國出版家數人與之洽談該作的英文版權，均未獲准。[47]〈獵槍〉係日本戰後名著，乃井上靖發表於 1949 年之處女作。該作與三島由紀夫的《潮騷》和伊藤整的《火之島》齊名。這三位數年間躍升為日本戰後最為出類拔萃的作家，逐漸在國際文壇嶄露頭角。我們由此可管窺新潮社同人對於國際文壇動向掌握之即時性與敏銳性。

《文藝新潮》對於日本文學的重視及作家的選擇，與新潮社同人的背景及文學趣味有關。該刊所譯谷崎潤一郎、井上靖、橫光利一等的作品，都富有強烈的心理色彩，探討異樣的情愛或另類的婚戀主題。〈獵槍〉與〈食蓼之蟲〉相似，均敘說兩性表面維持婚姻狀態卻各自秘密出軌的故事。小說探索男女主人公維繫夫妻之名與出軌之實所帶來的種種情理糾葛，如性愛與婚姻、婚姻契約與婚外戀情、婚姻倫理與手足親情等。這類小說對於人物心理刻繪尤為細膩，多呈現人物在情理兩難間的膠著狀態。《文

46 馬朗、鄭政恆：〈上海‧香港‧天涯——馬朗、鄭政恆對談〉，《香港文學》2011 年 10 月第 322 期，頁 89。

47 〈編輯後記〉，《文藝新潮》第 1 卷第 10 期（1957 年 4 月 15 日），頁 13。

藝新潮》的主編馬朗與日本新感覺派素有淵源。1940 年代前期他曾在上海刊物《風雨談》（1943.4-1945.8）上發表散文小說。該刊物為柳雨生主編，稿源廣泛，撰稿者政治背景複雜。由於柳雨生與日本的特殊政治關係，《風雨談》刊載的日本文學譯作占有較大的比重，如谷崎潤一郎的《昨日今朝》、《麒麟》，武者小路實篤的《關於母親》，片岡鐵片的《五角錢票》。馬朗對於日本現代作品應相當熟悉，而其本人上海時期的小說創作方法亦受到上海新感覺派的影響。《文藝新潮》對於日本唯美主義、新感覺派作家作品的譯介更為深入，多刊載長篇巨著，且譯筆細膩動人。

《文藝新潮》對戰後英美文學的譯介側重於英美現代詩及法國存在主義與超現實主義等作品。《文藝新潮》於第 1 卷第 3 期刊載了「特輯之一：一九五〇年至一九五五年的世界文壇」，第 1 卷第 4 期推出「法國文學專號」，第 1 卷第 7、8 期推出「英美現代詩特輯」，第 1 卷第 10 期推出「意大利現代小說特輯」，第 2 卷第 1 期推出「D. H. 勞倫斯小說特輯」。新潮社在組織專輯時著眼於 20 世紀並力求形成系統。比如，「法國文學專號」選譯了紀德（André Gide）、保爾・穆杭（Paul Morand）、薩特（Jean-Paul Sartre）、阿保里奈爾（Guillaume Apollinaire）等人的作品，譯者有馬朗、楊際光、桑簡流、紀弦等。新潮社認為，近幾十年來領導世界文藝主流的是法國而非英美或蘇聯，法國文藝才是他們追隨的方向。該輯以查理・路易・菲立（Charles-Louis Philippe）的作品來代表 20 世紀初期和寫實派文學，高列脫（Colette）的作品來代表 1920 年代和羅曼蒂克派文學，保爾・穆杭的作品來代表第一次大戰後和新感覺派文學，薩特的作品代表 1930 年代至二戰和存在主義派文學，以紀德的最後遺作代表 1940 年代和戰後文學。[48]《文藝新潮》還譯介法國超現實主義作品。第 2 卷第 2 期刊馬朗譯安得列・布勒東（André Breton）詩抄兩首和穆昂譯的羅貝・德思諾斯（Robert Desnos）詩抄兩首。馬朗從超現實派側重夢和幻想、夢幻世界和現實相混合的特點出發，解讀布勒東的詩歌。[49]但他主要從零碎的意象上附會其形式上與字意層面上的不可思議，未能深入體味其具體寓意。刊物還譯介了同時代西班牙、土耳其、希臘及亞洲等地的世界文學作品，這些譯作多轉譯自英文譯本。

第 1 卷第 7 期《文藝新潮》「英美現代詩特輯」中的美國部分，馬朗選譯了華雷士・史蒂芬斯（Wallace Stevens）、威廉・卡洛士・威廉斯（William Carlos Williams）、T. S. 艾略脫（T. S. Eliot）、艾茨拉・龐特（Ezra Pound）、阿茨波・麥克列許（Archibald MacLeish）、穆蕾兒・魯吉莎（Muriel Rukeyser）、卡爾・薩皮洛（Karl Shapiro）的詩作。1 卷 8 期的「英美現代詩特輯」的英國部分，馬朗選譯了葉芝、奧登、史班德（Stephen Spender）、劉易士（C. D. Lewis）、勞倫斯（D. H. Lawrence）等十位詩人的詩歌，並簡要介紹了作者詩歌風格與所選作品的大意。他將英國近三十年來的現代詩人比作活生生的「小市民」，認為英國現代詩文學運動意味淺薄。英國現代詩不能予人以新穎感覺，「正當法國人在力求新的表現力，而美國人大事刷新意象

---

48 新潮社：〈向法蘭西致敬（編後記）〉，《文藝新潮》第 1 卷第 4 期（1956 年 8 月 1 日），頁 80。

49 馬朗譯：〈安得列・布勒東詩抄（兩首）〉，《文藝新潮》第 2 卷第 2 期（1958 年 1 月 10 日），頁 63。

的時候，英國詩人的最近傾向，卻是在用字上的衡量。」[50]

較之英國現代詩，馬朗對於美國現代詩獨有偏愛。馬朗如此評價康敏士（E. E. Cummings）：「他為了擯棄節奏格律，另以新形式達到觀感方面的表現力，他曾將詩做了不少文字上魔術性的試驗。〔……〕與艾略脫等同是接受法國影響的他，在新鮮和生動方面，可說超過艾略脫，但是他不能處理偉大的題材，欠缺豐富的思想和情感，所以不夠深遠，同時過分沉溺於文字的搬弄，或是過分炫奇，走入極端，幾乎成為字謎，所以成就上也僅止於特出而已。」[51]馬朗還勾勒了威廉・卡洛士・威廉斯努力開闢美國現代詩新路線的創作歷程。馬朗指出，威廉斯「極力提倡美國風格，不但反對承襲英詩傳統，甚至反對艾略脫等順從歐洲的潮流，而採用大量俚語，簡明幾致近乎原始的詞彙，絕對主張自由，被人目為『不文明』和『粗野』。〔……〕但是他的格調顯著並有風骨，勝過技巧的賣弄，所以即使寫得太多，寫得太快，不夠精緻，卻是每一首都幾乎成為現代文學的『迷歌』。」[52]

馬朗對艾略脫的翻譯，選取了英美詩選所贊許而國人較少注意的四首作品。艾略脫最著名的長詩〈荒原〉與〈四重奏〉在中國已有趙蘿蕤女士的譯本。馬朗選擇的〈序曲〉雖短但在詩歌革命中占有重要地位；〈哭泣之少女〉是「抒情的象徵詩」；〈風

---

[50] 馬朗按：〈英美現代詩特輯（下）　英國部分〉，《文藝新潮》第 1 卷第 8 期（1957 年 1 月 15 日），頁 46。

[51] 馬朗譯：〈英美現代詩特輯（上）　美國部分〉，《文藝新潮》第 1 卷第 7 期（1956 年 11 月 25 日），頁 56。

[52] 馬朗譯：〈英美現代詩特輯（上）　美國部分〉，《文藝新潮》第 1 卷第 7 期（1956 年 11 月 25 日），頁 49。

景〉「寫景寄情，表現極美，精短有力」；〈瑪蓮娜〉借文史典故，「追懷美麗的女兒瑪蓮娜，來表達在迷茫之海中漂泊的感應」。[53]馬朗介紹艾茨拉・龐特時，尤其關注其所受中國詩歌之影響。「豐富的想像，各國文字歷史的參用，美國口語的採納，風格的變幻不一，修養的深廣，使他的 Cantos 成為絕響。至於他受的影響，除了歐洲古典文學以外，最令我們感到興趣的，原來是中國唐詩。」馬朗選擇翻譯了龐特幽默、諷刺和具有鮮明表現與浪漫情感的詩歌，而捨棄了注重史學和異國文化的《詩章》（*The Cantos*）。[54]這一選擇，也許與後者的翻譯難度有關。

馬朗對於英美現代詩的譯介並不局限於現代派詩歌。比如，馬朗選譯的穆雷兒・魯吉莎的〈剪短頭髮的男孩〉，雖然仍帶有象徵意味，但「已昭示著美國詩的新現實主義風味，沉著，深刻，清晰，面對現實，把握社會問題，選擇樸素的題材，而且是逐漸和民眾生活在一起的作品，有像電影剪裁一樣的凝練和生動」。[55]又比如，馬朗介紹卡爾・薩皮洛的特長是所謂「詩情的新聞性」。[56]而那些具有時代精神、與社會現實共鳴之作，亦是馬朗的選擇。比如，馬朗選譯了阿茨波・麥克列許的詩歌。他意識到阿茨波的詩歌對社會和政治制度的興趣往往超出詩的美學範

---

53 馬朗譯：〈英美現代詩特輯（上）　美國部分〉，《文藝新潮》第 1 卷第 7 期（1956 年 11 月 25 日），頁 54。

54 馬朗譯：〈英美現代詩特輯（上）　美國部分〉，《文藝新潮》第 1 卷第 7 期（1956 年 11 月 25 日），頁 51。

55 馬朗譯：〈英美現代詩特輯（上）　美國部分〉，《文藝新潮》第 1 卷第 7 期（1956 年 11 月 25 日），頁 61。

56 馬朗譯：〈英美現代詩特輯（上）　美國部分〉，《文藝新潮》第 1 卷第 7 期（1956 年 11 月 25 日），頁 63。

疇，被人批評為「簡直就是演說」。但馬朗看重的是他作為時代的號手，將作品與時代精神相膠合的特點。[57]

馬朗還翻譯文學理論與批評，幫助學習寫作者領略現代主義作品的特點、把握題材的角度。這也是配合《文藝新潮》舉辦的小說獎金競賽，幫助寫作同人探討創作新路徑。馬朗翻譯了尚・保爾・薩泰（通譯：薩特）〈論杜斯・帕索斯和《一九一九》〉。在附注中，馬朗介紹杜斯・帕索斯（John Dos Passos）的小說《一九一九》（1932）：「此書特點有三，一是如新聞片似的剪輯，各有主題分別描述，二是具有『攝影機的視覺』，反映作者對事的主觀水平，彷彿跳動著一連串意識的水流，三是插入不少要人傳記及記載，包括汽車大王福特、老羅斯福及財閥摩根等，用以比較社會中小人物之卑微生命。可說是綴起零碎片段而綜合成完整之印象，號稱美國現代最有雄心之小說之一」。[58]電影的發明使得電影的藝術，如攝影機的視角、蒙太奇剪輯法，啟發了小說創作的方法。馬朗的解讀是以電影的手段來比附小說的手法。他在自己的小說創作中運用上述手法早已輕車熟路。馬朗還翻譯過英國 C. M. 包拉（C. M. Bowra）作的〈論現代詩和意象〉。該文指出現代詩人生活於心理學大發現的時代，對自身的隱藏情緒尤為自覺。現代詩人的工作「並非去解釋或去分析，而是照其所見的一些東西描繪出來，去抓住它迅速的色調與變更的形狀，使

---

57 馬朗譯：〈英美現代詩特輯（上）　美國部分〉，《文藝新潮》第 1 卷第 7 期（1956 年 11 月 25 日），頁 55。

58 〔法〕尚・保爾・薩泰作，馬朗譯：〈論杜斯・帕索斯和《一九一九》〉（附注），《文藝新潮》第 1 卷第 11 期（1957 年 5 月 25 日），頁 37。

我們感覺到他自己所感覺到的，即使不論他或是我們都不能夠完全明白它」。現代詩人需要用意象表達內心的複雜體驗。[59]

新潮社自比為「施栖佛斯」（通譯：西西弗斯），生存於苦難時代。第 2 卷第 3 期刊物特載馬朗譯的卡繆（通譯：加繆）的成名作《異客》，全文六萬餘字。《異客》翻譯工作雖耗時約半年[60]，但因契合該社一向反抗現實苦難的文學信念，亦有重要意義。馬朗在〈卡謬和《異客》簡介〉中解釋了書名翻譯的緣由。他查 "L'Etranger" 一詞日譯本譯為「異鄉人」，傾向狹義闡釋；英譯本譯為「局外人」（The Outsider），傾向於意譯。他以為，譯為「異客」，更為貼切。「卡繆認為現代人被他的本性及環境所判定而流入精神上的放逐，一直在尋覓一個可以令其再生的內在的王國；在未覓到這王國之前，現代人的處境就和『異』鄉作『客』差不多，同時他的行徑也不得不像局外人一般怪異冷漠。」[61]馬朗認為，《異客》中主人公所代表的現代人進退維谷、無所適從的狀態與自己這一代人處於悲劇環境的混沌狀態實無二致。[62]

《文藝新潮》之影響輻射所及亦不限於港臺文壇。1965 年華靈在回顧近十年來香港青年學生文藝社團運動時，將其開端追

---

59 〔英〕C. M. 包拉作，馬朗譯：〈論現代詩和意象〉，《文藝新潮》第 1 卷第 12 期（1957 年 8 月 1 日），頁 39。

60 〈編輯後記〉，《文藝新潮》第 2 卷第 3 期（1959 年 5 月 1 日），頁 7。

61 馬朗：〈卡謬和《異客》簡介〉，《文藝新潮》第 2 卷第 3 期（1959 年 5 月 1 日），頁 80。

62 馬朗：〈卡謬和《異客》簡介〉，《文藝新潮》第 2 卷第 3 期（1959 年 5 月 1 日），頁 80。

溯至《文藝新潮》。該刊的參與者盧因、崑南、葉維廉等在當時都是二十歲左右的香港青年學生。畢靄認為，1940 年代末大量內地移民湧入。他們多以香港為短暫避難所，得過且過，使得香港社會風氣墮落。在此社會背景下，1957 年至 1958 年間香港學生文藝運動以結集文社、出版油印刊物的方式紛紛湧現。1963 年香港文社組織再度興盛。畢靄認為，香港學生文運的意義不限於文藝運動，他們大部分把改革社會、發揚中國傳統文化作為宗旨；通過文藝手段培養優良社會青年作為目的。「時代是如斯混亂，社會是如斯墮落；是一個向上的、清明的文化再生運動應運而生的時候了，廣大的學生、青年作了這個運動的前鋒，文藝跑在前頭作領導時代的尖兵，文化界的先生們，請給他們一把勁吧！」[63]而青年文社運動的這一理想，亦與《文藝新潮》的發刊詞形成共振。

《文藝新潮》有助於我們更細膩地理解 1950 年代南來文人與香港文藝場域建構之關係。總之，《文藝新潮》將現代主義審美與時代現實關懷相連接，將上海與香港、臺灣文人文脈相勾連。它既刊載中文創作又譯介世界現代文學，且以戰後世界文學與現代主義作品為主。在 1950 年代，該刊物的供稿者如馬朗、楊際光、李維陵等，多身兼譯者與創作者、南來者與離散者、嚴肅作家與通俗作家等多重身分。他們苦悶於時代悲劇而自覺肩負起時代使命，失望於中國內戰政局而執著於理想主義追求。新潮社同人以文學為媒介，追求在廢墟上復蘇新的希望，在絕望後尋

63　畢靄：〈前因後果說文社〉，《中國學生周報》1965 年 7 月 23 日第 679 期，第 8、9 版。

找夢想的樂園。他們心繫內地，卻多書寫香港；有現實關懷，亦有審美追求。新潮社同人及其創作活動體現了文學在政治與文藝、現代主義美學追求與時代政治關懷等多重面向上交織的複雜性與含混性。《文藝新潮》長於捕捉時代精神脈搏，聚焦香港本地及海外經驗，以其他香港文藝刊物無法企及的高度來解讀自己所處的振蕩世界，追逐文學的純粹信念。

較之冷戰時代臺灣與內地的文學刊物，《文藝新潮》重建文學理想樂園與自由民主精神的追求或許只能在香港曇花一現。置身於國共兩黨及美國等多方政治勢力角鬥的冷戰前沿陣地，當時香港政府大體採取監視而非控制、表面平衡而非絕對平衡各方勢力的文化治理政策。香港戰後並未採用報刊審查制度；戰後恢復的電影審查制度，其重心在於對內地、臺灣和美國進口的電影的政治審查。但自 1960 年代中後期起，隨著島內經濟十餘年的急劇發展，社會政治情緒日益淡薄，電檢制度逐步放寬。較之 1950、1960 年代國共兩黨與美國政府在香港文化領域的投入與競爭，香港當局較少介入本地文化的滲透與構型。在香港這一特殊文化生態環境中，新潮社同人因大時代而因緣際合匯聚一地，也因大時代而顛沛流離飄零四方。1959 年《文藝新潮》隨著馬朗離港赴美而停刊。那些當年的活躍分子在日後的香港文壇，或沉寂了下來，如李維陵；或繼續現代派的探索，如崑南。

第七章　離散的純境：香港疊印、中國關懷、世界想像

由於戰後國共內戰及國際冷戰格局的開啟，香港社會人口急遽上升，社會經濟結構與文化生活領域也隨之變革。據統計，1941 年香港戰前人口為 160 萬人，1945 年 8 月戰後人口降至 60 萬人。隨著 1947 年後國共內戰的開啟，大量內地人湧入香港。此外，避難內地的港人亦在戰後返港。至 1954 年，香港官方人口統計已達到 225 萬人。[1]人口劇增造成香港就業、住房等民生資源匱乏，競爭激烈。同時，也造成了南北方言、地域文化習慣、生活方式等各個層面的碰撞現象。

香港電影「南北和」系列即顯示了這種人口遷移給香港普通市民帶來的生活變故。其中，由張愛玲編劇、王天林導演的電影《南北一家親》（電懋，1962）沿襲了張氏一貫的都市輕喜劇風格。電影講的是一街之隔的自山東南來的飯店老闆與香港本地飯店老闆降價搶客，積怨日深；而兩家的兒女卻早已暗度陳倉，談婚論嫁。年輕一輩在粵語與國語、廣東人與北方人間切換，偽裝口音迷惑家長卻又常常捉襟見肘、弄巧成拙、令人哭笑不得。這

1 Glen Peterson, "To be or not to be a Refugee: the International Politics of the Hong Kong Refugee Crisis, 1949-55", in *Critical Readings on the Modern History of Hong Kong*, vol. 4, pp. 1555, 1573, 1574.

種戰後殖民身分焦慮在兒女家常的瑣事、趣事、鬧事中輕鬆化解；本土文化與北方文化的衝突亦在南北喜結良緣中烟消雲散。《南北一家親》這部輕喜劇或可解讀為成就香港文化本身兼容並包、流動開放的美好寓言。

本章以《文藝新潮》的中堅分子馬朗、楊際光、李維陵為中心，從其創作與翻譯出發，展現置身於香港的中國青年如何在一個戰後瘡痍未復而冷戰又起的大時代，體認香港、關懷中國、想像世界。他們一方面秉承內地現代派詩學資源並結合個體創作經驗，發揚創新，孜孜於此地此景的書寫；另一方面又立足香港，打開視界，大量翻譯戰後世界文壇佳作，破除戰後十年華語文壇與世界文壇之隔膜。筆者將此種文學現象置於 1950 年代香港文藝場域形構與文人空間遷移及內地文藝傳統流布之關係的框架下，予以討論。本章或辨析詩人從上海到香港詩藝之繼承與流變，或爬梳其時局政治關懷與現代主義美學追求及中國抒情傳統之交集與互動，進而管窺他們在港創作的多重面向。

一、馬朗：跨越滬港的吟詠者

抗戰末期，馬朗因父親在內地置業和政府做事的緣故，先後就讀於南京與上海兩地。馬朗受其父親影響，有著強烈的民族國家觀念，本擬留在內地發展：「我爸爸是那種很想為中國做事的人，所以他就要我做一個中國公民。」馬朗 1950 年赴港，「我完全因為政治的關係，完全是因為我看到我的理想破滅」。新中國成立後，他任職的英文報紙 *China Daily Tribute* 與《自由論壇晚報》合併，停刊後他被調入《文藝報》做編輯與特派記者工作。其間，他「參加經歷過對於吳祖光的鬥爭」，聽聞姚蘇鳳死亡（注，此應係誤傳），目睹了幾個先前獻身理想的地下黨同事被鬥爭等事件。[2]到了香港後，馬朗感覺「走到了一個臨時難民集中站」。馬朗起初為《七彩》等通俗報刊寫稿謀生[3]，後來通過考試擔任過香港檢控官、移民局代理副局長。1960 年代馬朗因擔憂香港前景未明且打算繼續讀書，前往美國。

在上海時期，馬朗即參與編輯或主編上海報刊《社會日報》、《自由論壇報》、《文潮》、《水銀燈》及左翼友人的地下詩刊。其時，他就比較欣賞《現代》雜誌與新感覺派作品；儘管馬朗本人對於超現實主義與新感覺派較為認同，但他仍主張「內容決定形式」。馬朗於《文藝新潮》揭起現代主義的旗幟，乃緣於其有感內地戰後現代中文文壇與世界文壇的隔膜，而現代主義正是那時世界最大的潮流。[4]就個體創作而言，也斯與區仲桃均認為中國抒情傳統對於馬朗在香港時期的詩作影響遠遠大於現代主義；直到他離港赴美，詩風才更接近西方現代主義。這亦顯示了香港的現代主義在文化交流過程中往往受到自身文化底蘊的左右，而未落入模擬西方的窠臼。[5]但筆者以為，馬朗從創作伊始就呈現現代性與傳統性、超現實感與抒情筆調奇妙共生的特點。

2　杜家祁、馬朗：〈為什麼是「現代主義」？——杜家祁　馬朗對談〉，《香港文學》2003 年 8 月第 224 期，頁 22、23、24。

3　杜家祁、馬朗：〈為什麼是「現代主義」？——杜家祁　馬朗對談〉，《香港文學》2003 年 8 月第 224 期，頁 24、25。

4　馬朗、鄭政恆：〈上海・香港・天涯——馬朗、鄭政恆對談〉，《香港文學》2011 年 10 月第 322 期，頁 85、87、90、91。

5　區仲桃：〈試論馬朗的現代主義〉，《文學評論》2010 年 10 月第 10 期，頁 45。

對照馬朗 20 世紀 40-50 年代跨越滬港的詩作，無論是主題，還是形式，都可見出詩憶／藝相隨、意象衍生的特點。城市書寫是貫穿馬朗滬港兩地創作的核心主題。馬朗 1940 年代中後期的詩歌中，都市與愛情往往是一首雙重變奏曲。

電車：淒迷地搖落
遠遠伸張出去的燈火路
岩石一樣寂靜的車廂
仰視著夜半平靜的天
從一個時間鐺鐺然駛入了又一個時間
星斗的後面有你呢
我計算窗外逝去的站台
（如人生的驛站）
用肘子推開夜間的水
在思念的海裡
看不見你帶著那片快樂和微笑散步
睡眠的月光下
這裡的一刻便是千萬年了

向你探詢嗎！永遠地
——是的，我哭了，因為今夜這樣美麗。

（〈車中懷遠人〉，1946.5.15）[6]

6　馬博良：〈車中懷遠人〉，《焚琴的浪子》（香港：麥穗出版有限公司，2011 年），頁 57。

〈車中懷遠人〉寫詩人在電車中緬懷戀人。詩歌將抒情浪漫與時空幻化的現代感受——現代交通工具及其所帶來的現代人心理時間的變異、現實與記憶的溶解，毫無違和感地呈現出來。開篇展示了現代都市機械文明的表徵電車、街燈、車廂、站臺，有生命有個性；或迷茫前行，或冷酷如岩石。但它們之於「我」，並非異己。如果連電車的站臺都是人生的驛站，那麼還有什麼現代文明器物不具有親和力呢？猶如張愛玲的《封鎖》，現代個體在電車中進入私密的時間隧道，觸到了現實中不可行進的愛情。現實與記憶，你與我的相逢，「那是在千萬年以後／我們再在窗邊相見」（〈相見日〉，1946.2.14）。[7]搖落的電車中「一刻便是千萬年」，「我」「用肘子推開夜間的水／在思念的海裡」（〈車中懷遠人〉），可觸碰記憶中的戀人。如此浪漫，如此美麗，今夜詩人怎不吟唱低泣呢？「是的，我哭了，因為今夜這樣美麗」。

也斯以為，〈車中懷遠人〉的結尾與何其芳《圓月夜》的詩句「是的，我哭了，因為今夜這樣美麗！」一模一樣，是對前輩詩人何其芳的回應。[8]它也可能轉承自艾青的詩句「為什麼我的眼裏常含淚水？／因為我對這土地愛得深沉……」（〈我愛這土地〉，1938.11.17）。無論如何，這種直接的、宣言式的自白使得詩中表達的情感擲地有聲！也斯認為，馬朗在〈國殤祭〉和〈焚琴的浪子〉裏個人抒情喟嘆的調子裏混合著艾青式的直接和

7　馬博良：〈相見日〉，《焚琴的浪子》，頁53。

8　也斯：〈一九五〇年代香港新詩的承傳與轉化——論宋淇與吳興華、馬博良與何其芳的關係〉，《也斯的五〇年代——香港文學與文化論集》（香港：中華書局（香港）有限公司，2013年），頁75。

鏗鏘；〈五〇年車過湖南〉在寫景方面也承接著艾青〈雪落在中國的土地上〉中的悲天憫人的心懷。[9]但不同於艾青詩歌的語言自然、情感飽滿激憤，馬朗的詩歌節制輕柔且頗具現代感。這種別致乃詩人本身氣質使然——一個生於都會、長於都會的 20 世紀抒情詩人。

將 1946 年上海的〈車中懷遠人〉與 1957 年香港的〈北角之夜〉對照體味[10]，即可見都市書寫在時空流轉中有千絲萬縷之關聯。兩者均以夜行的「電車」、「燈」、「路」開篇，或淒迷，或寂寥。

> 最後一列的電車落寞地駛過後
> 遠遠交叉路口的小紅燈熄了
> 但是一絮一絮濡濕了的凝固的霓虹
> 沾染了眼和眼之間朦朧的視覺
>
> 於是陷入一種紫水晶裡的沉醉

9　也斯：〈從緬懷的聲音裏逐漸響現了現代的聲音——試談馬朗早期詩作〉，馬博良著：《焚琴的浪子》（香港：麥穗出版有限公司，2011年），頁 24。

10　〈北角之夜〉發表於 1957 年 8 月臺灣《現代詩》第 19 期。這一詩作從意象到風格到主題，從寫作到發表到影響，可稱為跨域的典型個案。1957 年《文藝新潮》社與《現代詩》社舉辦了港臺現代派詩作交換活動。1957 年《文藝新潮》以「香港現代派詩人作品一輯」之名，推薦馬朗、貝娜苔、李維陵、崑南和盧因的作品，交給臺灣《現代詩》第十九期發表。〈北角之夜〉即是這一港臺詩作交換之結果。參見〈編輯後記〉，《文藝新潮》第 1 卷第 12 期（1957 年 8 月 1 日），頁 51。

仿佛滿街飄盪著薄荷酒的溪流
而春野上一群小銀駒似地
散開了，零落急遽的舞孃們的纖足
登登聲踏破了那邊捲舌的夜歌

玄色在燈影裡慢慢成熟
每到這裡就像由咖啡座出來醺然徜徉
也一直像有她又斜垂下遮風的傘
素蓮似的手上傳來的餘溫

永遠是一切年輕時的夢重歸的角落
也永遠是追星逐月的春夜
所以疲倦卻又往復留連
已經萬籟俱寂了
營營地是誰在說著纏綿的話呀

（〈北角之夜〉，1957.5.24）[11]

馬朗筆下的霓虹夜景，從來都不是都市聲色犬馬的陳詞濫調。他不是譴責都市人性墮落的冷漠，而是摯愛這都市的每個角落。〈北角之夜〉寫出了街頭霓虹光影之柔和多彩、光暈之溫潤迷離。好似山水畫的暈染手法——「一絮一絮濡濕了」、「沾染了」，霓虹燈的光影輕緩緩地、一片片地濡染了夜。整首詩使用的動詞「濡濕了」、「沾染了」、「散開了」、「飄蕩著」、「醺

11　馬博良：〈北角之夜〉，《焚琴的浪子》，頁 117-118。

然徜徉」、「往復留連」等，多是包含時間感的動詞。其中，「濡濕」、「沾染」、「散開」屬於結果動詞，包含了一個動態過程（「沾」、「濡」、「散」），但強調的是結果（「濕」、「染」、「開」）。而「了」字則標示著進入這些動詞結果所表示的某一靜態的變化點，而後一直持續這種狀態。動詞「飄盪」、「徜徉」、「留連」等，都具有持續的語義特徵；而它們帶上了具有時間上廣延性的「著」和重複性的「往復」，標示著動作處於延續狀態之中。兩組動詞都具有持續性、延展性的特徵，摹寫出詩人體味北角夜景，漸入佳境、柔緩綿長的心理過程。「沉醉」純粹如水晶，優雅如紫色。「紫水晶」以一種不能透析的神秘感，描摹出詩人的醺醺然。街頭，溢滿了清爽如薄荷的醉意。「春野上一群小銀駒似地／散開了」，形容舞孃們的高跟鞋親吻著大街，發出零落急遽的「登登聲」。

〈北角之夜〉借由感性的意象與朦朧的抒情牽引讀者追隨詩人的微醺痴醉，撫觸初戀記憶的美好——「永遠是一切年輕時的夢重歸的角落／也永遠是追星逐月的春夜」。夜色疲倦了，北角也萬籟俱寂了，此時都市的愛情回想還沒有完。當夜色漸濃之時——「玄色在燈影裡慢慢成熟」，正是詩人憶念青春愛人之際——「也一直像有她又斜垂下遮風的傘／青蓮似的手上傳來的餘溫」。馬朗在詩歌中時時緬懷著一個初戀少女，她撐著傘，從詩人記憶的深處像夢一般地飄過：「繡百花的小傘晃動在草徑上」、「流水帶著植物滋長的爆響」（〈第一次約會〉，1945.7）；[12]「青銅的額和素白的手／那金屬性清朗的聲音」（〈焚琴的浪

12　馬博良：〈第一次約會〉，《焚琴的浪子》，頁51。

子〉，1949 年秋）；[13]「那邊有陽光照著的小花傘／這裏卻是沒有遮蓋的雨天」（〈相見日〉，1946.2.14）；[14]「你便如一陣輕風／充滿了我的身」（〈愛情〉，1956.1.22）。[15]

馬朗詩作中可以尋到戴望舒的印痕，〈雨巷〉中亦有撐著傘的少女意象，但兩者到底不同。戴望舒早年的詩歌有千回百轉、迷蒙鬱結之美。「雨巷」製造了無端的憂傷情境。悠長的小巷、濛濛的雨水，讓淒婉的水氣回環繚繞。詩中的意象，無論是「夢」、「油紙傘」、「丁香」、「哀曲」，還是「女郎」和「我」，皆迷離潮濕、彷徨自傷。詩歌所表現的企盼與踟躕帶著莫可名狀的青春感傷。它象徵著一切以虛幻與寂寥為底子的人生憧憬。詩歌的千回百轉有賴於詩情的消長和韻律的起伏。比如，「在雨中哀怨，／哀怨又彷徨」「她靜默地走近／走近，又投出／太息一般的眼光」，詩中的「又」字透露了戴望舒在詩情上新的轉合。轉合之前，他以重疊的方式，如「悠長，悠長」、「走近／走近」，不斷地延宕、柔化這種詩情的起伏。即使平緩的表達，亦是如此輕柔。比如，「她飄過／像夢一般地，／像夢一般地淒婉迷茫」。[16]彷佛任何情思都須在漣漪般的層層擴散中才不顯得突兀。文字的重疊，在一停一頓之間，使得詩情格外柔順輕盈。其實，〈雨巷〉全篇所使用的意象和詞語屈指可數。正是它們的反復與重疊，低吟淺唱中營造了回旋、流動的節拍。

13　馬博良：〈焚琴的浪子〉，《焚琴的浪子》，頁 65。

14　馬博良：〈相見日〉，《焚琴的浪子》，頁 53。

15　馬博良：〈愛情〉，《焚琴的浪子》，頁 86。

16　戴望舒：〈雨巷〉，《小說月報》1928 年第 19 卷第 8 期，頁 979-980。

馬朗最愛前輩戴望舒、卞之琳、何其芳和陳夢家的新詩作品。[17]也斯認為，即使在 1951 年來港後「詩風逐漸改變，我們仍往往聽到那抒情的迴響，仿佛是對過去的文風的懷念」。[18]但馬朗詩歌中的少女意象，更多地表達纏綿的回味與溫潤的憧憬。他們都喜好使用「了」字，以及反復回環的抒情手法。但馬朗使用「了」字或柔和語氣，稍作緩息；或標示靜態特徵，營造地老天荒的沉醉（〈北角之夜〉）。馬朗的語言較之戴望舒更為纖麗，詩體更顯現代氣質。

自小生活在北角的香港戰後一代——也斯，在南來詩人馬朗作於 1957 年的〈北角之夜〉中讀到了未必如此的感覺。北角位於香港島的最北端。1940 年代末大量湧入香港的上海人大多落戶於北角。北角又有「港島小上海」之稱。也斯以為，「春野上一群小銀駒」是以中原意象寫香港北角，這種文學經驗在自己的經驗中是陌生的。[19]對馬朗那一代南來文人來說，這是過去內地春野經驗與香港現實經驗的相互重疊；是緬懷過往的抒情之聲與香港現實的都市之聲的交集回蕩。無論如何，也斯是喜愛這首詩的。由此出發，他要嘗試書寫自己的北角經驗。[20]也斯認為，20 世紀 50-60 年代的香港書寫是右派寫調景嶺並以其為精神堡壘；

17　王良和、馬博良：〈從《焚琴的浪子》到《江山夢雨》——與馬博良談他的詩〉，《香港文學》2008 年 4 月第 280 期，頁 5。

18　也斯：〈從緬懷的聲音裏逐漸響現了現代的聲音——試談馬朗早期詩作〉，《焚琴的浪子》，頁 22。

19　也斯：〈從緬懷的聲音裏逐漸響現了現代的聲音——試談馬朗早期詩作〉，《焚琴的浪子》，頁 17-19、36。

20　也斯：〈從緬懷的聲音裏逐漸響現了現代的聲音——試談馬朗早期詩作〉，《焚琴的浪子》，頁 36。

左派寫城市不滿且多有回鄉情結。也斯並不認同這兩種態度。他主張從自己本土的現代背景與成長經驗中書寫香港這座城市。也斯一方面嘗試將「中國古代山水詩中『呈現』而非解說的方法」應用於現代詩之中；另一方面也受到 1960 年代鮑勃・迪倫（Bob Dylan）等人的現代歌謠的影響，嘗試以口語、日常生活的節奏與語言來寫現代都市。[21]

筆者認為，強烈的本土意識促使也斯過於強調自我與南來文人在書寫香港上的區隔。而南來文人的「南腔北調」以及其互為指涉的都市經驗（內地與香港）表達，本身其實已經構成 1950 年代香港文藝的一方景致。也斯的經歷代表了戰後香港本土青年如何面對本地文學資源。也斯大約於 1963 年在香港街頭購得馬朗主持的《文藝新潮》，驚嘆香港 1950 年代曾出現如此高品質的文藝雜誌。它為也斯開啟了通往外國現代主義與港臺新銳作家（馬朗等）作品的一扇窗口。[22]由此可見，1950 年代南來文人對於香港的文學書寫及其在香港的文藝活動如何裹挾著上海與香港、內地與海外、中國與西方的經驗世界與文學探索，並參與形塑戰後香港青年的城市想像與文學體驗，以及在此基礎上所激發的文學再出發。香港戰後一代的文藝青年正由這一詩學資源汲取動力，建構本土文化身分。

20 世紀 40-50 年代的馬朗詩歌，一向以清新的語言與抒情的格調見長——都市主題是重心，抒情緬懷是底蘊。馬朗喜愛寫

---

[21] 也斯：〈文學對談：如何書寫一個城市？〉，《文學世紀》2003 年 1 月第 3 卷第 1 期，頁 48-49。

[22] 也斯：〈現代漢詩中的馬博良——《馬博良詩集》新版總序〉，《焚琴的浪子》，頁 5。

都市的微風細雨、霧靄夢幻、電車夜色；滬港意象輕柔迷離，彼此迴響。它們都是從詩人寂寥迷蒙的心境中流淌出來，沾染著微溫的哀思。它們亦是都市的表徵，從不負載鄉村的厚重與滄桑，即使清麗，也是散發著城郊的氣息。詩人寫香港沙田，美得令人窒息。

霧之紗徐徐散了
橘黃的曉日輕啟青峰的眉目
一隻小船載著
無邊的迷茫
航行到白濛濛幻影冉冉升降的
一片煙水裡去

從很遠很遠的枒枝後面
野鳥默默飛來渡頭
在沙梯和岩石層上
我覓到了水天一色的靜穆
還不知是靜穆覓到了我
那一瞬間
甚麼在淡青的微風裏
是神在這裏
還是過去的夢境到了這裏

（〈沙田一瞥〉，1953）[23]

23　馬博良：〈沙田一瞥〉，《焚琴的浪子》，頁 79-80。

沙田區接近河流，當地居民以務農為主。1910 年九廣鐵路在沙田村附近設立沙田站。港英政府為應付香港急遽增長的人口於 1960 年代規劃並於 1970 年代實施沙田海和城門河的填海工程，將沙田發展為一個衛星城市。在 1950 年代，沙田還有大片農地，富有田園風光。〈沙田一瞥〉寫野鳥、小船、霧、煙水，朦朧清新。詩人使用帶著水煙微潤的意象「白濛濛」、「霧之紗」，以柔緩往復的動作「徐徐散了」、「輕啟」、「冉冉升降」、「默默飛來」，輕輕地進入沙田拂曉的靜穆中。疊字的運用亦幫助詩人營造了一個不斷擴散、天人合一的靜穆境界。

神在淡青的微風裏！青色，是馬朗一向鍾愛的顏色。他筆下有「青色的海」、「紺青色山丘」、「青銅的額」、「青青的草叢」等。1956 年旅居香港的馬朗，憶念江南小橋流水、秋風紅葉。他寫下「青衣人的影子倒在河的鏡子上／青青加上青青／而水的影子卻在眼裡／變成了兩道秋天的河／徐徐流過」（〈秋水・憶江南二題之二〉，1956.9）。[24]詩歌使用的是古典意象，如「雁群南飛」、江南女子（「青衣人」）、「烏篷船」、「杵衣」等。詩歌結尾寫了兩重影像，第一重是青衣人水中倒影的青色，附著在平如鏡的河水青色之上。第二重是水的鏡面即「青青加青青」，映入詩人的眼簾。它也可看作兩地阻隔後，江南記憶印象疊印於香港現實空間中。「兩道秋天的河」是秋水，亦是淚水。悲秋的傳統主題在大時代小人物的顛沛流離中幻化為重重鏡像。江南印象被多重映射積疊，秋水與淚水、哀思與鄉愁，緩緩流過詩人心頭。從上海到香港，詩人憶念的江南印象既是傳統文

[24] 馬博良：〈秋水・憶江南二題之二〉，《焚琴的浪子》，頁 107-108。

化中國的表徵，又折射著時空流轉中香港的鏡像。這憶念，也是香港的憶念。

將 1945 年的〈雨景〉與 1956 年的〈空虛〉對照解讀，可見馬朗跨越滬港兩地時空流轉後，詩情意象仍如影相隨。「行人尖銳的口哨使／煙靄之中／突出於／都市的巨海／一座瘦削的教堂也隨風招搖起來／／初春的細雨下／白斑的樹向天空伸出掙扎的枯枝／低泣著／／我挑開簾幕眺望一個黃昏／街上亮起風情的燈」（〈雨景〉，1945.7）[25]。馬朗的詩筆賦予都市中的教堂、樹、細雨、街燈有形、有色、有動態的生命。「我」挑開簾幕眺望黃昏，令人聯想到古典意象原型，如「庭院深深深幾許，楊柳堆煙，簾幕無重數」（歐陽修，〈蝶戀花・庭院深深深幾許〉），「夢後樓臺高鎖，酒醒簾幕低垂」（晏幾道，〈臨江仙・夢後樓臺高鎖〉）；但馬朗筆下的「我」非夢亦非醉，看取的是都市黃昏街景。無須挑燈，卻風情盡顯。詩人佇立於雨中街頭，浸透於永遠的寂寞之中。這寂寞，亦是現代都市人的寂寞。「簾幕慵倦低垂／如兵敗時捲著的旗幟／／人去後／樓台外寂寥而蒼鬱的天／伸到空中去的一隻隻手／一支支無線電杆／要抓住逝去的甚麼」（〈空虛〉）。[26]詩歌體味的是人去樓空、情思阻滯的那刻空虛。即使所抒之情不同，但〈空虛〉的意象如「簾幕」、「伸到空中」的無線電杆、「天」、「雲」甚至是「寂寥」的情緒，都與〈雨景〉的意象「簾幕」、「向天空伸出掙扎的枯枝」、「煙靄」、「我的寂寞」等，或似曾相識，或相互親和。

---

25 馬博良：〈雨景〉，《焚琴的浪子》，頁 49。

26 馬博良：〈空虛〉，《焚琴的浪子》，頁 94。

戰爭也是貫穿馬朗跨越滬港兩地詩作的主題。和新潮社同人相似，馬朗的現代主義並非高蹈的唯美主義，而是與現實戰爭、時代巨變對接的。他曾說：「事實上，我是在戰爭和革命的火焰中長大起來的。」而這時代，「卻是一個焚琴煮鶴的時代」。[27]

朋友不在家
棕色樹皮上冒出白菌
新聞報紙有夢一樣的囈語
躲在茫茫煙霧後
人睜著暗殺的凶光
今天是甚麼怪誕的節日
（忘了忘了）
金錢在這城市上空叮叮噹當作響
還有誰在哭嗎
遠遠的地層下陰兵躍躍欲動
舞臺上的戲子全是蠢材
第二個星球的怪物
恥笑偉大的地球被烽煙燒焦了
一切射殺射殺一切
明天我尚能在此散步否
要被黃沙蓋罩的天也不知道

（〈戰爭末期隨感〉，1945.5.12）[28]

27　馬博良：〈《焚琴的浪子》跋〉，《焚琴的浪子》，頁125、126。
28　馬博良：〈戰爭末期隨感〉，《焚琴的浪子》，頁45、46。

該詩創作時期，日本尚未投降。馬朗寫出了戰爭末期生死未卜的疲態、凶煞、惶然的世態人心。詩歌是由現代人的視角展示戰爭下城與人的扭曲與怪誕：不可靠的媒體、居心叵測的人類，泛濫的拜金主義、亦真亦假的表演、陰陽顛倒的世界。難怪外星人都會恥笑「偉大」的地球被人類自己的戰爭所毀壞！馬朗以超現實主義式的意象拼貼、扭曲怪誕的線條，勾勒出漫長的戰爭帶給城中人的麻木、猜忌、變態、荒誕。戰爭的意象在馬朗 1950 年代香港時期的詩作中亦時有浮現。比如，「經過的地方／垂柳掛著淚珠／城燒了／／漫天硝煙／空間被轟轟然聳立起來的屋宇／和超音速噴射機占據了／菌狀的原子雲把虹霞傾軋出去」（〈風的話〉，1956.4）[29]。詩歌以傳統抒情之境起筆，卻轉寫現代戰爭之暴力。現代名詞「噴射機」、「原子雲」與古典意象屋宇、虹霞相拼接，令人有焦躁不安的怪異感、荒謬感；而「了」字摹狀出詩人面對現代戰爭巨大摧毀力的無力喟嘆。

有感於 1949 年秋之時代劇變，馬朗創作「獻給中國的戰鬥者」的兩章〈焚琴的浪子〉和〈國殤祭〉。兩詩曾張貼於華北革命大學的墻垣上。據此，兩首詩歌應作於馬朗留居上海時期。前者是給北上諸友的頌贊與鼓舞；後者是對戰鬥幻滅的預感。時隔兩年，馬朗的朋友保羅來信訣別，參加朝鮮戰爭：「這次走，對我的生命經驗會更豐富，也會使我對生命珍惜起來。你的詩我留在身邊，我記得國殤祭。別了，我會回來的。」有感於中國戰鬥者之命運，馬朗於 1956 年《文藝新潮》第 1 卷第 1 期發表此組

29 馬博良：〈風的話〉，《焚琴的浪子》，頁 96。

詩歌，以作憶念。[30]保羅，原名徐汝春，《水銀燈》的合辦人之一。該刊為馬朗在上海主持的暢銷電影刊物，1949 年後停刊。[31]

〈焚琴的浪子〉寫的是辭別故我、投入大眾革命的那一刻。「最後看一次藏著美麗舊影的聖城／為千萬粗陋而壯大的手所指引／從今他們不用自己的目光／看透世界燦爛的全體／甚麼夢甚麼理想樹上的花／都變成水流過臉上一去不返」（〈焚琴的浪子〉）。[32]聖城美麗，卻有陳舊的暗影；大眾革命粗糲，卻蔚為壯觀。這一辭別的代價是從此失去自我，以某種理論對炫目世界作整體觀照；無數個體匯入群體的洪流，摒棄個體思維方式。個人理想夢想，如水如流，沖逝而去。「他們眼睫下有許多太陽，許多月亮／可是他們不笑了，枝葉上的蓓蕾也都暗藏了／因為他們已血淋淋地褪皮換骨／一群赤裸裸的原人」。[33]他們已脫胎換骨，舊人變新人。「許多太陽」、「許多月亮」，暗示著的一種暈眩感，感受到光明乃至強光後的暈眩。

〈國殤祭〉是〈焚琴的浪子〉的續篇，寫詩人懷祭青年理想與生命在時代洪潮中隕落：「經過大戰爭而倒下來的軀殼／在青天中化了煙／在山野間化成塵土」。詩人預感風雲詭變，恐時代遽變：「火燒了，火燒了／大戰爭的火燒／在火燒了的城墟裡／剛剛長大的貝殼似的耳朵／還未聽夠海潮的歌唱」，[34]這一詩句

30 馬博良：〈獻給中國的戰鬥者〉，《焚琴的浪子》，頁 64。

31 杜家祁、馬朗：〈為什麼是「現代主義」？——杜家祁　馬朗對談〉，《香港文學》2003 年 8 月第 224 期，頁 24。

32 馬博良：〈焚琴的浪子〉，《焚琴的浪子》，頁 65-66。

33 馬博良：〈焚琴的浪子〉，《焚琴的浪子》，頁 66。

34 馬博良：〈國殤祭〉，《焚琴的浪子》，頁 70。

可與〈焚琴的浪子〉的結尾相呼應——「今日的浪子出發了／去火災裡建造他們的城⋯⋯」[35]詩人反復喟嘆年輕戰鬥者之逝去，悲慟犧牲意義之虛無。比如，「穿過硝煙滿眼的搏鬥／永遠沒有回來了」；「或是在刑場上流盡了一滴血／你們永遠不回來了」；「世界仍是一樣／但是你們不在這世界上了」；「你們為的甚麼／永遠不回來了」。[36]世界從未因夢想者的死亡而動容；戰鬥者的短暫一生徒有美麗幻象。抒情主體不斷直呼「你們」，懷祭逝者。

而「了」字，是馬朗詩歌中使用頻率極高的字眼。這種反復的字眼與語氣在詩中醞釀出一種挽歌的氣韻。一方面，「了」字表示完成時態，流露詩人對於生命已逝的既成現實，滿是無奈與絕望；另一方面，「了」字有口語化、延沓語氣的功能，仿佛詩人的哀傷悠悠回旋，不忍離去。雖然「了」字通常有柔和語氣的作用，但在這裏更多的是詩人哀慟的層層重疊、回蕩不息。強烈的對比中，詩人看到了死亡的意義缺失與循環往復：在「夢想」不斷地召喚中，青年持續地戰鬥死亡，其生命意義何在？詩人以為，那些「焚琴的浪子」，其生命與死亡、青春與夢想的終極意義都是荒謬——「愚蠢的，侵蝕的，損害的／卻都留存著強大了／老朽腐敗的，荒淫庸碌的／都在呀，都在呀／你們卻帶了你們的琴／沉埋了」。[37]馬朗的用詞清麗自然，亦不乏考究。比如，「沉埋」寫出了「埋」的重量感與深度感。而「××的」與「×××的」詞組應和，排列整飭卻非工整，餘音回繞卻非虛無縹

---

35 馬博良：〈焚琴的浪子〉，《焚琴的浪子》，頁67。

36 馬博良：〈國殤祭〉，《焚琴的浪子》，頁70、71、75。

37 馬博良：〈國殤祭〉，《焚琴的浪子》，頁72、73。

緲。詩人疊積了對於青春者逝去的憤懣、惋惜與哀慟。而轉折句式（「卻〔……〕」）的反復應和著詩人一唱三嘆的悒鬱感、一頓三折的幻滅感。在這裏，「了」、「呀」字的重複，並非舒緩語氣，而是延展抒情主體的悲慟喟嘆。這種往復回旋使得詩歌沒有流於粗糲口號式的排列、直接的情緒發泄。在節制卻疊置的情緒淤積中，在自然卻沉鬱的吟唱裏，馬朗以歌謠式的抒情體慟詠祭歌。

二、楊際光：純境遠景的追夢人

楊際光（1925-2001），江蘇無錫人，畢業於上海聖約翰大學。1950 年代初移居香港，曾任《香港時報》編輯、《幽默》半月刊及《文藝新地》的編輯。1959 年移居吉隆坡，任《虎報》副總編輯、《新明日報》總編輯。1974 年移居美國。[38]楊際光的父親，清末考得官費留學日本陸軍士官學校，「回國後殿試獲中舉人」。楊父有強民強國首先加強武備的信念。他曾先後於保定軍校任教官、上海兵工廠總辦，新中國成立後任職於圖書館，翻譯英日文書籍。母親原籍蘇州，出身名門。楊際光的家人遭遇戰後的時代劇變，飄落四方。[39]楊際光在香港時期是《文藝新潮》的主要撰稿人，曾以貝娜苔、羅謬、明明等筆名翻譯現代派小說及文論，發表詩歌與小說作品，著有詩集《雨天集》。其

38　鄭政恆編：《50 年代香港詩選》（香港：中華書局（香港）有限公司，2013 年），頁 39。

39　楊際光：〈尋根何處？——一個四代家庭的聚散〉，《香港文學》2000 年 4 月第 184 期，頁 74-78。

詩歌品質清潤、格調不俗；遣詞造句，晶瑩剔透。楊際光曾多次誓言，自己始終以詩作為生命。[40]楊際光成長於一個秩序崩敗的混亂時代，生活動蕩、精神困頓——「過去戰爭留下的重疊疤痕，未來衝突的漸近的爆發」。詩歌之於楊際光是其思想情感的記錄；也是其精神藏匿的城堡——「我要闢出一個純境，捕取一些不知名的美麗得令我震顫，熾熱得灼心的東西」；還是他抵抗陳腐現實，樹立人類前途希望的指針——「以促致一個豐滿和美好的世界的誕生」。[41]

楊際光一定是個好靜多思、遠離喧囂的香港都市隱者。觀其詩歌標題——「雨天」、「音樂」、「薄暮」、「水邊」、「靜空」、「沙影」、「秋日」、「夜渡」等，滿目盡是明澈靜穆，洗盡鉛華。但楊際光詩歌的意象無論如何隔離於俗世，都非旨在構建唯美隱逸之純境。相反，它們是對於現實的另類回應。儘管楊際光詩歌有著明澈精緻的氣質，但其創造的是現代氣象而非追模古典意境。比如，〈水邊〉：「水面映出怪形的臉，／唇上綴起兩瓣嬌艷的花，／微波仍將花影載去，／送入沒有定處的墓穴。」[42]落花流水乃古典詩歌中常見的意象，但〈水邊〉中絲毫沒有「一朝春盡紅顏老，花落人亡兩不知」（《紅樓夢》）式的古典感傷氣質。相反，他詩歌卻有超現實主義的鬼魅氣息。比如，「怪形的臉」與唇上「嬌艷的花」兩組毫無親和力的意象奇異組合，經過水面的倒映後更顯變形、扭曲的夢幻色彩。而「沒

40　李維陵：〈跋〉，《雨天集》（香港：華英出版社，無出版日期），頁31。

41　楊際光：〈前記〉，《雨天集》，頁1-2。

42　楊際光：〈水邊〉，《五〇年代香港詩選》，頁45。

有定處的墓穴」，表現的也非顧影自憐的浪漫感傷，而是現代人的絕望。正如其充滿質感與張力的表達方式，詩歌的表現對象是現代人錯綜複雜的情緒感受。

楊際光喜好使用否定性的詞語，比如，「向空茫伸出絕望的手，／無可掌握自我的真實。」（〈水邊〉）[43]「只無窮的追索飄出詩的小舟，／駛向不可知的無數虛幻的清晨，／檢擷你我未曾把捉的收穫。」（〈音樂〉）[44]「睜眼躺下，耐心地等待，／為昨日的經歷設計未來，／不可捉摸的幻影，／從腦中現出奇妙的形象。」（〈靜室〉）[45]這些否定詞組指向的都是現代人對於真實與自我的不確定性的感知。楊際光曾為《文藝新潮》翻譯過加繆、卡夫卡、托馬斯．曼等人的作品，對他們所表現的現代個體及其生存形式的破碎感、不確定性、荒謬感，耳熟能詳。

楊際光在詩歌意象呈現上的創新與文字經營上的陌生化，也都顯示了自然浪漫的古典語言與詩情畫意的傳統意境難以表達現代人之於現代社會的態度和處境。楊際光筆下的意象表達一種現代個體有質感、有律動的情思，而非對周遭事物進行外觀描繪。

> 夜聲被滌淨了塵沙，閃避於喧囂，
> 落到打著寒噤的檐滴。
> 我們至少尚浸在這一段奇異的平靜，
> 讓萎老的燈光關到窗外的蟲鳴裏，
> 收檢珍貴而未盡的笑顏，

---

[43] 楊際光：〈水邊〉，《五〇年代香港詩選》，頁45。
[44] 楊際光：〈音樂〉，《五〇年代香港詩選》，頁41。
[45] 楊際光：〈靜室〉，《五〇年代香港詩選》，頁46。

備藏諸南方懶惰的菩提樹根隙。

慢慢翻開記憶的書卷，
逐頁搜尋一聲親切的叫喚，
還有淋濕過愛情的水珠，
倔強地依附於故居的門環。

相信撥起我獨守的垂簾，
將有如棕櫚葉輕擺的柔指。

（〈雨天〉）[46]

〈雨天〉（1951）在意象氛圍營造方面，延續著楊際光一向清潤、精緻、新異的風格。開篇即寫出了雨夜的肌膚之感——「夜聲」的音色、質感與動態。抽象名詞「夜聲」被擬人化處理，一方面有著澄澈、淨潔的質感；一方面擁有真純、超俗的音色。「落到打著寒噤的檐滴」——「落」這一動作本身就預示著聲響，而「打著寒噤的檐滴」，則賦予了這一聲響幽靜的韻律、清寒的溫度和清脆的音色。「夜色」的聽覺形象、視覺形象、感覺形象，一層層矗立在讀者面前。精心營造的意象，俯拾皆是。又如「萎老的燈光」、「淋濕過愛情的水珠」、「獨守的垂簾」等。楊際光對於意象的修飾用語都相當別致：所有的物象都賦予了時間的痕跡，因此成為有歷程、有故事、有姿態的生命。詩人對於難以捕捉、無以狀形的抽象概念進行不斷疊加的具象化處理

---

46 楊際光：〈雨天〉，《五〇年代香港詩選》，頁40。

——如質感、濕度、音色等，賦予這類意象以生命的肌理；在詞語的連接與語意的承接上，造成曲折頓挫的張力感。詩人不僅以書卷比擬記憶將之具象化，還將記憶的物象生命化、時間化。如此，造成一種語氣語意的頓挫感。詩歌的精緻韻味還可能來自諸多文言詞語的使用，比如，「於」、「諸」、「尚」、「如」等，使得連詞造句肌理緊致，有語意壓縮後的密度與質感。

〈雨天〉寫於楊際光來港不久後。故地故人之舊情以及一切逝去的美好，自然親切；而此時此地，亦有一種「奇異的平靜」。這或許暗示了香港提供給內地人在內戰餘波與冷戰開啟之際一個中間地帶，以其特殊的地緣政治保障了一處不分左右、兼容並包的殖民空間。詩中新舊時空的對接，不是對立而是一種輕柔而倔強的依附關係。「閃避」、「浸在」、「收檢」、「備藏」等動詞，是否暗示著香港的庇護性呢？故地故人的眷念亦在回憶中展開。故居的意象，如「親切的叫喚」、「淋濕過愛情的水珠」、「故居的門環」，溫潤而熟稔。「相信撥起我獨守的垂簾，／將有如棕櫚葉輕擺的柔指。」撥開垂簾，意味著步入詩人故居內室，也意味著打開記憶深處。較之詩首的意象，「獨守的垂簾」與「輕擺的柔指」這組意象，有著幽美從容的動態。是離散的流亡開啟了詩人的思鄉之旅，還是對舊地愛人的思念推開了詩人的記憶之門？1951 年〈雨天〉這般現代派風格的詩，已不可能發表於故地。香港，這座「奇異」的城市，提供了他與其他新潮社同人創辦現代派刊物《文藝新潮》的機會。一群逐夢少年，建砌自己的文學理想國，在動蕩時代於此安身。

檢擷「記憶」是楊際光詩歌中反復出現的主題或意象。在詩人筆下，「記憶」是有期待的——「記憶是一條冬眠的小蟲，要求清爽的呼吸。」[47]「記憶」亦是甜香的——「慢慢翻開記憶的書卷，逐頁搜尋一聲親切的叫喚」（〈雨天〉）。又比如〈音樂〉：

> 奇才今宵已為我緊織記憶的貯存，
> 不泯的玉像被供入時間的宏廟，
> 寂寞微雨會淋濕簷下我情愫的風鈴。
> 柔和的無聲音響，輕輕陪伴
> 我小心剪落的燈花，放入胸臆的紅盒。[48]

上述文字寫音樂之奇妙。「記憶」、「時間」、「情愫」、「胸臆」，都是難以捕捉、無以狀形的抽象概念。詩人以所有格的形式為媒介，將抽象概念具象化，比如，「記憶的貯存」、「時間的宏廟」、「情愫的風鈴」、「胸臆的紅盒」。「××的××」詞語組合，前者「××」為抽象，後者「××」為具象。詩人還將具體化的抽象動態化、空間化、情緒化。比如，「緊織記憶的貯存」，記憶被賦予了肌理；「寂寞微雨會淋濕簷下我情愫的風鈴」，情愫被空間化且感染了雨滴的寂寥、濕度與音色；即使音樂的無聲之處，也因契合胸臆而為我珍藏——胸臆是立體的、紅色的容器。楊際光詩歌不僅書寫記憶，而且其創作本身就是貯存、檢擷、翻開、收藏記憶，憶舊撫昔的過程。

純境之於楊際光，是窒息頹敗的現實世界激發下所追尋的淨

---

[47] 楊際光：〈薄暮〉，《五〇年代香港詩選》，頁 42。

[48] 楊際光：〈音樂〉，《五〇年代香港詩選》，頁 41。

土烏托邦。他是以詩歌為媒，探尋並結構自我與動蕩現實及黑暗時代的關係。而他所謂「捕取美麗灼心之物」、「建砌精神隱匿之堡壘」，並非隔絕時代的海市蜃樓，而是庇護性靈的自由之所。他所追求的毫無雜質的平靜、透明美滿的純境，是在愛與同情的慈憐中把握人類前途的遠景。楊際光認為，藝術不應臣服於現實、流於藝術品質的貧乏膚淺，也不應隔絕現實、導向精神世界的莫測高深。他所追求的「健康的詩」應「兼顧現實與人性不可分割的共同發展」。[49]正是心懷真純的希望與簡單的樂觀，他的抗爭亦顯得靜穆莊重，甚至慈悲得地老天荒。

我聽得清，是綿綿的熊熊的火，
響沸於這表面的病態的慘白下，
將流向必有的缺隙，吐出燃燒的岩漿，
廣鋪未來肥壯的污泥，呼喚雄偉的墾殖。

今刻，我將保留這一個淡淡的溫暖，
洗滌塵砂，檢拾零星的貝殼，想著明珠，
借這窒息的氛圍，雕製我胸前的號角，
瞻望生的氣象，是屋簷那一角青色的天。

（〈薄暮〉）[50]

詩人寫薄暮一刻，亦可讀作其置身沉悶時代的自況；混亂不幸反

49　楊際光：〈前記〉，《雨天集》，頁 2-3。
50　楊際光：〈薄暮〉，《五〇年代香港詩選》，頁 43-44。

而照亮人們內心被壓抑的希望，煉鑄其探尋新天地的意志。1950年代對峙格局已箭在弦上，世界冷戰兩大陣營在東亞亦已交鋒走火。時代的巨輪在大開大合中滾滾而來。詩人無意沉淪於灰藍的暗影中；他相信「廢墟將長出綠綠的草，陳腐中髯出新鮮」。現實的窒息激發詩人澎湃的動力，創造健康純真之美。〈薄暮〉與《文藝新潮》發刊詞中所描繪的現實處境和時代抱負如出一轍。這也可能是 1956 年的楊際光看到發刊詞後，加入新潮社的內在原因。他在這一宣言中發現了時代青年的共鳴——「理性和良知是我們的旌旗和主流，緬懷、追尋、創造是我們新的使命，人類靈魂的工程師，是鬥士的，請站起來，到我們的旗下來！」[51]

將楊際光的純境推廣到政治理想就是人類共得「最完整的平等」，共有「普遍一貫的愛」，共保「與生俱來的權益」。這一政治理想具有不分種族、膚色、階層、性別的世界主義色彩：「這裏，我們有最大的自由，／自由於拓展共同幸福的規程；／我們有最大的豐滿，／豐滿於生命的平凡的要求；／我們有最大的平靜，／平靜於進步必須的活動；／我們也有最猛的戰鬥，／戰鬥於反抗一切形式一切性質對性靈的違逆。」（〈拓荒者的出發〉）[52]這種政治理想的靈感來自現實愚昧無知的刺激：「貧困的頭腦竟發出怪誕的奇想，／要絕滅人類的智慧，留下無邊空洞，思想的荒廢；／文字變成機器，妄圖製造鐵的桂冠，／罩在權力的軀體，沒有靈魂的肥腫。」（〈拓荒者的出發〉）[53]楊際

51 新潮社：〈發刊詞：人類靈魂的工程師，到我們的旗下來！〉，《文藝新潮》第 1 卷第 1 期（1956 年 2 月 18 日），頁 2。

52 楊際光：〈拓荒者的出發〉，《雨天集》，頁 143。

53 楊際光：〈拓荒者的出發〉，《雨天集》，頁 137。

光看來，自由縱是一聲低喚，弱草也會燃燒：「敢敲小片磷石，／在無邊的如霧如墨裏，／當看熊熊燃起，／無數眼睛憤怒的光輝。」（〈自由〉）[54]

1950 年代楊際光為《文藝新潮》翻譯世界文學，譯介文字中亦可見其對於國際政治時事與中國政局走向的深切關懷。該刊 1956 年第 1 卷第 7 期特載羅謬（楊際光）譯的波伏娃小說《士紳們》一章「愛之插曲」。《士紳們》（*Les Mandarins*）被普遍譽為戰後法國最傑出的小說之一。它於 1954 年獲得法國龔古爾文學獎（Le Prix Goncourt），1956 年 5 月在英美出版英譯本，被列為暢銷書。[55]楊際光在推介文字中強調薩特與波伏娃新近參加法國作家聯合宣言，批評蘇聯對於匈牙利事件的介入。[56]譯者介紹，《士紳們》的主題是：「人生本身雖然是沒有意義與目的的，但每一個人仍應該從他時代環境與人與人的關係中發掘他自己的生命目的與意義；人是自由的，但如果他運用這種自由逃避現實，則只管導致自身的毀滅。」[57]譯者對於法國存在主義的認知與新潮社一貫的旨趣追求相契合，即積極觀照現實、投身現實。這也是該刊對於法國存在主義作品翻譯有所偏重的原因。

1958 年第 2 卷第 2 期《文藝新潮》刊載了羅謬譯的〈本年

---

[54] 楊際光：〈自由〉，《雨天集》，頁 134。

[55] 〈《士紳們》作者簡介〉，《文藝新潮》第 1 卷第 7 期（1956 年 11 月 25 日），頁 63。

[56] 〈《士紳們》作者簡介〉，《文藝新潮》第 1 卷第 7 期（1956 年 11 月 25 日），頁 63。

[57] 〈《士紳們》作者簡介〉，《文藝新潮》第 1 卷第 7 期（1956 年 11 月 25 日），頁 63。

度諾貝爾文學獎金獲選人——嘉謬答客問——論政黨及真理〉。該篇為嘉謬（Albert Camus，通譯：加繆）答覆意大利《現代》月刊編者西龍涅（Lgnazio Silone）與基亞羅蒙台（Nicola Chiaroinonte）提出的關於政治原則和實際的若干問題。加繆認為：「關於政治權宜的問題，應該研究確定它們究竟含有多少真理的成分，以及能從它們得到什麼教訓，以糾正對那些以前被認為是正確事情的看法。但政治的權宜不容取得優先地位，勝過了對實際真理的追求，更不容勝過對真理的尊重〔……〕一份報紙、一本書，〔……〕它們只有在申述真理的條件下才能有成為革命性的機會。一個人有權相信真理是相對性的。」[58]

楊際光對於世界政局的關注指向的是關於中國的憂患意識。在 1956 年匈牙利革命事件一年之後，楊際光在香港的高羅士打茶室採訪了匈牙利流亡詩人保羅・伊格諾托斯（Paul Ignotus）。保羅問及楊際光對當時日本文壇所流行的左傾趨向與內地知識分子的態度。楊際光認為，彼時日本文化界的情況與 1949 年前的內地頗有近似之處；他對 1958 年「反右運動」中被打成「右派」的作家飽含同情，如艾青、綠原、丁玲等。[59]楊際光還為《文藝新潮》翻譯過德國湯馬斯曼（Paul Thomas Mann，通譯：托馬斯・曼）的《藝術家與社會》（*Der Künstler und die Gesellschaft*，1953）。該文討論藝術與道德、社會、政治之關係。托馬斯・曼列舉了同時代保守反動的社會批評與「最奧妙的

---

58 羅謬譯：〈本年度諾貝爾文學獎金獲選人——嘉謬答客問——論政黨及真理〉，《文藝新潮》第 2 卷第 2 期（1958 年 1 月 10 日），頁 60。

59 貝娜苔：〈匈牙利革命詩人會見記〉，《文藝新潮》第 2 卷第 1 期（1957 年 10 月 20 日），頁 29。

藝術進步主義攜手並進」的例子，如德國作家漢遜（Knut Hamsum，通譯：克努特・漢姆生），美國詩人艾茨拉・龐特（Ezra Pound，通譯：埃茲拉・龐德）。他們在審美觀念與文體開拓上有卓越建樹，但在思想立場和個人命運面向上最終傾向於法西斯主義。托馬斯・曼深知藝術之於人類命運影響力有限：它譴責「惡」卻無法遏制「惡」的邁進；它不是權威而是撫慰。楊際光認為，托馬斯・曼作品的統一底色是對善與美的追求，是人類精神的飛躍；而其生平是自由精神與德國統一的象徵。他指出，該文闡釋了文學超乎政治的真理，抨擊了一切為政權御用的藝術，並表明藝術象徵著人類對完美的不斷追求。「這都是我們所應該三思的。」[60]楊際光及多數新潮社同人與托馬斯・曼戰後處境相似——寓居海外，關懷祖國。而托馬斯・曼關於文化與政治密不可分的觀點，也與新潮社同人的追求相呼應，即現代主義的提倡包括了對自由民主的追求。

有了文學信仰與時代關懷，有大戰爭大動亂後奮起的烏托邦理想，楊際光和馬朗及其他新潮社同人的現代詩歌才有了風骨，其現代主義的美學追求才有了民主自由的精神內核。如上所析，楊際光詩歌或內在化或具象化或超現實的意象表現，或節制或陌生化或別出心裁的文字語言，其背後是灼熱的時代精神與有深度的現代思維方式。否則，其詩歌則可能淪為詩藝精美卻內核單薄的對細小情緒的抓捕。無論其意境如何之純淨，詩歌思想的密度與質感都能觸手可及；其意象如何之新異衍生，語意如何之簡約

60　〔德〕湯馬斯曼作，羅謬譯：〈藝術家與社會〉；羅謬：〈藝術家與社會〉（附注），《文藝新潮》第 1 卷第 5 期（1956 年 9 月 10 日），頁 41、42。

陡峭，詩歌卻從不故弄玄虛、高深莫測。楊際光的詩歌有極具美感詩性的現代氣象，卻鮮有現代主義為人詬病的晦澀艱深、追奇慕新。

同時代的新潮社同人崑南、李維陵對楊際光詩藝的感受點出了其魅力所在，也點出了新潮社同人彼此間的精神紐帶。李維陵認為，楊際光的詩歌不完全表達自己，「他深入地體驗了我們這一時代人類底共同的痛苦、悲鬱、愛情、憤恨和希望，他將現代詩灌注入濃烈的酵素，在極度的掙扎、發漲和纏搏中，沖向了新的境地」。[61]崑南認為，「和其他同時期的詩人比較之下，至少，在語境的節奏空間，或文字的彈性和韌性方面，或詩體的成熟性方面，楊際光的成就仍有待談論的」。而楊際光的詩，「在語境上無論散發多大的柔意，總閃透出陣陣的剛氣來。這正是他強調的所謂『思想性』」。[62]所謂「新的境地」與「思想性」，源自新潮社同人的現代主義詩歌乃有感於時局劇變而發，其詩歌重力來自這種民族憂患、時代抱負、人類關懷的現世性。楊際光的詩歌既是捍衛個體性靈不受現實蒙昧、束縛、扭曲，也是面向人類美好遠景的不懈努力，即使個體在對抗現實的長途中跌落，仍以「跳躍的靈曾向屢屢閃避的微光飛近」（〈高處〉）。[63]

---

61 李維陵：〈跋〉，《雨天集》，頁9。

62 崑南：〈挽救了詩的詩人——讀楊際光《雨天集》〉，《香港文學》2002年2月第206期，頁77、79。

63 楊際光：〈高處〉，《雨天集》，頁5。

三、李維陵：理性時代的守望者

李維陵（1920-2009），廣東增城人，原名李國梁，畫家兼作家。生於澳門，1935 年起在香港居住，後於重慶就讀大學，1948 年回港。先後任教於香港聯合書院、葛量洪教育學院，1982 年移居加拿大。[64]李維陵 1950 年代開始寫作，並與詩人楊際光展開繪畫與詩歌的合作。李維陵作品結集有《荊棘集》（香港，華英出版社，1968）和雜文《隔閡集》（香港，素葉出版社，1979）。1956 年 2 月 7 日至 17 日，英國文化委員會替李維陵在香港舉辦畫展，一方面，展示香港已有本土的畫家、畫作；另一方面，也意味著香港的再現在繪畫領域已成就了獨特世界。李維陵還曾為今日世界社早期出版的叢書做封面設計與插圖；《星島周報》在 1953 年、1956 年也刊登過「李維陵筆下的香港」、「香港速寫」圖畫。[65]畫作中的香港，有麥當奴道、德輔道中、和平紀念碑、香港大學，有熙攘的街頭小巷，也有明亮華麗的高樓大廈。1950 年代的李維陵作畫處於狂熱時期。一方面因相識楊際光，志同道合；另一方面因重回香港，印象難忘。李維陵 1930 年代在香港度過「少年時代」，重返香港後熟悉的建築激發了創作欲望。[66]

李維陵經由楊際光的介紹結識了馬朗。儘管李維陵先前在內

64　肯肯、俊權、阿草、凌冰、小風訪問，丹倩紀錄：〈訪問李維陵〉，《大拇指》1979 年 1 月第 91 期，第 2 版。

65　冬令：〈懷念〉，《70 年代》1972 年 8 月第 28 期，頁 22。

66　李維陵：〈印象〉，《大拇指》1981 年 10 月第 142 期，第 8 版。

地有零碎創作，但其真正的寫作生涯從《文藝新潮》開始。[67] 1950 年代現代文學與繪畫的跨界對話在《文藝新潮》的封面、插圖與推介中，處處可見；也在李維陵的文學創作及其圖文合作中，有跡可循。他將這座城市刻入了香港現代派文學、繪畫的疊印世界。比如，第 1 卷第 6 期為楊際光（署名貝娜苔）的詩歌〈橫巷〉配圖，題為〈監獄外的橫巷〉。第 1 卷第 7 期為馬朗的〈太陽下的街〉配同名插圖。兄弟李維洛也曾為李維陵的小說配圖，如第 1 卷第 5 期的小說〈魔道〉。李維陵的小說創作、文論與翻譯常見於《文藝新潮》，文筆才情四溢，頗具現代派之風。

李維陵小說的主人公多為藝術家與文人，念茲在茲的是沉滯時代的道德承擔問題。〈魔道〉寫「我」（畫家）與朋友「他」從相識、相知到相別，見證了其靈魂在惡的深淵從沉淪至返途的過程。「他」是一位從內地來港的難民，流落街頭乞討，被一對貧困老夫婦收容。「他」知識淵博，但個性乖戾。「他」在大學期間加入在國外訓練的抗戰部隊，在印緬邊境連綿雨季的森林中苦戰；後做過執行清算的幹部。他象徵著一個墮落的、被毀壞的靈魂；代表著被戰爭暴力與戰後混亂所摧毀的良知。他自道：

> 我好像一直被教育被習慣了去殺人。在戰時我殺過人，在戰後我還是同樣殺過人，在戰時我殺的叫做敵人，在戰後我殺的叫做反動者。本質上那些被殺的都是活人，但我從來不覺得良心受到責備，而且相反地我一直被鼓勵著殺得

---

[67] 周國偉、方沙等訪問，王商整理：〈李維陵訪問記〉，《大拇指》1980 年 10 月 15 日第 123 期，第 8 版。

更堅決更勇敢。[68]

與此形成對照的是見證者「我」。「我」，素來懷有理想主義的信仰，相信人類良知、智識終將征服野蠻。「我」以為「他」並非本性為惡，而是錯誤時代的結果：「在大規模的殺人已成為公正和道義的必然的時候，他已經不復有所謂良心和道德的感覺了。」[69]〈魔道〉探尋的是如何在經歷過血腥的戰爭與理想的失落後再出發，如何從時代罪惡與歷史教訓中創造出一個理性時代。所謂的理性時代，就是以「樂觀積極的合理世界觀念」引導人們走出沉滯現實，建設美好未來。[70]對於人類美好遠景的憧憬與努力，這種信念是凝聚李維陵、楊際光、馬朗等人的根本。李維陵認為，楊際光是時代的先驅者，把詩歌提高到關懷人類的美妙高度。他的詩歌與品格令李維陵深信：「全世界的黑夜是終會逝去的」，文學的光輝終將再次普照大地。[71]

〈魔道〉中，「他」魔性驅除的方式設計得有點匪夷所思。一晚，「他」無意瞥見那個老婦人換衣，情欲躁動並強暴了她。老婦人的丈夫目睹了一切，偷偷哭泣。「他」憎恨丈夫的卑怯，揮拳相向，卻被老婦人擋住。「那一瞬我好像清楚地內省到什麼

68 李維陵：〈魔道〉，《文藝新潮》第 1 卷第 5 期（1956 年 9 月 10 日），頁 8。

69 李維陵：〈魔道〉，《文藝新潮》第 1 卷第 5 期（1956 年 9 月 10 日），頁 9。

70 李維陵：〈魔道〉，《文藝新潮》第 1 卷第 5 期（1956 年 9 月 10 日），頁 2。

71 李維陵：〈跋〉，《雨天集》，頁 31-32。

是真正的罪惡，不像我平素所想到說到的空泛概念，那是一種非常實在的具體感覺。我從沒有像這一刻那樣厭惡和痛恨我自己，我覺得我就是罪惡的化身。」[72]那晚的經驗比「他」在戰時殺人和戰後執行清算更動魄驚心。從此，「他」消逝了。該篇小說的插圖為作者的兄弟李維洛所繪。插圖展示的是一個赤裸男子面對著一扇低矮的窗口，背對著讀者。那垂著布簾隔出來的板間，搖搖欲墜、貧敗破舊，象徵著老夫婦的居所。窗口與人體周遭延展著暗沉的、令人不安的陰影。圖畫表現了「他」裸靈震顫、痛悟罪惡的那一瞬間。

「他」的人性復位是李維陵欲以理想振奮暮氣沉沉的時代的美好願望使然。故事展現了道德如何戰勝知識、暴力、教育而促發了個體去反省赤裸靈魂，發現愛及其意義。「他」的幡然悔悟並非源自他素有修養的智識世界，如莎士比亞作品、《罪與罰》以及存在主義等西方文藝作品，而是來自道德典範的指引力量。那對老夫婦可視為道德的表徵，他們不僅背負經濟重擔收容他，還在遭受暴力後仍然選擇寬恕，待其歸來。小說的結局，寓意了人性之善可以克服魔性。這也重申了李維陵戰後重建理性時代的主張：理性道德而非英雄狂飇是建構戰後民主自由的途徑之一。小說反映了戰後大時代如何重建心靈皈依之所在的普遍困惑。

李維陵的〈荊棘〉亦展示了他對人類社會未來遠景的關懷。小說以第一人稱「我」為敘述視角，展示朋友「他」與其子之間的矛盾。父親身為大學教授，卻無法供養兒子受高等教育；

---

72 李維陵：〈魔道〉，《文藝新潮》第1卷第5期（1956年9月10日），頁11。

「他」的詩集與書稿討論人類社會的未來走向，卻無出版商願意出版。兒子支撐起家中的大部分生活費，視父親為「空想」的瘋子。「他」經歷了學校的解聘、世人的嘲笑及兒子的拋棄。「我」勸「他」的兒子，「要尊敬上一代，絕不要因觀感不同而抹煞上一代的努力，何況他父親現在所做著的事情是一種關係人類頭腦的有極重大意義的事，不能因為他不能賺錢便說他是個沒有出息的廢物」。而兒子卻堅持，「以他父親那樣一個貧窮、卑微的、自顧不暇的老頭子，竟然敢去放肆地討論什麼世界和人類等大事情，而且還要發表出來，這分明是一個胡鬧」。[73]敘述者「我」並未嘲弄朋友兒子的無知與冷漠。「我」對於朋友兒子的勸說，也是對自己所堅持的價值之辯護，而非僅僅從現代家庭觀念與傳統孝順倫常出發。

〈荊棘〉中，父子矛盾象徵著世俗／物質／無信仰與精神／理想／人類關懷之間的衝突。父與子兩個世代的衝突自古有之，往往意味著一種新的觀念正在取代一種舊的觀念。與同時代的趙樹理一樣，李維陵亦以代際關係為表徵探討不同價值系統的衝突。但李維陵參照屠格涅夫的《父與子》，將朋友的父子矛盾歸因於下一代的蒙昧無知。「我朋友的兒子不相信日常生活以外還有什麼有價值的東西，他所希望和要求的只是些可以看得見的個人物質狀況的改善，他不關懷似乎是概念上的人類或抽象的世界，那對他是極遙遠渺茫的事情。」[74]李維陵以代際衝突表現信

---

[73] 李維陵：〈荊棘〉，《文藝新潮》第 2 卷第 2 期（1958 年 1 月 10 日），頁 13。

[74] 李維陵：〈荊棘〉，《文藝新潮》第 2 卷第 2 期（1958 年 1 月 10 日），頁 14。

念理想與悲劇現實的悖論——「他」「真像在燃燒的荊棘裏，熾熱的火已經燒灼到他的靈魂」。[75]〈荊棘〉中，小說的隱含作者、敘述者「我」對小說人物「他」持同情理解之立場，三者有著精神同盟的關係。「我」與「他」滿腔現實關懷，興致相投：從匈牙利革命、人造衛星談到當時獲得諾貝爾物理獎的兩位中國青年科學家。而「他」可視為「我」之鏡像，彼此相知相惜。

〈荊棘〉最終給予「他」的悲劇人生設置了些許光暈。「他」的著作後來得到了同行的認同，一個外國學術團體要特別討論其於思想領域開闢的新路徑。小說的結尾寫「他」死在書桌上，兒子去墳前悼念。這一結尾表現了作者對於人性仍持有希望，無論兒子是否覺悟或尊重父親的價值觀，但父子之情都已流露，這是人性人情終未泯滅的表現。作者為知識分子的理想信念留下一抹暖色：膠著於暗啞的現實生存狀態，備受無知或世俗嘲笑，卻仍然關懷人類、思考未來。這也是同時代李維陵與趙樹理書寫代際矛盾的差異所在，即父子衝突最終也許在價值觀念層面無法和解，但可能在人性層面達到些許調和。這種調和恰恰是一切追求理想、信仰、信念的出發點。追求理想的努力最終以人性、人情為指向。與此形成對照的是，在趙樹理的筆下，兩種政治路線的鬥爭往往以父子兩個世代的衝突為表徵；最終矛盾解決的方式是年青一代壓倒年老一代。趙樹理的小說中，敘述者在價值立場上往往站在小字輩的一邊，長輩多是被嘲弄、被戲謔的表現對象。

---

75 李維陵：〈荊棘〉，《文藝新潮》第 2 卷第 2 期（1958 年 1 月 10 日），頁 15。

李維陵的〈兩夫婦〉探討了希望與真實之間的兩難關係。類似主題，亦可見之於《傷逝》。涓生在小說結尾處的懺悔中所面對的是真實與謊言兩難的道德困境：如果向子君坦白已不再愛她，她會死；如果不坦白，他在說謊。〈兩夫婦〉以第一人稱「我」為敘述視角，見證朋友「他」（音樂家）及其跛腳朋友的故事。「他」認為藝術的世界是公開的世界，表演即袒露出藝術家修養的優劣。應跛腳朋友之邀參加其妻子的鋼琴演奏會，「他」感受到的並非旋律的優美，而是庸俗低能的自我暴露——「她生命的火焰是那樣貧乏和修養是那樣浮薄，並且她內在的質素裏有著醜惡，自私、愚昧和頑固的成分。」[76]

「他」的困擾在於：一方面，堅守藝術的真實性，即評價藝術的標準在於藝術本身；另一方面，對於藝術表演者的真實評價會摧毀跛腳朋友的人生意義。朋友幼年因為跛腳而生自卑，在遇到現在的太太後，心理得以療治。跛腳朋友將其人生的希望寄托在對她的音樂培養上，耗費了大部分積蓄。「他」所面臨的兩難選擇是：說真話，朋友及其妻子將失去生存之希望；不說真話，那將是對藝術的褻瀆。「他」最終選擇了為了藝術的忠實而粉碎善良人的美夢。跛腳朋友用畢生希望的崩塌換來真相的發現：自己因缺陷而造了一個幻像欺騙自己、麻醉自己；太太利用自己的縱容變得妄誕。小說曾寫「他」拜訪跛腳朋友的灰暗住所：室內除了音樂用品以外，亂七八糟地堆放著滿是塵埃的雜件、食具和髒衣服。濃墨重彩的空間描寫意在強調女主人貧乏浮薄的音樂修

76　李維陵：〈兩夫婦〉，《文藝新潮》第 1 卷第 6 期（1956 年 10 月 20 日），頁 23。

養與庸俗低下的生活能力。

李維陵的創作獨具一格，辨識度極高。小說〈魔道〉、〈荊棘〉、〈兩夫婦〉中的人物「我」與「他」，均與作者李維陵有著隱約的交集處。小說多以見證者或旁觀者「我」為敘述視角，展開朋友「他」的故事，裹挾著「我」的感慨。比如，〈魔道〉的人物設置上，「我」的畫家或藝術家身分，與李維陵的身分相同；而「他」對現代主義藝術的熟諳，亦與李維陵的藝術追求相似。「我」與「他」的關係，可解讀為「我」的一體兩面，是兩種對立觀念辯駁之合體；「我」與「他」的交往，可視為探尋個體如何在經歷過血腥的戰爭與理想的失落後再出發。「我」相信人性本善，以道德理性支配行為；而「他」代表著對立面之鏡像——被戰爭暴力、戰後混亂、庸常人生等所摧毀的人性。「我」以道德理性否定狂飈主義、英雄主義、人性向惡論。李維陵的小說一向關注於拷問人性、追求理想的主題。他對人性向善的一面始終持有信仰，否則一切抽象的理想奮鬥將失去根基。

由於李維陵懷有戰後重建社會之道德理想，其作品自然帶有訓誡色彩。這在戲劇創作中尤為明顯：戲劇文體往往缺乏小說文體刻畫、皴染人物深層心理的摹寫空間。李維陵的戲劇〈菌〉（《文藝新潮》第 1 卷第 8 期）寫了中年人張忠讓與大學同學馬文祺相遇的故事。他們成長於戰後時代，冀望將個人的前途與國家的前途結合起來，在歷史劇變中扮演轟轟烈烈的角色，卻未料及自己最終被時代沖甩出去。戲劇的結尾是，張忠讓受到馬文祺的勸導，從庸俗自私、經營小家庭重新變得關懷現實、同情社會。李維陵的戲劇創作在藝術性上較其小說遜色不少；但人物設置上仍然沿襲了小說中的勸誡關係。李維陵創作於 1970 年代的

《荊棘集》，收入大量短文，道德說教色彩濃厚。

李維陵除了譯介現代主義文論與介紹現代派畫作外，也發表自己的現代主義文藝觀。李維陵認為，現代主義的文學藝術，「描寫個人心理歷程的沒有故事情節和結構的小說，濃厚玄秘意味與純粹感覺經驗的詩，不協調音樂及誇張地表現直覺與幻象的繪畫，雖然它們是那樣標奇立異和極端化，但它們的確已擴大了現代人狹隘的觀念和視野」。[77]現代藝術無視傳統格律與形象的限制，提倡一切外界物象由自己獨特的感受予以表現。現代藝術給現代庸俗物質生活帶來了一絲清新，但李維陵亦看到了現代藝術的消沉一面。這早在李維陵翻譯的《現代主義派運動的消沉》（Stephen Spender）中，即有專門討論。李維陵認為，現代文學藝術的消沉主要在於它哲學的焦慮：「當它以無忌憚的冒險擊潰了十九世紀後期猥瑣庸俗的物質主義的暴虐而建立自我主義的天地，並不是說當時的人們已能較深刻地認識自己與瞭解自己，這不過是一種自由方式的反抗，一種無法忍受現實處境的叛變。」[78]而加深這種焦慮的是現代人性的問題。李維陵認為：「自從文藝復興期以來的自然人在現代物質主義的擴大壓迫下，人類本性上有了很大的改變，他們不以作為一個自然人為滿足，他們需要決定一個新的關係，就是說人究竟怎樣安排他們自己和環繞他們的外界。」[79]

77　李維陵：〈現代人・現代生活・現代文藝〉，《文藝新潮》第1卷第7期（1956年11月25日），頁21。

78　李維陵：〈現代人・現代生活・現代文藝〉，《文藝新潮》第1卷第7期（1956年11月25日），頁22。

79　李維陵：〈現代人・現代生活・現代文藝〉，《文藝新潮》第1卷第7

李維陵的現代主義文藝觀應置於其世界主義的視野與改造社會的訴求中予以考察。他認為，文藝的現代任務不僅包括表現作家與藝術家的自我感受及其和外界的關係，還要幫助現代人探求自己與他人存在之意義，探尋個體如何與外界取得新的協調之道。[80]而一個現代文學家或藝術家，不僅須具備獨特的文藝技巧與特質，而且「在觀念和情感上，他還要具備有作為一個社會指導與改造者那樣的職責」。[81]李維陵的基本理念在於現實是可以完善和提高的；而藝術或道德等可以通過感化或啟示人們成為實現此目標的中介。李維陵認為，現代主義文藝增加了讀者對於現代社會的迷惘困惑，對人生的黯淡憂戚，而現代主義本身就是個人主義的，後來受到蘇聯十月革命的影響，很多現代主義作家轉向集體主義。李維陵以為，衰落中的現代主義文藝的出路在於超越個人主義和集體主義的衝突糾纏，在人類精神生活衰竭的狀態中保持對未來美好的理想渴望。他對於現代文藝的衰落的解救方案，是將藝術定位為提供人類對於現實生活的理解和啟示，激勉他們積極正視時代、改進現代生活。李維陵認為：「文學藝術不是為個人主義和階級主義服務的，是為整個的人類與世界之向上與向前的邁進而歌舞而創造。」[82]他對於現代主義藝術在當下出

期（1956年11月25日），頁22-23。

80　李維陵：〈現代人・現代生活・現代文藝〉，《文藝新潮》第1卷第7期（1956年11月25日），頁23。

81　李維陵：〈現代人・現代生活・現代文藝〉，《文藝新潮》第1卷第7期（1956年11月25日），頁24。

82　李維陵：〈文藝斷想〉，《文藝新潮》第1卷第12期（1957年8月1日），頁22。

路的觀點與其戰後理性時代重建的主張是相互呼應的。

1970 年代李維陵體認香港的處境——「最難處的莫過於置身於兩個權力的夾縫中間」。雙方權力的爭奪戰中，各類戰術上場，從短兵相接到「心理戰」、「神經戰」，不一而足。而香港人，「他們生長並處身於權力的夾縫，可是他們並不屬於那個權力集團。兩個敵對的集團都深知他們的底細，他們不屑於收買他，也不感興趣利用他。而事實上，他們本身亦無意向那一方投靠。他們似乎自生自滅，然而他們有自己的主張，假如兩大集團的權力平衡再維持多一個時候，他們可能醞釀成另一個新的權力集團」。[83]李維陵的文章寫於 1975 年底至 1977 年夏間。據此，文中的「兩個權力」可引申為冷戰兩大陣營所代表的政治體制與價值系統。戰後出生的香港青年在 1970 年代已經長大，他們的文化認同與身分建構已不同於 1950 年代的馬朗、楊際光、李維陵等。

香港，成為戰後一群中國青年相知相識，追求純境的起點；亦是他們日後飄零四方，緬懷青春憧憬的家園。楊際光 1950 年代初到香港不久後，在一家報館做翻譯，因為遭遇不快而開始寫詩。據李維陵回憶，他第一次看到楊際光以貝娜苔筆名發表的詩歌時，即被「那種強烈的感情、新鮮的風格和豐富的形象」所吸引。他甚至贊譽楊際光的詩歌如此純粹完美，可以媲美古典杰作。興奮激動下，他給素未謀面的楊際光寫信。[84]從此，兩個陌生的年輕人相識相交。1950 年代，李維陵畫了大量的香港景物

---

[83] 李維陵：〈權力的夾縫〉，《隔閡集》（香港：素葉出版社，1979 年），頁 63-64。

[84] 李維陵：〈跋〉，《雨天集》，頁 9。

素描。楊際光跟隨他走過香港大街小巷，漫無邊際地閑談。[85]兩人的合作成就了 1951 年 8 月至 11 月《香港時報》上發表的 16 輯「香港浮雕」——維陵圖、麥陽詩。麥陽即詩人楊際光。楊際光的詩歌有〈筲箕灣石級〉、〈窮巷〉、〈跑馬地〉、〈半山的白晝〉、〈教堂〉、〈木屋〉、〈鑽石山竹林前〉、〈墳場〉等。李維陵的配圖是 1950 年代初香港的城市速寫，有混沌的屋舍，也有巍峨的高樓；有圮廢的木屋，亦有安閑的半山。從此時到 1959 年楊際光離開香港，李維陵的香港素描大多數由楊際光跟他一起完成。劉以鬯將李維陵的畫與楊際光的詩並列發表在他主編的報紙副刊《淺水灣》上，兩人親密多產的合作由此展開。楊際光回憶，這是李維陵作畫最多的階段，也是自己寫詩最忙的時期，還是他們一生中物質最貧困卻精神最快樂的時期。他們彼此影響，共同建構靈魂可得安樂寧靜的純境。[86]

這純境就是青年時代的他們，懷抱希望與信心，相信可以憑藉自己的力量，繪出一片美麗得令人震顫的遠景，也是全人類共享的美好未來。抒情性、現代性與時代性的相生相成，內地經驗與香港體驗、國族運命走向與人類前景關懷的彼此迴響，是其文學實踐普遍的美學特徵。他們的現代主義美學與自由民主精神、道德承擔意識、理性時代展望彼此膠合。楊際光 1959 年離港赴馬來亞。楊際光與李維陵此後都沉寂下來，很少寫詩和作畫。馬朗、楊際光、李維陵、崑南等因《文藝新潮》相交相知，亦因刊

---

85 楊際光：〈李維陵描繪的香港面貌〉，《香港文學》1998 年 6 月第 162 期，頁 16-18。

86 楊際光：〈李維陵的畫〉，《香港文學》1996 年 8 月第 140 期，頁 20-22。

物的停刊而交集減少。香港的現代主義思潮由此出發，經由《新思潮》、《淺水灣》、《好望角》等刊物在 1960 年代蔚為壯觀。反觀 1950 年代新潮社同人的消散，或是因為失去了彼此的相互影響，或是日後的他們漸失了青年時代的真純[87]，或是冷戰的世界格局在 1960 年代形態漸成、面目漸明。香港，成為這群追夢少年的終點站。

87　李維陵：〈懷楊際光〉，《香港文學》1988 年 5 月第 41 期，頁 80。

第八章　殖民地的「賣夢人」：冷戰與現代主義的煉金術

1960 年 1 月 8 日，回首過去的十年，崑南在香港寫下：「我們希望的都希望過了，我們絕望的都絕望過了。」[1]在湯因比的《歷史之研究》，奧威爾的《1984》，斯賓格勒的《西方之沒落》，羅素的 *Unpopular Essays*，赫胥黎的《猿與本性》等論著中，崑南看到了西方知識分子對於世界未來的憂鬱預言——對西方文明沒落的焦慮已經達到頂點，對人類權力狂熱的恐懼已經走向崩潰的邊緣。崑南的憂懼代表著戰後香港青年的迷茫、失望與疲乏。1950 年代二戰的陰影尚未褪去，冷戰的危機又在世界急遽擴散。過去十年的戰爭，大多與亞洲息息相關。崑南將此時此刻視為人類文明土斷川分、分奔離析的危殆關頭。他引用 1959 年英國科學家赫胥黎的呼籲，即人類建立思想交流的團體，以國際合作代替國家主義，避免意識形態衝突而造成的人類分裂。崑南以為，宗教已經失去了過去的權威，人類須建立一個完整的文化思想體系面對危機。他推崇近六七年來興起的文化哲學，相信它可以解釋文化之全部和發現正確的歷史法則。而其內

---

[1] 崑南：〈人類文化思想之轉機〉，《新思潮》1960 年 2 月 1 日第 3 期，頁 2。

核便是真善美：「真者，記取過去歷史之教訓，在經濟、政治、法律、社會科學等基礎上面，探討實驗的真理；善者，在普世人類的尊嚴下，努力建立一種個人與個人間，國家與國家間的親密之友誼；美者，運用藝術之良心，從事創造一個美滿之人生型式。」[2]

崑南對於文化之於人類文明及社會建設的作用有著超乎尋常的信念；同時它也是一種抽象化的、整體化、世界化的文化迷思。而這種文化烏托邦恰恰代表了 1950 年代一群殖民地的中國文藝青年安身立命的根本動力：追逐文藝的理想樂園、對抗殖民地的生存困境、關懷國族的現世走向。在西方，現代主義文藝的巔峰時刻已經一去不復返了。在香港，卻有一群追夢人不約而同彙集於現代主義的旌旗下：如果說馬朗、楊際光等南來文人在世界主義的文學觀中疊化著各自的中國關懷與香港經驗；那麼崑南則繼續著世界主義的格局，歌唱更多的是殖民地青年的「布爾喬亞之歌」。20 世紀 50-60 年代之交，國族意識仍然在席，但離散的憂鬱逐漸淡去；青春的苦悶、煩躁與叛逆正赤裸裸、熱滾滾地奔流而來。

在香港這片商業化的殖民地——「耕非吾土之土」、「一島摩天廢墟」，有勇士崑南，心懷文學的烏托邦，「抗拒石覆太陽」、「銜卵築涯角」（《大哉　驊騮也》）。以崑南為窗口，我們或可睇視 1950 年代香港現代主義的另一番風景。本章所要追問的是這種現代主義的特質為何，如何型構？崑南（1935-），出生於香港，既寫作詩歌小說、文藝評論，也翻譯詩歌、創辦純

2　崑南：〈人類文化思想之轉機〉，頁 3。

文學雜誌。1950 年代初，開始在《中國學生周報》、《六十年代》、《人人文學》等學生刊物發表作品。1955 年畢業於香港華仁書院。1955 年 8 月 1 日，崑南與學生朋友葉維廉、王無邪、盧因創辦《詩朵》。同年 12 月 1 日，詩朵出版社自費出版崑南第一本詩集《吻！創世紀的冠冕！》。所收詩作幾乎都脫稿於該年九、十月分。1956 年始，崑南成為文藝新潮社的中堅分子，在《文藝新潮》發表 400 行長詩〈賣夢的人〉等多部作品，青春才華如火山爆發般噴薄而出。1959 年，《文藝新潮》停刊。崑南及其友人王無邪、葉維廉、盧因「十分痛心」，1958 年 8 月 1 日於刊物接近尾聲階段成立「香港現代文學美術協會」。香港現代文學美術協會於 1959 年 5 月 1 日創辦《新思潮》，[3] 1963 年創辦《好望角》半月刊。1961 年崑南以「沙內沙」為筆名，自費出版第一部長篇小說《地的門》，風格前衛，筆致嫻熟。1960 年至 1962 年間崑南在劉以鬯主編的《香港時報》「淺水灣」發表大量詩歌與文藝評論。[4]

如果說，崑南所有的作品都在重寫同一部作品（葉維廉語），那麼，這部作品應該是以現代的火焰燭照出戰後香港青年的理想及其失落的苦悶經驗；是表現「不希望也要希望，絕望了也要絕望」（〈賣夢的人〉）的千回百轉；是抒寫自我生命意志大飛揚大跌落大憤懣的狂酣恣意。小說〈夜之夜〉（1957），即是代表。但在已有關於崑南的研究中，鮮有專門討論者。儘管這

3　崑南：〈文之不可絕於天地間者——我的回顧〉，《中國學生周報》1965 年 7 月 23 日第 679 期，第 8 版。

4　關於崑南的生平，請參閱〈崑南年表〉，崑南：《香港當代作家作品選集　崑南卷》（香港：天地圖書公司，2016 年），頁 568-570。

部中篇小說的前衛程度與技巧密度不若長篇小說《地的門》（1961），但其作為崑南確立現代派風格的標誌作品有著發端的意義。它也是崑南作品表現世界的濃縮版本：《地的門》是〈夜之夜〉的重新經驗和終極逃離；〈夜之夜〉又是〈賣夢的人〉、〈布爾喬亞之歌〉的跨文類重寫。

本章以〈夜之夜〉為個案，從文本細讀入手，抽絲剝繭，探索發掘 1950 年代崑南現代派品格塑成的諸多問題，包括文化資源及其轉化、形式創新及其限度、意義生成及其機制等。〈夜之夜〉在文本內部與其他文本符號構成相互指涉；在文本外部又有香港文化冷戰的歷史語境、文藝報刊的生產場域等多種因素介入其文學生產。本章將〈夜之夜〉置於這個文本與其他文本符號構成相互交涉與影響的關係中予以分析。這些文本包括崑南的詩歌、艾略特的詩歌、以及無名氏的小說等。在〈夜之夜〉的文本創作與意義生產中，這些文本如何構成富有啟發性、衍生性的文化資源；崑南以何種方式重新配置、中和轉化這些文本符號？本章經由鈎沉索隱、梳理辨析文本間委婉曲折的脈絡關係，冀望由此展現個體創作與翻譯文學、新文學傳統間的相生相息之關係。

一、夢囈式的抒情：形式創新及其限度

〈夜之夜〉敘述了香港洋行會計師丁文生逃離中環，來到大埔墟錦山村養病的故事。期間，住在村尾的有夫之婦白素月與從香港來的女友雷綺娟，輪番來到丁文生的房間探視。小說以丁文生為主線，以其與兩個女性的情愛糾葛為走向，延展出對話與心理雙重線索交錯並進的敘述脈絡。小說開篇即具有現代派的詩

意，展現了香港郊區大埔墟火車站的絕俗與荒涼，和那座被城市人遺忘的錦山村。

> 最後的一班火車走過了。
>
> 夜，在大埔墟開始寧靜下來。
>
> 站長室的燈熄了，剩下那慘青青色的燈柱，高直地伴著不遠那棵大樹。地上的碎影伶俐地移動，全表現了風的姿態。光是絕俗的，燈色和月色溶成一片了。
>
> 〔……〕巴士站站著四五個人，他們趕不及火車，從香港來的遊客。[5]

「他們趕不及火車，從香港來的遊客」，倒置的語序強調的是「趕不及」。趕不上「最後的一班」開往香港的火車，象徵著此時此地與現代都市的瘋狂速度逆向而生。大埔墟火車站建於 1913 年。清末港英政府與清政府修建九廣鐵路。華段從廣州大沙頭至深圳羅湖橋；英段從九龍尖沙咀至深圳羅湖橋，包括尖沙咀、油麻地、沙田、大埔、大埔墟和粉嶺站。沿線其他火車站均為西式設計，唯獨大埔墟火車站是一座金字頂的中國傳統風格建築。[6]小說中，大埔墟火車站意味著分界點，那「趕不及火車」的香港遊客是否正是即將出場的主人公丁文生的鏡像呢？

---

5 崑南：〈夜之夜〉，《文藝新潮》第 1 卷第 8 期（1957 年 1 月 15 日），頁 9。

6 九廣鐵路是連接香港與中國內地客貨運輸的重大工程，其中華段 1911 年通車。譚顯宗：《論香港的近代轉型——以尖沙咀為考察中心》，北京大學碩士學位論文，2002 年，頁 43。

「夜，在大埔墟開始寧靜下來。」這種特意的停頓，在後文的句法中反復出現。仿佛非如此，方能將「夜」的顛倒意味和緩慢質感傳遞出來。以停頓的方式延宕讀者對於主語的感知時值，指涉對象的形象性與主體性在拖曳的律動感中得到強化。這種切分，一方面定下了結構小說全篇韻律的主導節奏；另一方面也恰好與小說的情節設置、敘述角度形成對照。〈夜之夜〉的敘述行進主要通過人物對話與心理獨白來推進。關於丁文生的片段，小說交替使用第一人稱敘述和第三人稱敘述；關於兩位女性的段落，亦在這兩種人稱敘述之間反復切換。這種情節設置與話語表達形式，可以分配給說話人物與敘述者旗鼓相當的展現主體強度的權力。在此意義上，如果說開篇首句意味著時空交替、由實入虛的開啟；那麼次句則泄露了全篇富有意味的敘述語法。

小說開頭的景物描寫如同一系列定位鏡頭，交代故事發生的背景與人物的空間關係。攝影機從火車站到巴士站，穿過街市的小廣場來到錦山村，最後停在河東田野間的小洋房。切入中景的丁文生。

> 今夜，丁文生，沒有想到要睡。
>
> 爬起床，在窗前坐下。我仍是孤獨的，風，吹過來。他，微微的苦笑，他感到上唇的兩旁摺紋很深。他憔悴了很久，雖然肺病快要痊癒了，再休息半個月，便可以回家了吧？但他到底有點不願意，他已依戀村色，依戀這房間。
>
> 窗外，無論群山、溪流、草木、田野、屋舍……安靜地躺著。昏黑的燈光眨著朦朧的眼。天上，有半個月亮，它底奶白的光，像泡沫的薄膜，罩著土地。風，一陣陣吹著，

> 很小心，提防把神奇的它戮〔疑，戳〕破。狗，間斷地不留神吠了幾聲，只使它輕輕震盪幾下而已。是，無論群山、溪流、草木、田野、屋舍……安靜地躺著。[7]

上述引文中，關於丁文生的敘述，第一人稱與第三人稱敘述角度反復交替，（自由）直接引語與（自由）間接引語頻繁切換。同一個人物採用不同敘述人稱，達到了無縫對接。「我仍是孤獨的」，可以看作自由直接引語。根據 Geoffrey N. Leech 和 Michael H. Short 的研究，直接引語與間接引語的區分在於前者引用說話人的語言／思想，後者用敘述者自己的語言表達說話人的語言／思想。間接引語中，轉述者可能干預所要引述的內容。自由引語有兩個顯示敘述者在場的標志：引號和引述句（introductory reporting clause）。去除兩者之一或全部，即會產生一個更自由的形式——自由直接引語。這樣，作為中間人的敘述者缺席，人物顯然可以更直接地對我們說話。[8]「他感到上唇的兩旁皺紋很深。他憔悴了很久，雖然肺病快要痊癒了，再休息半個月，便可以回家了吧？」前者可視為間接引語；後者可視為自由間接引語。

自由間接引語是一種小說虛構人物話語和想像的表述形式。它通過將小說人物的直接引語（direct speech）和敘述者的間接引述（indirect report）的語法及其他特徵相混合，達成一種好像

7　本章所有引文下劃線均為筆者所加。崑南：〈夜之夜〉，頁 10。

8　Geoffrey N. Leech and Michael H. Short, *Style in Fiction: A Linguistic Introduction to English Fictional Prose*, London; New York: Longman, 1981, pp. 322, 318.

從人物的角度來呈現其思想和話語的效果。這種表述形式使第三人稱的敘述可以巧妙地利用第一人稱的角度。[9]據 Roy Pascal，歌德和簡・奧斯丁是最早頻繁使用這種寫作技巧的小說家。法國小說家福樓拜第一個意識到它是一種風格。此後，這種寫作技巧在現代小說中被廣泛使用。而最早描述並分析自由間接引語的是日內瓦大學的講師 Charles Bally。[10]由於強調聚焦和視角，自由間接引語在現代派小說中被大量使用。它能夠使得人物的思想、話語和認知不通過敘述者的轉述干預而直接表達出來。上述引文，明（有「聲」的自由引語）與暗（無「聲」的間接引語）的交替對位，人物與敘述者主體性強度的此消彼漲，都像極了蒙太奇的剪輯技巧，創造出多層次的、流動性的小說質感。而貫穿其間的情緒是丁文生對這個私密的、借來的、非常態空間的依戀。

這種挑戰文學審美慣性的陌生化技巧並未使得敘述變得晦澀、跳躍。[11]不同敘述人稱的自然切換，大約來自於敘述者本身就已經大面積沾染了小說人物的情感態度與言語風格。比如副詞「仍是」、「雖然……但……到底」都是轉折副詞，暗示了人物

---

9 Chris Baldick, *The Concise Oxford Dictionary of Literary Terms* (2nd ed.), Oxford; New York: Oxford University Press (2001), pp. 101-102.

10 Roy Pascal, *The Dual Voice: Free Indirect Speech and Its Functioning in the Nineteenth-century European Novel*, Manchester University Press, 1977, pp. 8, 34.

11 陳偉中持有不同觀點。陳認為，這段引文中的不同人稱敘述切換並不自然，破壞了敘事的節奏和整體性，且沒有太大作用。陳偉中：《崑南及其小說研究（1955-2009）》，香港嶺南大學碩士學位論文，2011 年，頁 35。

與敘述者的口吻相似，縮小了兩者間的敘述距離。此外，情緒的共鳴，意象的反復，以及語言及句法的重複，都使得人物的心理活動與風景描寫彼此對接、產生了疊化的視覺效果。窗外風景一段，如同視線匹配的鏡頭，承接上一段的結尾，也呼應著它的開頭——「在窗前坐下。」儘管這一段與先前段落（「此刻村人大都走入夢鄉了……」）相似，都是摹寫睡意朦朦的錦山村村色。但這一段的句法及組織暗示了丁文生的視角，飽含著丁文生的感知色彩。在句法上，幾乎每句都是單字或單詞加逗號開首，如窗外，……；天上，……；風，……；狗，……；是，……。夢囈般的停頓，成為連貫這段風景敘述的內在節奏。它們既是對開篇「夜，在大埔墟開始寧靜下來」句型的鋪陳，也是人物個性特質的彰顯。敘述的重複不限於句式，還有詞語、句子。比如，「他，微微的苦笑，他感到上唇的兩旁折紋很深。他憔悴了很久」。「他」的重複，不僅突出了人物的主體性，也延宕了小說的敘述節奏，營造著似夢非夢的情境。又比如，首尾兩句的文字重複，有頂針的美學效果；結尾「是」字的再度強調，亦摹寫出丁文生夜間喃喃自語、顛三倒四的語感。

（自由）直接引語與（自由）間接引語，第一與第三人稱敘述角度的反復切換並非是停留於摹寫人物心理與話語的技巧層面，而是昇華為作者有意為之且貫穿全篇的美學風格。比如第三節寫雷綺娟夜間來到丁文生的房間探望他。兩人聽到不遠處火車經過時排山倒海的巨響與漸漸逝去的鳴笛：

> 「這是火車哩！」生命的巨流，不就像火車一樣嗎？巨響後回後〔疑，復〕平靜。我們一生中有幾個閃耀的時機，

已十分幸福的了，他感慨起來。

——這聲響真可怕哩，要是在深夜睡著的時候。

「它已去遠了。」

——是的，去遠了。

我也快去遠了，紐約，是一個誘惑的城嗎？是一個值得我去的地方嗎？但願我去的是無聲，我不想驚動自己，更不想驚動了別人，她亦感慨起來。

「去遠了，但會回來的。」他彷彿瞭解她所說的意思。

真呵，我不是永遠留在那裏，我會回來的，四五年的吧？〔……〕到時候我會還是獨身嗎？她不覺面紅了起來，遠景是美麗，也是醜惡的。[12]

上述引文中，人物的話語與思想表述大量採用了自由直接引語的形式。作者往往以標點符號作為句首引出直接引語，引導短句或省略或置後，實現了先「聲」奪人的審美效果——延宕敘述者的出場，增加說話人物的主體性強度。而所有的對話都是以引號（「」）與破折號（——）來區分說話主體。小說通篇都用引號來標識丁文生的直接引語，破折號來表示雷綺娟、白素月、萍等女性的直接引語。

兩種標點符號，兩種人物與性別，兩種話語與心理，彼此對應。第二、三、四段，為自由直接引語，以不同的標點符號標識說話人雷綺娟與丁文生。語意簡明，不過是反復確認火車逝去這一事實罷了。第五段，以自由直接引語的形式，呈現雷的內心活

12　崑南：〈夜之夜〉，頁 14。

動，引導短句延宕至段末才浮現。第六段，以自由直接引語的形式，表達丁文生的話語。第七段，首先以大段的自由直接引語形式來呈現雷綺娟的內心活動，最後一句卻筆鋒一轉，切換到第三人稱敘述的角度。丁文生與雷綺娟的有聲世界（外部話語）與無聲世界（內心獨白）實現了無縫對接的審美效果。這種切換使得小說人物的心理再現獲得了層次感、流動感。它既不會淪為單調的、具有表演色彩的獨白，也可以兼顧某些情節功能，比如插敘人物的家世、經歷等。此外，自由直接引語，能更感性地、細膩地展示小說人物的心理軌跡。它也提供了不同人物對於同一個世界、同一段關係的不同視角與理解。

〈夜之夜〉的文本張力，來自於其內部二元對立的敘述結構不斷衍生。它包括敘述角度（第一人稱／第三人稱）、人物年紀（幼年／成年）、人物性別（男性／女性）、內容虛實（回憶／現場）、故事空間（中環／錦山村）等。這一系列的二元對壘，鋪陳出現代都市人的重重身分危機：「我」，在裸靈純貞與現實醜惡間，何去何從？這些元素往往以相互指涉、彼此交錯的方式滋養著小說意義的生長。比如，小說第一節寫素月夜間探望文生，並「誘惑」了他。白素月告訴丁文生，自己是為了錢才嫁給現在的丈夫。

> ——錢雖不是萬能，但在困苦的環境中，它就是一切。
>
> 「是的，素月，我不會看輕它！」
>
> 他也傷感起來了。
>
> 模糊中，有兩個模糊的影像。一個是他自己，一個是萍，他的第一個戀人。

——文生，你決定不還那筆利息金了？

〔……〕

「是的，素月，我不會看輕它。」他重複說了一次。[13]

這個片段寫丁文生回憶自己剛邁入社會，求職心切而被人騙去一千元。文生的初戀，最終被金錢問題與青春意氣摧毀。小說是通過什麼技巧完成了丁文生由對話現場到記憶之所的邏輯性過渡呢？丁文生從感傷至「影像」由「模糊」到顯現，現場與回憶的溶接有顯著的視覺效果。這種時空回轉如同電影剪輯中的淡出與淡入：前者為上一鏡頭由亮轉暗以至隱沒的過程，意味著一個段落的結束；後者為下一個鏡頭由暗變亮直至完全清晰，意味著一種起始。而第二次的時空轉場，由回憶之所至對話現場的返回，則通過丁文生話語的自我重複對接起來。「是的，素月，我不會看輕它！」丁文生的回想，似乎在自言自語的間隙中，倏忽而過。

不同於觸景生情的傳統寫作手法，亦不同於混沌未明的意識流寫作技巧，崑南通過話語的重複、畫面的溶接、情緒的感染等手段，使得小說人物自由出入於對話現場與記憶之所，而敘述本身展現的仍然是一個具有連貫性的世界。比如小說第二節寫雷綺娟夜間來探望文生，告訴他自己即將離港赴紐約學琴。綺娟流連著他，卻愛在心中口難開。

——心中的影子是不容易淡忘的。

13 崑南：〈夜之夜〉，頁 11。

> 她吃了一驚，她趕不及咽回這句話。她隨即沉默，來鎮靜一下自己的情緒。
>
> 心中的影子？他立即想起萍。
>
> 每個人的心都有一塊地方是愛情的隱蔽所。可能一年，二年都不發覺它的存在，但一下子，它出現了，赤裸裸地出現了，萍那短直的髮，那圓圓的臉，那腰肢，那最喜歡穿的絜裙……統統出現了。〔……〕
>
> 呵，一樣清晰！光采的日子！
>
> 她臉上泛起一陣緋紅，如同她手裏的蘋果。
>
> 我和萍並肩地坐在溪邊的碎石上。〔……〕
>
> 光采的日子，呵，一樣清晰！
>
> 丁文生和雷綺娟都沉默了起來。[14]

這個片段中，雷綺娟的情思如一顆石子，投在丁文生的心間，漣漪般散開。丁文生回想起初戀的童話王國。清澈見底，格外迷人。丁文生對萍春天般的童話記憶，雷綺娟對丁文生的芳心暗許，彼此相連的都是那情竇初開的純真。愛情幻像，如鏡花水月，彼此指涉。丁文生和雷綺娟都沉默了。雖然她們的愛情痴想形成共振，但各自的心思相向而行，生成一種對倒的審美效果。類似重複、交錯、反復的美學效果（見劃線部分），在小說中普遍存在。比如，「呵，一樣清晰，光采的日子」的重複，一前一後，標識著丁文生閃回的開端與結束。而從「心中的影子」到萍的模樣「統統出現」再到「清晰」的日子，再次暗示著視覺感受

14　崑南：〈夜之夜〉，頁 13。

成為推動情節的動力要素之一。

如果說〈夜之夜〉的前衛性表現在（自由）直接引語與（自由）間接引語，第三人稱與第一人稱敘述間的無縫對接，那麼小說的主題、結構及寓意卻鮮有西方現代主義的抽象感與破碎感。小說設置了以男性個體的內心為中心的敘述邏輯，卻從未挑戰讀者對於情節連貫性的期待與世界的整體性的理解。比如〈夜之夜〉第三節寫素月來照顧文生，告知他自己的淒慘身世。丁文生與白素月，一對飽嘗了人間之苦的人兒，以赤裸裸的人性直面，身體溶合起來：「房裏，無論是那本波特萊爾的《惡之花》，那幅馬克思，恩斯特〔疑，馬克思・恩斯特，Max Ernst〕的《夜間的人形》，那張貝多芬的《命運交響樂》唱片，那孤獨的時鐘，那哀愁的杯子⋯⋯都笑了，是開懷地笑了！夜，同樣也忍不住。」[15]儘管故事發生的主要空間為丁文生的臥室，但我們對臥室的感知僅僅停留在這幾個物品。崑南喜愛以現代派文藝作品布置主人公的房間，寥寥幾筆勾勒出概念化的私人空間（如《地的門》）。空間不過是主人公人格氣質的外化，作者文藝趣味的投射。

早在 19 歲那年，崑南就買了「《波德萊爾散文詩》」，直至 21 歲（應為 1955 年）重讀時才咀嚼出波德萊爾的驚人天才——以跌蕩辭章、和諧聲韻、清澈文意寫心靈起伏與知覺變幻。[16]該書題為《波多萊爾散文詩》，刑鵬舉譯，中華書局 1930 年出版。刑鵬舉使用的原本是 T. R. Smith 編的英譯本。該英譯本

15　崑南：〈夜之夜〉，頁 16。

16　崑南：〈教育　藝術　鑒賞〉，《香港當代作家作品選集　崑南卷》，頁 460、461。

除了收入 48 篇散文詩，還附了 52 首《惡之花》的詩稿。這對刑鵬舉來說是「出乎意外的獲得」。[17]在〈波多萊爾的詩文〉中，譯者對波德萊爾在 19 世紀歐洲文壇的地位及其貢獻做了介紹，還花了大量篇幅評介《惡之花》：「他用一種反基督的思想，愛異國的情調，沉痛的厭世主義，深厚的肉感色彩去培養他瑰奇的天才，頹廢的幻想，地獄中的樂園，污濁中的美旨，結果便開放了一朵怪險淒愴的《惡之花》。」[18] 1955 年，崑南的〈免除徐速的「詩籍」！！〉發表在其參與創辦的《詩朵》雜誌。文中，他抄錄了辛笛的〈再見，藍馬店〉和波德萊爾〈無名的城市〉兩首詩，來說明詩的最大質素不在於押韻而在於詩本身的旋律。[19]此外，該期《詩朵》還翻譯了〈夜梟〉與〈飄來的氣息〉，均選自《惡之花》。如果說，《惡之花》與丁文生的這段沉淪有氣質相合之處，那就是以頹廢為工具，以反倫理為精神，以沉到最下層的欲望麻醉來對抗都市文明的墮落與人性的腐蝕。

儘管波德萊爾等現代派文本符號的鑲嵌裝飾，參與了〈夜之夜〉的意義生成，但後者顯然缺乏前者的晦澀複雜與神秘幽深。《惡之花》中反復出現的重要意象如女人、都市、夜、魔鬼、夢、幻象、記憶、暈眩等在〈夜之夜〉中都可以找到痕跡，但寓意有所差異。以女性形象為例。Jonathan Culler 認為，《惡之花》包含了大量關於愛情的詩歌，探索了愛欲關係的多樣性與和

17　刑鵬舉：〈譯者序〉，邢鵬舉譯：《波多萊爾散文詩》（上海：中華書局，1930 年），頁 2。

18　〈波多萊爾的詩文〉，《波多萊爾散文詩》，頁 1。

19　班鹿：〈免除徐速的「詩籍」！！〉，《詩朵》1955 年第 1 期，頁 9-10。

激情的複雜性。每一組女性意象中都包含了多種態度及愛欲關係。儘管大多數愛情詩歌將女性身體作為男性凝視的客體，但波德萊爾比大多數人更明顯地將身體作為幻像的場所、想像與白日夢的刺激物、記憶的提示者。《惡之花》展示了最形而上的愛之肉體性與施虐傾向。[20]此外，魔鬼、歷史、語言、市場等，都是能動體（agents），其行動產生的效應導致了世界的諸多困難與神秘。[21]

〈夜之夜〉中，女性形象的設置與敘述都體現了男性中心的視角：她們不是行動者，缺乏主體能動性。雷綺娟被設置為一個虔誠的基督教徒；白素月被設置為一個欲望對象。小說以丁文生糾結於白素月與雷綺娟之間的情愛關係寫都市的人性危機與都市人的身分焦灼，而這種身分危機顯然是被性別化了的。小說中，文生的每一段情感都是交錯的：素月的來訪與綺娟的探望相交錯；素月激起了萍的幻象，而綺娟則喚起了萍以及妹妹的幻象。他們兩兩相對，如鏡相映。這種交錯一方面有心理功能，即暗示丁文生的情感譜系中不同女性的位置關係；另一方面也有現代主義形而上的色彩，它意味著個體對於自我的難以把握。如果說綺娟象徵著形而上的信仰，尚有距離的理想，那麼素月象徵著形而下的欲望，指向及時行樂的當下。丁文生帶給綺娟愛之弦的顫動，但丁並未對綺娟動情。文生在素月身上看到了引導自己、扶持自己的愛、歡娛及一切。但無論是綺娟，還是素月，都愛上了

---

[20] Jonathan Culler, “Introduction”, in *Charles Baudelaire, The Flowers of Evil*, James McGowan trans., Oxford; New York: Oxford University Press, 1998, pp. 20, 21, 24.

[21] Jonathan Culler, “Introduction”, *The Flowers of Evil*, pp. 33, 34, 36.

文生卻終未俘獲文生。在大量的自由直接引語中，丁文生與女性們的對話僅僅以兩種標點符號標識，令讀者易於混淆。某種意義上來說，這種混淆恰恰象徵了這一系列女性不過是丁文生自我認知的鏡像，是一種自我投射。她們只是作為丁文生自我認知的鏡像而存在，是抽象概念的人格化。

由於自由直接引語、自由間接引語的大量運用，人物的主體性強度較之敘述者往往更勝一籌。小說中，第一人稱「我」（349 次）的出現次數，比第三人稱「他」（293 次）及「她」（128 次）的出現次數更多。作者留給讀者更多的時間去直面人物的內心與話語，敘述者的中介作用減弱，讀者在情感態度上可能更傾向於認同人物而非敘述者。而就全篇而言，由於分配給丁文生內心獨白的篇幅遠遠高於兩位女性，讀者可能更易於被男性主人公視角及其價值觀念感染。

那張《命運交響曲》，作為再現丁文生房間的表徵符號，是否正是崑南對無名氏的致敬呢？《金色的蛇夜》中，莎卡羅是一個都市享樂主義的代言人，波西米亞式的高級交際花。十年前，她為抵抗形而下的暗影而以血肉親飼人世的猛獸。十年後的現在，她為抵抗形而上的暗影而迷失在陰影之中。她以揮霍生命對抗時代的崩碎，卻猛然發現死亡王國派來的白色大使——五根白髮。那夜，她不能睡，聽著貝多芬第五交響曲（《命運交響曲》）第一樂章。她只想聽黑色命運的叩門聲和無數洶湧的黑色浪潮，野蠻又傷感。[22]正如白素月之於丁文生，莎卡羅可以看作

---

[22] 無名氏（卜乃夫）：《金色的蛇夜》下（上海：上海文藝出版社，2001 年版），頁 281-282。

印蒂的分身。他們都經歷了人生的格鬥、理想的幻滅，然後跌落到世紀末的肉感瘋狂、自我放逐中。他們面對世紀末的大審判，同時充當著自己的審判者與被審判者。小說以第三人稱敘述展開，穿插以莎卡羅為角度的第一人稱敘述（如第 9 章第 6-7 節），以印蒂為角度的第一人稱敘述（如第 11 章第 8 節大部分）。這種第一人稱敘述的穿插，可以視為表現兩人所思所想的自由直接引語。

1955 年，崑南接觸了《無名書初稿》（《野獸‧野獸‧野獸》、《海艷》、《金色的蛇夜》）。1964 年，崑南寫道，十年來「印蒂的血一直在我體內律動著。」他認為，《無名書初稿》是中國五四後最偉大的文學作品，可以媲美《約翰‧克利斯朵夫》、《尤利西斯》、《追憶似水年華》。這部作品寫印蒂在投身革命的洪流與信仰幻滅後，沉淪到深淵的最最深淵處，吸食鴉片、官能放縱、走私冒險等。「人類假如不能從上升得救，只有從墮落得救。」崑南從《無名書初稿》中讀到是給青年人的「哲學方程式」：「希望－失望－絕望－希望－失望－絕望」的循環不息。其動力在於無名氏的「生命的各種姿態都是行動」的觀念。[23]這種循環不息的哲學方程式，也是崑南筆下男性主人公「我」的動力源泉。丁文生的沉淪就是抓住手邊最真實最肉感的東西，是下降到最底層處的自我救贖。但同寫青年的探索與苦悶，崑南的作品在題材格局、人物深度、生活廣度等方面遠遠遜色於無名氏的時代心靈史詩。

23 崑南：〈淺談無名氏初稿三卷——野獸‧野獸‧野獸、海艷、金色的蛇夜〉，《中國學生周報》1964 年 7 月 24 日第 627 期，第 12 版。

小說的標題「夜之夜」，既表明了故事發生的時間設置，也暗示著小說敘述及寓意上的回環性與封閉性。如題所示，小說的全部六節故事均發生在香港錦山村的夜晚。小說以丁文生進入錦山村親友閑置的洋房養病開始，以病愈後離開錦山村終篇。「夜」，象徵著崇尚家庭價值、道德約束的中產階級價值文化的對立面——隱秘欲望、異質存在、非道德、黑色、憂鬱、死亡、虛無、僭越等；也意味著自我審視、自我認知、自我釋放等。夜，是夢的開始與結束。夢，意味著偽裝地實現個體壓抑的願望，超我的壓抑的削弱增加了本我的潛意識衝動變成意識的可能性（弗洛伊德）。〈夜之夜〉的小說結構是一個封閉的圓形，始於逃離香港，終於回歸香港。丁文生的錦山之行不過是一個都市的白日夢。小說中頻繁出現回想、幻想、痴想的片段，恰恰可以視為夢中之夢、景中之景。小說開端寫丁文生在香港乘坐巴士時狂想游離都市，小說結尾寫他連夜乘坐火車趕回香港，寫到車身經過黑洞，如光般在黑暗中奔向明天。他，重返香港寫字樓的日常生活。「長短針指示著，夜，沒有腐朽和死亡。」[24]

小說結束語的靈感應該來自艾略特《荒原》第一章節〈死者葬儀〉，其主題就是「生命來自死亡和腐朽」。2002 年，崑南在訪談中提及，〈死者葬儀〉中對世界架構的絕望曾如黑洞將自己吸引了進去。[25]崑南的仿寫意味著逃離的終極不是毀滅而是投身生命的洪流，叛逆的終點不是摒棄而是搏擊社會的歷練。丁文生再次投入生命的洪流，再次追逐翻騰！丁文生此刻尚意氣勃

24　崑南：〈夜之夜〉，頁 21。

25　王偉明、崑南：〈歡如喜如出梵音——訪崑南〉，《詩網絡》2002 年 12 月 31 日第 6 期，頁 4。

發，在焦灼中仍滿懷希望。待到《地的門》的結尾時，葉文海以向死而生，完成他的大叛逆、大追尋。但他死也死在路上。他極速前行的電單車，沒有追過了世界。四方的綠色的月亮死了，給他送喪。

二、殖民地的苦悶：美援文化的在地化

1950 年代，大陸、美國、臺灣等不同政治勢力在香港展開角逐，文化冷戰風起雲湧，文藝生產領域亦相當活躍。美國在香港投入大量資金與人力推動其文化外交戰略，為戰後的香港文學青年打開了一扇通往西方現代主義的窗口。〈夜之夜〉中，丁文生稱教堂為「風的住所」，人們進教堂為「人的空洞」。[26]「人的空洞」的表述應是對他所翻譯的艾略特詩歌〈空洞的人〉（*The Hollow Men*，1925）的化用。崑南對艾略特的閱讀與興趣主要來自於中環的一家美國圖書館。崑南讀書時，經常出入其間。[27]美國圖書館是香港美新處的宣傳工具之一。它不僅藏有美國文學書籍，還放映美國電影。[28] 1950 年 5 月美新處在香港開

---

26 崑南：〈夜之夜〉，頁 17。

27 鄧依韻整理：〈訪問崑南先生〉，《文學世紀》2004 年 1 月第 4 卷第 1 期，頁 23-30。

28 Johannes R. Lombardo: “A Mission of Espionage, Intelligence and Psychological Operations: The American Consulate in Hong Kong, 1949-64”, in Richard J. Aldrich, Gary D. Rawnsley, and Ming-Yeh T. Rawnsley, eds. *The Clandestine Cold War in Asia, 1945-65: Western Intelligence, Propaganda and Special Operations*, Oxon; New York: Frank Cass, 2000, p. 68.

設了圖書館，頃刻間獲得成功，並取得了英國文化協會（the British Council）、香港大學等機構的合作。圖書館是其時美國推行文化政策與進行宣傳的重要媒介。

1950、1960 年代美國文化外交以其宣揚的冷戰觀念與美國價值如自由、民主、個人等，重新界定、闡釋、包裝西方現代主義，以抗衡蘇聯的意識形態宣傳，遏制共產主義的文化擴張。美新處與其他美國政府機構、私人基金會等組織通過圖書出版項目、藝術策展、圖書館等手段，傳播本土現代派文藝，提升美國在全球範圍內的文化形象。在美國冷戰現代主義重寫西方現代派文藝傳統的過程中，海明威、福克納、艾略特等都是被重新編碼的重要對象。1948 年，艾略特獲得諾貝爾文學獎。儘管艾略特自認為是英國人，但香港美新處的出版項目《美國文學批評選》收入了艾略特的作品。編選者為林以亮。此外，林以亮還曾將艾略特的四首詩歌收入其編選的《美國詩選》。該書亦為香港美新處的出版項目，均由今日世界出版社出版。林以亮早已將詩歌譯好，但幾番修改仍不能達到自己心目中的理想，只好「臨時割愛」。[29] 1950 年代，崑南的文化知識系統與美援文化系統多少都有交集；他的作品也依稀可見艾略特詩作的影子。

〈夜之夜〉是對崑南詩歌的〈布爾喬亞之歌〉（1956）和〈賣夢的人〉（1956）的跨文類重寫；而這兩首詩歌又多次援用艾略特的英文詩行。不過，所有英文（除一處題首外）均未標出作者、詩題、引號。本章認為，一方面，〈布爾喬亞之歌〉和

[29] 林以亮：〈序〉，收入林以亮編：《美國詩選》（香港：今日世界出版社，1961 年），頁 3。

〈賣夢的人〉通過不同的形式指涉、重寫艾略特的詩歌；另一方面，艾略特詩歌對崑南詩作的主題、結構、乃至行文句法的激發力度，不容小覷。比如，〈賣夢的人〉。「哭笑在人性的複雜和距離的中間／躊躇在一切的獲得和遺失的中間／彷徨在本身的存在和死亡的中間／／」又比如，「真純沒有經驗／經驗沒有真純／不希望也要希望，絕望了也要絕望／『空洞』／『空洞』／『空洞』／『空洞』／『空洞』／『空洞』／／」（〈賣夢的人〉）[30]這些概念詞語，不斷否定與自我重複的語言技巧，「A 和 B 的中間」式的句法結構，都可以在崑南翻譯的〈空洞的人〉中找到對應物。比如，「我們是那些空洞的人／我們是那些被填塞的人。」「虛像沒有外形，陰影沒有色彩／痳痹的動力，手勢沒有動作；」「孕育／和創造的中間／情緒／和感應的中間／落下了那『影子』／生命是太長／／」。[31]又比如，〈賣夢的人〉中，「我記得一個老頭兒對我說他是田野間的稻草人」，[32]「這個老頭」，如果不是艾略特，又能是誰呢？「稻草人」，不是「空洞的人」，又能是誰呢？不過，崑南向夢與詩裏尋找真理和幸福，艾略特的詩作給予他更多的是形式上的刺激而非精神上的指引。

30　崑南：〈賣夢的人〉，《文藝新潮》第 1 卷第 5 期（1956 年 9 月 10 日），頁 36。

31　T. S. 艾略特作，葉冬譯：〈空洞的人〉，《文藝新潮》第 1 卷第 3 期（1956 年 5 月 25 日），頁 33、34。英文原文，可參考 T. S. Eliot, *Collected Poems, 1909-1962*, New York: Harcourt, Brace & World, 1963, pp. 79, 82。

32　崑南：〈賣夢的人〉，頁 34。

〈空洞的人〉寫一群「空洞的人」摸索於死亡的國土，表現的是現代人的孱弱、失敗與絕望。David Spurr 指出，這首詩歌在形式層面模仿「空洞的人」的特徵。比如，他們「避免談話」對應著詩歌的言語匱乏——以不斷地重複和否定的技巧達成。據其統計，艾略特以 180 個不同的詞語寫作了這首 420 個詞語長度的詩歌。Spurr 認為，詞語的素樸與不斷的否定是這首詩歌顯著的形式特徵。這種詩歌風格要素，對應著詩歌主題策略，即否定各級人類經驗的效力。在現代的存在主義與傳統的基督教術語中，否定的路徑最終導致與虛無（nothingness）相遇，而這種相遇反而能夠激起個人對於上帝的信仰。它將個體帶到標識有限與無限的邊界的終點。Spurr 認為，詩歌中的人物已經到達了一個世界的外層限度，卻發現正是它的特意偽裝，遮蔽了可能性的有限缺乏：在潛能與存在之間落下了那個影子。[33] Grover Smith 認為，稻草人不僅暗示著詩歌中「我」的愚昧和精神的懦弱，而且暗示著他沒有能力獲取愛。「影子」總是介入將潛能變為現實的每一步努力。它意味著普魯弗洛克式的惰性（Prufrock，象徵著中產階級的墨守成規和壯志未酬），即無法將想像與現實兩者連接起來。[34]

崑南的詩歌世界，沒有普魯弗洛克式的惰性，也沒有「影

33　David Spurr, *Conflicts in Consciousness: T. S. Eliot's Poetry and Criticism*, Urbana: University of Illinois Press, 1984. https://www.english.illinois.edu/maps/poets/a_f/eliot/hollow.htm.

34　Grover Smith, *T. S. Eliot's Poetry and Plays: A Study in Sources and Meaning*, Chicago: University of Chicago Press, 1956. https://www.english.illinois.edu/maps/poets/a_f/eliot/hollow.htm.

子」的阻隔。相反，「我」永不妥協的行動感與狂酣恣意的生命意志驅動著詩歌二元對立結構的周而復始，希望與失望的終極回轉。〈賣夢的人〉，寫「我」帶著赤裸的靈魂走了出來，經驗了有錯誤的理想和會盲目的欲望，歷經了希望與絕望的輪回焦灼，還要「賣夢」。「我」，是剛剛踏入社會的叛逆少年，驚悚於社會人的殘酷偽善：「光彩的場景後隱藏著吸血的蝙蝠／一隻一隻倒懸靜候起飛／在黑暗裏染紅了某一些青綠」。[35]「我」，有孩子的赤子之心，也有成年人的叛逆苦悶；有靈魂的賦予者「母親」，也有肉體的給予者「愛人」。她們彼此對照，象徵著理想與現實，童貞與混沌，道德與欲望的衝突。詩歌的意義並非源自「夢」的具體構成，所畫為何，而是來自於「賣夢」這個行動本身。「夢」，是「我」對抗外部世界吞噬個體欲望與追求的生命冠冕。儘管「夢」索價太高，但「賣夢人」大喊絕不減價。

崑南詩歌中，天堂－地獄－人間／公路的三元空間結構（〈布爾喬亞之歌〉、〈賣夢的人〉）依稀映射著艾略特三個死亡的天國（〈空洞的人〉）和三個臺階（〈灰星期三節〉[36]）的空間關係。兩者的區別在於主體終點的差異。同樣是反復摹寫上下求索／心路歷程，「我」或經由三個臺階到達宗教皈依（〈灰星期三節〉）；或摸索「死亡的別的天國」（death's other Kingdom）、「死亡的夢的國土」（death's dream kingdom）和「死亡的昏暗的國土」（death's twilight kingdom）後看到希望（〈空洞的人〉）。「盲目的，除非／那些眼睛再出現／正如那

35 崑南：〈賣夢的人〉，頁 33。

36 灰星期三節是復活節前基督教大齋期的第一天，具體介紹請參見查良錚譯：《英國現代詩選》（長沙：湖南人民出版社，1985 年），頁 104。

永久的星兒／多葉的玫瑰／屬於死亡的昏暗的國土／那是／空虛的人們的唯一希望」（〈空洞的人〉）。[37]「多葉的玫瑰」和「永久的星兒」令人聯想但丁對天堂聖女和聖人的幻覺，以及但丁懺悔後比德麗絲指引他向上望，看見「至善」猶如星星，看見真理和伊甸園。[38]艾略特提供給現代人逃離空虛的途徑是肉身凡胎與神聖之光相遇的一霎那。

〈賣夢的人〉第三節的四行英詩，應取自〈灰星期三節〉——Terminate torment／Of love unsatisfied／The greater torment／Of love satisfied。原文寫的是「花園」成為摒絕愛欲的所在，「光榮歸結於聖母（the Mother）」。[39]「花園」在《聖經》中與聖母瑪利亞相關。有論者認為，吸引艾略特的終極美是神聖之愛的美。人類之愛的體驗歸根結底是神聖之愛的凡俗版本。而神聖之愛介入凡人的那一刻就是肉身化的時刻，即上帝通過聖母瑪利亞獲得人的肉身，以在耶穌現身時分擔人類苦難，在耶穌復活時堅守永生的諾言。[40]相反，「賣夢人」歷經理想與幻滅，仍然不能以十字架安身立命——「宗教不能給我理想的物質」。[41]「賣夢人」的「夢」只有兩層，「我沒有第三個以外的想像／我沒有第三個以外的力量／去偷看第三個夢層的光芒／／」。[42]「我」

---

[37] T. S. 艾略特作，葉冬譯：〈空洞的人〉，頁 33。T. S. Eliot, *Collected Poems, 1909-1962*, New York: Harcourt, Brace & World,1963, p. 81.

[38] T. S. 艾略特作，葉冬譯：〈空洞的人〉，頁 34。

[39] T. S. Eliot, *Collected Poems, 1909-1962*, pp. 88.

[40] Andrew Swarbrick, *Selected Poems of T. S. Eliot*, Houndmills, Basingstoke, Hampshire, and London: The Macmillan Press LTD., 1993, p. 13.

[41] 崑南：〈賣夢的人〉，頁 34。

[42] 崑南：〈賣夢的人〉，頁 35。

的車輪奔馳翻滾於天堂、地獄，但最終還是停靠在公路旁。[43]那也是因為他對人間的熱忱與勇敢，缺乏形而上的超越意願。

崑南還通過對艾略特詩句的戲仿，對純文學理想在殖民地的困境進行自我嘲弄。〈布爾喬亞之歌〉中第三節的英文，應來自〈灰星期三節〉。該詩描寫了三級通向天堂的階梯。Eda Lou Walton 認為，第一級臺階，人拋棄希望和絕望的魔鬼；第二級臺階，是空白（荒原）；第三級臺階，賦予肉體生命重建的意識——“Fading, fading; strength beyond hope and despair／Climbing the third stair.／／Lord, I am not worthy／Lord, I am not worthy／／but speak the word only.”[44]最後三行來自《馬太福音》的典故。一個百夫長來懇求耶穌醫治他患病的僕人。耶穌說要去看看他。百夫長說，請你去寒舍不敢當，其實只要你說一句話，僕人就會痊癒。耶穌聽後對跟隨者感慨：在以色列我尚未發現有人對耶穌有如此大信心的人。耶穌成全了百夫長的請求。Walton 指出，艾略特走向信仰的最後一步，並非通過幻影或知識，而是通過對於詞語（the Word）的呼求。[45]

艾略特通過引用聖經典故，表達「我」皈依基督教的虔誠。崑南解除原典附加其上的宗教意義，摹寫的卻是世俗欲望：我是一九七六年諾貝爾文學獎金獲選人／美麗的富商千金愛上我說要和我結婚／「是中國的天才震撼白色的種族！」／「是肉體和靈

---

[43] 崑南：〈布爾喬亞之歌〉，《文藝新潮》第 1 卷第 7 期（1956 年 11 月 25 日），頁 36、37。

[44] T. S. Eliot: *Collected Poems, 1909-1962*, p.89.

[45] Jewel Spears Brooker ed., *T. S. Eliot: The Contemporary Reviews*, Cambridge; New York: Cambridge University Press, 2004, p. 180.

魂結合在象牙的白屋！」／／「Lord I am not worthy／Lord I am not worthy／But speak the word only.」[46]「我」懇求上帝成全的願望，亦與詞語（the Word）有關，表達的卻是痴人說夢的自我調侃。香港商品文化對於人性的摧毀恰恰是崑南反復批判的主題。在崑南眼中，香港是商業、旅遊、娛樂的城市，但絕不是文學藝術的城市。

三、「衙卵築涯角」：複述自我

如果說〈夜之夜〉流淌著音樂的律動，那就是「我」揮之不去的苦悶情緒。這種苦悶，在文本內部由「我」的內心打開、彌散、生長；在文本外部又與崑南的其他文本彼此聯結、脈動、迴響。這種苦悶是殖民地中國青年的時代苦悶，是對自身教育出路、家庭代際隔閡、民族撕裂的苦悶。在 1950 年代，每年香港中英文中學畢業生八千左右，升學與就業都面臨重重困境。求學的出路除了去大陸或臺灣，只有去國外留學或留港升學。留學需要經濟支持，家境要好；本地升學，香港政府只正式承認香港大學，不承認中文大專學校。而本地就業的出路呢，去投考師範（教員薪水約 400 餘），八千餘人報名者競爭四百餘個名額；去香港政府工作，文員的底薪僅僅 270 元；去銀行、商行等求職，大部分中文中學畢業生因英文程度限制未達「水準」。[47]據崑

---

[46] 崑南：〈布爾喬亞之歌〉，頁 37。

[47] 崑南：〈建立文化真正的力量〉，《新思潮》1959 年第 1 期，頁 4。葉冬：〈香港青年之苦悶結症及其解決之道〉，《新思潮》1959 年第 1 期，頁 8。

南，香港人大多數不關心國事。由於兩岸對峙，香港青年政治上「採取了觀望的苟安態度」；而且父母輩也「不高興他們與政治接觸」。[48]

香港青年的苦悶還源自殖民地物質的發達與文化的凋萎。崑南筆下的「我」幾乎都有分裂人格與白領／文青的雙重身分。丁文生，寫字樓的職員，卻愛好文學。但「這塊地方是一個沒有文化的城市，我寫過不少小說，但大部分是娛樂出版商，娛樂編輯，娛樂讀者的。」[49]葉文海，殖民地政府的文員，卻也是詩人。他在報界工作了半年，看到的是慘不忍睹的文壇：結黨營私、唯利是圖、荒淫無恥。「所有的流行作家都異口同聲說為生活的負擔而『爬格子』〔……〕但事實上，他們的生活遠比許多中等人家高，他們有私家汽車」；還有「不少作家右手拿美金稿費，左手拿人民幣稿費」。丁文海翻開香港的副刊，千篇一律的作者寫著千篇一律的武俠、色情、偵探小說。[50]這些男性主人公的雙重身分與分裂人格投射著崑南的文學困境。1959 年，崑南檢閱香港的出版刊物，「綜合娛樂性的占百分之六十（包括趣味小品、電影畫報、偵探、武俠、社會言情小說）〔……〕至於純文藝的，只有兩種」。[51]

〈夜之夜〉的文本構造與意義生成，展現了 1950 年代香港另一種現代主義的煉金術及其資源。〈夜之夜〉挪用了詩歌、繪

---

48 崑南：〈建立文化真正的力量〉，頁 5。

49 崑南：〈夜之夜〉，頁 18。

50 崑南：《地的門》（香港：文化工房，1961 年初版，2001 年再版，2010 年複刻），頁 85、86、87。

51 崑南：〈建立文化真正的力量〉，頁 3。

畫、音樂等不同文本符號所附著的意味來延展自身的意義鏈。其作品表現了形式上的創新，卻從未呈現出世界的不可知性與激進的前衛性。它是對崑南詩學特質的跨文類書寫，對構成互文關係的艾略特詩作的再度媒介化；它不僅有對西方現代派符號的裝飾性挪用，無名氏小說「哲學方程式」的詩意演繹，也有對崑南苦悶情緒的反復摹寫，殖民地中國青年出路的焦灼不安。

在崑南的筆下，「我」，是一個浪蕩子，在都市的麻木人群與轉瞬即逝的感官刺激中流連往復，捧出一個軟弱卻堅貞的理想。「我」，拒絕宗教皈依，也拒絕理想貶值。對「我」而言，希望同絕望一樣有力，理想同現實一樣真確。「我」的不懈抗爭，正源自這種拒絕破解的二元結構。「我」走進夜，又逃出夜。回環往復、永不止息。「我」，不過是一個殖民地的叛逆青年——不滿現實卻無路可遁，無所信仰卻堅信個體的力量。「我」，是個行動者，自我分裂又自我格鬥。崑南的作品始於自我而終於自我，始於叛逆而終於叛逆。我們感受到的是自成一體的互文關係、一氣呵成的青春意氣和自我沉醉的苦悶孤獨。他寫的就是他自己。正如他評價王無邪的繪畫：「王無邪的作品顯然不受困於具象或抽象的領域中，他繪寫的是自己的畫，複述一次，是自己的——這才是重要的。」[52]

將〈夜之夜〉置於 1952 年至 1963 年崑南的創作軌跡中考察，亦可管窺其時香港文學報刊生產場域的構成元素及其錯綜關係。崑南學生時期的創作（1952-1955），立意清淺，筆調稚

52　崑南：〈王無邪‧概念‧繪畫〉，《中國學生周報》1966 年 6 月 3 日第 724 期，第 2 版。

嫩；感情缺乏節制，文思仍需裁剪。但其聚焦自我、默想式的抒情、宗教元素的介入等文學特質如萌生的綠芽[53]，在日後的詩歌小說中開枝散葉，蔚為一格。崑南 1950-60 年代的作品多發表於有美援資助背景的《中國學生周報》、臺灣背景的《香港時報．淺水灣》，以及沒有經援背景的純文學刊物《文藝新潮》、《新思潮》與《好望角》。一方面，從投稿《中國學生周報》到參與計劃《文藝新潮》再到自創《新思潮》、《好望角》，從學生習筆到現代派風格的建立，崑南的創作自 1956 年開始走向成熟。而不同背景的文學報刊孕育、編織、延展了本土現代主義的文藝追求。由此個案，我們可管窺 1950-60 年代香港現代主義文學與冷戰文化的重要構成——文藝報刊出版系統間千絲萬縷的關係。這也是其時香港現代主義行進的特別模式。另一方面，美援文化機構傳播現代主義文學的體系影響了崑南創作但又有其限度：崑南既未沾染美國重塑現代主義文藝傳統背後的美學政治，也未承繼艾略特的抽象氣質、宗教救贖與晦澀意味。相反，崑南挪用艾略特的詩行，來書寫 1950-60 年代殖民地中國青年的生存處境與時代苦悶。這也是現代主義之於香港文藝青年具有感召力的根本所在。

53　崑南：〈路〉，《中國學生周報》1952 年 8 月 1 日第 2 期，第 2 版。崑南：〈靜〉，《中國學生周報》1952 年 8 月 29 日第 6 期，第 2 版。崑南：〈海〉，《六十年代》1953 年 9 月 1 日第 40 期，頁 22。崑南：〈有神嗎？〉，《中國學生周報》1954 年 4 月 30 日第 93 期，第 4 版。崑南：〈夜話〉，《中國學生周報》1954 年 6 月 18 日第 100 期，第 4 版。

第九章　跨界的限閾：香港左派電影的冷戰命運

1950 年代初期，香港左派電影公司出品的影片在香港和東南亞華人社區較受歡迎。香港美新處的一份當地電影發行調查顯示：1952 年 7 月 1 日至 1953 年 6 月 30 日期間，香港最受歡迎的 15 部國語電影中，有 11 部影片來自受內地資助的香港電影公司，比如，長城電影製片有限公司、中聯電影企業有限公司、龍馬影片公司、新世紀影片公司；最受歡迎的 14 部非中文電影中，有 13 部來自美國。[1]東南亞華人社區的情況，與之相似。1954 年香港美新處的一份報告顯示，在該地區美國電影最受歡迎，而在香港製作的國語片位居第二。在這些香港國語電影中，兩個左派電影公司（長城、龍馬）製作的影片因質量上乘，比任何香港右派電影都更受歡迎。這一事實令美新處的處長（Public Affairs Officer）恆安石（Arthur W. Hummel）大失所望。[2]

---

[1] “Survey of Hong Kong’s Movie Industry”, deduced date before 30 June 1953, RG 84, Entry UD 2689, Container 6, Folder: local movies.

[2] Letter From Arthur W. Hummel, Public Affairs Officer, USIS Hong Kong to Saxton E. Bradford, Assistant Director for the Far East, IAF, USIA, Washington, 3 August 1954, RG 84, Entry UD 2689, Container 2, Folder: Overseas Chinese.

1950 年代，為爭取海外華僑的政治與文化認同，大陸、臺灣和美國展開了電影冷戰；而香港電影界也被各方政治力量滲透，分化為兩個對立陣營「左派」和「右派」。[3]羅卡與 Frank Bren 認為，所謂「右派」在 1951 年之前的香港電影界幾乎不存在，而且只有少數香港文化工作者同情國民黨。國民黨當時忙於撤退臺灣，無暇顧及香港；而左翼文化工作者和活動家正在影響香港文學界、新聞界和電影界。[4]冷戰時期，內地使用「右派」一詞來標識美國和臺灣資助的香港電影公司及其電影工作者與影片；美國、臺灣和香港使用「左派」來標識大陸資助的香港電影公司及其電影工作者與影片。雙方通過如此分類，將其競爭對手「他者化」，進而進行自我指認，獲取文化合法性。儘管目前電影學界依然沿用「左派」和「右派」來區分、指稱香港電影公司，但大體上已去除歷史上彼此賦予的意識形態色彩。香港左派電影公司主要包括長城電影製片有限公司、鳳凰影業公司、新聯影業公司（簡稱「長鳳新」），以及一些小的電影公司，如新新、新世紀、五十年代、華僑、光藝等。根據香港電影資料館的

---

3 冷戰早期香港電影界情況，具體可參見麥浪：〈冷戰氛圍下的香港寓言——電懋與東寶的「香港」系列〉，黃愛玲、李培德編：《冷戰與香港電影》，頁 196。David Bordwell, *Planet Hong Kong: Popular Cinema and the Art of Entertainment*, Cambridge and London: Harvard University Press, 2000, pp. 62-67. Poshek Fu, *Between Shanghai and Hong Kong: The Politics of Chinese Cinemas*, Stanford: Stanford University Press, 2003, pp. 133-154.

4 Law Kar and Frank Bren, *Hong Kong Cinema: A Cross-Cultural View*, Lanham, Maryland: Scarecrow Press, 2004, pp. 149, 151.

統計，[5]長城 1950 年至 1969 年製作了至少 122 部電影，鳳凰 1953 年至 1969 年製作了至少 79 部電影，而新聯 1952 年至 1969 年製作了至少 67 部電影。香港左派電影，類型相當多元，包括歷史古裝戲、戲曲電影、都市情節劇、木偶戲、武俠電影、新聞片和紀錄片。

本章主要以上海市檔案館、香港歷史檔案館及美國國家檔案館所藏檔案為基礎，探討 1950 年代初至 1967 年香港左派電影的複雜處境。本章將其處境置於內地對香港左派電影的政策演變的背景，以及內地、臺灣及美國在港電影冷戰的背景下，從文化認同到製作發行兩個方面討論香港左派電影。香港左派電影公司製作的影片並非必然具有意識形態的特性。相反，這些電影往往兼具勸人向上的說教與無傷大雅的娛樂，以及傳統的道德關懷和現代的解放精神。本章討論 20 世紀 50-60 年代香港左派影業的構型，以及影響其生產發行的兩支重要力量：臺灣、香港以及美國在港勢力所構成的多重政治限制；內地對香港左派電影的政策變動所造成的不穩定因素。內地將支持香港左派影業作為對外文宣工作的重要構成。以下將考察 1950 年代至 1967 年香港左派電影與上海文化管理部門的交集，包括滬港合作拍片與香港電影在上海放映，分析香港左派影業與內地文化部電影局、上海電影局之間的合作、衝突和中斷。

分析香港左派影業的雙重困境，有助於我們反思當前學界糾纏於國族電影的研究框架：或將香港電影置於該框架下進行均質

5　https://www.lcsd.gov.hk/CE/CulturalService/HKFA/documents/2005525/2007315/7-2-1.pdf.

化處理以固化框架；或突出香港電影的跨界、跨國活動以挑戰框架。但國族一詞，既可以用作針對地緣政治領土的一種範疇標度，也可以作為一個概念指稱各種各樣的文化身分層面。[6]而一部電影從創作到發行再到接受，往往超越國族或區域的邊界。電影史學家較多關注 20 世紀 50-60 年代香港右派電影公司如邵氏兄弟等在日本、韓國、美國和新加坡的跨文化電影製作與發行。[7]隨著香港當代本土主義的興起，有學者試圖超越國族電影範疇，建構香港電影的特別文化身分。[8]本章研究嘗試跳出上述研究框架，從冷戰電影文化的視角出發，考察 1950 年代至 1960 年代中期香港本地力量與其他政治力量如何共同形塑香港左派影業之命運。本章也避免文化冷戰研究中的兩極化政治視角，鈎沉香港與內地、臺灣等的複雜電影關係，進而考察香港左派影業的身分建構與生存抗爭。20 世紀 50-60 年代香港左派電影在香港與上海的命運沉浮有助於我們反思香港與內地、資本主義體制與社會主義體制跨界的可能和不可能。

6 Sarah Dellmann and Frank Kessler, "Encounters across Borders: Introduction", *Early Popular Visual Culture*, 14:2 (2016): 125.

7 Poshek Fu, "The Shaw Brothers Diasporic Cinema", in Poshek Fu ed. *China Forever: The Shaw Brothers and Diasporic Cinema*, Urbana and Chicago: University of Illinois Press, 2008, pp. 8, 10.

8 麥欣恩：《再現／見南洋：香港電影與新加坡（1950-65）》，新加坡國立大學博士學位論文，2009 年，頁 20、113、207。

一、香港左派電影的身分建構：「中間性」特質

20 世紀 50-60 年代，內地通過多種方式參與香港左派影業運作，包括提供資助[9]、購買電影發行權、聯合制作影片、委派幹部等。在周恩來總理領導下，新華社香港分社在香港電影界積極開展統戰工作，其中大多數電影工作者均新近由上海遷移來港。1950 年代初期，香港左派電影公司「長風新」先後在港成立。[10]香港左派電影公司受新華社香港分社和中共港澳工作委員會領導；內地高層人士如廖承志、夏衍、陳荒煤等亦參與香港電影事務的管理。其中，廖承志、夏衍早在 1940 年代都曾經領導或參與對香港文化人的統戰工作，通過報刊與電影開展反對國民黨的宣傳運動。在「長風新」中，新聯由內地全額出資，由廖承志、廖一原（創始人兼總經理）等領導。[11]在 20 世紀 50-60 年代，香港左派影業和報業的負責人往往游走於香港和內地之間，受到高層接見，瞭解內地的香港政策走向。與此同時，內地也委派人員任職於香港左派公司，以監督其業務運作。

1950 年代伊始，香港左派電影工作者就以特別路徑建構其電影身分——不斷地正面指涉內地電影與負面指涉好萊塢電影，

9　陳荒煤：〈談支援農業、港片、科教片、外國片問題〉，1962 年 11 月 17 日，上檔 B177-1-21-172。

10　韓力：〈解放思想，把製片方針再放寬一些〉——追憶夏公談香港「銀都」電影事業的發展〉，中國電影家協會編：《夏衍論：紀念夏衍誕辰百年學術研討會論文集》（北京：中國電影出版社，2000 年），頁 469。

11　郭靜寧編：《南來香港》（香港：香港電影資料館，2000 年），頁 130。

進而與主流的香港商業電影區分開來。香港電影在這個時代應扮演什麼角色？以何種標準來確定「好」的香港電影？除了以商業利潤為導向的電影製作體制外，香港還有可能建立其他電影製作體制嗎？1950 年代初香港左派電影工作者對於諸如此類問題的探索最能體現他們的自我認知與身分建構。梳理這一肇始階段，香港左派電影雜誌《長城畫報》提供了持久而具體的歷史線索。

香港左派電影的身分建構在某種程度上始於他們要從所謂「壞」的香港電影中脫穎而出的自覺意識。馬國亮，長城的資深幹部，曾經撰寫了一系列題為「壞電影談之×」的文章，批判當時香港影院流行的武俠電影。「今天我們教育群眾，保衛群眾，必須從實事求是的精神，科學的精神做基礎。世間果有飛劍飛彈之類的武器麼？這類東西真能『利害過原子彈』麼？〔……〕假使今天我們有些同胞對科學還不夠重視，對這些荒誕無稽的傳說還存在著愚昧的幻想，這些影片的製作者要負很大責任。」[12]馬國亮將香港不良少年的犯罪行為亦歸咎於武俠電影與好萊塢西部片的影響。他認為，兩者都是宣揚以自我為中心的英雄主義，香港的年輕觀眾在服裝風格、舉止方式，甚至犯罪活動方面都模仿此類英雄。馬國亮將英雄主義分為兩類：以自我利益為中心的「舊的英雄主義」和人民利益高於自己利益的「新英雄主義」。「舊的英雄」是借自己的地位來「驅策人民，壓榨人民，劫掠人民」；「新的英雄」是「比群眾更刻苦，更努力，為了群眾的利益，時時刻刻準備犧牲」。[13]

12　馬國亮：〈呼風喚雨　劍俠神仙——壞電影談之二〉，《長城畫報》1951 年第 5 期（以下注釋未標明頁碼者，為該期刊物無頁碼）。

13　馬國亮：〈大霸王　小霸王——壞電影談之三〉，《長城畫報》1951

馬國亮所推崇的「新英雄主義」呼應著當時內地提倡的「人民英雄」形象。而該文中的新舊二分法以及賦予兩個類別「好／進步」和「壞／落後」電影的價值配置，也與當時內地主流話語模式亦步亦趨。這種思維模式和修辭策略，時時滲透其他香港左派電影工作者的表述，幫助他們理解內地的文化範式。比如，1950 年劉瓊在採訪中談及其新近執導的電影《豪門孽債》（長城，1950）。該片改編自陀思妥耶夫斯基的小說《被侮辱與被損害的人》。劉瓊認為，小說的主題是體現「舊的感情舊的思想」，善良的人被侮辱被損害了，而流氓們卻逍遙法外。電影的背景設置為 1940 年代末的上海，講述的是一個中國故事。訪談中，劉瓊生怕自己的作品落伍於時代；他認為電影的價值「是要為社會，為教育，甚至為人類貢獻適應時代的產物」。[14]

香港左派影人追求的是何種電影呢？1951 年的〈長城讀者信箱〉欄目中，《長城畫報》的編輯表示，所謂的「進步電影」就是「使大多數人看了有益為大多數人說話的影片」。[15] 1954 年鳳凰的演員韋偉（1948 年文華《小城之春》的女主角扮演者），表達了她對於新年度香港電影的期待——「它既要有娛樂性，同時又要有教育性」。[16]林歡（原名查良鏞，筆名金庸），1953 年加入長城擔任編劇，亦為其刊物《長城畫報》撰寫大量

年第 6 期。

14 太戈：〈電影工作者訪談問記之三：我願意做一個學生〉，《長城畫報》1950 年第 4 期。

15 〈長城讀者信箱〉，《長城畫報》1951 年第 7 期。

16 〈長城畫報社主辦　電影演員座談會〉，《長城畫報》1954 年第 35 期，頁 30。

稿件。1957 年，林歡指出，香港國語片的製作大部分「即使不是積極地健康有益，也是供給觀眾們一種沒有害處的娛樂。這些影片大致上是與中國人民善良的性格、溫柔敦厚的風俗習慣、愛鄉愛國的心情相符合的」。但他批評新近出現的另一類影片：「他們的製作者企圖在影片中作政治宣傳，或者是有意地歪曲事實，或者是作一些企圖損害極大多數同胞的影射和諷刺。」[17]上述觀點都重視香港電影的教育意義和娛樂功能，且反對將電影作為政治宣傳的工具。但這裏所謂的「政治宣傳」，應特指香港右派電影的政治宣傳。

香港左派影業試圖在製片原則與運作方式上區別於香港主流商業製片體制。1953 年《長城畫報》有文章通過「他者化」的方式進行自我身分建構。該篇文章指出，長城、龍馬和鳳凰採用的製片原則為「主題健康，態度嚴肅，講究藝術深度」；開拍前討論劇本至完滿後方正式開鏡，拍攝時和完成後根據集體意見做修改調整，以求圓滿。[18]該文還稱，邵氏父子公司（邵氏兄弟的前身）的宣傳口號是「百分之百娛樂性」；永華先前因其電影製作精良而聞名，但近來製作數量下降，並開始步邵氏父子電影製作原則之後塵；香港其他獨立製片公司，態度嚴肅的也鳳毛麟角。[19]該文的褒貶態度、立場傾向相當鮮明。左派電影製片原則突出了集體決策在製片過程中的重要性。該點大約受到了內地電

17 林歡：〈從《電影學》談起〉，《長城畫報》1957 年第 73 期，頁 5。

18 王申：〈一九五二年的香港國片影壇〉，《長城畫報》1953 年第 27 期，頁 2。

19 王申：〈一九五二年的香港國片影壇〉，《長城畫報》1953 年第 27 期，頁 2。

影工業國有化的影響。1950 年代初期，《長城畫報》曾廣泛報導這一消息。例如，綠雲批判美國電影制度之於中國的影響：「『好萊塢風氣』卻是直接的毒害。中國電影圈子裏無疑地存在著這種邪惡——明星制本身與它的一切副作用，酬勞的不公允。」而明星制如今仍然盛行於香港影業。[20]

與此相對照的是，《長城畫報》對於內地電影工業的國有化機制的報導：「每一國營片廠的工作時間都很有規律，每日八小時。拍片或不拍片，任何人都得到廠上班。拍戲一般都是在日間進行，除特殊情形外，普通拍完八小時便下班休息，如果沒有戲拍，則八小時的工作便是學習，研究文件等。理論的學習不厭求詳。像『上影』的演員，僅是《社會發展簡史》一書，即已學習六七次。」[21] 1953 年，長城指出，每一部長城影片都非個人（編劇和導演）的功勞，而是藝術委員會所有編導委員的集體結果——「個人的獨斷獨行的方式是錯誤的，歸納大家的意見才去處理一部影片的做法是正確的」。[22]

總之，1950 年代香港左派電影工作者試圖建構一種具有「中間性」特質的電影身分：他們把內地電影工業的社會主義製片模式作為一種遠方的風景，同時避免將自身的電影淪為意識形態的宣傳工具；他們反對香港商業電影和好萊塢的資本主義製片模式，同時又毫不猶豫地將商業元素整合到自己的電影製作中。香港左派電影的「中間性」特質表現在其中庸、平和的內容和表現方式上，很少明確呈現性、武打、暴力、迷信或恐怖等元素。

20　綠雲：〈談「好萊塢風氣」〉，《長城畫報》1951 年第 7 期。

21　如嘉：〈邁進中的人民電影事業〉，《長城畫報》1950 年第 4 期。

22　〈長城讀者信箱〉，《長城畫報》1953 年第 26 期，頁 30。

對於 1950 年代到 1960 年代初期製作的香港左派電影而言，其目的不在於意識形態的政治宣傳。相反，道德勸導卻是屢見不鮮的主題。香港左派電影的「中間性」特質也與內地對香港的文化政策有關。內地領導者最初強調香港左派電影要滿足國內市場需要，旋即調整為服務海外宣傳工作。並表示，香港左派電影只要不「反人民」，就都可以製作。[23]

香港左派電影反復表達的訊息，包括提倡女性獨立、批判封建道德禮教、批判城市墮落不公、提倡為社會正義作集體鬥爭、傳播個體解放精神、觸及階級衝突等，都是五四時代由來已久、觀眾並不陌生的現代價值觀念。比如，與封建禮教相關的女性貞操崇拜，是香港左派電影中反復出現和批評的話題。它們包括《白領麗人》（鳳凰，1967）、《同命鴛鴦》（長城，1960）和《新婚第一夜》（鳳凰，1956）。在這些電影中，那些崇拜女性貞潔的人物角色都被道德化處理：他們要麼導致了自己心愛之人的悲劇，要麼自身承擔悲劇命運。香港左派電影中另一個經常涉及的概念是階級衝突，但指涉方式往往較為模糊。比如，在《佳人有約》（長城，1960）中，主角方菲在派對上演唱了一首歌曲《如此天堂》：「大家說香港是天堂，天堂裏有喜有悲傷，多少人壓在天堂底，幾個人站在天堂上。」將香港社會分層兩極化為富人和窮人，既可接續傳統儒家「為富不仁」的道德訓誡，又可呼應現代革命的階級觀念。具有反諷意味的是，不是這類浮泛的社會批判而是奢華的視覺盛宴——上流社交場所與方菲的精緻著

23　陳荒煤：〈談支援農業、港片、科教片、外國片問題〉，1962 年 11 月 17 日，上檔 B177-1-21-172。

裝，更令觀眾印象深刻。

香港的左派電影往往聚焦家庭分歧與分裂，並由此鋪陳各種戲劇性的傳統主題：繼母問題，如《一家春》（長城，1952）、《故園春夢》（鳳凰，1964）；婆媳關係，如《新寡》（長城，1956）、《家庭戶戶》（新聯，1954）；父子衝突，如《新婚第一夜》（鳳凰，1956）等。其中，一個反復出現的形象就是婆婆，她不僅是家庭衝突的根源要素，還是推動情節的動力要素。在婦女解放的主題下，封建「落後性」往往肉身化為婆婆；她亦是推動媳婦走出家庭、進入社會的反面推手。比如，《新寡》。電影敘述了方湄如何由中產階級的家庭主婦轉變為獨立女性的故事。在結婚兩周年的紀念日那天，方湄的丈夫沈逸才在給她買禮物時不幸遇車禍身亡。她隨後遭到了婆婆的指責、苛待，以及親人朋友的疏遠。婆婆對方湄一向挑剔不滿，對自己的女兒文娟則寵溺無度。在朋友劉時俊的幫助下，方湄離開了家庭，走上社會，開啟了生活新篇章。

和許多其他香港左派電影一樣，劉時俊是「進步力量」的化身，是方湄的精神導師。電影中，劉時俊去醫院探望方湄，方湄問他為什麼不讓自己隨丈夫一起死。劉時俊以居里夫人的事例安慰她——化喪夫之痛為探索科學的鑽研精神，並取得偉大成就。方湄反問，自己如何可與居里夫人相提並論？劉時俊回答：世界上每個人都有自己的價值，我們應該努力生活，為社會做出貢獻。而這種生活方式才不會令自己和愛人失望。電影的導演朱石麟推崇傳統中國美德如勤奮、正直、獨立和誠實，並將它們與美麗和希望相勾連；相反，封建「落後性」（化身為婆婆）與游手好閑（化身為文娟）都關乎負面。婆婆的負面形象在中國文學中早有傳統原型，而女性獨立的故事通過婆媳問題來演繹猶如舊瓶裝新酒，又傳統又現代。但這一主題的戲劇性可能恰恰附著於男權中心社會的性別秩序規範：強化女性間的敵對爭端，遮蔽性別認同的女性聯盟。

香港左派電影的「中間性」特質還體現在其意識形態編碼的模糊甚至保守的一面。比如，《夜夜盼郎歸》（鳳凰，1958）。該部電影與其說傳達了階級衝突的必然性，不如說變相認同了既有社會結構對於底層流動空間的阻遏。影片講述了社會底層鄭太太收養了孤兒賀永年，犧牲女兒鄭靜琴的學習機會來資助賀永年的教育。賀永年與鄭靜琴青梅竹馬，現已到了談婚論嫁的年紀。但因貪慕虛榮，賀永年被老闆的女兒梁黛妮誘惑，拋棄了未婚妻鄭靜琴。梁黛妮很快移情別戀，利用賀永年從她父親的公司挪用財產揮霍，事發後又陷害賀永年入獄。電影的結局是賀永年出獄後，步履蹣跚地在破敗的街頭找尋鄭家母女的住處，最終獲得她們的原諒。在街頭尋覓的這個橋段，響起了《回來，迷失的羊羔》的背景音樂，象徵著賀永年的悔悟救贖與心靈回歸。配樂首先由男性合唱：「社會是一隻大染缸，／近朱者赤／近墨者黑〔……〕燈紅酒綠／當時何等風光／街頭流浪／今天這般下場／只因走錯了一步／幾乎迷失了方向／如果及早回頭／一切還有希望。」切入鄭家母女的鏡頭，響起女聲獨唱：「回來吧　迷途的羔羊／／回來吧　迷途的羔羊。」香港左派電影中反復表現的家庭分歧與分裂，其敘述模式可概括如下：家庭平衡被打破，遭受誤解和痛苦，回歸或離開家庭。這種情節原型通常象徵著個體進入成年世界或走向成熟。此外，《夜夜盼郎歸》以家庭團聚結束，重申了家庭重要性的同時也徹底埋葬了底層民眾的社會階層流動的欲望。電影暗示，團結和正直可以幫助社會下層在貧困中幸福生活。

香港左派電影的「中間性」特質也體現在其相當傳統的再現方式上。從 1930 年代的上海左翼電影到 1960 年代的香港左派電影，電影編排主題的方式幾乎相似。《夜夜盼郎歸》中，賀永年與鄭靜琴的兩性關係採用了道德上可接受的浪漫愛情形式；而他和梁黛妮的兩性關係採用了誘惑－操縱－拋棄的「墮落」形式，包括性誘惑和金錢操縱。前者負載著社會底層的聯盟精神，後者負載資產階級壓迫社會下層的政治訓誡。賀永年與鄭靜琴的定情橋段設置於香港郊區的青山流水間。影片以自然風光賦形，以配樂歌詞表意。男聲部分：「這個山崗好地方，花香鳥語如仙鄉。柔風作被石作床，有情人兒結成歡。形影相隨勝鴛鴦，勝鴛鴦。」轉入合唱部分：「好地方，好地方。山不離水　水伴山崗。好地方，好地方。郎不離妹　妹長伴郎。」相反，賀永年與梁黛妮的定情場景則處理得相當露骨。梁黛妮將鄭永年藏在自己的臥室，在父親的眼皮底下暗度陳倉、挑逗賀永年。梁黛妮，作為資本家的女兒，被塑造成驕縱放蕩者，其行為不僅挑戰道德規範，也挑釁父權威嚴。賀永年與兩個女性的橋段構成了對稱性敘述，並明確區分了施害者和受害者的身分角色。但這種角色價值分配遭遇到階級話語後，變得含混不明。賀永年既是施害者又是受害者。電影的結尾安排他浪子回頭，返歸家庭；而梁黛妮則注定被家庭放逐，成為游蕩於花紅酒綠中的孤魂野鬼。

1960 年代中期始，內地文化環境收緊，香港左派電影需要直接明確地宣揚意識形態思想，幾乎失去了其適當有度的「中間性」特質。在「文革」前夕，香港左派電影越來越受到宣傳要求和激進路線的影響，電影中階級範疇與價值配置相關聯的敘述模式表現得更加清晰。即使故事背景設置在中國古代，武俠片和神話傳奇也依然飄蕩著階級鬥爭的現代旋律。這些電影通常包含一個救贖神話：被剝削、被壓迫的階級成員團結一致，通過集體智慧和力量總能克服個人困難、推翻暴政。此外，來自下層階級的領袖往往被塑造為以集體理想為己任、擁有卓越能力者。比如，武俠喜劇片《我來也》（鳳凰，1966）。該部電影講述了綽號「我來也」的神偷俠客，用其智慧和技巧對抗腐敗的縣府衙門和殘忍的地主，拯救窮人免受壓迫的故事。除了幾個飛到屋頂又飛到地面的鏡頭外，這部電影幾乎沒有表現武俠場面。「我來也」被塑造為一個聰明幽默的小偷，其唯一目的是竊取富人財富，轉送貧苦大眾。將階級鬥爭的概念編織到故事情節中，一方面會提供戲劇化衝突，造成了故事的曲折跌宕；另一方面也裹挾了浮泛的社會批判元素，投射了普通民眾對於社會正義的訴求。這部電影逆轉了統治者和被統治者間的權力關係，至少為普通觀眾提供了改變現狀的虛擬快感和面對各種形式的現實挫折、繼續為活的精神寄托。但 1960 年代後期香港左派電影中的意識形態的宣揚變得越來越直白。

二、本土的政治限制：香港、美國與臺灣

影響香港左派電影特質構型的另一個重要因素是臺灣、香港及美國等所構成的多重限制。1949 年以後，香港通過採取審查和監督等力量手段削弱內地對於香港電影工業生態的影響。香港政府聲稱收到當地幾家電影公司抵制「共產主義」滲透的請求，

於 1950 年 5 月 22 日召集當地電影製片商會面。香港政府提醒他們不要製作可能導致香港騷亂的電影；建議他們按照自願原則預先提交劇本給電檢員審查，以免電檢時因「不妥」內容而被禁映，造成經濟損失。[24]

香港政府也鼓勵本地製作質量上乘但不包含「共產主義」宣傳訊息的電影。他們竭盡全力推廣此類香港電影（non-Communist films）在其他英國統治的華人社區發行。1950 年 6 月 7 日，香港總督致電新加坡總督，要求後者協助此類電影在新加坡的發行。[25]新加坡政府採取措施阻止「共產主義」電影（Communist films）的輸入，為此類香港電影創造了填補市場真空的機會。[26] 1955 年，長城的電影由於嚴苛的電檢制度無法進入其最大的市場——新加坡，據說每部電影損失 5 萬元至 10 萬元港幣。[27] 1950 年代至 1960 年代初期，香港左派電影公司沒有自己的院線，其影片在香港及東南亞的發行倚靠其他電影公司：長城通常與國際電影懋業有限公司（MP&GI，簡稱電懋）合作；

---

[24] From Alfred Le S. Jenkins, American Vice Consul to Department of State, 26 July 1950, RG 84, Entry UD 2689, Container 2, Folder: Micellaneous 1954.

[25] "Joint Information and Propaganda Committee, Chinese Films Made in Hong Kong, from the Governor, Hong Kong to Governor, Singapore, Telegram No. 24 of 7 June", HKMS 184-1-151.

[26] "Joint Information and Propaganda Committee, Extract from Minutes of 11th. Meeting held 21st July 1950, at Kuala Lumpur", HKMS 184-1-151.

[27] From R. M. McCarthy, USIS to Sherman Hoar, Political Section, 24 March 1955, RG 84, Entry UD 2689, Container 6, Folder: local movies.

鳳凰與邵氏兄弟合作；新聯和邵氏兄弟、電懋、光藝合作。[28]

香港左派電影在本地與東南亞的商業發行並非暢通無阻。1960 年，導演朱石麟就抱怨香港左派電影上映遭遇多重困難。比如，香港影院經常要求他們提供保障金。不論電影的實際盈虧情況如何，每天放映一部電影的保障金從 900`元到 1100 元港幣不等。當這些電影票房不佳時，國泰影院還經常未與電影公司商量即撤銷放映。[29] 1960 年代後期，在臺灣方面的安排下，邵氏兄弟、國泰、榮華（影業公司）等五家公司聯合宣布不購買、不發行、不上映任何「長風新」的影片。[30]香港左派影片也失去了新加坡和馬來西亞的電影市場。雖然香港左派電影公司租用了少量影院，比如，南方電影公司在香港租用普慶戲院（Astor Theatre）[31]，但香港左派影院所占本地影院的比重極其有限。比如，1968 年香港共有 97 家持牌劇院，其中左派影院為 4 家。[32] 1971 年香港共有 97 家影院，其中左派影院 6 家。[33]此外，香港

[28] 朱順慈訪問，馮潔馨整理：〈廖一原口述歷史訪問〉，汪雲編：《思前．想後——廖一原及其時代》（香港：匯智出版有限公司，2014 年），頁 94、97。

[29] 中國電影工作者聯誼會：〈我國電影在海外的一些情況〉，1960 年 4 月，上檔 B177-3-197-12。

[30] 朱順慈訪問，馮潔馨整理：〈廖一原口述歷史訪問〉，汪雲編：《思前．想後——廖一原及其時代》，頁 112。

[31] 張燕：《在夾縫中生存：香港左派電影研究》（北京：北京大學出版社，2010 年），頁 167-168。

[32] "Chinese Communist Confrontation with Hong Kong Government Assessment of Recent Activities and Future Capabilities", 5 March 1968, HKMS 188-1-8.

[33] William Huang, Chief Film Censor, "Annual Report on Film Censorship

新聞處曾派遣資深電檢員出席左派影院的放映活動，評估政治「敏感」影片的上座情況。[34]

臺灣、香港與美國在港的政治力量抵制香港左派影業。一個典型的案例是他們在 1951 年成功說服李麗華脫離左派電影公司。李麗華 1948 年移居香港，相繼加入長城、龍馬。李麗華曾參加過香港左派電影組織的讀書會。[35]根據廖一原的說法，香港政府最初讓一位美國方面的天主教神父身分的人接近李麗華，以內地教會情狀勸說她脫離左派電影公司。李麗華及其母親都是天主教徒。後來，有香港政治部（the Special Branch of the Hong Kong Police）的幫辦威脅她，如遭香港驅逐，她將難以忍受內地的艱苦生活。當李麗華同意離開龍馬後，臺灣安排邵邨人向她伸出橄欖枝，並承諾對邵氏父子影片申請在臺上映有優待。邵氏父子提供了翻倍的薪酬（三萬港幣），李麗華最終同意加入。[36]目前學界對於李麗華的這段經歷語焉不詳。1951 年 12 月 31 日發表在美國雜誌 *Life* 上的一篇文章〈亞洲電影皇后〉（"Film Queens of Asia"）表明，李麗華最遲不晚於 1951 年底離開龍馬，她隨後的報酬為每部電影 5,100 美元。[37]

電影工作者在左派與右派電影公司間的跳槽，並不一定意味

(January-December 1970)", 4 January 1971, HKRS1101-2-13.

34 Memo. From N. J. V. Watt, Director of Information Services, to Political Advisor, 9 November 1966, HKRS1101-2-13.

35 "Survey of Hong Kong's Movie Industry", deduced date before 30 June 1953, RG 84, Entry UD 2689, Container 6, Folder: local movies.

36 朱順慈訪問，馮潔馨整理：〈廖一原口述歷史訪問〉，汪雲編：《思前・想後——廖一原及其時代》，頁 105、106。

37 "Film Queens of Asia", *Life* 31. 27 (1951): 51.

著政治信仰的轉變；加入香港左派或右派電影公司，亦未必意味認同某種政治派系或具有某種政治意識。在 1953 年香港美新處的文件中，李麗華被描述為自稱「強烈反共」，但實際上並「無政治派系」關聯。[38]然而，這並不影響香港美新處充分利用李麗華的事例做政治宣傳，其家喻戶曉的明星身分與內地來港的移民身分都是可資利用的文宣熱點。基督教與共產主義的不相容性是香港美新處的一個宣傳主題。在美新處關於李麗華的宣傳話語中，亦可見出這一宣傳策略。比如，〈亞洲電影皇后〉中，李麗華的照片被標示為「中國電影女皇」，並配有如下文字「拒絕左派，宣稱，『我是一個天主教徒。共產主義對靈魂無益。』」（"rejected Red overtures, declaring, 'I'm a Catholic. Communism is no good for the soul.'"）[39]這一說法後來成為李麗華脫離香港左派電影公司的標準解釋。比如，她發表在 1954 年《今日世界》上的〈我的自傳〉寫道，「一九四九年，香港電影界已經完全在左派分子控制之下，整個圈子成了一股風氣」，自己在此情勢下加入讀書會。讀書會先由潘漢年主持，後由洪遒、司馬文森主持。李麗華稱：「我在『讀書會』身歷其境受欺詐、欺騙、欺辱，激起我的反感。」她還稱，內地作風與「宗教壓迫」亦激發其退出「讀書會」——「於是我又投入主的懷抱，立志做新人，加入自由陣營的電影公司拍戲」。[40]

香港美新處的另一個宣傳主題是共產主義與中國傳統文化的

---

[38] "Survey of Hong Kong's Movie Industry", deduced date before 30 June 1953, RG 84, Entry UD 2689, Container 6, Folder: local movies.

[39] "Film Queens of Asia", *Life* 31. 27 (1951): 51.

[40] 李麗華：〈我的自傳〉，《今日世界》1954 年第 46 期，頁 9。

不相容性。美新處對脫離左派後的李麗華不遺餘力地扶持，亦與這一宣傳策略有關。1955 年，美國國務院考慮資助百老匯舞臺劇《秋月茶室》（*The Teahouse of the August Moon*）赴遠東、南亞和中東地區的巡演。[41] 1955 年 11 月 10 日，美國駐香港總領事 Everett F. Drumright 向美國務院極力推薦李麗華來扮演女主角 Lotus Blossom（日本女孩），並建議將角色的日語臺詞改為中文。理由是東南亞地區大量的觀眾為華人，而李麗華在海外華人社會是票房保障。此外，劇中出現亞洲明星面孔將增加亞洲人的參與感。Drumright 還暗示，提議的演員陣容將有利於他們在該地區的宣傳目標，是中國文化和表演藝術在海外蓬勃發展的體現。[42]冷戰期間，香港美新處的文宣項目往往將內地政權描述為傳統文化的毀壞者，激發海外華人的文化民族主義，以對抗內地的海外文宣運動。中美雙方都利用海外華人的中國關懷來推動各自的政治宣傳議題、爭取海外華人的價值認同。

一旦香港美新處將李麗華的形象與其「中國文化」與「反共」宣傳主題相勾連，其相關的話語實踐就無法避免美國「冷戰東方主義」的烙印和香港左派影人的挑戰。1956-1957 年，李麗華進軍好萊塢，飾演電影《飛虎嬌娃》（*China Doll*，1958）中的女主角。這部電影講述了中國抗日戰爭期間美國隊長 Cliff Brandon（Victor Mature 扮演）與中國女孩 Shu-Jen（李麗華扮

---

[41] Department of State Instruction by Dulles, 18 October 1955, RG 84, Entry UD 2689, Container 5, Folder: educational exchange general.

[42] Air Pouch from Everett F. Drumright, American Consul General, Hong Kong to the Department of State, Washington, 10 November 1955, RG 84, Entry UD 2689, Container 5, Folder: educational exchange general.

演）的浪漫悲劇。李麗華以從不在屏幕上親吻為由，拒絕拍攝與男主角親吻的鏡頭。Jing Jing Chang 將這種拒絕解釋為對好萊塢所固有的男性陽剛話語的隱喻性抵制，即好萊塢將亞洲女性屈從於美國的東方主義。這種拒絕也是在美國銀幕上宣揚中國的愛國主義。[43]然而，在該話題曝光後，左派宣傳陣營發文冷嘲熱諷，意指其不過是炒作的噱頭。1957 年《長城畫報》上的一篇文章稱，在伊麗莎白・泰勒（Elizabeth Taylor）的香港記者招待會上，她被問及李麗華時表示不知李為何人。該文還諷刺李麗華從好萊塢回來時公開在香港機場親吻她的未婚夫，卻在好萊塢拒絕拍攝親吻鏡頭。[44]儘管香港美新處積極打造作為中國文化之化身的李麗華的形象，但這篇文章暗示美新處建構的中國文化身分富有爭議。伊麗莎白・泰勒在香港的大受歡迎與李麗華在好萊塢的低能見度形成鮮明對比。它暗示美新處所倡導的中國文化身分與美國價值（好萊塢）的親和力很大程度上是美臺政治同盟的宣傳話語。

1950 年代，香港美新處和亞洲基金會（曾受美中央情報局秘密資助）支持當地親國民黨的電影公司，以對抗香港左派電影公司。一個代表性的例子是永華影業公司（Yong Hua Motion Picture Industries Limited，簡稱永華）。永華是當時香港三大親國民黨電影公司中最大的一家，在上海大亨李祖永的資助與電影界大佬張善琨的協助下於 1947 年在港成立。永華擁有遠東一流的電影生產設備，也經歷了財務困難、左派罷工（1950）等危

---

43 Jing Jing Chang, 'China Doll in Flight: Li Lihua, *World Today*, and the Free China-US Relationship', *Film History* 26. 3 (2014): 18.

44 賴以耕：〈玉女到香港〉，《長城畫報》1957 年第 80 期，頁 38-39。

機。1949 年 4 月和 1951 年 9 月，永華分別獲得兩個香港建築許可證，用以建造電影製片廠。永華獲得了這兩片官地十年的土地租賃權，建築製片廠花費了大約 1,000 萬元港元。然而，出乎意料的是，1953 年 8 月 1 日，香港工務司署地政測量處代理主管（the Acting Superintendent of the Crown Lands & Survey Office）通知李祖永，該建築許可證被取消。1954 年 7 月 15 日，李祖永又被通知在三個月內搬離該區域。[45]

危機期間，美國通過亞洲影業有限公司幫助永華繼續製作電影[46]，亞洲影業有限公司由亞洲基金會資助。1955 年，亞洲基金會在香港的代表 Ivy 先生告訴香港政府政治顧問（the Political Adviser to the Hong Kong government），如果永華的設備有流入市場而轉手服務於共產黨利益的可能性，那麼基金會打算考慮保護這些設備。[47]同時，臺灣也向永華提供資金援助，以確保其繼續生存。1955 年永華重組並更名（Yonghua Motion Picture Studios Ltd.）。據說重組後的公司有四位負責人——包括李祖永及其兄弟、戴國安（代表臺灣方面，資助 50 萬元港幣）、張國興（亞洲影業總經理）。[48]臺灣如此安排，意在幫助永華渡過難關、保持獨立，繼續宣揚「自由」立場。[49]

---

[45] Yung Hwa Motion Picture Industries, LTD. Re: Section B & C of Agricultural Lot No. 3250, In Survey District No.4, HKRS 163-1-1156.

[46] Letter from Hong Kong & Shanghai Bank Building, to the Governor, Hong Kong, 20 December 1954, HKRS 163-1-1156.

[47] Memo. 26 by Pol. Ad., 24 February 1955, HKRS 163-1-1156.

[48] Memo. 39 from Pol. Ad. to A.S.I., 30 March 1955, HKRS 163-1-1156.

[49] 黃仁：〈港九電影戲劇事業自由總會的角色和影響〉，黃愛玲、李培德編：《冷戰與香港電影》，頁 72。

此外，臺灣還使用港九電影戲劇事業自由總會（成立於1953 年 2 月，簡稱自由總會）[50]作為其在香港的代理，抵制香港左派影業，拉攏左翼影人，影響香港電影工業生態。自由總會代表臺灣對打算在臺放映的香港電影進行審查。製片前，香港電影公司必須向自由總會登記，並獲得准其在臺上映的許可證。臺灣不僅禁映香港左派電影公司製作的電影，還禁映任何香港左派影人主演的電影。對於許多香港電影工作者來說，加入自由總會不過是爭取臺灣市場的策略。1967 年的「六七暴動」後，香港左派報刊和電影公司的文化影響力已不復從前。「六七暴動」始於香港一塑料花廠的勞資糾紛，後迅速升級為香港左派大規模反對香港政府統治的示威活動，並訴諸暴力。「六七暴動」中，部分左派人士被香港政府以「非法」集會和「騷亂」之罪名逮捕；部分左派人士脫離左派陣營。1968 年，著名國語電影明星陳思思離開長城，加入自由總會。她的丈夫高遠也離開左派陣營，加入邵氏兄弟。此外，長城演員龔秋霞及其丈夫胡心靈、長城編劇張森等都被當地報刊如 *Hong Kong Standard*，[51] *The Star*，[52]報導脫離左派電影公司。自由總會還利用左派電影公司的困難及其影人脫離之事做宣傳。1969 年，自由總會的主席 Y. B. Huang 聲稱，該協會成員現已達到 1,100 人，其中至少有三分之一的人乃於1967 年之後加入的。[53]

50　左桂芳：〈自由總會簡介與大事記〉，黃愛玲、李培德編：《冷戰與香港電影》，頁 271。

51　“Rocket for Red Film Makers”, H.K.S., 6 March 1970, HKRS 70-6-584-1.

52　“Reds Buy Cinemas”, Star, 29 September 1970, HKRS 70-6-584-1.

53　Vincent Wong, “Communist Film Industry in Hong Kong Fights for

三、內地的政策變動：滬港合作、衝突與中斷

就電影輸入和審查政策而言，內地對待香港電影與外國電影的辦法相似。1950 年 7 月 11 日，文化部宣布了一系列電影政策，奠定了新中國電檢制度的框架。其中，〈國外影片輸入暫行辦法〉要求：「如申請輸入外國影片或在香港及其他國外地方攝製之中國影片，均依本辦法處理之。」影片輸入方提交申請書，經中央電影局或其委托機構許可後，方能獲得輸入許可證。入口後，「填具影片審查申請書連同完整之影片附中文本事說明書及原文對白臺本等」，送交中央電影局影片審查委員會或中央電影局委托機關審查，通過後發給各地上演執照。審查需要刪減或禁映的內容，包括「反世界和平、反人民民主、違反中國民族利益或宣傳淫猥色情迷信恐怖等，足以妨礙新社會秩序者」。輸入影片必須有上演執照，方可上映。[54]

內地通過購買小部分電影的發行權支持香港左派影業，但限制這些影片在內地的放映。內地電影工業直至 1953 年方完成國有化改造。1949 年至 1953 年，在上海的香港私營電影發行公司將影片提交審查，申請上演執照。其時電檢相對寬鬆，比如，1951 年 8 月上海有四家香港私營電影發行公司——青華、南國、永華和長城。這些公司將部分發行或代理發行的電影提交電

Survival", S. C. M. P., 1 June 1969, HKRS 70-6-584-1.

54 〈國外影片輸入暫行辦法〉，中央人民政府法制委員會編：《中央人民政府法令彙編（1949-1950）》（北京：人民出版社，1952 年），頁 573-574。

檢，只有一部未獲通過。[55] 1951 年，長城聲稱，若通過內地電檢，長城製作的每一部影片都會運到內地公映，少量意識形態「落後」作品除外。[56]「中國電影發行放映公司」成立於 1951 年，1952 年定名為「中國電影發行公司」，1958 年改名為「中國電影發行放映公司」（以下簡稱「中影公司」）。中影公司負責每年購買一定數量的香港左派電影。在所購電影中，再選擇部分適合於內地發行者。[57] 1954 年至 1961 年，中國電影發行放映公司購買了 80 部香港左派電影；其中，只有 35 部在全國範圍上映，8 部在特定地區上映。[58]

1950 年代末和 1960 年代初，上海電影局開始放鬆對香港左派電影公映的管理。此前，香港電影只能在市內主要影院放映；1962 年，放映場所擴大至各縣縣城影院，上海某些大學和工廠的放映要求也獲得批准。[59]與此同時，上海的香港電影放映場數與觀眾人數迅速增加。1959 年上海上映了 8 部香港電影，1960 年上映了 7 部，1961 年上映了 8 部，1962 年上映了 6 部。這些

55 上海市人民政府文化局電影事業管理處：〈關於辦理並審查電影影片貿易業登記工作的報告〉，1951 年 8 月 21 日，上檔 B172-1-57-34。

56 〈長城讀者信箱〉，《長城畫報》1951 年第 8 期。

57 〈香港電影在滬發行情況〉，上海市人委文教辦公室綜合組編：《文教系統調整精簡工作情況簡報》第 18 期，1963 年 1 月 9 日，上檔 B3-2-215-282。

58 陳荒煤：〈談支援農業、港片、科教片、外國片問題〉，1962 年 11 月 17 日，上檔 B177-1-21-172。

59 〈香港電影在滬發行情況〉，上海市人委文教辦公室綜合組編：《文教系統調整精簡工作情況簡報》第 18 期，1963 年 1 月 9 日，上檔 B3-2-215-282。

香港電影 1960 年放映 2015 場，占上海全年總場數的 0.96%，觀眾 182.2 萬人次，占全年觀眾總數的 1.3%；1961 年放映 7233 場，占 3.6%，觀眾 638.3 萬人次，占 5%；1962 年放映 8953 場，占 5.7%，觀眾 706.2 萬人次，占 7.4%。除少數戲曲片如《蘇六娘》等外，其他電影都是場場滿座。其時內地電影生產減少，拷貝不足，香港片的舊片積累較多，這些因素都造成香港片的排映日期及場次有所增加。[60]

張濟順將 1959 年至 1962 年對香港片的「放鬆」歸因於與「三年大饑荒」（1959-1961）相關的經濟困難，旨在「配合加速市場游資回籠」。[61]然而，這種「放鬆」亦與電影政策的調整密切相關。1959 年 4 月 23 日，周恩來總理與電影工作者會晤，反思「大躍進」時期（1958-1960）激進的「左傾」錯誤。1961 年新僑會議上，他還批評了文藝界的激進「左傾」思想。陳荒煤也提出電影創作應以導演為主，「黨支部不能領導創作，只能起保證作用」。[62]此前，廖承志還做過題為「關於選購香港影片問題」的報告，建議在未來幾年內增加香港電影的進口配額，以豐富國內電影節目。[63]

60　〈香港電影在滬發行情況〉，上海市人委文教辦公室綜合組編：《文教系統調整精簡工作情況簡報》第 18 期，1963 年 1 月 9 日，上檔 B3-2-215-282。

61　張濟順：《遠去的都市：1950 年代的上海》（北京：社會科學文獻出版社，2015 年），頁 308、309。

62　陳荒煤：《陳荒煤文集》（北京：中國電影出版社，2013 年），第 10 卷，頁 582。

63　子宇：《夢回仲夏：夏夢的電影和人生》（北京：世界圖書北京出版公司，2015 年），頁 188。

1961 年和 1962 年，香港左派電影在上海大受歡迎。據說上海電影院經理每逢上映香港電影時就提心吊膽，有時甚至徹夜不眠。因為觀眾半夜排隊購票，太擁擠以至於經理不得不加班維持秩序。[64] 1960 年冬，上海觀眾多次爭購香港電影票。市電影局經市委宣傳部同意，規定根據各片內容「控制發行」香港電影：對描寫香港居民苦疾，揭露資本主義社會制度的罪惡，有進步意義者，予以放映；對注重票房價值，表面批判資產階級思想，實際上卻有意無意地宣傳資產階級生活方式的影片，則嚴格控制其發行範圍，大幅度壓縮場次；對具有「嚴重錯誤」的影片，如強調人類的愛、調和階級矛盾等，則予以最大限度的控制或者禁映。此外，還要求有關部門採取座談會、黑板報、影片分析講解會、報刊評論等方式教育群眾「不去爭看香港片，和正確對待香港片」。[65]上海電影管理部門迅速干預的措施成功控制了當地群眾對香港電影的狂熱局面。

然而，1962 年秋上海觀眾爭購香港電影票的狂熱再度來襲。1962 年第三季度陸續上映香港片《新婚第一夜》、《美人計》、《夜夜盼郎歸》等，觀眾爭相購票，使影院周圍交通受阻、商店不能營業，影院門口甚至出現觀眾幾天幾夜連續排隊購票、觀眾擠傷急救等現象。比如，上鋼三廠某文教幹部擁有 16 張團體購票卡，一次買近千張香港電影票；江南造船廠購買香港

64　〈瞿白音在上海市第二次代表大會上的發言〉，1962 年，上檔 B177-1-269。

65　〈香港電影在滬發行情況〉，上海市人委文教辦公室綜合組編：《文教系統調整精簡工作情況簡報》第 18 期，1963 年 1 月 9 日，上檔 B3-2-215-282。

電影票出動 20 人左右，以至於影響生產；甚至賣五香豆、擦皮鞋的小販們都變相售賣黑市票。[66]少數工廠、學校的工會文教幹事與社會人員聯手，壟斷電影票，並在黑市高價出售。1962 年和 1963 年，上海進一步加強對香港電影發行的控制：上海電影局規定了「三證購票」方法（憑團體購票證、工作證、單位介紹信買團體票），壓縮了香港片上映的時間和場次，並開展宣傳教育和控制工作；公安部門也逮捕了一批「黃牛」。[67]同時，上海要求宣傳機關、共青團和工會組織「加強教育工作，幫助觀眾正確地觀看香港片」。[68]

1960 年代初期，上海追捧香港電影的觀眾主要是年輕人，其次為家庭主婦。由於時髦的衣服、華麗的場景、迷人的演員，年輕觀眾往往被這些電影所吸引。比如，許多青年就專為「十八套服裝」、「四幢洋房」及漂亮的女主角（陳思思）去看《美人計》。一般觀眾認為香港片「行頭足、場面大、音樂好、演員漂亮」。有個別女學生認為到香港做妓女、拾棒冰棒頭都比上海生活好。少數青年還模仿「香港式」服裝、髮式、行為，甚至還有人私自越境。[69]這些「腐化」但令人羨慕的資產階級生活方式和

66　中共上海市委宣傳部：〈有關香港影片的放映情況和一些不同看法〉，1963 年 1 月 16 日，上檔 A22-1-612-1、2。

67　〈香港電影在滬發行情況〉，上海市人委文教辦公室綜合組編：《文教系統調整精簡工作情況簡報》第 18 期，1963 年 1 月 9 日，上檔 B3-2-215-282。

68　中共上海市委宣傳部：〈有關香港影片的放映情況和一些不同看法〉，1963 年 1 月 16 日，上檔 A22-1-612-4。

69　中共上海市委宣傳部：〈有關香港影片的放映情況和一些不同看法〉，1963 年 1 月 16 日，上檔 A22-1-612-3、4。

繁華的香港社會影像虛擬地滿足了觀眾的物質欲望。而「大躍進」運動中上海物質現實與香港富足影像愈發構成落差。張濟順認為，雖然上海市民在 1949 年之後與西方隔離，但 1950 年代至 1960 年代初期在上海發行的香港電影，讓他們能夠繼續想像西方的生活方式。他們知道香港的生活方式是資產階級的、西方的。[70]

上海觀眾之所以對香港電影狂熱追捧，其原因還包括內地電影本身的問題，比如，青少年題材的匱乏、人物形象塑造親和力的缺乏、資產階級和知識分子題材的匱乏等。1962 年上海電影局的瞿白音指出，內地電影總是表現革命題材，以英雄形象教育年輕人，但許多角色缺乏堅實的人格和人性。由於思想上有條條框框的束縛，電影中的英雄人物「做人難」。他們滿口豪言壯語，但人物形象面目不清、不接地氣。[71]

1950 年代和 1960 年代初期，上海對香港電影的放映政策時而放寬時而收緊；1964 年後放映政策全面收緊。1962 年 11 月，文化部的電影局局長陳荒煤建議，限制香港電影在大都市的發行，並將香港電影的年配額減至 5 部。[72]陳荒煤在 1963 年 9 月至 1965 年 2 月間擔任文化部副部長。在此期間，他曾提議禁止放映任何香港電影，僅上映合拍片。即使進步片如《雷雨》，也

---

70 張濟順：《遠去的都市：1950 年代的上海》（北京：社會科學文獻出版社，2015 年），頁 310、313。

71 〈瞿白音在上海市第二次代表大會上的發言〉，1962 年，上檔 B177-1-269。

72 陳荒煤：〈談支援農業、港片、科教片、外國片問題〉，1962 年 11 月 17 日，上檔 B177-1-21-172。

不能恢復上映。因為香港片上映就有市場，上映一部也會造成「混亂」。[73]在其任期內，陳荒煤還進行自我檢討：過去自己認識不足，以為香港片沒有多少「毒害」，未料及對青年的不良影響。陳荒煤強調，宣傳工作是思想戰線上的爭奪戰——縮小封建思想和資產階級思想的陣地，擴大社會主義的思想陣地。[74]「文革」前夕，香港電影在內地的上映就此告一段落。

其時內地的文化政策中，除了購買電影發行權外，還通過合拍戲曲片來支持香港左派電影發展。[75]趙衛防將 1950 年代香港拍攝戲曲片的熱潮歸因於內地戲曲片在香港和東南亞地區造成轟動的票房效應，如《梁山伯與祝英臺》（1953）、《搜書院》（1956）、《孫悟空三打白骨精》（1960）等。[76]然而，上海檔案資料顯示，大多數內地戲曲電影在東南亞等地區，票房欠佳。其原因包括方言、演員、折子戲的形式等問題。1960 年 4 月 20 日，中國電影工作者聯誼會邀請了中國電影發行放映總公司駐布拉格代表李志民和香港南方影業公司許敦樂介紹中國影片在國外

73 〈中央文化部陳荒煤副部長第二次在全國電影發行放映會上的講話記錄〉，無日期（據內容推測，1963 年 9 月至 1964 年間），上檔 B177-1-21-196。

74 〈陳荒煤副部長在全國電影宣傳會議上講話〉，無日期（據內容推測，1963 年 9 月至 1964 年間），上檔 B177-1-21-179。

75 2010 年 *The Opera Quarterly* 雜誌發表了一系列關於 1950 至 1960 年代中國戲曲片的研究文章。參見 Weihong Bao, "The Politics of Remediation: Mise-en-scène and the Subjunctive Body in Chinese Opera Film", *The Opera Quarterly* 26. 2-3(2010): 256-290.

76 趙衛防：《香港電影史：1897-2006》（北京：中國廣播電視出版社，2007 年），頁 177。

的發行情況。南方為香港左派電影發行公司，負責內地電影在香港、澳門、東南亞的發行。據許敦樂的報告，《梁山伯與祝英臺》、《天仙配》、《秦香蓮》這一類故事的戲曲片，因故事家喻戶曉，音樂與表演都比較動人，受到海外觀眾歡迎；而京戲、地方戲曲，因為方言問題或折子戲形式等，發行效果不好。比如，《花木蘭》（長春電影製片廠，1956）、《借東風》（北京電影製片廠，1957）、《穆桂英掛帥》（江南電影製片廠，1958）、《陳三五娘》（天馬電影製片廠，1957），觀眾聽不懂。《陳三五娘》在新加坡演出時，觀眾僅有四五千人次，而《搜書院》則有高達 30 萬觀眾。其中差距的原因在於電影《陳三五娘》講的是福建省泉州府附近的方言，很多在新加坡的福建和潮汕籍華僑聽不懂。儘管《陳三五娘》的演員陣容與拍攝技術都比《梁山伯與祝英臺》的好，但因為方言問題、演員「不漂亮」，票房不佳。此外，折子戲影片內容並非有頭有尾的故事，觀眾接受也有困難。[77]而這些海外接受度不理想的戲曲片，大都由名角、名導參與制作，比如，《花木蘭》中的常香玉，《借東風》中的裘盛戎、葉盛蘭、譚富英、馬連良、袁世海。

筆者認為內地與香港合拍戲曲片，是內地對海外華人文宣工作的策略，更是提升內地戲曲片海外流行度的手段。其增加海外票房號召力的方法包括使用香港明星、普通話對白、內地戲曲表演人才（演員或幕後配唱）。此外，與香港聯合制作的電影身分，擴大了影片在海外發行的區域範圍。香港左派電影公司主要

---

[77] 中國電影工作者聯誼會：〈我國電影在海外的一些情況〉，1960 年 4 月，上檔 B177-3-197-12。

與上海戲曲劇團合作拍攝了系列影片。其時的檔案材料已證實了 1960 年代初期合拍片在香港及海外的受歡迎度。至 1964 年 4 月，合拍的越劇電影《金枝玉葉》（長城，1964）僅在香港的票房收入就已達到 62 萬港元，合拍的越劇電影《三笑》（長城，1964）上映前三周的票房收入已超過 50 萬港元。[78]另一部合拍片《王老虎搶親》（長城，1960）中，女主角為夏夢，由上海越劇表演藝術家畢春芳幕後配唱。該片在香港和新加坡票房大賣。[79]

香港合拍戲曲片的政策決斷主要涉及文化部和當地電影管理局。上海與香港合拍片的合約條款體現了雙方經濟利益的協調。為了支持香港左派影業的發展，經中國國務院批准，上海 1962 年始與香港合拍一定數量的電影。根據規定，香港方面供應合拍片所需的電影膠片與某些必要的電影器材，內地電影製片廠為香港電影公司洗印電影拷貝。1962 年 9 月香港電影公司委託上海製片廠洗印影片拷貝的膠片第一批計 14 萬尺，印成拷貝後即運回香港，於 11 月上旬發行放映。[80]這是一個雙贏的合作：由於技術問題，內地膠片無法自給自足；香港左派電影沒有自己的洗印電影拷貝部門。香港長城影業公司先前洗印彩色拷貝要寄到倫敦洗印。[81]此外，內地還使用香港方面支付的外匯從香港購置先進設備。1963 年至 1964 年，上海電影科技廠為長城電影洗印拷

78　外辦（64）室字 39 號，1964 年 4 月 14 日，上檔 A22-1-798。

79　子宇：《夢回仲夏：夏夢的電影和人生》（北京：世界圖書出版北京公司，2015 年），頁 146、149、151、152。

80　〈文化部關於與香港合作拍攝影片有關的進出口手續的問題〉，1962 年 11 月 6 日，上檔 B170-2-1234-14。

81　（64）滬影委字 32 號，1964 年 12 月 15 日，上檔 A22-1-798。

貝，如《皇帝出京》、《金枝玉葉》、《三笑》、《三看御妹劉金定》等電影。[82]洗印電影拷貝的服務僅限於香港左派電影（「長鳳新」），且其電影劇本已通過了國務院外事辦公室和中共港澳工作委員會的審查。電影膠片印成拷貝後，需向國務院外事辦公室提交一份拷貝審查。[83]鑒於內地的目標在於國際範圍內盡可能廣泛地發行合拍片，文化部允許香港發行的版本隱去合作拍攝的訊息。[84]文化部還要求，內地在發行前對合拍片訊息要保密。[85]

上海與香港的合拍片合同條款偏向於考慮上海的經濟物質因素。比如，1962 年 1 月上海海燕電影製片廠與香港大鵬影業公司就合拍《碧玉簪》達成如下協議：雙方向文化部建議「國內及 1961 年底以前我國已建立外交關係的國家發行版權歸屬中國電影發行公司，至於香港、澳門、新加坡、馬來亞、婆羅洲範圍以及 1961 年底以前我國未建交國家的發行版權屬大鵬公司所有」。[86]後又根據香港方意見修改為，雙方向文化部建議，「國內及社會主義國家發行版權歸屬中影，至於港、澳、星馬、印尼、緬甸以及其他資本主義國家發行版權歸港方所有」。[87]根據

---

82 （64）滬影委字 32 號，1964 年 12 月 15 日，上檔 A22-1-798。

83 （65）文電密字第 31 號，1965 年 1 月 30 日，上檔 A22-2-1312。

84 上海市電影局致文化部，1962 年 1 月 12 日；〈海燕電影製片廠　大鵬影業公司　合作攝製「碧玉簪」影片協議書〉，1962 年 1 月，上檔 A22-2-1055。

85 （63）文電陳字第 1580 號，1963 年 9 月 27 日，上檔 B177-3-419。

86 〈海燕電影製片廠　大鵬影業公司　合作攝製「碧玉簪」影片協議書〉，1962 年 1 月，上檔 A22-2-1055。

87 （62）滬影蔡計字 28-2 號，上檔 A-22-2-1055。

香港生產類似電影的成本，香港方面決定一部合拍片的投資，並用這筆錢購買電影膠片與製作器材。合拍片的上海方負責其餘電影製作費用。為保證合拍電影的質量，避免製片廠的虧本，「國內版權」按照「國家核定的國內影片版權銷售價格規定之內按廠的實際成本（港方所提供的膠片除外）加稅金及國家規定的利潤由中影公司收購。」上海和香港，自負盈虧。如果香港方因電影發行而獲得較多收入，並且願意支持內地外匯，上海則使用這些外匯進口短缺的物資，如膠片與電影器材。[88]

在合拍事宜上，內地占有主導地位。比如，1963 年四部合拍片計劃中，只有一部由文化部和香港方面共同提出，其餘三部均由內地提出。而香港方面提議的一部合拍計劃已被上海電影局否決。1962 年長城接觸上海電影局並提議與上海越劇團合作重拍越劇電影《梁山伯與祝英臺》（1953），由夏夢和上海越劇演員丁賽君領銜主演。但上海電影局、石西民（上海市委宣傳部部長）和袁雪芬（1953 年版《梁山伯和祝英臺》中祝英臺的扮演者）反對這一提議。[89] 1953 年版的《梁山伯和祝英臺》電影在當時已成為中國海外宣傳產品的典範，無論是票房收入還是政治影響力都堪稱成功。該片是中國第一部彩色電影。1954 年，周總理在日內瓦會議期間對外國外交官員和記者放映了該片。同年，這部電影在香港上映 107 天，打破了當地票房收入的紀錄。這些政治因素可能促使上海否決長城的重拍計劃。

《天仙配》的合拍案例顯示了內地文化部門、上海電影局與

[88] 上海市電影局致文化部，1962 年 1 月 12 日，上檔 A22-2-1055。

[89] 蔡賁致陳部長，1962 年 11 月 9 日，上檔 A22-2-1055。

香港合作過程的複雜一面。黃梅戲電影《天仙配》於 1955 年由上海電影製片廠出品。1956 年 3 月 26 日，該片通過文化部電影局、外交部、僑委會的許可，可送各地區駐外使館招待放映和發行。[90]吳性栽，1946 年在上海創辦文華影片公司，1940 年代末移居香港成立了龍馬影業公司。1962 年 11 月，吳性栽通過香港大公報社經理費彝民的關係，到北京和文化部商談合拍片問題。吳性栽提議與上海電影公司合作重拍《天仙配》，建議由桑弧和吳永剛聯合導演、調整原演員陣容等。夏衍、陳荒煤經研究後，同意了他的要求。陳荒煤通知上海電影局安排拍攝，吳性栽以香港長虹影業公司的名義與上海天馬電影製片廠合拍《天仙配》。1963 年 3 月，陳荒煤到上海指示，因得知邵氏兄弟正在計劃攝製黃梅調《七仙女》，要求上海電影局提前完成拍攝，搶在邵氏兄弟之前發行。11 月底前，該片突擊完成。然而，1963 年合拍期間，香港長城影片公司總經理周康年反映，吳性栽在取得《天仙配》的合拍權後即私自將《天仙配》影片在香港和東南亞的發行權以港幣 20 餘萬元賣給邵氏兄弟；以所得小部分收入購買膠片供應天馬拍攝。陳荒煤和夏衍都對這種情況表示為難，打算就此作罷。後未與上海電影局繼續討論此事，亦未作指示。但上海電影局考慮到邵氏兄弟公司與臺灣方面的密切關係，認為邵氏兄弟收購《天仙配》發行權定有經濟與政治目的。他們揣測，合拍片落入邵氏兄弟之手可能成為他們打擊內地和香港左派影業的武器。邵氏兄弟可以通過發行《七仙女》後上映或不上映《天仙配》來獲得經濟收益，抹消合拍片的政治意義。上海電影局建議

90　（56）電蔡字第 255 號，1956 年 3 月 26 日，上檔 B177-3-103-1。

暫不印製拷貝，待文化部重新研究後再做處理。[91]

1962-1963 年上海文化部門的警惕可能與其對邵氏兄弟的不信任有關。1960 年，上海越劇團在香港普慶成功演出《紅樓夢》。邵逸夫派人接觸新聯領導廖一原，提議拍攝越劇電影《紅樓夢》。廖一原獲得上海的批准後，和邵氏兄弟的李翰祥討論合拍安排。臺灣聽聞此事後向邵逸夫施壓：若邵氏兄弟與上海越劇團合拍電影，臺灣將重新考慮輸入邵氏兄弟影片事宜。此次合拍《紅樓夢》的計劃因邵氏兄弟的後退而不了了之。[92]邵逸夫乃商業人士，其最初接觸和最終放棄與上海越劇團合拍電影，大體均由經濟利潤驅動。只是其時香港電影工業的商業利潤可能會被國共兩黨政治所影響。合拍片《紅樓夢》的計劃後轉由香港金聲影業公司（隸屬於長城）和上海海燕電影製片廠完成，並於 1962 年 11 月在香港發行上映。而邵氏兄弟在 1962 年 8 月已在香港上映黃梅調電影《紅樓夢》。

1960 年代同題材戲曲片爭相製作發行的案例還有很多。比如，1963 年、1964 年香港出現了四部黃梅戲影片均改編自牛郎織女的故事，包括《七仙女》（邵氏兄弟，1963）、《七仙女》（國聯影業有限公司，1964）、《牛郎織女》（上海海燕和香港大鵬影業公司，1964）、《天仙配》（上海天馬和香港繁華影業

91　上海電影局致張部長（據內容推測：張春橋，上海市委宣傳部部長）、石書記（據內容推測：石西民，上海市委候補書記），抄送柯、陳書記（據內容推測：柯慶施，上海市委第一書記；陳王顯，上海市委書記），1963 年 11 月 22 日，上檔 A22-1-614。

92　朱順慈訪問，馮潔馨整理：〈廖一原口述歷史訪問〉，汪雲編：《思前・想後——廖一原及其時代》，頁 101-104。

公司，1963）。

在此案例中，上海電影局較之文化部（夏衍與陳荒煤）更為強硬，他們批評此次合拍事情缺乏嚴密手續和規定程序，造成漏洞與損失。[93]而此次合拍主要是通過夏衍、費彝民的關係，因此批評矛頭所指在於夏衍與陳荒煤。這也暗示了其時內地文藝領導層矛盾的激化。在文化部，夏衍與陳荒煤在電影工作上合作密切，具有共識。[94] 1960 年代前期，他們支持香港左派電影事業發展，積極推動兩地電影業的交流與合作。然而，自 1950 年代以來，他們就與張春橋、柯慶施有矛盾分歧。1956 年，柯慶施要求陳荒煤向文化部黨組報告，他們可以領導上海電影界，不歡迎夏衍干涉上海電影事務。1958 年，柯慶施還公開表示，上海不歡迎陳荒煤。1992 年，陳荒煤回憶起這些事件，以之作為柯張二人有操縱上海電影界的野心和從事「陰謀」活動的證據。[95]

夏陳二人與柯張二人的衝突還表現在關於社會主義文藝的概念界定上，但這種分歧實際指向的是文化領導權的爭奪。1964 年 1 月，陳荒煤在南京舉行的一次電影會議上發言，肯定了 1949 年至 1964 年的電影生產滿足了工農兵的文藝需求，反對柯所提倡的「大寫十三年」（1950-1963）。1964 年 8 月，張春橋

93　上海電影局致張部長（據內容推測：張春橋，上海市委宣傳部部長）、石書記（據內容推測：石西民，上海市委候補書記），抄送柯、陳書記（據內容推測：柯慶施，上海市委第一書記；陳丕顯，上海市委書記），1963 年 11 月 22 日，上檔 A22-1-614。

94　陳荒煤：〈荒煤「挖煤」的由來〉，《陳荒煤文集》第 3 卷，2013 年，頁 264。

95　陳荒煤：〈永遠銘刻在心間的會晤〉，《陳荒煤文集》第 3 卷，頁 210。

批評北京電影界存在一條夏衍和陳荒煤「反動資產階級路線」。[96] 1965 年 2 月，陳荒煤被免去文化部副部長職務。[97]兩個月後，夏衍也被免職。隨著夏衍、陳荒煤、廖承志的被批判或免職，香港左派電影公司與內地的合作關係告一段落。

通過製作令人上進、導人向善、無傷大雅的娛樂電影，香港左派影人立足於當地，想像自己參與了新中國的建設和愛國主義的宣傳。然而，冷戰期間香港左派電影一旦開啟內地與香港、社會主義體制與資本主義體制之間的跨界旅程，便遭遇到雙重困境。香港左派電影工作者試圖通過將娛樂和教化、內地訴求與香港經驗、工具化和商業化相融合，尋找一種折中的電影生產方式。這促使香港左派電影的構型需要協調道德說教、意識形態宣揚、娛樂休閑等多重訴求。1950 年代至 1960 年代前期，香港左派電影「中間性」特質的形成亦與臺灣、香港以及美國力量的多種政治限制有關。它需要在他們對香港右派影業的支持與左派影業的遏制、香港政府的電檢制度，以及香港主流商業電影的競爭壓力下，謀得生存之道。內地對香港左派電影的政策對其生存構成更有影響的因素。內地領導者未能提供不受政治運動影響的長期、穩定的政策。其政策制定愈來愈受到內地政治運動與人事糾葛的影響。

香港左派電影是內地可資借助，爭取海外華人價值認同的重要文化武器。在其時的文宣冷戰中，香港左派電影被定位為內地與外界之間的中介者。內地通過購買香港左派電影的發行

96　陳荒煤：《陳荒煤文集》第 10 卷，頁 584。

97　陳荒煤：《陳荒煤文集》第 10 卷，頁 584。

權、合拍戲曲片、授予文化部大獎、提供經濟支持和文化領導，使得香港左派電影成為新中國電影共同體的構成分子。然而，香港左派電影輸入上海所遭遇的上映狂熱，到上海的控制上映再到禁映的命運，燭照出其時香港左派電影跨界的獨特現實：香港左派電影的魅力來自他們在社會主義制度／內地和資本主義制度／香港中均處於邊緣而非主流的位置；香港左派電影的困境在於跨越兩個體系所遭遇的發行上映的困境，以及其與在地主流話語的抵牾。而其時上海部分中老年觀眾在香港左派電影中看到了舊上海的影子；上海年輕觀眾則在其中看到了港式生活的魅力。

「香港電影」（即香港左派電影）一詞，在 20 世紀 50-60 年代的內地可視為與社會主義革命意識形態相對的異質性存在，包括資本主義、腐敗、西化、小資產階級、商業化、聳人聽聞的噱頭等；在其時的香港，香港左派影業又意味著非商業化、非資本主義、隔離主流社會的特殊存在。對於香港左派影人而言，「左派」標簽意味著抵抗香港主流商業製片體制和在 20 世紀 50-60 年代香港多重政治限制中絕地求生。香港左派影人提及本地非左派電影公司時，往往用「外面」一詞來指稱。在回憶文章中，他們經常將「左派」標簽轉化為理想主義的情懷：放棄名利而獻身於電影藝術，宣傳中國文化，製作進步和愛國的電影。[98] 1965 年左右，鳳凰的明星朱虹拒絕了邵氏兄弟公司豐厚報酬的邀請，留在鳳凰。在一次採訪中，朱虹反復強調左派電影

98 黃愛玲編：《理想的年代：長城、鳳凰的日子》（香港：香港電影資料館，2001 年），頁 111。

公司區別於其他香港電影公司之處：他們為理想而工作，製作導人向上的電影，引導教育觀眾。[99]香港左派影人傾向於將其在香港電影界的邊緣位置理想化為道德精英主義和文化民族主義。1950 年代至 1960 年代前期，香港左派影業的奇特命運恰恰表明內地訴求與香港經驗、社會主義體制與資本主義體制跨界的可能及其限度。

99　黃愛玲編：《理想的年代：長城、鳳凰的日子》，頁 241、242。

第十章　幕布後的冷戰：香港的電檢制度（1947-1971）

1950 年 8 月，《東方》（*Orient*）刊載了一篇題為〈不同意見和信息的櫥窗〉（“A Showcase of Diverse Opinion & Information”）的文章。該文介紹了香港正在展開的宣傳戰，其主要參與者為中國共產黨、國民黨、美國、英國。文章結論如下：與國共兩黨的宣傳相比，美新處（United States Information Service）和英國的相關工作「微不足道」；而與國民黨相比，共產黨的宣傳似乎更加有效。香港政府認為，英國文化協會（the British Council）主要致力於宣揚英國，發展與世界人民更為密切的文化關係；而香港公共關係辦公室（Public Relations Office）在宣傳方面，甚少作為。[1] 1949 年後，香港成為中國內地、臺灣以及美國進行文宣的競技場，成為他們在精神、心理層面上爭取海外華人支持的前沿陣地。

筆者感興趣的是香港政府在這一文化冷戰中的角色和功能。循此問題，本章關注香港政府電檢制度如何處理來自內地、美新處、臺灣具有政治色彩的影片。1950 年代香港政府承認共產黨

---

1 Pao Li-koo, “A Showcase of Diverse Opinion & Information,” Orient, August 1950, 1st ed., HKMS 188-1-84.

在香港製造「問題」的能力日益增強，甚至可能推動其最終垮臺。但本地情報委員會（Local Intelligence Committee）仍然相信，香港及英國政府有能力予以限制。較之軍事「介入」，文化滲透更為常見。對此，香港政府亟待新的法律和制度武器來遏制各方勢力在港的文宣活動。二戰以後，香港政府一直監控報刊出版並偶爾進行督察，但並無審查制度。[2]自 1947 年始，香港當局在沒有正式法律授權下，就秘密運作電影檢查制度。[3]戰後電檢重建伊始，政治審查即是其核心。

香港電檢制度規定，所有打算在港放映的電影都要審查。對於內地與臺灣影片的政治審查最初由香港警方執行，並在 1953 年後繼續了一段時間。1955 年，電檢工作轉交檢查員小組（Panel of Film Censors）與審核委員會（Board of Review）負責。電檢員的審查權來自香港《公眾娛樂場所規例》（第 171 章）中的電影審查部分的授權 [the film censorship sections [4 and 7(h)] of the Places of Public Entertainment Ordinance (Cap.171).]。[4]審核委員會根據 1953 年《電影檢查規例》（*Film Censorship Regulations*，1953；簡稱「1953 年規例」）第 10(1) 條而成立，處理對檢查員小組決定的上訴事宜。任何電影發行者或所有者若不滿於檢查

---

2 From the Governor, Hong Kong to the S. of S. Colonies, 12 August 1959, HKMS 158-1-121.

3 K. K. K. Ng, "Inhibition vs. Exhibition: Political Censorship of Chinese and Foreign Cinemas in postwar Hong Kong," *Journal of Chinese Cinemas* 2. 1 (2008): 27.

4 Annexe E: The Organization of the Public Relations Office, Reported by J. D. Duncanson, Deputy Public Relations Officer, HKRS 160-1-19.

員小組的審查決定，可以向審核委員會提出上訴。審核委員會的決斷將是最終決定。1956 年修訂案出臺，授權審核委員將其禁映決定延遲至少六個月，最多兩年，而非直接禁止該片。[5]

本章考察 1947 年至 1971 年香港政府對於外來電影的政治審查。筆者一方面將這種審查視為香港政府對於中國政治（國共兩黨對峙）與冷戰政治（大陸 vs. 美國與臺灣，內地 vs. 英國與香港）的回應，另一方面視之為與香港政府在國際冷戰格局中脆弱位置相關的文化統治，以及維護本地社會內部穩定的控制策略。通過辨析一系列電檢條例的構型與香港當局對內地、美新處與臺灣影片的政治考量之間的互動關係，揭示戰後香港電檢制度中政治審查的沿變軌跡。本研究主要基於香港歷史檔案館與美國國家檔案館所藏檔案，而討論的時間範圍劃定為 1947 年——戰後電影審查重新恢復之時——至 1971 年，即繼 1965 年放寬政治審查後的進一步開放之際。這段時期中，香港經歷了諸多政治事件與危機，如 1956 年的「雙十暴動」、1967 年的「六七暴動」與中英「人質外交」危機等。

冷戰期間，香港政府對電影的政治審查是否旨在維持香港的「政治中立」[6]，或者「打左護右」[7]，是目前學界關注的一個問

---

[5] From J.D. Duncanson for Public Relations Officers to Hon. A.G., 13 April 1959, HKRS 160-1-50.

[6] K. K. K. Ng, "Inhibition vs. Exhibition: Political Censorship of Chinese and Foreign Cinemas in postwar Hong Kong," *Journal of Chinese Cinemas* 2. 1 (2008): 27.

[7] 周承人：〈冷戰背景下的香港左派電影〉，黃愛玲、李培德編：《冷戰與香港電影》，頁 29。

題。筆者認為，對於內地、臺灣和美新處的電影而言，香港電檢的政治審查標準，既非固定不變，也非毫無爭議。本章所要探討的問題是：1940 年代後期與 1950 年代初期，香港的脆弱處境與冷戰的危急氛圍如何影響了香港電影政治審查條例的形成？什麼因素促發了香港政治審查規則的調整與修訂？電檢制度如何因應香港內部與外部情境的變化，重新結構電檢組織及其人員構成？以香港電檢為視角，我們可以發現文化統治權如何賦予香港政府一定的砝碼，使之或可有效地處理冷戰期間香港與各方政治力量的複雜關係。他們包括可能隨時收回香港的內地、作為全球勢力與英國同盟的美國、作為殖民母國的英國，以及作為美國同盟的臺灣。

一、電檢規例與特別顧慮（1947-1956）

1945 年和 1946 年香港政府討論戰後是否應該恢復電檢制度。若是，則是否應該建立類似於戰前電檢制度的組織機構？[8] 1947 年香港重新引入電檢制度時，雖然參考了英國和新加坡的電檢制度，但實際上制定了相當不同的規則——《電影檢查規例》（*Terms of Reference*，1947；簡稱「1947 年規例」）。1952 年香港政府還拒絕了殖民地事務大臣（Secretary of State for the Colonies）的提議——放棄香港的電檢制度，並接受英聯邦遠東區域審查委員會（Far East Regional Censorship Board）制

---

8 See from D. J. Sloss, Civil Information Department, to the Hon. Colonial Secretary, 7 September 1945; from Sd. S. H. Sansom, C. of P. to Col. Sec., 6 May 1946, HKRS 161-1-52.

度。該制度要求僅本土生產的電影在當地審查，所有國際電影將由遠東區域審查委員會處理。[9]

香港的地緣政治處境使得其電檢事務對國共兩黨政治和中美政治都高度敏感。政治審查一開始就是香港電檢考慮的主要因素。因此，電檢的目的是通過「1947 年規例」的常規審查權力，對本地電影生態空間予以去政治化。這一規例中，八個要點中有一半涉及政治和社會安定，都是被劃為需要從電影中刪除的內容。它們包括如下主題：(1)傾向於「加劇政治敵對；不利於與友邦之關係」；(2)鼓勵使用槍支或其他致命武器，實施暴力或恐怖主義罪行或推翻法治和現政府；(3)煽動社區的任何一部分人，試圖以武力推翻現政府。[10] 1948 年的《電影檢查規例》（*Terms of Reference for Film Censors*，1948；簡稱「1948 年規例」）與「1947 年規例」幾乎相同。1950 年的《電影檢查規例》（*Directive for Film Censors*，1950；簡稱「1950 年規例」）中，電檢員還要考慮一個政治問題：（電影的）「故事、事件或對話是否可能加劇政治分歧，影響與鄰國和友邦的關係，激起種族仇恨情緒，或對某些國家的政治、經濟和社會狀況產生誤導性印象？」[11]對於香港當局而言，此類主題的電影比其他主

---

9 From P.R.O. to S. of S. Colonies, 11 August 1952, HKRS 160-1-51.

10 Enclosure to Telegram from George G. Thomson, Public Relations Officer, Singapore, to the Colonial Secretary, Hong Kong dated 21 April 1947: Terms of Reference, 15 May 1947, HKRS 41-1-2254.

11 Enclosure to Memo from Austin Coates for Colonial Secretary to Public Relations Office dated 14 April 1950: Film Censorship-Hong Kong, Directive for Film Censors, HKRS 163-1-1159.

題的電影更加危及本地安全。

香港電檢政策制定中的政治考量主要針對來自內地、臺灣和美新處的電影；以常規的電檢制度為策略，亦可推進香港和英國政府的某些政治和外交目的之實現。這些都促使 1947 年至 1971 年香港當局根據現實需求對電檢規例進行數次調整修訂。「1947 年規例」對電影中需要刪除的政治內容，做了非常簡要的界說與範圍劃定。隨後，香港電檢制度因應本土政治情境的變動，進一步明確和充實了與政治相關的條例。以下部分將探討 1950 年代香港當局關於內地電影和美新處電影的政治考量與電檢規例制定之間的關係。

通過常規的電檢制度控制內地電影肇始於 1949 年 7 月。此前不久，有中國北方地區禁映了某些英國電影，包括展現伊麗莎白公主婚禮的電影，且未給出任何理由。鑒於此，1949 年 7 月 12 日，香港總督葛量洪（Alexander Grantham）提議，殖民地事務大臣應基於對等原則考慮在香港禁映「中共電影」。葛量洪認為，「中共電影」比蘇聯電影更危險，因為其表現的是中國人而非白人。[12] 1949 年 7 月 16 日，上海當局以英國和中國政府之間未有外交關係為理由，勒令關閉英國大使館新聞處（Information Branch of the British Embassy）上海代表處。此外，英國新聞及通訊社在華活動亦受到限制。這些舉措看似可能刺激英方進行類似的反擊，但事實並未如此。當時，英國政府要利用香港對其電影及新聞活動在內地受禁做出反應，但英國的外交部（Foreign

[12] From A. Grantham, the Governor Hong Kong to the S. of S. Colonies, 12 July 1949, HKMS 184-1-49.

Office of the United Kingdom）仍然不確定香港政府對內地文宣活動將採取何種政策。[13]

1949 年 7 月 19 日，英國駐南京大使 R. Stevenson 向外交部提議，香港政府應通過常規的電檢合理地控制「中共電影」（Chinese Communist films），從而促使當地發行商放棄選擇這類可能被禁映的影片；如果全面禁映此類電影，他們將會遭到對方的有力反擊——剝奪新聞出版自由。而這點，恰恰是其用來反對對方體制的一個主要指控。[14]另一類意見，則是全面禁映。1949 年 7 月 28 日，倫敦的 G. E. Stockley 告知香港新聞處的 W. S. Morgan 他們的意見：如果可能的話，香港政府應該禁止「危險」的共產主義電影宣傳，包括蘇聯和內地的電影。[15] 1949 年 7 月 31 日，殖民地事務大臣同意了南京大使的建議，並通知香港總督目前不應對「中共電影」實行全面禁令。[16]

英方最終決定通過常規的電檢制度對「中共電影」慎重地進行選擇性的控制。值得注意的是，上述政策制定者既沒有區分「中共電影」和內地製作的其他類電影；也沒有提供關於「中共電影」的任何定義與範圍。在英國及香港政府公文中，所謂「中共電影」可能特指具有意識形態或政治宣傳色彩的內地電影，也

---

[13] Memo by W. I. J. Wallace, 26 July 1949, HKMS 184-1-151.

[14] From R. Stevenson, the British Ambassador, Nanjing, to Foreign Office, Hong Kong, 19 July 1949, HKMS 184-1-151.

[15] From G. E. Stockley, London to W. S. Morgan, Information Service, Hong Kong, 28 July 1949, HKMS 184-1-151.

[16] From S. of S., Colonies to Governor Hong Kong A. Grantham, 31 July 1949, HKMS 184-1-151.

可能泛指中共接管後製作的內地電影。英方的決定，較為慎重。此時，內地新聞機構新華社仍然在香港和英國運作，而英國在華的官方新聞活動已被終止。而此刻，香港當局需要準備如何劃定選擇性控制的範圍，以及提供禁映電影的理由等。

涉及政治敵對主題的電影是香港政府選擇性控制的對象之一。「1948 年規例」的第三條規定，凡加劇政治敵對的電影、海報、原聲音樂，不宜在香港公共放映或展出。[17]宣傳電影是香港當局選擇性控制的另一個潛在對象。但「1948 年規例」並無相關條款適用於這一類型的電影。1949 年 7 月 20 日，香港新聞處 W. S. Morgan 認為這類電影旨在宣傳，對事實的呈現有歪曲；而現有的電檢規例未有提及對這類電影的審查。Morgan 建議香港總督考慮在「1948 年規例」中增加相應的條款。[18] 1949 年 7 月 31 日，這一建議得到殖民地事務大臣的支持。[19]其結果是 1950 年《電影檢查規例》（*Directive for Film Censors*，1950；簡稱「1950 年規例」）的出臺。「1950 年規例」中，「宣傳」（propaganda）一詞開始被列入條例中，「政治」一詞亦被具體化，兩者都成為需要審查刪除的類別。所謂宣傳電影被界定為「致力於宣揚某一政治體制，旨在傳達這一體制優勝其他所有體制，完全排除所有其他體制」。[20]從字面上看，香港政府

---

[17] From J. M. Wilson, Secretary, Film Censoring Panel, to Irene Cheng, Education Department, Hong Kong, 10 August 1948, HKRS 161-1-52.

[18] Memo by Mr. Morgan, 20 July 1949, HKMS 184-1-151.

[19] From S. of S., Colonies to Governor Hong Kong A. Grantham, 31 July 1949, HKMS 184-1-151.

[20] Enclosure to Memo from Austin Coates for Colonial Secretary to Public

通過對宣傳電影的定義，對每一個政治制度都表達了中立立場。然而，鑒於其時的歷史情境，這一電影類別在很大程度上是指向內地電影。此外，「1950 年規例」新增條例明確將宣傳電影劃為政治「不妥」的類別，並對「1947 年規例」中三個極其簡單的條目做了補充。比如，任何「可能引起強烈政治感情」的事件，「誤導性比較（misleading comparison）不同政治體制，不必要地展現軍力，進而美化尚武精神，並令人覺得某一國家的軍事力量優勝於其他所有國家」和「任何嘲弄或揶揄英國政府友邦的元首」的內容。[21]這些新增條款顯示了香港當局對於本地電影空間去政治化的進一步努力。

在 1947 年至 1953 年電檢規例的制定過程中，香港美新處的電影放映活動也是香港政府考量的一大元素。「1953 年規例」要求，所有電影都需通過電檢方可放映——無論本地製作還是海外製作，標準（35 毫米）還是不標準（16 毫米或 8 毫米）的膠片電影，在影院、電視還是俱樂部商業放映。這條規則的出臺或可追溯到香港公共關係辦公室的建議。1951 年 3 月 8 日，該部門堅持認為，標準電影和非標準電影在法規適用上並無區別。他們提出該意見，主要是考慮到美新處放映大量的非標準影片，以及大部分煽動性影片和色情影片都是 16 毫米膠片電影。他們還要求香港政府處理外國機構電影時下定決心，並建議不要給予美

Relations Office dated 14 April 1950: Film Censorship-Hong Kong, Directive for Film Censors, HKRS 163-1-1159.

21 Enclosure to Memo from Austin Coates for Colonial Secretary to Public Relations Office dated 14 April 1950: Film Censorship-Hong Kong, Directive for Film Censors, HKRS 163-1-1159.

新處現有的豁免權。如此一來，便可避免香港政府不得不向其他領事館或代表處提供豁免權的危險，如中國內地、俄羅斯、印度尼西亞和印度。此外，他們還提議，香港政府通過體制化的保障而非單單依靠美新處負責人樂於合作的個人因素，來對其要放映的電影予以把控；並建議公共放映的界定範圍要包括俱樂部、社團和學校。[22]

總之，從「1947 年規例」、「1948 年規例」到「1953 年規例」、「1956 年修訂規例」，戰後香港以政治為主導的電檢制度輪廓，逐漸浮現。香港當局通過界定關鍵詞語，如「公共放映」、「政治電影」、「宣傳電影」，制定電檢規則，進而形塑香港的電影空間生態。一方面，香港電檢制度於 1953 年設立審核委員會，1956 年又授權其負責重新上訴的事宜。有些電影因某一時期香港的地緣政治問題而不宜放映。在這一特定的政治階段過後，這些電影可能便無傷大雅。再上訴的制度設置給電檢機構提供了重新決斷的機會。[23]

另一方面，檢查員小組構成迅速專業化；審核委員會由其他重要政府機構的負責人構成。這些都使得電檢在實踐過程中保持一定的靈活性，可因應不同部門成員的多維視野和香港社會的政治情境變動做出調整。1947 年，檢查員小組的成員分別來自教育署（Education Department）、警署（Police Department）、香港大學等。1950 年至 1952 年，檢查員小組由三個全職支薪雇員構成。[24]再到後來，發展為一名首席檢查員（chief censor）、三

22 From P. R. O. to Hon. C. S., 8 March 1951, HKRS 160-1-51.

23 "Film Censorship List of Censors as on 21/4/47," HKRS161-1-52.

24 From P. R. O. to S. of S. Colonies, 11 August 1952, HKRS 160-1-51.

名檢查員、三名放映員和一名投影技師。此外，一名警官（督查）必要時也會參加，偶爾會邀請其他人員幫忙翻譯小語種電影。這些助手既不能行使行政權力，也不獲報酬。[25]審核委員會最初由民政事務局局長（Secretary for Home Affairs）、教育署署長（Director of Education）、警務處處長（Commissioner of Police）組成。自 1962 年開始，社會福利署署長（Director of Social Welfare）加入其中。因為，在審查含有商業化的性或極端暴力場面的電影時，社會福利署署長的意見被視為不可或缺。[26]

二、政治審查與內地電影（1954-1971）

本節梳理 1954 年至 1971 年香港對內地電影和臺灣電影政治審查的發展軌跡，並以南方影業有限公司（簡稱南方公司）對檢查員小組禁映決定的三次抗議（1958 年的《祖國頌》、1965 年的《光輝的節日》、1967 年的《林則徐》和《南征北戰》）為線索，探索香港電檢政治標準變動和新條例出臺的原因。1954 年，內地開始擴大對港電影的輸出；1955 年底，南方公司對於檢查員小組的一些不利決定提出上訴。[27]檢視南方公司的抗議策略與香港當局（檢查員小組、審核委員會與香港總督）的回應，有助於探討南方公司的抗議和香港當局的反應是否有助於電檢制

[25] Annexe E: The Organization of The Public Relations Office, Reported by J. D. Duncanson, Deputy Public Relations Officer, HKRS 160-1-19.

[26] "Film Censorship (Amendment) Regulations 1971," HKRS 1101-2-14.

[27] From the Governor, Hong Kong to the S. of S. Colonies, 6 November 1958, CO 1030/596.

度中政治審查標準的調整。

回顧 1950 年至 1958 年內地與臺灣影片的禁映比率，或對理解香港電檢的歷史軌跡有所助益。1950 年至 1953 年，南方公司只對港輸入蘇聯電影；從 1950 年至 1961 年，蘇聯電影占據了其電影發行之大宗。[28] 1952 年至 1953 年，在香港只有 1 部內地故事片提交審查，其電檢結果為禁映；而提交的臺灣影片中有 5 部故事片和 2 部新聞片，其電檢結果是禁映 4 部故事片和 1 部新聞片。[29] 1953 年至 1954 年，並無內地電影提交電檢，而提交的一部臺灣故事片，需作刪除，方可通過。1954 年至 1956 年，臺灣無電影提交。而 1954 年至 1955 年，內地提交了 11 部故事片、8 部新聞片和 2 部短片；其中 8 部故事片、7 部新聞片被禁映。1955-1956 年，內地提交了 14 部故事片和 31 部短片；其中 10 部故事片和 18 部短片被禁映。1956 年至 1957 年，內地提交了 21 部故事片和 31 部短片；其中 3 部故事片和 6 部短片被禁映。而 1956-1957 年臺灣只提交了 3 部故事片；其中 1 部通過，另外 2 部須作刪除，方可通過。1957 年至 1958 年，內地提交了 32 部故事片與 51 部短片；其中 6 部故事片和 8 部短片被禁映。[30]如果電檢的政治審查，其嚴厲程度可用禁映率來予以量化，那麼

---

28 許敦樂：《墾光拓影》，頁 222-229。

29 Doak Barnett 從 Jock Murray 那裏獲得了以下訊息：在 1952 至 1953 年 3 月 31 日一年期間，提交香港電檢的內地片包括 1 部故事片和 1 部新聞片，電檢結果為全部禁映。該檔沒有標題、日期、創建者資訊。No Title, RG 84, Entry UD 2689, Container 2, Folder: Motion Pictures.

30 Enclosure II to Savingram from the Governor, Hong Kong to the S. of S. Colonies dated 6 November 1958, CO 1030/596.

1952 年至 1958 年內地電影比臺灣電影遭遇的審查似乎更為寬鬆。在此期間，提交香港電檢方審查的內地電影有 202 部，其中禁映的有 67 部；而提交的臺灣電影有 11 部，其中禁映的有 5 部。

由上可見，內地電影對港輸出逐年穩步增長；同時其電檢通過率也逐年上升。但 1950 年代至 1960 年代是南方公司而非臺灣電影的發行商或製作方，多次抗議檢查員小組對其電影有「政治歧視」（political discrimination）。1958 年臺灣紀錄片《今日寶島——臺灣》（*Today's Taiwan*）和《自由陣線之聲》（*Voice from the Free World*）通過電檢，但內地電影 *Ode to the Motherland*（疑為《祖國頌》，中央新聞紀錄電影製片廠，1957）被禁映。該影片記錄了 1957 年北京的國慶活動，必然含有國旗和領導人鏡頭。上述兩部臺灣紀錄片中也包含了類似性質的鏡頭，比如，蔣介石的圖像、國民黨的旗幟，以及「反攻大陸」的口號等。而按照當時檢查員小組的審查標準，這些鏡頭都是無法通過電檢的。該標準要求雙方電影均需刪除所有含有領導人、政治集會、國旗的鏡頭，無論來自國民黨還是共產黨。在處理美國及中國內地和臺灣在香港的文宣活動時，香港政府最初將「政治中立」作為外交用語、策略手段加以利用。當時南方公司反過來採用同樣的策略來抗議檢查員小組和審核委員會對於內地電影的不利決定。

中國外交部在北京的新聞發布會上強烈敦促英國政府對此決定採取措施。1958 年 8-9 月，香港左派媒體發起宣傳攻勢，指責檢查員小組一方面對內地電影放映持有政治歧視，另一方面卻又允許臺灣電影自由放映。南方公司發表了大量關於其電影的電檢資料，包括檢查員小組要求從電影中刪除的鏡頭內容及長度，認為有問題的電影海報和劇照，以及南方公司相關的反駁和針對某些影片禁映重新上訴的理由。[31]隨後，南方公司向檢查員小組與審核委員會提出正式抗議。1958 年 10 月 18 日，南方公司的經理王先生致函秘書、檢查員小組、審核委員會、公共關係辦公室。王經理信中投訴，無論是檢查員小組還是審核委員會，都沒有就禁映《祖國頌》給出任何理由。王將這部被禁的電影與其他已通過電檢的電影進行了比較，如《美國大選》（*The American Election*）、《各國領袖之運動》（*Movements of Leadership of Various Countries*）和《英國節日之閱軍儀式》（*Ceremony of Reviewing the Army at a British Festival Day*）。王經理認為，被禁的電影與這些通過的電影有著相似的目的——即幫助大眾獲取更多的經驗和知識。[32]

1958 年南方公司的抗議和香港左派報刊的宣傳對香港政府影響甚微，遑論促其調整電檢規則。1958 年 11 月 6 日，香港總督柏立基（Robert Brown Black）在給殖民地事務大臣的報告中，將上述兩部臺灣電影描述為「曾被以為」是 1949 年前製作的電影。[33]通過這一措辭，香港總督卸除了檢查員小組通過這些臺灣電影公映的責任。1958 年 9 月，香港左派報紙《大公報》

31 許敦樂：《墾光拓影》，頁 46。

32 From Wang, manager of Southern Film Corporation, to the Secretary, Appeal Board, Panel Film Censor, Public Relations Office, Hong Kong, 18 October 1958, CO 1030/596.

33 From the Governor, Hong Kong to the S. of S. Colonies dated 6 November 1958, CO 1030/596.

將電檢部門通過這些臺灣電影解讀為袒護臺灣電影。然而，香港總督則將左派報刊的這一指控解讀為針對香港政府而非檢查員小組和審核委員會發起的宣傳活動。在報告中，香港總督表示，因《祖國頌》在內容和時間上均不宜於本地公映，他完全支持檢查員小組和審核委員會的禁映決定。[34] 1958 年，檢查員小組與審核委員會對於上述兩部臺灣紀錄片與內地紀錄片自相矛盾的決定，顯示了他們並沒有遵循所謂的「政治中立」原則。香港總督對於南方公司的抗議持否定態度，進一步表明了香港當局的強硬立場。

20 世紀 50-60 年代英國能夠同時與中國大陸與臺灣兩個對立方保持關係。早在 1949 年 7 月，英國駐南京大使和外交部都希望盡可能長久地保持英國通訊社在大陸的新聞活動，並建議香港政府對國共兩黨採取中立態度。[35] Steve Tsang 的研究表明，英國對「統獨」問題並不感興趣。在第二次臺海危機（1958）中，英國與臺灣建立了非正式的、策略性的合作關係，以支持美國，但並未對臺灣提供進一步的支持。Steve Tsang 還認為，1950 年代英國對於大陸的承認政策，也未能實現其任何原初的目標。[36] 1958 年香港當局對於北京和南方公司抗議的反應，可能與這些抗議活動發起的時機有關。在第二次臺海危機的大背景

---

[34] From the Governor, Hong Kong to the S. of S. Colonies dated 6 November 1958, CO 1030/596.

[35] Memo by Mr. Morgan, 20 July 1949, HKMS 184-1-151.

[36] Steve Tsang, *The Cold War's Odd Couple: The Unintended Partnership between the Republic of China and the UK, 1950-1958*, London: I. B. Tauris, 2006, pp. 18, 110.

下，香港政府的政治神經異常敏感。他們此刻非常擔心共產黨在港影響力的擴大。其強硬立場，或繫於此。

第二次南方公司反對香港政治電影審查的重要活動發生在 1965 年。1965 年標志著香港電檢制度放寬政治審查的轉捩點。這一年，審核委員會推翻了檢查員小組於 1965 年 9 月做出的禁映《光輝的節日》（*A Glorious Festival*）的決定。南方公司的抗議與上訴，獲得成功。兩個月後，先前被禁映的電影《萬隆精神萬歲》（*Long Live the Bandung Spirit*）也通過了電檢。理由是電影的反美情緒如今在香港已不再構成危害。1968 年和 1969 年，所有提交的內地電影都通過了電檢。[37]當時南方公司提交了 5 部內地電影，包括 3 部宣傳武裝鬥爭和共產主義的故事片及 2 部紀錄片；但 2 部紀錄片中，只有《光輝的節日》電檢通過。[38]《光輝的節日》是關於 1964 年國慶的彩色紀錄片。南方公司認為該片的通過具有相當大的象徵意義，因為此前同類主題的內地影片從未通過電檢。[39]既有研究中，一種流行的觀點是將 1965 年香港放寬電檢的政治審查主要或完全歸因於當地左派宣傳活動的效力；[40]《光輝的節日》的通過常常被用作支持這一論點的論據。[41]

---

37 "The Political Censorship of Film from China and Taiwan," from N. J. V. Watt, Director of Information Service to D. C. Bray, Esq., Chairman, Film Censorship Board of Review, Hong Kong, 27 October 1970, HKRS 1101-2-13.

38 許敦樂：《墾光拓影》，頁 47。

39 許敦樂：《墾光拓影》，頁 47。

40 See K. K. K. Ng, "Inhibition vs. Exhibition: Political Censorship of Chinese and Foreign Cinemas in postwar Hong Kong," *Journal of Chinese Cinemas* 2. 1 (2008): 29. Shuk-man Lee, "From Cold War Politics to Moral

相反，筆者認為這部電影的通過是由於檢查員小組與審核委員會對於某些主題（包括國慶）的大陸電影有不同理解與處理意見所致。1965 年 9 月 24 日，檢查員小組告知審核委員會，認為該片不宜在港公映；依以往慣例，所有表現國慶的電影都要非常謹慎地對待。因為，它們有刺激當地不同政治認同的觀眾、引發騷動的危險。[42]審核委員會先前一直支持檢查員小組禁映此類電影的決定。然而，審核委員會如今對此政策開始持有不同意見。他們認為，這部電影本可以通過電檢，因為本地的政治情緒已經不再像 1950 年代那樣高漲。儘管審核委員會認為這部電影不具有威脅本地和平與鼓動年輕人顛覆活動的危險，但他們擔心現有政策突如其來的大逆轉會造成誤解，並會使檢查員小組的工作雪上加霜，因為檢查員小組的工作本已十分艱難。[43]因此，審核委員會要求刪除某些內容方可通過。比如，有關「美帝國主義」和「反對美國帝國主義的戰爭政策」的配樂，以及「美帝國主義」的評論和「解放臺灣」的口號、條幅等。[44]

放寬政治審查的制度依據是早已制定但直至 1965 年 11 月

Regulation: Film Censorship in Colonial Hong Kong", Master's thesis, Hong Kong University, 2013, p. 7.

41 Shuk-man Lee, "From Cold War Politics to Moral Regulation," pp. 59-70.

42 From R. S. Barry Secretary, Panel of Censors to Board of Review, 24 September 1965, HKRS 1101-2-13.

43 From J. C. McDouall, Secretary for Chinese Affairs to Secretary, Panel of Censors, 27 September 1965, HKRS 1101-2-13.

44 Enclosure to Memo from N. J. V. Watt, Director of Information Services, to Secretary for Chinese Affairs, 5 October 1966: Report on Taiwan Films by William Hung dated 30 September 1966, HKRS 1101-2-13.

20 日審核委員會方正式採用的總則（General Principles；簡稱「1965 年總則」）。它授權對電檢政策中宣傳電影或政治電影的條款做出調整。「1965 年總則」中的「政治」條款規定，只要電影向任何觀眾公映都不會導致破壞和平或激發個人煽動或顛覆活動，或本條指涉的其他不妥結果，「所有電影都不應僅僅因為它具有政治性質或以宣傳為唯一或主要目的而禁映」。[45]「1965 年總則」還取消了「1950 年規例」中與政治相關的若干條例。比如，「1950 年規例」不僅認為「宣傳電影」不妥，而且要求電影應刪除政治內容。所謂不妥內容包括：傳達了某種政治體制優勝其他所有政治體制，「誤導性比較不同政治體制，不必要地展現軍力，進而美化尚武精神，並令人覺得某一國家的軍事力量優勝於其他所有國家」。[46]而「1965 年總則」允許電影可以向公眾傳播這些政治觀點，只要刪除那些危險的內容，比如，對其他政府或領導人或人民生活方式進行「貶損性比較」和「冒犯性攻擊」。此外，軍力展示和遊行的內容也被允許通過電檢，只要它們避免直接挑戰其潛在的敵對國家，且不可能在香港造成危害。[47]

「1965 年總則」公布後，香港檢查員小組與審核委員會是

[45] "A Statement of the General Principles as Adopted on 20 November 1965 by the Film Censorship Board of Review," HKRS 1101-2-13.

[46] Enclosure to Memo from Austin Coates for Colonial Secretary to Public Relations Office dated 14 April 1950: Film Censorship-Hong Kong, Directive for Film Censors, HKRS 163-1-1159.

[47] "A Statement of the General Principles as Adopted on 20 November 1965 by the Film Censorship Board of Review," HKRS 1101-2-13.

否能夠就政治審查的共同原則達成共識，進而使得他們能夠在處理內地電影上步調一致？若否，則還有哪些其他因素促成了1965 年後政治審查的繼續放寬？這種放寬是電檢規例還是審查過程的放寬？1947 年至 1970 年期間，香港電檢中的政治審查可以分為三個階段。第一階段，1940 年代末至 1953 年，屬於嚴苛時期。在此期間，無論內地電影還是臺灣電影，所有中國領導人、政治集會和旗幟的鏡頭都需剪除，正如其時香港政府禁止政治示威遊行。第二階段，1955 年至 1965 年，略有放鬆時期。在此期間，香港對內地電影和臺灣電影都採用了大致相似的審查標準。第三階段，1965 年至 1970 年，屬於放寬階段。其放寬的力度以反轉了第一階段的部分禁映條例為標志。同時，對於臺灣電影與內地電影相對中立的態度也轉為對內地有所偏袒的立場。[48]儘管香港對內地和臺灣影片的政治審查大體可以劃作以上三個階段，但捕捉歷史情境微妙之處還需細緻考察具體案例。

1965 年、1966 年檢查員小組與審核委員會對於內地電影的政治議題——如國慶主題、「反美」與「反國民黨」的內容指涉——以及臺灣與內地電影的立場，存有分歧。1966 年首席電檢員 William Hung 列舉了內地電影中普遍含有的「反美」和「反國民黨」的對話、評論和口號，認為這些都需要刪除；但審核委員會對不同電影中相同的話語或內容做出了彼此矛盾的決定。

1965 年、1966 年審核委員會維持了檢查員小組關於某些內容需刪除的決定。比如，審核委員會要求內地電影刪除反美話

48 “The Political censorship of film from China and Taiwan,” 27 October 1970, HKRS 1101-2-13.

語，如「美國強盜」、「美國鬼子」、「反對美帝國主義」、「抗美援越」等，方可通過。這些電影包括《霓虹燈下的哨兵》、《雷鋒》、《北京科學討論會》（*Peking Scientific Symposium*）、《今日中國　第9號》（*China Today No. 9 of 1965*）、《今日中國　第11號》（*China Today No. 11 of 1965*）。審核委員會也要求某些內地電影刪除「反國民黨」的話語方可通過。比如，1966年5月7日，《東方紅》通過電檢，但需刪除「打倒蔣介石」的口號和國民黨旗幟倒下的場面鏡頭。1965年8月15日，《李宗仁先生從海外歸來》（*Mr. Li Tsung Jen Returns Home*）通過電檢，但需要刪除「解放臺灣」等鏡頭。1966年3月28日，《青春之歌》通過電檢，但需刪除「打倒國民黨政府」和稱蔣介石為「抗戰不抵抗分子」的相關話語。[49]

在處理內地電影中「反國民黨」和「反美」的話語和內容時，1965年、1966年審核委員會有時會推翻檢查員小組的決定。兩者的分歧主要在於審核委員會現在可以容忍這些內容，而檢查員小組尚未對此釋懷。1965年9月23日，審核委員會成員D. W. B. Baron（社會福利署署長）提出：「帝國主義」和「解放」這些以往總被刪除的詞語，就其自身而言，現在可能無可厚非。它們在世界其他許多地方都可以自由地談說。但「攻擊性或比較性的話語」又是另一回事。[50]審核委員會的上述決定取決於

---

[49] Enclosure to Memo from N. J. V. Watt, Director of Information Services, to Secretary for Chinese Affairs, 30 September 1966: Report on Current Decision on Mainland Films by William Hung dated 30 September 1966, HKRS 1101-2-13.

[50] Memo 69 from DSW to ADA, 23 September 1965, HKRS 1101-2-13.

他們對相關話語或內容的性質考量。比如，它們是否具有攻擊性，是否屬於「貶損性比較」（derogatory comparisons），等等。儘管審核委員會的功能設計本身就是處理上訴、審核檢查員小組的決定。但審核委員會的裁決，其含混性也是一言難盡。到 1966 年 9 月 30 日為止，審核委員會在處理上訴時推翻了檢查員小組的決定，通過了 7 部含有「反美」和「反國民黨」話語的內地電影；同時又維持了檢查員小組其他 5 部內地電影刪除「反美」和「反國民黨」的話語或內容的決定。

1965 年至 1970 年，關於政治審查，檢查員小組與審核委員會的分歧在於他們對內地電影和臺灣電影所持的不同立場。1966 年，檢查員小組因片中稱國民黨為「匪」而禁映了一部內地電影；但審核委員會後來推翻這一禁映決定。1967 年 1 月，檢查員小組因片中稱蔣介石及其追隨者分別為「匪」與「匪幫」而禁映另一部內地電影。但三個月後，審核委員會處理上訴時推翻了檢查員小組的決定。而審核委員會並未採用同一標準處理臺灣電影。1970 年審核委員會的一名成員評論道，由於英國與內地政府的友好關係，檢查員小組禁止臺灣電影中稱其對手為「匪」的話語是正確的。考慮到檢查員小組自 1965 年以來的困境，香港新聞處處長（Director of Information Service）建議審核委員會考慮向檢查員小組提供其審查中國電影的標準，即某種宣傳傾向應不足於禁映一部電影，除非它不利於香港的內部穩定或英中關係。[51]香港新聞處處長似乎站在審核委員會的一邊，更為袒護內

---

[51] "The Political Censorship of Film from China and Taiwan," 27 October 1970, HKRS 1101-2-13.

地電影而非臺灣電影。1970 年 12 月 1 日，首席電檢員 William Hung 指出，內地電影中的「反國民黨」的場面、對話和評論，無論其嚴重程度如何，現在都被認為是可以接受的。而在「1965 年總則」之前，審核委員會在裁決中已流露放寬跡象。[52]

在此期間，提交電檢的臺灣電影，本就數量寥寥，檢查員小組的審查尤其謹小慎微。比如，1966 年，有一部關於臺灣「雙十節」的電影（*Festival of October 10th in Taiwan*）提交電檢。起初，檢查員小組對如何處理這部電影，懷有疑慮。鑒於《光輝的節日》這一先例，審核委員會曾要求刪除部分內容，通過了此片。檢查員小組忖度，這部臺灣電影是否也應如此處理。經過「認真考慮和諮詢」後，檢查員小組通過該片，但要求刪除某些話語或內容，如「反攻大陸」的評論等。此外，另一部關於「總統」和「副總統」就職儀式的臺灣電影也受到相似的處理，即刪除某些評論或鏡頭後，方可公映。然而，1966 年香港電檢部門禁映了一部臺灣電影（*Exercise in Wu Chang*）。他們認為，該片具有強烈的武裝色彩，而且若通過此部電影，它可能與上述「雙十節」電影一起放映。1966 年，提交的 4 部臺灣電影中，一部被禁映，另外兩部需作刪減後方可通過，還有一部電影，William Hung 為以防萬一起見，意見未決。[53]

---

[52] William Hung, Chief Film Censor, "Notes and Comments on 'A Statement of the General Principles as Adopted on 20 November 1965 by the Film Censorship Board of Review,'" 1 December 1970, HKRS 1101-2-13.

[53] Enclosure to Memo from N. J. V. Watt, Director of Information Services, to Secretary for Chinese Affairs, 5 October 1966: Report on Taiwan Films by William Hung dated 30 September 1966, HKRS 1101-2-13.

由上可見，1965 年至 1970 年期間，檢查員小組的工作與政治審查的放寬尚有距離，而審核委員會表現出對內地電影的偏袒。檢查員小組的政治立場可能與其成員的年紀與移民經驗有關。絕大多數的審查員都是 1950 年代初從內地來到香港；當他們入職電檢員時，已近退休年齡。雖然審核委員會試圖使政治審查因應當下公共輿論潮流與香港大幅度下降的政治情緒而做出調整，但那些年事已高的電檢員，可能對此並不敏感。比如，1957 年 11 月 22 日 William Hung 入職電檢員時，已近 53 歲；1968 年 1 月 1 日，被任命為首席電檢員時，已過耳順之年。他畢業於上海大學，後就讀於美國西北大學（Northwestern University in Chicago），並於 1930 年在德保羅大學（DePaul University）獲得法學博士學位。電檢員 George Chao Shih-chow，畢業於蘇州大學；1931 年至 1957 年，先後擔任上海市警局法庭記錄員、教師之職；1957 年來到香港，1967 年加入電檢員之列。電檢員 Helen Yu，自 1934 年起，即為檢查員；自 1951 年始，成為全職電檢員，並於 1972 年退休；退休時，已 65 歲。還有一位電檢員 Miao Tsoong siu，1920 年代相繼在蘇州大學和紐約大學接受教育；1929 年至 1952 年在內地工作；1967 年，加入電檢員之列。[54]

儘管檢查員小組與審核委員會在上述議題上有分歧，但他們都拒絕任何不利於英中關係的內容，包括過度宣傳共產黨的軍力優勝國民黨的軍力，或進行任何「貶損性比較」。這種共識都源自「1965 年總則」中關於「政治」的條款。該條款中規定了

54 Appendix A: Career Histories of the Film Censors and T.V. Monitors, HKRS 1101-2-14.

「貶損性比較」為「不妥」內容。[55]它也可以追溯到「1950 年規例」中所列「不妥」內容之一——「誤導性比較」。[56]比如，在 1967 年，南方公司向 N. J. V. Watt（香港新聞處處長）抗議檢查員小組禁映《林則徐》和《南征北戰》的決定。但上訴並未成功。[57] 1971 年 2 月 22 日，審核委員會採用的修訂版總則（A Revised Statement of the General Principles as Adopted on 22 February 1971 by the Film Censorship Board of Review；簡稱「1971 年總則」），政策上才允許對普遍含有「貶損性比較」和宣揚武力的內地電影另眼相待。[58]

隨著「六七暴動」與「文革」的開始，內地電影質量與本地觀眾規模持續下滑，這些因素亦推動了 1965 年後電檢制度中政治審查的放寬。1966 年檢查員小組經過反復檢查電影的所有細節，考量先前案例及其決定後，通過了內地影片《毛主席和百萬文化革命大軍在一起》（*Chairman Mao Joins a Million People to Celebrate the Great Cultural Revolution*）。[59] N. J. V. Watt 曾派一

---

55 "A Statement of the General Principles as Adopted on 20 November 1965 by the Film Censorship Board of Review," HKRS 1101-2-13.

56 Enclosure to Memo from Austin Coates for Colonial Secretary to Public Relations Office dated 14 April 1950: Film Censorship-Hong Kong, Directive for Film Censors, HKRS 163-1-1159.

57 許敦樂：《墾光拓影》，頁 47。

58 "A Revised Statement of the General Principles as Adopted on 22nd February, 1971 by the Film Censorship Board of Review," HKRS 1101-2-13.

59 From N. J. V. Watt, Director of Information Services, to Political Advisor, 20 October 1966, HKRS 1101-2-13.

位中國資深電檢員持續報告這部影片在港放映情況；並於 1966 年 11 月 7 日委派一名部門代表到南洋戲院觀看此部電影。據上述報告，該片的上座情況不佳。[60]根據 1968 年香港政府的報告，「六七暴動」期間本地共有 97 家持牌戲院，左派控制了 4 家。它們反復放映內地電影，未能滿座。[61] 1967 年至 1970 年，南方公司發行的內地電影數量很少，且絕大部分為關於「紅衛兵」的紀錄片。[62]比如，1968 年提交電檢的內地電影總量為 3 部，全部獲得通過。William Hung 如此描述其中的兩部電影《革命小將最聽毛主席的話》（*Revolutionary Fighters Follow Chairman Mao's Teachings*）和《高舉革命批判大旗奮勇前進》（*Hold High the Revolutionary Banner of Criticism and Repudiation*）：除了閱讀毛語錄和批判「中國的赫魯曉夫」以外，影片幾乎沒有任何內容。[63] 1969 年，內地電影共提交了 8 部，電檢均獲通過。其中 4 部涉及中國共產黨第九次全國代表大會；2 部涉及中蘇邊界衝突；1 部為南京長江大橋完工的紀錄片；1 部為故事片《雞毛信》。[64]

---

60 From N. J. V. Watt, Director of Information Services, to Political Advisor, 9 November 1966, HKRS 1101-2-13.

61 "Chinese Communist Confrontation with Hong Kong Government Assessment of Recent Activities and Future Capabilities," 5 March 1968, FCO 21/196.

62 許敦樂：《墾光拓影》，頁 88。

63 William Hung, Chief Film Censor, "Annual Report on Film Censorship (January-December 1968)," 10 January 1969, HKRS 1101-2-13.

64 William Hung, Chief Film Censor, "Annual Report on Film Censorship (January-December 1969)," 5 January 1970, HKRS 1101-2-13.

1971 年，香港電檢制度的政治審查進一步放寬。《奇襲》的命運即是例證。《奇襲》是一部表現朝鮮戰爭的電影。該題材的內地電影，通常因其「反美主義」傾向而被香港禁映。檢查員小組和審核委員對此早已達成共識。自 1965 年以後，香港電檢中政治審查的電影範圍內僅剩下批評外國政體（尤其是美國）的內地電影。在這一類別的影片中，香港電檢往往通過紀錄片，但對於虛構電影則倍加審慎。[65] 1970 年該片與其他 8 部內地電影提交電檢。唯獨此片未能通過。William Hung 認為，《奇襲》將朝鮮戰爭中的美國士兵描繪為野蠻、愚蠢和可笑的。[66]南方公司上訴時，提出《奇襲》只是一部戰爭電影，而所有戰爭電影都必須有一個敵人。正是依此論點，該片才獲得了通過。但是，有人指出，這一論點與電影開頭引用的毛主席語錄自相矛盾。[67]助理政治顧問（assistant political adviser）與最初的檢查員一起觀看了這部電影。兩者決定通過這部電影，但要求剪除開頭的語錄。而這一要求可能導致南方公司取消該片的公映計劃。[68] 1971 年，審核委員會處理南方公司的上訴時，通過了這部電影，但要求刪除開頭毛主席語錄中關於「美帝國主義侵略者」的「不妥」話語。[69] 1971 年，11 部內地政治電影提交電檢，全獲通過。其

---

[65] William Hung, "Notes and Comments on 'A Statement of the General Principles as Adopted on 20 November 1965 by the Film Censorship Board of Review,'" 1 December 1970, HKRS 1101-2-13.

[66] William Hung, "Annual Report on Film Censorship (January-December 1970)," 4 January 1971, HKRS 1101-2-13.

[67] M. 58, HKRS 1101-2-13.

[68] M. 58, HKRS 1101-2-13.

[69] From A. F. Maddocks, Political Adviser, Colonial Secretariat, Hongkong to

中，包括兩部朝鮮戰爭電影。[70] 1972 年，《白毛女》沒有被要求作任何刪除，即通過電檢。而這部電影在前幾年已被禁映數次。[71]

1970 年代電檢制度中的政治審查進一步放寬，並向內地電影有所傾斜。其政策基礎是「1971 年總則」。比較 1971 年與 1965 年不同版本總則中的「政治」部分。1971 年的版本中有一個修正如下：「應該記住，對於某國國民習性特徵的指涉，我們看來可能是隨意輕鬆的，但那個國家的國民可能會覺得是大冒犯。」[72]「1971 年總則」中「政治」部分條目的修正，或可看作針對內地電影的有利條款。它雖然在 1971 年正式出臺，但在實際電檢中已經操作了一段時間。在 1960 年代後期，英語電影似乎流行在對話與評論中提及「紅色中國」、「紅衛兵」等，絕大部分為娛樂玩笑。William Hung 意識到，這些玩笑或娛樂的場景和言論可能會被誤解，進而變得具有冒犯性。檢閱 William Hung 的 1968 年、1969 年及 1970 年電檢年度報告，我們可以感受到電檢員對於此類電影尤其慎重，顧慮上述內容可能會被嚴肅對待而非視為幽默娛樂。比如，1968 年，三部美國故事片，四部麗

Hon. D. R. Holmes, CMG, CBE, MC, ED, Secretary for Home Affairs, Hong Kong, 5 March 1971, HKRS 1101-2-13.

70 William Hung, "Annual Report on Film Censorship (January-December 1971)," 4 January 1972, HKRS 1101-2-14.

71 William Hung, "Films Censorship in the Month of May, 1972," 8 June 1972, HKRS 70-3-72.

72 "A Revised Statement of the General Principles as Adopted on 22nd February, 1971 by the Film Censorship Board of Review," HKRS 1101-2-13.

的電視（RTV）的電影和一部香港無限電視（HK-TVB）的電影被要求刪除這種性質的政治言論。[73] 1969 年，24 部電影中出現了這類場景或評論，電影發行人也都接受刪除的要求。同年，檢查員小組禁映了一部美國 20 世紀福克斯出品的電影（*The Chairman*）。他們認為該片「高度政治化」。對此，該片並未上訴。[74]

1970 年電檢員繼續特別處理這一性質的電影，所有的電影發行商也都接受刪除這些言論的決定。[75]這種特別處理也同樣適用於私人放映的影片。1972 年，Studio One（第一映室，香港電影會）計劃放映美國紀錄片《出售五角大樓》（*The Selling of the Pentagon*）。Studio One 是成立於 1962 年的香港民間電影會，致力於藝術電影的放映。檢查員小組認為該片中關於「紅色中國的戰鬥計劃」的言論不妥，要求刪除。但由於無法在短時間聯繫上該部電影的美國發行商，刪除要求不可能及時處理。[76] Studio One 最終不得不取消該片的放映。

自 1960 年代後期以來，香港電檢制度已將其注意力從政治審查轉移到道德和社會審查（例如，性和暴力），討論在香港引入電影分級制度。我們還可以追蹤這種轉變背後的社會和經濟因

---

73 William Hung, "Annual Report on Film Censorship (January-December 1968)," 10 January 1969, HKRS 1101-2-13.

74 William Hung, "Annual Report on Film Censorship (January-December 1969)," 5 January 1970, HKRS 1101-2-13.

75 William Hung, "Annual Report on Film Censorship (January-December 1970)," 4 January 1971, HKRS 1101-2-13.

76 From William Hung to Assistant Political Adviser, 1 November 1972, HKRS 70-3-72.

素。經過 20 世紀 50-60 年代工業的快速發展，香港從 1950 年完全依賴內地的貿易中心變為 1965 年高度工業化的地區。[77]一方面，1950 年代大多數內地難民與經濟移民在香港為生計埋頭打拼。他們大多數對於政治漠不關心。而香港政府的電檢政策與政治壓力等亦導致民眾相信，對政治保持距離是最明智的立場。另一方面，20 世紀 60 年代末到 70 年代初期的香港青年，是在文化中國的離散懷舊與西方文化價值的教育熏染中成長起來的戰後一代。他們的政治和社會關懷主要聚焦於香港和世界：提倡本地的公民自由和人權，反抗殖民主義以及香港政府統治中的專制主義。比如，他們參加的學生運動有保釣運動、中文運動（1960 年代末至 1970 年代爭取中文能享有法定語文地位的社會運動）、反越戰運動，以及抗議香港政府鎮壓這些學生運動的活動。

三、政治審查與美新處電影（1949-1971）

1950 年後美國從大陸撤離了所有駐華外交官和領事官員；同時美國駐港總領事館的規模，亦隨之大加擴張。香港總督葛量洪對此擴張，較為抵制。他擔心，如果允許美國人和美新處在港如此大張旗鼓、聲勢浩大，香港當局將會陷入一種困境，即他們日後將難以拒絕內地在港代表機構人員的擴張及其宣傳活動。[78]

---

[77] Steve Tsang, *A Modern History of Hong Kong*, London: I. B. Tauris, 2004, pp. 162, 163.

[78] From the Governor Hong Kong to the S. of S. Colonies, 20 February 1950, CO 537/6544.

香港總督葛量洪和殖民地事務部（Colonial Office）H. P. Hall 都提議，要求英國與美國交涉，限制其駐港人員規模。但英國外交部的交涉，也是淺嘗輒止。葛量洪和殖民地事務部最終不得不屈服於英國外交部的決定：阻止美國駐港總領事館規模的進一步擴大，我們此刻能做的都做了。這一決定顯示了大英帝國對於香港利益的維護讓位於英美同盟關係的考量。

對於英國政府而言，香港有巨大的政治價值。香港不僅是英國獲得中國情報的來源地，還可以在美國政府準備重新考慮其對大陸和臺灣的政策時，英國憑藉香港對美國施加影響。[79]對於美國政府而言，香港是一個方便觀察大陸情狀的窗口。冷戰時期，美國在香港既能夠協調並生產美新處針對遠東區域的文宣材料，也可以在香港開展針對大陸的顛覆破壞活動。英國政府最初尋求美國幫助解決香港的防務問題，並試圖說服後者將香港納入共同防務範圍。直到 1961 年，英國才認識到香港的不可防護性。此後，英國放棄了讓美國參與其防務的努力。[80]此外，20 世紀 50-60 年代香港與美國的經濟、文化關係較為密切。

由於英美同盟關係的束縛，香港當局只能在本地層面上努力爭取其對於美新處文宣活動行使有限的文化統治權。當香港美新處要求通過商業或美新處的渠道放映「反共」娛樂電影的許可

79 Departmental Comments on the Hong Kong Association's Memorandum: "The Value of Hong Kong to the U.K.," November 1963, CO 1030/1674.

80 Chi-Kwan Mark, "Lack of Means or Loss of Will? The United Kingdom and the Decolonization of Hong Kong, 1957-1967," in *Critical Readings on the Modern History of Hong Kong*, Vol. 1, edited by John M. Carroll and Chi-Kwan Mark, Leiden: Brill, 2015, pp. 201-204.

時，香港政府總是給出一個標準答覆：「如果我們允許你們放映這部電影，中共也會要求放映其具有共產主義色彩的放映電影的權利。」[81]一方面，在處理美國和其他國家在港電影等文宣活動時，香港政府聲稱採取「不偏不倚」的宣傳政策。自 1951 年以來，所有私人俱樂部和各種協會的電影放映活動都被界定為「公共娛樂」，需要提交電檢。[82]「1953 年規例」又要求，無論是標準還是非標準電影，商業放映還是私人放映，都需要提交電檢。另一方面，香港當局對於條例的實施又有微妙之處。比如，1954 年香港當局只審查了美新處用於商業影院放映的 35 毫米膠片影片，並未要求審查美新處的其他影片。[83]那麼，要追問的是，香港當局在實施所謂「政治中立」政策時，對待美新處的電影是否比對待內地電影更為「靈活」？

1950 年代美國國務院堅持要求香港美新處應該具有當地電檢的豁免權，同時又要避免給予大陸電影相似的豁免權。1956 年 2 月 24 日，美國國務院指示美國駐香港領事抵制香港政府審查美新處電影，並反對執行他們的條例，即要求每次放映都需獲得警方的書面許可。美國國務院還建議美國駐港領事在談判期間採取以下立場：對等原則，即英國新聞處（British Information Service）在美國可以完全自由地開展電影放映活動，無須提交電檢，也無須取得放映許可；美新處獲得電檢豁免權將不會導致香

---

[81] From USIS Hong Kong to USIA Washington, 20 April 1954, RG 84, Entry UD 2689, Container 2, Folder: Motion Pictures.

[82] M.80 from Ag. DIS to DCS, 2 August 1960, HKRS 160-1-51.

[83] From USIS Hong Kong to USIS Singapore, 15 March 1954, RG 84, Entry UD 2689, Container 2, Folder: Motion Pictures.

港當局不再審查大陸電影，因為美新處是美國駐港領事館官方機構的組成部分而大陸在港並沒有類似性質的機構。[84]

1956 年 8 月 2 日，美國新聞署（United States Information Agency）與國務院向香港領事館傳達了他們的希望，即敦促香港當局對內地電影做出有效的限制。[85]他們認為，對大陸電影與香港左派電影活動的限制將不僅不會影響美新處的類似活動，而且會增加美新處在港運作的效力。儘管美國建議儘快與香港政府解決電檢問題，[86]但事實證明美國國務院的指示很難得到實現。1957 年，香港美新處明確指出，自己難以讓香港政府限制大陸借由香港向東南亞開展宣傳活動，且同時又不會反過來影響美新處的類似活動。此外，現有的美英聯合行動只能略微減少大陸的宣傳活動，更何況這些文宣亦可繞道香港行進。[87] 1968 年，美新處繼續向香港當局提交電影劇本以供檢查，其中部分電影需遞交觀看後方可獲得批准。這種情況，不收取電檢費。[88]香港美新處在 20 世紀 50-60 年代獲得了一定的斡旋空間，但未能獲得完全的豁免權。

---

[84] From Department of State to Amconsul Hong Kong, 24 February 1956, RG 59, CDF 1955-59, Box 2144, Folder: 511.46G/6-655.

[85] From USIA to Hong Kong, 2 August 1956, RG 59, CDF 1955-59, Box 2144, Folder: 511.46G/6-655.

[86] From Mr. Clough to Mr. McConaughy, 13 July 1956, RG 59, CDF 1955-59, Box 2144, Folder: 511.46G/6-655.

[87] From Drumright, Hong Kong to Secretary of State, 23 November 1957, RG 59, CDF 1955-59, Box 2263, Folder 2: 593.122/6-1875.

[88] William Hung, "Annual Report on Film Censorship (January-December 1968)," 10 January 1969, HKRS 1101-2-13.

冷戰時期美國新聞署經常將其電影拷貝傳遞給海外的美新處，並要求他們撰寫評估報告。報告涵蓋這些電影對於該地區美新處項目目標的潛在價值和可能的發行渠道。美國新聞署傾向於美新處通過當地的商業渠道發行華納兄弟（Warner Bros.）、米高梅（MGM），以及其他新聞署資助的 35 毫米膠片電影。美國新聞署也希望隱去美新處與這些電影的任何干係。比如，1952 年邵氏父子與美國國務院及美國駐新加坡總領事之間就「反共」電影（*Kampong Sentosa*，*Paper Tiger*，*Road to Kota Tinggi* 等）的發行進行了接觸和談判。在利潤對半分的條件下，邵氏父子同意發行電影 *Kampong Sentosa*。該片以馬來亞的游擊隊問題為題材，由當地公司 Sound Master 製作。不同於邵氏父子發行的其他電影，美國國務院決定特別宣傳這部電影。他們提議如下：未來的三四個月內主要在影院放映這部電影；安排新加坡、吉隆坡和其他城市同時首映；邀請馬來亞聯合邦州長和地區官員出席吉隆坡與其他城市的首映式；根據與 Sound Masters 的合約，指派一名美國人到新加坡指導發行，並協助邵氏父子最大可能地放映和宣傳該片。[89]他們還給這部粵語電影添加了馬來語和中文字幕或講解，使其發行範圍由 20 家擴大至 50 家邵氏影院。[90]

值得注意的是，基於製片方和邵氏父子的合約，1953 年該片在新加坡、馬來亞、砂拉越和英屬北婆羅洲發行，香港並不在

---

[89] From the Department of State to American Consul General Singapore, 19 December 1952, RG 59, CDF 1950-54, Box 2374, Folder 1.

[90] From Singapore to the Secretary of State, 26 February 1953, RG 59, CDF 1950-54, Box 2374, Folder 1.

本合約的覆蓋範圍之內。[91]香港美新處沒有向美國新聞署申請該片及其他影片，因為香港政府官員的態度和嚴格的電檢制度都阻遏了此類電影的放映。[92]香港官員對美新處的電影活動表現出更大的容忍度，這是內地電影未能享有的。但若美新處的電影具有明顯的宣傳特徵，那麼香港電檢的政治審查未必會給予更多空間。對於具有政治煽動性的電影，無論是美方立場，還是內地立場，香港當局都認為特別不妥。1952 年，香港當局幾乎全面禁映贊美美軍在朝鮮戰爭中的行動的美國故事片（新聞片可通過），以及贊美國民黨的電影。在香港公共關係辦公室官員的眼中，這些影片比其他表現道德墮落或暴力過度的電影更危險，更對香港安定構成威脅。[93]同樣，關於朝鮮戰爭的內地電影，亦因其「反美主義」而被禁映。直至 1971 年，這一限制方才放寬。

此外，香港電檢部門與美新處對於電影的宣傳性質，如「反共」、「反美」、「擁共」等，也是各有各的理解。比如，日本製作的電影《廣島原子彈》（*Atom-Bombed Hiroshima*）通過了香港電檢。該片以中國話配音，並附有英文字幕，在香港的國泰與景星戲院（Star Theater）放映。這兩家影院通常放映蘇聯、內地和香港左派電影。但香港美新處試圖通過向公共關係辦公室官

---

[91] From Streibert, USIA to USIS Bangkok, Djakarta, Hong Kong, Manila, Rangoon, Saigon, Tokyo, 4 November 1953, RG 84, Entry UD 2689, Folder: Motion Pictures Container 2.

[92] From USIS Hong Kong to USIA Washington, 20 April 1954; From USIS Hong Kong to USIA Washington, 25 August 1953, RG 84, Entry UD 2689, Container 2, Folder: Motion Pictures.

[93] From P. R. O. to S. of S. Colonies, 11 August 1952, HKRS 160-1-51.

員 J. L. Murray 交涉，來阻止或推遲該片的放映。Murray 要求電檢員重新審查這部電影。但審查結果還是通過。[94]電檢員們認為該片無傷大雅，但美新處若可提供內容不妥的相關證據，他們亦願意跟進處理。[95]

美新處後來遞交了一部反美電影《廣島》（Hiroshima）的英譯版劇本。這是他們所能找到的、最接近《廣島原子彈》的一部電影。在提交的劇本上，美新處標出自認為對美國利益極為不利的部分。美新處以為，儘管《廣島原子彈》充滿敵意的宣傳強度遠遜於《廣島》，但仍然沿襲著內地的宣傳路線。根據美國一名線人的說法，《廣島原子彈》是由日本教師工會（Japanese Teachers Union）製作，東京北極星公司（North Star Company, Tokyo）發行。據說該片以 3 萬美元的價格賣給了大陸，其放映在該地取得了良好的反美效果。由於美新處的抗議，Murray 要求電檢員再次審查該片。電檢員由一名退休的英國皇家海軍指揮官、一名英國家庭主婦、一名中國人組成。他們一致認為，該片並無政治意味。電影的重審再次以通過而告終。[96]

此外，香港當局關於揚聲器使用的政策也限制了美新處電影活動的開展。香港警務處處長不允許美新處的戶外電影放映活動。所謂的拒絕理由有二：第一，揚聲器使用的政策規定，除香

[94] From USIS Hong Kong to USIA, 7 July 1954, RG 84, Entry UD 2689, Container 2, Folder: Motion Pictures.

[95] From Hummel to US Embassy at Tokyo, 27 May 1954, RG 84, Entry UD 2690, Box 1, Folder: classified telegrams 1953-54, out.

[96] From USIS Hong Kong to USIA, 7 July 1954, RG 84, Entry UD 2689, Container 2, Folder: Motion Pictures.

港警務處外，不允許任何實體使用戶外揚聲器；第二，給予一個政府機構這樣的許可，意味著香港當局須向開展類似宣傳活動的其他政府機構提供許可。[97]這項政策限制了美新處在當地電影活動的放映場所和受眾規模。1950 年代，美新處的電影放映絕大部分是針對香港的中小學生，或亦與此政策有關。比如，1949 年 12 月 31 日至 1951 年 5 月 31 日期間，美新處的電影放映活動的統計數據如下：在香港 357 個不同地點放映了 1,389 場；就電影放映總場數而言，學校占 49%，教堂 11%，俱樂部 10%，工廠 2.24%，組織的勞工 0.56%。[98] 1954 年，美新處在香港放映電影 5,295 場，共有 132.3 萬名觀眾參加，包括中學生和教師、工會和商業團體成員。其中，有 438 部電影通過流動的電影工作隊放映。[99]

從 1947 年到 1971 年，香港電檢機構在處理內地、臺灣和美新處電影時，猶如表演高難度動作的雜技演員。他們不得不在錯綜複雜的國際冷戰政治與由來已久的國共兩黨政治中摸索方向，試圖巧妙地保持平衡。對於外來電影的政治審查，其複雜性不僅

---

97 Enclosure to Air Pouch from James R. Wilkinson, American Consul General, Hong Kong to Department of State dated 3 November 1950: USIS Hong Kong Semi-Annual Report Ending 31 May 1950, RG 59, CDF 1950-54, Box 2375, Folder 1.

98 Enclosure to Air Pouch from Walter P. McConaughy, American Consul General, Hong Kong to Department of State dated 27 August 1951: USIS Hong Kong Semi-Annual Report ending 31 May 1951, RG 59, CDF 1950-54, Box 2375, Folder 1.

99 1955-56 USIS Country Budget Hong Kong, Section 3 Motion Picture Activity, RG 84, Entry UD 2689, Container 1, Folder: budget.

僅在於某些電影的政治性質和內容可能對香港社會的內部穩定造成影響，通常還暗示著要牽涉相關的區域關係。簡而言之，香港的電檢制度成為關乎區域及國際關係的事務。冷戰時期，香港當局決斷影片能否公映的核心標尺在於：考量香港特殊的地緣政治立場，以及香港政府在持久的、多邊的國際和地區政治宣傳戰中維持自己的文化統治地位。在此期間，香港政府不願放棄其在香港的統治，也不接受內地或美國施加的、被其視為「屈辱」的讓步。香港政府有時也做出某些讓步，但那也是因為他們意欲與美國或內地開展進一步合作。因此，香港政府不得不靈活協調，在中國政治與冷戰政治的多重糾葛中尋找路徑。

在戰後香港電檢制度的起步階段（1947-1953），香港在文化冷戰中的脆弱處境，當局對內地電影和美新處電影的顧慮重重，都導致了他們關於宣傳電影和政治電影的條款構型。Steve Tsang 認為，1950 年代對於國共雙方盡可能地堅持嚴格的中立政策，對其採取非刺激性的堅定態度，是香港當局權衡考量後採取的生存之道。[100] 1947 年至 1971 年，香港電檢制度經歷了從 1950 年代初對內地電影的嚴格限制，到 1955 年至 1965 年期間對臺灣電影與內地電影大體中立的態度，再到 1965 年的政治審查放寬，以及 1971 年的進一步放寬。

值得注意的是，1949 年至 1965 年香港政府對內地電影的限制，主要源自對於本地問題的考慮而非出於某種與美國在宣傳領域合作的意願。而 1965 年及 1971 年政治審查的持續放寬，更多

---

[100] Steve Tsang, "Strategy for Survival: The Cold War and Hong Kong's Policy towards Kuomintang and Chinese Communist Activities in the 1950s," *Journal of Imperial and Commonwealth History* 25. 2 (1997): 317.

偏向內地電影而非臺灣電影。這一偏向與其說來自內地與香港左派電影公司及報刊施加的壓力，不如說根源於檢查員小組和審核委員會對於政治審查的意見分歧。此外，較之其時國際冷戰格局的變動，香港本地的社會轉型才是更為重要的因素。審核委員會放寬對於內地電影的審查，與其對於本地社會狀況的評估結果有關。他們認為，內地電影在香港的影響力持續下降；本地居民的政治情緒日益式微。這些都是 1950 年代以來香港經濟迅速發展，以及 1960 年代社會轉型的結果。「六七暴動」之後，香港左翼文宣陣營接近崩潰的邊緣，逐漸失去了當地居民的支持。香港左派電影公司和南方公司亦遭遇了前所未有的困難。

對於內地、美國和臺灣在港展開的文化冷戰，香港當局對其在哪些領域以及多大程度上可以維持文化治理權，有自知之明。自 1940 年代後期以來，常規的電檢制度、「不偏不倚」的宣傳政策，以及對於書籍報刊印刷品的選擇性控制，都是香港當局可資利用的手段。這些策略都有助於香港當局遏制具有政治色彩且對當局不利的外來文化產品，並最大限度地減少它們之於香港社會穩定的影響力。香港政府因此有能力控制內地電影的放映發行，並爭取一定的權力來監控美新處的文宣活動。這迫使美新處不得不向香港當局提交部分電影、劇本和出版物，供其審查。但美新處並未提交全部文宣產品。反觀歷史，香港政府特別的文化統治方式與去政治化的電檢制度構型，有助於淡化香港人的政治意識，影響了 1960 年代後期及 1970 年代香港青年在何種文化格局下構型自我身分的歷史走向。

參考文獻

一、檔案

1. 上檔 A22、A77、B3、B170、B172、B177、C26，藏於上海市檔案館。
2. 以 HKRS、HKMS、CO、FCO 標識的檔案，藏於香港歷史檔案大樓（the Public Records Office of Hong Kong），其中 CO、FCO 標識的檔案館藏於英國國家檔案館（National Archives of UK），香港歷史檔案大樓藏有縮微膠卷。
3. RG84、RG59，館藏於美國國家檔案館（the US National Archives at College Park）。

二、期刊

《文藝新潮》第 1 卷第 1 期（1956 年 2 月 18 日）至第 2 卷第 3 期（1959 年 5 月 1 日）。

《長城畫報》1950 年第 1 期至 1957 年第 80 期。

《詩朵》1955 年第 1 期。

《新思潮》1959 年第 1、3、5 期。

三、中文著作、學位論文、報刊及論文

（一）中文著作與學位論文

《人民日報》編輯部編：《關於胡風反革命集團的材料》，北京：人民出版社，1955。

《文藝報》編輯部編：《美學問題討論集》第二集，北京：作家出版社，1957。

人民出版社編輯部編：《中華人民共和國懲治反革命條例》，北京：人民

出版社，1951。
也斯：《也斯的五〇年代——香港文學與文化論集》，香港：中華書局有限公司，2013。
子宇：《夢回仲夏：夏夢的電影和人生》，北京：世界圖書北京出版公司，2015。
中央人民政府法制委員會編：《中央人民政府法令彙編（1949-1950）》，北京：人民出版社，1952。
中央革命博物館籌備處：《美帝蔣匪重慶集中營罪行實錄》，北京：大眾書店，1950。
中共中央文獻研究室編：《建國以來重要文獻選編》第一冊，北京：中央文獻出版社，1992。
中國電影家協會編：《夏衍論：紀念夏衍誕辰百年學術研討會論文集》，北京：中國電影出版社，2000。
中華全國文學藝術工作者代表大會宣傳處：《中華全國文學藝術工作者代表大會紀念文集》，北京：新華書店，1950。
卞之琳：《雕蟲紀歷（1930-1958）》，北京：人民文學出版社，1979。
卞之琳：《卞之琳文集》上卷，合肥：安徽教育出版社，2002。
毛澤東：《毛澤東選集》第三卷，北京：人民出版社，1967。
毛澤東：《建國以來毛澤東文稿》第二冊，北京：中央文獻出版社，1988。
王小明編：《謝鐵驪談電影藝術》，重慶：重慶大學出版社，1999。
王本朝：《中國當代文學制度研究》，北京：新星出版社，2007。
王亞平輯：《論大眾文藝》，北京：天下圖書公司，1950。
王培英主編：《中國憲法文獻通編》，北京：中國民主法制出版社，2004。
王梅香：《肅殺歲月的美麗／美力？戰後美援文化與五、六〇年代反共文學、現代主義思潮發展之關係》，臺南成功大學碩士學位論文，2005。
王德威：《一九四九：傷痕書寫與國家文學》，香港：香港三聯書店，2008。

王曉明、蔡翔主編：《熱風學術》第三輯，上海：上海人民出版社，2009。
包雅文：《戰後臺灣意識流小說的理論與實踐——以《文學雜誌》及《現代文學》為例》，臺南成功大學碩士學位論文，2012。
伍蠡甫主編：《山水與美學》，上海：上海文藝出版社，1985。
朱光潛：《文藝心理學》，上海：開明書店，1936。
何其芳：《何其芳全集》第 1 卷，石家莊：河北人民出版社，2000。
吳世勇編：《沈從文年譜（1902-1988）》，天津：天津人民出版社，2006。
吳佳馨：《1950 年代臺港現代文學系統關係之研究：以林以亮、夏濟安、葉維廉為例》，新竹清華大學碩士學位論文，2008。
吳迪編：《中國電影研究資料：1949-1979》上卷，北京：文化藝術出版社，2006。
吳福輝編：《二十世紀中國小說理論資料》第 3 卷，北京：北京大學出版社，1997。
李維陵：《隔閡集》，香港：素葉出版社，1979。
李歐梵著，毛尖譯：《上海摩登——一種新都市文化在中國 1930-1945》，北京：北京大學出版社，2001。
汪雲編：《思前・想後——廖一原及其時代》，香港：匯智出版有限公司，2014。
沈從文：《沈從文全集》第 10、12、17、18、19、27 卷，太原：北岳文藝出版社，2002。
周而復：《往事回憶錄之三　朝真暮偽何人辨》，北京：中國工人出版社，2004。
林以亮編：《美國詩選》，香港：今日世界出版社，1961。
波多萊爾著，邢鵬舉譯：《波多萊爾散文詩》，上海：中華書局，1930。
社會科學院文學研究所當代文學研究室編：《散文特寫選（1949-1979）》，北京：人民文學出版社，1980。
侯桂新：《從香港想像中國——香港南來作家研究（1937-1949）》，香港嶺南大學博士學位論文，2009。

俞潔：《「十七年」中國反特電影的類型研究（1949-1966）》，杭州浙江大學博士學位論文，2012。

柔石：《二月》，上海：上海書店出版社，1929。

查良錚譯：《英國現代詩選》，長沙：湖南人民出版社，1985。

柯靈：《腐蝕與海誓》，上海：上海出版社，1951。

柯靈：《長相思》，上海：上海文藝出版社，1982。

段寶林：《中國民間文學概要》，北京：北京大學出版社，2009。

洪子誠、孟繁華（主編）：《當代文學關鍵字》，桂林：廣西師範大學出版社，2001。

洪子誠：《中國當代文學史》，北京：北京大學出版社，1999。

洪子誠編：《二十世紀中國小說理論資料》第 5 卷，北京：北京大學出版社，1997。

茅盾：《腐蝕》，北京：人民文學出版社，1954 年第 1 版，1997 年第 2 次印刷。

徐秀慧：《戰後初期（1945-1949）臺灣的文化場域與文學思潮》，臺北：稻鄉出版社，2007。

徐筱薇：《戰後臺灣現代主義思潮之出發——以《自由中國》、《文學雜誌》為分析場域》，臺南成功大學碩士學位論文，2004。

馬博良：《焚琴的浪子》，香港：麥穗出版有限公司，2011。

崑南：《地的門》，香港：文化工房，2010。

崑南：《香港當代作家作品選集　崑南卷》，香港：天地圖書公司，2016。

張旭春：《政治的審美化與審美的政治化》，北京：人民出版社，2004。

張均：《中國當代文學制度研究（1949-1976）》，北京：北京大學出版社，2011。

張燕：《在夾縫中生存：香港左派電影研究》，北京：北京大學出版社，2010。

張濟順：《遠去的都市：1950 年代的上海》，北京：社會科學文獻出版社，2015。

許敦樂等：《墾光拓影》，香港：簡亦樂出版社，2005。

許覺民：《雨天的談話》，長沙：湖南教育出版社，2007。
郭建玲：《1945-1949 年中國現代文學格局轉型研究》，上海華東師範大學博士學位論文，2007。
郭靜寧編：《南來香港》，香港：香港電影資料館，2000。
陳平原、陳國球、王德威編：《香港：都市想像與文化記憶》，北京：北京大學出版社，2015。
陳芳明：《後殖民臺灣：文學史論及其周邊》，臺北：麥田出版社，2007。
陳建忠：《被詛咒的文學：戰後初期臺灣文學論集（1945-1949）》，臺北：五南圖書出版股份有限公司，2007。
陳建華：《革命與形式：茅盾早期小說的現代性展開，1927-1930》，上海：復旦大學出版社，2007。
陳荒煤：《陳荒煤文集》第 10 卷，北京：中國電影出版社，2013。
陳荒煤等：《趙樹理研究文集》（上、下），北京：中國文聯出版公司，1996。
陳偉中：《崑南及其小說研究（1955-2009）》，香港嶺南大學碩士學位論文，2011。
麥欣恩：《再現／見南洋：香港電影與新加坡（1950-65）》，新加坡國立大學博士學位論文，2009。
湖北政法史志編纂委員會編：《武漢國共聯合政府法制文獻選編》，北京：農村讀物出版社，1987。
無名氏（卜乃夫）：《金色的蛇夜》下，上海：上海文藝出版社，2001。
程光煒：《文化的轉軌：「魯郭茅巴老曹」在中國：1949-1976》，北京：光明日報出版社，2004。
華東政法學院國家與法的歷史教研組編：《中國國家與法的歷史參考資料第三分冊》（僅供內部參考），1956。
賀桂梅：《轉折的時代：40-50 年代作家研究》，濟南：山東教育出版社，2003。
黃英哲：《「去日本化」「再中國化」：戰後臺灣文化重建（1945-1947）》，臺北：麥田出版社，2007。

黃愛玲、李培德編：《冷戰與香港電影》，香港：香港電影資料館，2009。
黃愛玲編：《理想的年代：長城、鳳凰的日子》，香港：香港電影資料館，2001。
黃繼持、盧瑋鑾、鄭樹森：《追跡香港文學》，香港：牛津大學出版社，1998。
黑嬰：《黑嬰文選》，廣州：世界圖書出版公司廣東有限公司，2013。
楊際光：《雨天集》，香港：華英出版社（無出版日期）。
葉淺予：《葉淺予自傳：細敘滄桑記流年》，北京：中國社會科學出版社，2006。
趙衛防：《香港電影史（1897-2006）》，北京：中國廣播電視出版社，2007。
趙樹理、劉白羽等：《作家談創作經驗》，北京：中國青年出版社，1959。
趙樹理：《趙樹理全集》第 2-6 卷，北京：大眾文藝出版社，2007。
劉燡、曾少編：《民國法規集刊》（第一集），上海：民智書局，1929。
蔡儀：《新藝術論》，商務印書館，1947 年版影印本，《民國叢書》第 4 編，上海：上海書店，1992。
鄭政恆編：《50 年代香港詩選》，香港：中華書局有限公司，2013。
鄭樹森、黃繼持、盧瑋鑾編：《國共內戰時期香港文學資料選（一九四五－一九四九年）》，香港：天地圖書公司，1999。
鄭樹森：《縱目傳聲：鄭樹森自選集》，香港：天地圖書公司，2004。
錢理群：《1948：天地玄黃》，濟南：山東教育出版社，1998。
錢理群編：《二十世紀中國小說理論資料》第 4 卷，北京：北京大學出版社，1997。
應鳳凰：《五〇年代臺灣文學論集：戰後第一個十年的臺灣文學生態》，高雄：春暉出版社，2007。
羅孚：《北京十年》，北京：中央編譯出版社，2011。
譚顯宗：《論香港的近代轉型——以尖沙咀為考察中心》，北京大學碩士學位論文，2002。

嚴文井主編：《建國十年文學創作選　散文特寫》，北京：中國青年出版社，1959。

嚴家炎編：《二十世紀中國小說理論資料》第 2 卷，北京：北京大學出版社，1997。

〔日〕藤井省三：《臺灣文學這一百年》，臺北：麥田出版社，2004。

（二）中文報刊文獻與論文

〈《腐蝕》上銀幕，茅盾指定佐臨導演〉，《大報》1949 年 9 月 1 日，第 4 版。

〈中華人民共和國懲治反革命條例（一九五一年二月二十日中央人民政府委員會第十一次會議批准）〉，《人民日報》1951 年 2 月 22 日，第 1 版。

〈文華新片加緊工作　腐蝕售座創新記錄〉，《亦報》1950 年 12 月 28 日，第 4 版。

〈各地報刊繼續討論影片《早春二月》〉，《人民日報》1964 年 11 月 8 日，第 7 版。

〈重慶市各界悲憤集會　追悼楊虎城暨死難烈士　堅決向蔣美匪幫討還血債〉，《人民日報》1950 年 1 月 19 日，第 1 版。

《腐蝕》廣告，《大眾電影》1950 年第 13 期。

丁玲：〈跨到新的時代來——談知識分子的舊興趣與工農兵文藝〉，《文藝報》1950 年 2 卷 11 期。

也斯：〈文學對談：如何書寫一個城市？〉，《文學世紀》2003 年 1 月第 3 卷第 1 期。

于洋、沙丹：〈有人情味的剿匪片〉，《大眾電影》2006 年第 9 期。

于繼增：〈艱難的抉擇——沈從文退出文壇的前前後後〉，《書屋》2005 年第 8 期。

大春：〈《腐蝕》座談〉，《文匯報》副刊 1950 年 12 月 23 日，第 2 版。

丹尼：〈我所瞭解的趙惠明〉，《大眾電影》1950 年第 13 期。

卞之琳：〈天安門四重奏〉，《新觀察》1951 年 2 卷 1 期。

卞之琳：〈關於〈天安門四重奏〉的檢討〉，《文藝報》1951 年 3 卷 12

期。
巴金：〈作家的勇氣和責任心——在上海市文學藝術工作者第二次代表大會上的發言〉，《上海文學》1962 年 5 月 5 日第 32 期。
文外生：〈讀詩人卞之琳的五首近作〉，《人民文學》1954 年 6 月第 56 期。
文向東：〈歌頌了什麼樣的「反抗」——試評《早春二月》中陶嵐的形象〉，《人民日報》1964 年 9 月 19 日，第 5 版。
木君：〈書評：《腐蝕》〉，《新旗》1946 年第 3 期。
王良和、馬博良：〈從《焚琴的浪子》到《江山夢雨》——與馬博良談他的詩〉，《香港文學》2008 年 4 月第 280 期。
王奇生：〈北伐時期的地緣、法律與革命——「反革命罪」在中國的緣起〉，《近代史研究》2010 年第 1 期。
王容：〈上海觀眾為進步電影而歡呼〉，《人民日報》1951 年 3 月 19 日，第 3 版。
王偉明、崑南：〈歡如喜如出梵音——訪崑南〉，《詩網絡》2002 年 12 月 31 日第 6 期。
王無邪、梁秉鈞：〈「在畫家之中，我覺得自己是個文人」——王無邪訪談錄〉，《香港文學》2010 年 11 月第 311 期。
王德威：〈「有情」的歷史——抒情傳統與中國文學現代性〉，《中國文哲研究集刊》2008 年第 33 期。
冬令：〈懷念〉，《70 年代》1972 年 8 月第 28 期。
白原：〈看《腐蝕》〉，《人民日報》1951 年 1 月 20 日，第 3 版。
白樺：〈一個無鈴的馬幫〉，《人民文學》1954 年第 11 期。
石邦書：〈《腐蝕》的「排後拍」制〉，《大眾電影》1950 年第 13 期。
仲光：〈《腐蝕》在穗賣座創紀錄〉，《亦報》1951 年 3 月 15 日，第 4 版。
任杰：〈《早春二月》的攝影傾向〉，《電影藝術》1964 年第 4 期。
江華：〈要努力驅逐使人糊塗的詞彙〉，《文藝報》1949 年 1 卷 7 期。
何杏楓、張詠梅訪問，鄧依韻整理：〈訪問崑南先生〉，《文學世紀》2004 年 1 月第 4 卷第 1 期。

何其芳：〈小說《二月》和電影《早春二月》的評價問題〉，《人民日報》1964 年 11 月 8 日，第 6 版。

何蜀：〈劉德彬：被時代推上文學崗位的作家（上）〉，《社會科學論壇》2004 年第 2 期。

吳淑鳳：〈軍統局對美國戰略局的認識與合作開展〉，《國史館館刊》2012 年第 33 期。

李希凡：〈對資產階級人道主義的美化——再評《早春二月》中的蕭澗秋形象〉，《人民日報》1964 年 10 月 29 日，第 6 版。

李俍民：〈奇特的刪節法——對「牛虻」刪節本的意見之一〉，《文匯報》1957 年 3 月 27 日，第三版。

李俍民：〈阿爾卑斯山的夕照——對「牛虻」刪節本的意見之二〉，《文匯報》1957 年 6 月 12 日，第三版。

李瑯：〈趙惠明這個人物同情她還是仇視她？〉，《大眾電影》1951 年第 25 期。

李維陵：〈印象〉，《大拇指》1981 年 10 月 15 日第 142 期，第 8 版。

李維陵：〈懷楊際光〉，《香港文學》1988 年 5 月第 41 期。

李賜：〈不要把詩變成難懂的謎語〉，《文藝報》1951 年 3 卷 8 期。

李麗華：〈我的自傳〉，《今日世界》1954 年第 46 期。

杜家祁、馬朗：〈為什麼是「現代主義」？——杜家祁、馬朗對談〉，《香港文學》2003 年 8 月第 224 期。

汪流：〈革命，還是倒退？——評影片《早春二月》的改編〉，《人民日報》1964 年 9 月 17 日，第 6 版。

沈舒：〈遺忘與記憶——向明談覃子豪、丁平與《華僑文藝》〉，《聲韻詩刊》2014 年 8 月第 19 期。

谷程：〈險些我和趙惠明一樣被腐蝕〉，《新電影》第 1 卷第 3 期，1951。

周國偉、方沙等訪問，王商整理〈李維陵訪問記〉，《大拇指》1980 年 10 月 15 日第 123 期，第 8 版。

旻樂：〈漢語的歐化〉，《北京文學》1997 年 12 期。

林植：〈對《腐蝕》一兩點意見〉，《文匯報》副刊 1950 年 12 月 21 日，第2版。
肯肯、俊權、阿草、凌冰、小風訪問，丹倩紀錄：〈訪問李維陵〉，《大拇指》1979年1月15日第91期，第2版。
施蟄存：〈關於文學語言的幾個問題——中文系文學專題報告的講稿（節錄）〉，《華東師範大學校刊》1953年12月16日，第四版；1953年12月30日，第三版。
段美喬：〈論 40 年代的李瑛〉，《中國現代文學研究叢刊》2008 年第 4期。
洪子誠：〈新詩史中的「兩岸」〉，《文藝爭鳴》2015年第1期。
茅盾：〈腐蝕〉，《大眾生活》1941年第1-16期。
凌宇：〈沈從文創作的思想價值論——寫在沈從文百年誕辰之際〉，《文學評論》2002年第6期。
徐勇：〈語詞的意識形態及其表徵——從命名「反特片」到「諜戰片」的轉變看社會時代的變遷〉，《北京電影學院學報》2011年第4期。
徐風：〈警惕！《腐蝕》觀後〉，《文匯報》副刊1950年12月21日，第2版。
徐遲：〈抒情的放逐〉，《頂點》1939第1卷第1期。
桑桐：〈裹著糖衣的毒藥——《早春二月》批判〉，《電影藝術》1964 年第4期。
浦一冰：〈毒草怎能吐芬芳——從《早春二月》的主要人物看影片的思想傾向〉，《復旦大學學報（哲學社會科學）》1964年第2期。
草明：〈寫《原動力》的經過〉，《人民文學》1950年2卷6期。
馬加：〈我學習群眾語言的一點經驗〉，《文藝報》1950年2卷7期。
馬朗、鄭政恆：〈上海・香港・天涯——馬朗、鄭政恆對談〉，《香港文學》2011年10月第322期。
區仲桃：〈試論馬朗的現代主義〉，《文學評論》2010年10月第10期。
崑南：〈路〉，《中國學生周報》1952年8月1日第2期，第2版。
崑南：〈靜〉，《中國學生周報》1952年8月29日第6期，第2版。
崑南：〈海〉，《六十年代》1953年9月1日第40期。
崑南：〈有神嗎？〉，《中國學生周報》1954 年 4 月 30 日第 93 期，第 4

版。
崑南：〈夜話〉，《中國學生周報》1954 年 6 月 18 日第 100 期，第 4 版。
崑南：〈淺談無名氏初稿三卷——野獸・野獸・野獸、海艷、金色的蛇夜〉，《中國學生周報》1964 年 7 月 24 日第 627 期，第 12 版。
崑南：〈文之不可絕於天地間者——我的回顧〉，《中國學生周報》1965 年 7 月 23 日第 679 期，第 8 版。
崑南：〈王無邪・概念・繪畫〉，《中國學生周報》1966 年 6 月 3 日第 724 期，第 2 版。
崑南：〈挽救了詩的詩人——讀楊際光《雨天集》〉，《香港文學》2002 年 2 月第 206 期。
崔峰：〈別樣綻放的「惡之花」：「雙百」時期《譯文》的現代派文學譯介》，《東方翻譯〉2015 年 2 期。
張衛中：〈20 世紀初漢語的歐化與文學的變革〉，《文藝爭鳴》2004 年 3 期。
梁秉鈞：〈電影空間的政治——兩齣 50 年代香港電影中的理想空間〉，《政大中文學報》2008 年第 9 期。
梅令宜：〈看《腐蝕》〉，《新電影》1951 年第 1 卷第 2 期。
畢靈：〈前因後果說文社〉，《中國學生周報》1965 年 7 月 23 日第 679 期，第 8、9 版。
荻士：〈《腐蝕》在瀋陽創新紀錄〉，《亦報》1951 年 2 月 16 日，第 4 版。
陳建忠：〈「美新處」（USIS）與臺灣文學史重寫：以美援文藝體制下的臺、港雜誌出版為考察中心〉，《國文學報》2012 年第 52 期。
陳徒手：〈午門城下的沈從文〉，《讀書》1998 年第 10 期。
陳荒煤：〈向趙樹理方向邁進〉，《人民日報》1947 年 8 月 10 日，第 2 版。
陳淼整理：〈幾個創作思想問題的討論——記全國文協組織第二批深入生活作家的學習〉，《人民文學》1953 年 1 月第 39 期。
陳駿濤、楊世偉、王信：〈關於《二月》的再評價〉，《文學評論》1978

年第 6 期。
陳麗芬、盧因：〈歷史與見證；我是這樣走過來的——與推動發揚加華文學的推手談文說藝暨心路歷程〉，《香港文學》2011 年 9 月第 321 期。
傅葆石著，劉輝譯：〈在香港建構「中國」：邵氏電影的大中華視野〉，《當代電影》2006 年第 4 期。
景文師：〈《早春二月》要把人們引到哪兒去？〉，《人民日報》1964 年 9 月 15 日，第 6 版。
賀桂梅：〈問題意識和歷史視野〉，《南方文壇》2004 年第 4 期。
黃裳：〈關於《腐蝕》〉，《文匯報》副刊 1950 年 12 月 21 日，第 2 版。
新仁：〈取消「老戲師傅」稱號〉，《大報》1951 年 10 月 14 日。
新華社：〈中國人民電影事業一年來的光輝成就〉，《人民日報》1951 年 1 月 3 日，第 3 版。
楊宗翰：〈《文學雜誌》與臺灣現代詩史〉，《臺灣文學學報》2001 年第 2 期。
楊奎松：〈新中國鞏固城市政權的最初嘗試——以上海「鎮反」運動為中心的歷史考察〉，《華東師範大學學報》（哲學社會科學版）2004 年第 5 期。
楊際光：〈李維陵的畫〉，《香港文學》1996 年 8 月第 140 期。
楊際光：〈李維陵描繪的香港面貌〉，《香港文學》1998 年 6 月第 162 期。
楊際光：〈香港憶舊：靈魂的工程師〉，《香港文學》1998 年 11 月第 167 期。
楊際光：〈尋根何處？——一個四代家庭的聚散〉，《香港文學》2000 年 4 月第 184 期。
路夫：〈座談《腐蝕》〉，《大眾電影》1950 年第 13 期。
嘉木：〈評茅盾底《腐蝕》兼論其創作道路〉，《螞蟻小集》1948 年第 5 期。
臧克家：〈為什麼「開端就是頂點」〉，《人民文學》1950 年第 2 卷第 5 期。

趙雨：〈不愛工人文藝的宣傳幹部〉，《新民報晚刊》1954 年 12 月 21 日，第 3 版。
鳳子：〈評《腐蝕》〉，《北京文藝》第 2 卷第 1 期，1951。
齊桐：〈文華建立民主管理製片徹底改進方針〉，《文匯報》1950 年 11 月 5 日，第 6 版。
劉白羽：〈表現新的時代新的人物（下）〉，《文匯報》1952 年 5 月 26 日，第七版。
蓬草、盧瑋鑾：〈「與蓬草對話」對談抄本〉，《香港文學》2010 年 11 月第 311 期。
蔣南翔：〈關於搶救運動的意見書（1945 年 3 月）〉，《中共黨史研究》1988 年第 4 期。
鄧又平：〈簡析「中美合作所集中營」〉，《美國研究》1988 年第 3 期。
鄧依韻整理：〈訪問崑南先生〉，《文學世紀》2004 年 1 月第 4 卷第 1 期。
鄭樹森：〈遺忘的歷史，歷史的遺忘——五、六十年代的香港文學〉，《素葉文學》1996 年 9 月第 61 期。
鄭樹森：〈香港在海峽兩岸間的文化角色〉，《素葉文學》1998 年 11 月第 64 期。
曉端：〈關於電影《腐蝕》〉，《東北文藝》1951 年第 3 卷第 3 期。
燕平：〈上海作協「49 天會議」的來龍去脈〉，《揚子江評論》2010 年第 3 期。
盧瑋鑾：〈侶倫早期小說初探〉，《八方文藝叢刊》1988 年 6 月第 9 專輯。
盧瑋鑾：〈香港文學研究的幾個問題〉，《香港文學》1988 年 12 月第 48 期。
錢天起：〈有關人道主義的幾個問題——在《早春二月》討論中所想起的〉，《開封師院學報》1964 年第 2 期。
戴望舒：〈雨巷〉，《小說月報》第 19 卷第 8 期，1928。
謝鐵驪：〈二月（電影文學劇本）〉，《電影創作》1962 年第 3 期。
謝鐵驪：〈往事難忘懷——憶夏公與《早春二月》〉，《電影藝術》1999

年第 4 期。
羅謬：〈後記〉，《大拇指》1976 年 10 月 8 日第 41 期，第 6-7 版。
譚文新：〈如何看待《早春二月》的藝術性〉，《人民日報》1964 年 12 月 6 日，第 5 版。
嚴寄洲：〈《英雄虎膽》：一次苦澀的創作〉，《大眾電影》2006 年第 9 期。
〔日〕是永駿：〈論《虹》——試探茅盾作品的「非寫實」因素〉，《中國現代文學研究叢刊》1996 年第 3 期。
〔日〕淺井加葉子著，王國勛、劉岳兵譯，〈1949-1966 年中國成人掃盲教育的歷史回顧〉，《當代中國史研究》1997 年第 2 期。

三、英文著作與論文

Baldick, Chris. *The Concise Oxford Dictionary of Literary Terms* (2nd ed). Oxford; New York: Oxford University Press, 2001.

Bao, Weihong. "The Politics of Remediation: Mise-en-scène and the Subjunctive Body in Chinese Opera Film." *The Opera Quarterly* 26. 2-3 (2010): 256-290.

Barnhisel, Greg and Turner, Catherine. eds. *Pressing the Fight: Print, Propaganda, and the Cold War*. Amherst and Boston: University of Massachusetts Press, 2010.

Baudelaire, Charles. *The Flowers of Evil*. James McGowan trans. Oxford; New York: Oxford University Press, 1998.

Bordwell, David. *Planet Hong Kong: Popular Cinema and the Art of Entertainment*. Cambridge: Harvard University Press, 2000.

Brooker, Jewel Spears ed. *T.S. Eliot: The Contemporary Reviews*. Cambridge; New York: Cambridge University Press, 2004.

Chang, Jing Jing. "China Doll in Flight: Li Lihua, World Today, and the Free China-US Relationship." *Film History: An International Journal* 26. 3 (2014): 1-28.

Chen, Tina Mai. "International Film Circuits and Global Imaginaries in the

People's Republic of China, 1949-57." *Journal of Chinese Cinemas* 3. 2 (2009): 149-161.

Chiang, Min-Hua. "The U.S. Aid and Taiwan's Post-War Economic Development, 1951-1965." *African and Asian Studies* 13.1-2 (2014): 100-120.

Cull, Nicholas J. *The Cold War and the United States Information Agency: American Propaganda and Public Diplomacy, 1945-1989*. New York: Cambridge University Press, 2008.

Dellmann, Sarah and Kessler, Frank. "Encounters Across Borders: Introduction." *Early Popular Visual Culture* 14. 2 (2016): 125-130.

Denning, Michael. *Cover Stories: Narrative and Ideology in the British Spy Thriller*. London: Routledge and Kegan Paul, 1987.

Eliot, *T. S. Collected Poems, 1909-1962*. New York: Harcourt, Brace & World, 1963.

"Film Queens of Asia." *Life* 31. 27 (December 31, 1951): 50-51.

Fu, Poshek. "The Shaw Brothers Diasporic Cinema." In Fu, Poshek ed. *China Forever: The Shaw Brothers and Diasporic Cinema*. Urbana and Chicago: University of Illinois Press, 2008, pp.1-25.

———. *Between Shanghai and Hong Kong: The Politics of Chinese Cinemas*. Stanford: Stanford University Press, 2003.

Hixson, Walter L. *Parting the Curtain: Propaganda, Culture, and the Cold War, 1945-1961*. New York: Palgrave Macmillan, 1997.

Lombardo, Johannes R. "A Mission of Espionage, Intelligence and Psychological Operations: The American Consulate in Hong Kong, 1949-64". In Aldrich, Richard J. and Rawnsley, Gary D. and Rawnsley, Ming-Yeh T. eds. *The Clandestine Cold War in Asia, 1945-65: Western Intelligence, Propaganda and Special Operations*. Oxon; New York: Frank Cass, 2000, pp. 64-81.

Law, Kar and Bren, Frank. *Hong Kong Cinema: A Cross-Cultural View*. Lanham, Maryland: Scarecrow Press, 2004.

Lee, Haiyan. *Revolution of the Heart: A Genealogy of Love in China, 1900-1950.* Stanford: Stanford University Press, 2007.

Lee, Shuk-man. *From Cold War Politics to Moral Regulation: Film Censorship in Colonial Hong Kong*. Master thesis. Hong Kong University, 2013.

Leech, Geoffrey N. and Short, Michael H. *Style in Fiction: A Linguistic Introduction to English Fictional Prose*. London; New York: Longman, 1981.

Liu, Hong. "The Historicity of China's Soft Power: The PRC and the Cultural Politics of Indonesia, 1945-1965." In Zheng, Yangwen and Liu, Hong and Szonyi, Michael eds. *The Cold War in Asia: The Battle for Hearts and Minds*. Leiden; Boston: Brill, 2010, pp. 147-182.

Mark, Chi-Kwan. "Lack of Means or Loss of Will? The United Kingdom and the Decolonization of Hong Kong, 1957-1967." In Carroll, John M. and Mark, Chi-Kwan eds. *Critical Readings on the Modern History of Hong Kong* (Vol. 1). Leiden; Boston: Brill, 2015, pp.197-226.

Mark, Chi-Kwan. *Hong Kong and the Cold War: Anglo-American Relations 1949-1957*. Oxford: Oxford University Press, 2004.

Mulvey, Laura. "Visual Pleasure and Narrative Cinema." In Rosen, Philip ed. *Narrative, Apparatus, Ideology: A Film Theory Reader*. New York: Columbia University Press, 1986, pp. 198-209.

Ng, K. K. K. "Inhibition vs. Exhibition: Political Censorship of Chinese and Foreign Cinemas in Postwar Hong Kong." *Journal of Chinese Cinemas* 2. 1 (2008): 23-35.

Pascal, Roy. *The Dual Voice: Free Indirect Speech and Its Functioning in the Nineteenth-century European Novel*. Manchester: Manchester University Press, 1977.

Peterson, Glen. "To Be or not to Be a Refugee: The International Politics of the Hong Kong Refugee Crisis, 1949-55." In *Critical Readings on the Modern History of Hong Kong* (Vol. 4), pp. 1555-1582.

Shen, Yu. "SACO Re-Examined: Sino-American Intelligence Cooperation during World War II." *Intelligence and National Security* 16. 4(2001): 149-174.

Sinn, Elizabeth. "Hong Kong as an In-Between Place in the Chinese Diaspora, 1849-1939." In *Critical Readings on the Modern History of Hong Kong* (Vol. 4). Leiden; Boston: Brill, 2015, pp.1443-1464.

Smith, Grover. *T.S. Eliot's Poetry and Plays: A Study in Sources and Meaning*. Chicago: University of Chicago Press, 1956.

Spurr, David. *Conflicts in Consciousness: T.S. Eliot's Poetry and Criticism*. Urbana: University of Illinois Press, 1984.

Swarbrick, Andrew. *Selected Poems of T. S. Eliot*. Houndmills, Basingstoke, Hampshire and London: The Macmillan Press LTD., 1993.

Tsang, Steve. "Strategy for Survival: The Cold War and Hong Kong's Policy towards Kuomintang and Chinese Communist Activities in the 1950s." *The Journal of Imperial and Commonwealth History* 25. 2 (1997): 294-317.

———. *A Modern History of Hong Kong*. London; New York: I. B. Tauris, 2004.

———. *The Cold War's Odd Couple: The Unintended Partnership Between the Republic of China and the UK, 1950-1958*. London; New York: I. B. Tauris, 2006.

Tucker, Nancy Bernkopf. *Taiwan, Hong Kong, and the United States, 1945-1992: Uncertain Friendships*. New York: Twayne Publisher, 1994.

Volland, Nicolai. "Translating the Socialist State: Cultural Exchange, National Identity, and the Socialist World in the Early PRC." *Twentieth-Century China* 33. 2 (2008): 51-72.

———. "Soviet Spaceships in Socialist China: Reading Soviet Popular Literature in the 1950s." *Modern China Studies* 22. 1 (2015): 191-213.

———. *Socialist Cosmopolitanism: The Chinese Literary Universe, 1945-1965*. New York: Columbia University Press, 2017.

Wakeman, Frederic. *Spymaster: Dai Li and the Chinese Secret Service*.

Berkeley: University of California Press, 2003.

Wang, David Der-wei. "Reinventing National History: Communist and Anti-Communist Fiction of the Mid-Twentieth Century." In Chi, Pang-Yuan and Wang, David Der-wei eds. *Chinese Literature in the Second Half of a Modern Century: A Critical Survey*. Bloomington: Indiana University Press, 2000, pp.39-64.

Wang, Xiaojue. *Modernity with a Cold War Face: Reimagining the Nation in Chinese Literature across the 1949 Divide*. Cambridge, Massachusetts: Harvard University Asia Center, 2013.

Wu, Ellen D. "'America's Chinese': Anti-Communism, Citizenship, and Cultural Diplomacy During the Cold War." *Pacific Historical Review* 77. 3 (2008): 391-422.

Xia, Yafeng. *Negotiating with the Enemy: U.S.-China Talks during the Cold War, 1949-1972*. Bloomington: Indiana University Press, 2006.

Zheng, Yangwen and Liu, Hong and Szonyi, Michael eds. *The Cold War in Asia: The Battle for Hearts and Minds*. Leiden; Boston: Brill, 2010.

後記

感謝我寫作過程中給過我幫助的諸位師友——趙園教授（中國社會科學院）、王德威教授（哈佛大學）、Mühlhahn Klaus 教授（柏林自由大學）、傅葆石教授（伊利諾伊大學香檳分校）、彭麗君教授（香港中文大學）、樊善標教授（香港中文大學）、程光煒教授（人民大學）、趙京華教授（北京第二外國語學院）、王愛松教授（南京大學）、戴阿寶研究員（中國藝術研究院）、劉艷編審（首都師範大學學報編輯部）、以及華東師範大學中文系的諸多同事。感謝德國柏林自由大學 Dahlem 研究院博士後項目、香港中文大學中國研究服務中心、上海市社科基金、教育部人文社科基金提供的研究資助；以及香港歷史檔案大樓（the Public Records Office of Hong Kong）、美國國家檔案館（the US National Archives at College Park）便利的查檔服務。本書第一章英文版首發於 *Modern Chinese Literature and Culture* 29. 2（2017）；第七章部分內容曾發表於 *Journal of Chinese Cinemas* 13. 1（2019）；第八章英文版首發於 *The China Review* 17. 1（2017）。謹此致謝。收入本書時，內容上均做了修訂與擴充。

還要感謝臺灣學生書局出版拙作。感謝編輯陳蕙文小姐專業而耐心的幫助。出版事項繁瑣，蕙文小姐事無巨細，盡心盡力。至今尚未見過蕙文小姐，但文如其人，想來是個優雅溫潤的女子。

　　最後，特別感謝吾師趙園。與趙園老師相遇，讓我心存感激。自追隨她讀博士生起，已十五年矣。學術之途，道阻且長。路上的種種困擾和煩憂，一直都只向她傾訴。像個永遠不想畢業的老學生，賴著她。每每慚愧自己才疏學淺，不能如其所望。趙園老師研究明清之際士人，曾感言「被光明俊偉的人物吸引，是美好的事」。對於我而言，她就是那份美好。

國家圖書館出版品預行編目資料

冷戰文藝風景管窺：中國內地與香港，1949-1967
杜英著. – 初版. – 臺北市：臺灣學生，2020.09
面；公分

ISBN 978-957-15-1831-2 (平裝)

1. 中國文學 2. 香港文學 3. 文學評論 4. 文藝評論

820.908 109011582

冷戰文藝風景管窺：中國內地與香港，1949-1967

著作者 杜英
出版者 臺灣學生書局有限公司
發行人 楊雲龍
發行所 臺灣學生書局有限公司
地址 臺北市和平東路一段 75 巷 11 號
劃撥帳號 00024668
電話 (02)23928185
傳真 (02)23928105
E-mail student.book@msa.hinet.net
網址 www.studentbook.com.tw
登記證字號 行政院新聞局局版北市業字第玖捌壹號
定價 新臺幣五八〇元
出版日期 二〇二〇年九月初版
ISBN 978-957-15-1831-2

82058